/ 詩 / 作 / 品 / 을 / 중 / 심 / 으 / 로 /

지봉이수광의 문학세계

芝峯

/詩/작/품/을/중/심/으/로/

지봉 이수광의 문학세계

ㅣ이재원 지음ㅣ

KSi 한국학술정보㈜

서 문

대 미국 시인 중 가장 순수한 고전적 시인으로서 계관시인적(桂冠詩人
的) 존재였던 프로스트 (Robert Lee Frost. 1874~1963)는 숲 속에 두
갈래 길이 갈라져 있었는데 "나는 사람이 적게 간 길을 택하였고 / 그것으
로 해서 모든 것이 달라졌다"고 노래하였다.

그렇다. 학문의 길도 마찬 가지이다. 남들이 모두 가는 평탄대로를 가면
쉽게 갈 수는 있겠지만 새롭고 훌륭한 연구업적을 남기기는 어려울 것이
다. 학자는 가기 쉬운 길을 버리고 남들이 가지 않은 새로운 길을 가야만
인류문화 창달에 기여하는 업적을 남길 수 있는 것이다.

지봉(芝峰) 이수광(李睟光)은 조선왕조의 세계인이자 실학의 선구자로
새로운 길을 개척한 인물이다. 한편 지봉은 유희경(劉希慶)이 주도한 침
류대시단(枕流臺詩壇)에서 신분을 초월하여 시인·학자들과 폭넓은 교제
를 하며 열린 삶을 살았던 인물이기도 하다.

지봉은 사신으로 명나라를 여러 차례 방문하여 책무를 수행하는 한편『천
주실의』 등을 가지고 들어와 『지봉유설』을 통하여 천주교와 서양문물을
소개하는 등 실학의 발전에 크게 기여하였다. 『지봉유설』은 당시 주자학
세계관을 지녔던 백성들에게 새로운 우주관과 인생관에 접할 기회를
제공하였다.

지봉의 대표적인 저술은『지봉집』과『지봉유설』이다. 이미 원문이 완전
번역된『지봉유설』에 대한 연구는 학계에서 활발하게 이루어진 반면,『지

봉집』의 연구는 『지봉유설』만큼 활발하게 이루어지지 않고 있다.

이 『이수광의 문학세계』는 『지봉집』에 수록된 시문학의 세계를 연구한 것으로 지봉 연구에 새로운 지평을 열었다. 이 책은 저자의 박사학위논문을 상재(上梓)한 것으로, 지봉의 생애 및 교우, 시집의 체재 및 내용, 사유세계, 시문학관, 시세계, 시의 풍격, 문학사적 위상 등을 다각적·심층적으로 치밀하게 연구하였다. 이 책으로 인하여 우리는 선각자이자 세계인이었던 지봉의 사상과 문학세계를 쉽게 이해할 수 있게 되었다.

내가 이 책의 저자인 이재원 박사와 스승과 제자의 인연을 맺은 지 어느덧 강산이 세 번 변할 만큼 오랜 세월이 흘렀다. 즉 이 박사는 우리 대학 한문교육과에 진학하였고, 졸업 후 대원고등학교 한문교사로 부임하였다. 교편생활을 하면서 다시 대학원에 진학하여 석사와 박사학위를 취득하였고, 또한 그 사이에 일본어를 공부하여 일어 교사 1급 자격을 취득하여, 학생들에게 일본어를 가르치고 있다. 학문영역을 한국 한문학에서 일본학 연구까지로 넓힌 저자의 그 열정과 학구적인 삶은 프로스트가 노래한 것처럼, 남들이 적게 간 길을 택하여 걸어왔다고 할 수 있다.

끝으로 저자가 후속 작업으로서 한국과 일본 양국의 한문학의 교류 및 비교문학 분야를 천착(穿鑿)하여 좋은 연구 결과를 발표하기를 기대하면서 이 책의 출간을 진심으로 축하한다.

2007년 11월 5일
단국대학교 대학원 원장실에서
金　相　洪

책머리에

요즘에 와서야 새삼스럽게 철이 든 것인지 학문의 어려움을 깨닫게 된다. 그리고 지금까지 연구한 지봉 이수광에 대한 내용을 한 권의 책으로 드러내고자 하니 두려움이 앞선다. 미천한 학자가 그것도 불혹(不惑)을 지나 지천명(知天命)을 바라보는 나이가 되어서 상재하는 것이니, 조금은 늦은 감이 들지만 용기를 내어 출판하기로 하였다.

이 책은 필자가 2002년에 받은 박사학위 논문과 그간에 학술지에 발표한 소논문을 바탕으로 하여 수정 보완을 거쳐 상재(上梓)하게 되었다. 현재까지 지봉 이수광에 대한 연구는 역사적인 측면에서의 인물됨과 『지봉유설』을 바탕으로 한 학술분야에 치우쳐져 있었다. 실학자였던 지봉 이수광은, 백과사전류에 해당하는 『지봉유설』을 지음으로써 풍부한 학식을 갖춘 학자라는 측면이 부각되었고 또 그렇게 많은 사람들에게 알려지게 되었다. 그러나 그의 문학과 사상이 면면히 담겨져 있는 『지봉집』을 중심으로 한 문학과 사상에 대한 연구는 그다지 이뤄지지 않았다. 따라서 필자는 그의 문학세계를 전반적으로 고찰해 볼 필요성을 절실히 느끼고 있었으며 이에 실천에 옮기게 되었다. 특히 본고에서는 『지봉집』에서 가장 많은 부분을 차지하고 있는 시 작품을 통하여 그의 문학 외에 철학과 사상도 함께 연구하였다. 그 결과로 지봉 이수광은 조선 중기를 대표할 만한 작가이며 시인임을 깨달을 수 있었다.

이 책을 통하여 학문하는 후학들에게 조금이나마 보탬이 되고, 일반 독자들에게는 지식 습득과 정서 함양에도 도움이 되기를 기대한다. 최대한 원문을 정확히 이해하고 내용을 파악해서 이를 바탕으로 하여 이론을 전개하려 노력하였으나 문맥이 매끄럽지 못한 부분도 많을 것이라 생각된다. 관심 있는 분들의 많은 질정(叱正)을 기대한다.

지난날을 뒤돌아보면 참으로 많은 어려움이 있었다. 고도(古都)인 경주 지역에서 태어나 종손의 역할을 다해야 했던 필자로서는 한문 공부가 중요하고 필요한 분야임을 어려서부터 자연스럽게 알게 되었다. 한문학과 학부과정을 마친 뒤 일본에서 잠시 유학준비를 하다가 중도에서 돌아오게 된 뒤, 못다 한 공부에 대한 미련을 떨치지 못해 다시 대학원으로 진학하게 되었다. 젊은 시절 공부의 어려움을 겪으면서, 그때마다 그 모든 일이 학문에 정진(精進)하라는 한 숙명(宿命)처럼 받아들여졌다. 목표를 다 이루진 못했지만, 그래도 이 정도라도 소기의 목적이 달성될 수 있었음에는 참으로 주위의 도움이 컸다. 큰 어른의 모습으로 자상한 지도를 해주신 양곡(暘谷) 박천규 교수님이 계셨고, 학부시절 스승이었을 뿐만 아니라 박사학위 지도교수를 맡아 주셨으며 늘 용기를 주셨던 소석(小石) 이신복 교수님이 계셨기에 가능하였다. 또한 열정적인 강의와 바른 학문의 길을 이끌어 주셨고, 拙稿(졸고)를 위해 서문을 기꺼이 써 주신 설촌(雪村) 김상홍 교수님과 항상 다정하게 대해 주셨던 안재철 교수님께 깊은 감사의 말씀을 전한다. 그리고 학부의 동기동창(同期同窓)이면서 박식한 학문으로 필자에게 공부하도록 동기(動機)를 부여하였고, 많은 도움을 주었던 단국대 정재철 교수님께도 지면을 빌어 감사를 표한다. 논문 심사위원으로 정성껏 가르침을 주셨던 고려대의 박성규 교수님과 중앙대의 김경수 교수님께도 고개 숙여 감사의 말씀을 드린다. 그리고 답십리 자택에서 문사철(文史哲)의 깊은 소양을 바탕으로 십오 년 동안 주역(周易) · 당송대 명문(唐宋代名文) · 한시(漢詩) 등을 두루 가르쳐 주셨고 올바른 삶의 길을 인도해 주셨던 故 함재(涵齋) 金在弘 師父님께도 머리 숙여 감사의 마음을 전한다. 마지막으로 불황 속에서도 흔쾌히 출판을 허락해 주신 한국학술정보(주) 사장님과 출판사업부 권현옥 차장님, 멋있는 책으로 꾸며주신 편집부 직원에게 심심한 사의를 표한다.

2007. 10. 28 결혼기념일
장안동 書齋에서
同允 李在元 삼가 쓰다.

들어가는 말

　본고(本稿)는 지봉 이수광의 사상(思想)과 문학(文學) 세계(世界)를 탐구하였으며, 특히 그의 詩文學 世界를 중점적으로 고찰(考察)한 것이다. 조선(朝鮮) 중기(中期)에 백성들은 많은 전란(戰亂)의 소용돌이 속에서 어려움을 겪으면서 위정자(爲政者)들의 비굴한 모습을 직접 목격하게 되었다. 그로 인하여 그들은 새로운 자각(自覺)과 각성(覺醒)을 하게 되었으며 조정(朝廷)에 반대하는 풍조(風潮)도 생기게 되었다. 사상적(思想的)·정치적(政治的)으로 많은 변화를 잉태(孕胎)하고 있는 시기였던 것이다. 이러한 시기에 활동한 지봉 이수광은 여러 번의 환란을 체험하면서 나라와 백성을 위한 노력을 아끼지 아니한 정치가(政治家)요, 문인(文人)이었다. 오랫동안 정계에 몸담았던 그는 임진왜란(壬辰倭亂)·정묘호란(丁卯胡亂)에 직접 간여하였고, 내적으로는 인조반정(仁祖反正)과 이괄(李适)의 난(亂)의 어려움을 겪었다. 이러한 국내외적인 체험은 그에게 무실(務實)의 실학사상(實學思想)을 낳게 만들었다.

　그의 문학과 사상이 담긴 대표적인 저술(著述)은 『지봉집(芝峯集)』과 『지봉유설(芝峯類說)』인데, 본고에서는 『芝峯集』을 중심으로 고찰하여 그의 작품 세계를 살펴보았다. 연구 결과 밝혀진 내용을 요약하면 다음과 같다.

　Ⅰ장에서는 '연구(研究)의 목적(目的)과 방법(方法)' 및 '연구사(研究史)'를 제시하여 연구 방향을 설명하였다.

Ⅱ장에서는 '지봉(芝峯)의 생애(生涯) 및 교우관계(交友關係)'를 먼저 소개하여 그의 일생의 삶을 소개하였다.

Ⅲ장에서는 『지봉집(芝峯集)』의 '체재(體裁)와 내용(內容)'을 소개하였다. 그의 문집(文集)에 실린 작품은 형식적인 종류에 따라서 분류한 시가 앞쪽에 있고, 뒤이어 특정한 시기에 지은 시를 모아서 엮은 13권의 시집(詩集)이 나온다. 이들의 시집에 실린 작품의 창작 시기, 작품의 배경과 작품 수, 작품의 특징들도 함께 살펴보았다. 그 결과(結果)로 지봉은 사신으로 갔을 때나 지방관으로 제수(除授)되어 갔을 때 그곳의 풍물을 배경으로 많은 시를 지었고, 특히 시간적 순서에 의해서 지어진 작품이 질서정연하게 배열되어 있음을 알 수 있었다. 또한 시집에는 타인(他人)의 작품도 소수(小數) 실려 있으며, 그것에 화답(和答)하는 지봉의 작품(作品)이 이어져 나오는 경우도 있었다. 『芝峯集』에 실린 지봉의 시 작품 총수(總數)는 현재까지 확인하기로는 1573首이다. 다만 「승평록(昇平錄)」의 '발문(跋文)'에서 상촌(象村)이 언급한 작품 수와 실제 작품은 15首가 차이가 난다. 그 이유는 후대의 편집과정에서 누락되었음을 『상촌집(象村集)』을 통해서 확인할 수 있었다. 「昇平錄」에 실린 작품을 상촌은 122首라고 하였는데 실제로 실린 작품은 107首이다.

Ⅳ장에서는 그의 산문(散文)을 중점적으로 고찰(考察)하여 '사유세계(思惟世界)'를 살펴보았다. 왕족의 후손으로 철저한 성리학 사상을 바탕으로 살아온 그였지만, 후대에 와서 불교(佛敎)와 도교(道敎) 및 양명학(陽明學) 등에도 상당한 관심을 보였으며, 북경(北京)을 다녀온 것이 계기가 되어 서양(西洋)의 천주교(天主敎)에 관련된 책도 접하게 되었다. 이러한 다양한 사상의 섭취는 후에 실학(實學)의 단초(端初)를 여는 계기를 만들게 된다. 그가 활동했던 당대(當代)의 상황에서 성리학 이외의 제사상(諸思想)을 받아들이는 것은 여러 면에서 어려움이 많았겠지만, 성리

학의 폐단도 적지 않았으므로 사회적으로도 새로운 사상이 움트는 여건이 마련되었기 때문에 가능한 것이었다. 이러한 그의 사유(思惟)는 작품에도 그대로 반영되어 있었다.

Ⅴ장에서는 '지봉의 시문학관(詩文學觀)'을 살펴보았다. 시는 '성정(性情)의 발로(發露)'임을 주장하여 기존의 '재도지기(載道之器)'에 대하여 변화를 가져왔고, 시의 순수한 표현론(表現論)에 중점을 두는 이론(理論)을 제기하였다. 그리고 삼당시인(三唐詩人)에서부터 부각되어 온 당시(唐詩)의 중요성을 확고하게 주장하여 三唐詩人의 理論을 계승 발전시키는 중요한 역할을 하였으며, 특히 이달(李達)의 詩를 좋아하였다. 그리고 송시(宋詩)에 대해서는 비판적인 입장(立場)을 취하였다. 하지만 절대적인 배척은 아니고 宋詩라도 좋은 시는 받아들였다. 따라서 소식(蘇軾)과 같은 大家의 詩는 어느 정도 인정하여 수용(受容)하는 태도를 보였다. 그가 특히 宋詩에서 싫어한 부분은 험벽(險僻)한 용어를 쓰거나 지나친 전고(典故)를 사용한 점이라고 하였다. 따라서 송시는 내용부분에서 "의론(議論)을 일삼고 있으며 의흥(意興)이 없다."고 주장하였다.

Ⅵ장에서는 '지봉 詩의 世界'를 고찰하였다. 먼저 '철학적(哲學的) 사유(思惟)의 형상화(形象化)'에서, 유불선(儒佛仙)의 사상을 담고 있는 작품을 감상하였으며 그가 제 사상(諸思想)을 수용한 폭넓은 사고를 갖춘 시인이었음을 알 수 있었다. '환로(宦路) 생활(生活)과 귀전(歸田) 의식(意識)'에서는 오랜 벼슬 생활에서 겪은 현실을 형상화한 작품과 귀전원(歸田園)을 노래한 작품을 먼저 고찰하였다. 여기에서는 사행(使行)에서 느낀 마음을 표출한 시가 많았음을 알 수 있었다. 그리고 '우국(憂國)과 애민(愛民) 정신(精神)'을 형상화한 시에서 국가(國家)와 민족(民族) 사랑의 마음을 면면히 보여주었고, 마지막으로 '사향(思鄕)과 귀전(歸田) 의식(意識)'을 노래한 시에서는 환로(宦路) 생활(生活)에 염증을 느껴 귀

향(歸鄕)하고 싶은 마음을 곡진(曲盡)하게 표현한 작품 등을 살펴보았다. '일상(日常) 생활(生活)의 사실적(事實的) 묘사(描寫)'에서는 먼저 '자연(自然) 물경(物境)의 실사(實寫)'에서 지봉의 '영물시(詠物詩)'를 살펴보았다. 그는 매화를 특별히 좋아하여서 매화를 대상으로 많은 작품을 남겼으며, 그 밖에 눈·대나무·소나무 등을 소재로 쓴 작품을 남겼다. 청초하고 깨끗한 분위기를 느끼게 하는 훌륭한 작품이 많았다. 난초를 제외한 四君子를 대상으로 읊은 작품에서는 그의 꿋꿋한 선비정신과 굳은 지조(志操)를 보여주었다. '여성(女性) 정감(情感)의 형상(形象)'을 표현한 시에서는 문학적으로 작품성이 뛰어난 시들이 많았다. 그리고 적은 수의 작품이지만, 그의 '해학(諧謔)과 풍자(諷刺) 정신(精神)'을 담은 시에서는 생활의 여유와 익살을 느낄 수 있었다. 이처럼 지봉은 다양한 주제(主題)를 담고 있는 여러 종류의 詩를 남겼다. 한편, 시인으로서의 활동은 유희경(劉希慶)과 함께 침류대(枕流臺) 사단(詞壇)을 형성하여 주된 역할을 담당하였고, 당시 詩壇의 영수(領袖)가 되었다. 당시의 대표적 시인들과 함께 교유하여 그의 학문과 사상을 발전시켰으며, 신분을 초월하여 많은 시인·학자들과 폭넓게 교제를 하였다. 이것은 그가 후대의 중인문학(中人文學)에도 어떤 영향을 미쳤음을 추측할 수 있게 한다.

Ⅷ장에서는 '지봉 시의 풍격(風格)'을 살펴보았다. 그의 시의 풍격은 한담온수(閑淡溫粹), 청고완려(淸高婉麗), 충담고아(沖澹高雅) 등으로 나눌 수 있다. 당시의 제가(諸家)의 평(評)을 바탕으로 그 대략을 알 수 있었다. 閑淡溫粹한 풍격은 그가 靑·長年期의 환로(宦路) 생활(生活)에서 망중여한(忙中餘閑)하는 모습을 드러낸 시(詩)에서 볼 수 있었고, 청고완려(淸高婉麗)는 노년기의 고매(高邁)하고 선태류속(蟬蛻流俗)하는 모습을 形象化한 詩에서 찾을 수 있었다. 그리고 沖澹高雅한 풍격은 전체적인 그의 作品과 제가들이 언급한 지봉의 인물평(人物評)을 아우르는

풍격(風格)이었다.

Ⅷ장에서는 '지봉 시(詩)의 문학사적 위상(位相)'을 살펴보았다. 지금까지 지봉은 정치가(政治家), 문장가(文章家) 또는 훌륭한 시 평론가(詩評論家)로 많은 연구자에 의해 높이 평가되었지만, 이제 더 나아가 훌륭한 시인으로 다시 평가되어야 할 시점이라고 필자(筆者)는 생각한다. 그리고 지봉은 삼당시인의 당시복귀(唐詩復歸) 운동의 영향을 받아 조선 중기에 당시(唐詩)를 꽃피운 대표적 시인이었다. 그는 조선 중기에 당시(唐詩)가 송시(宋詩)에 비해 우수함을 여러 부분에서 주장(主張)하였고, 스스로 唐詩를 즐겨 썼으며 지어진 작품이 문학성이 뛰어난 작품들이었음을 알 수 있었다. 이어서 그의 시(詩)와 인품(人品)에 대한 당대(當代)와 후대(後代) 학자(學者)들의 평(評)을 살펴보았다. 먼저 그의 시(詩) 작품(作品)에 대해서는 풍아(風雅)에 근원하며 연묘(研妙)하여 중당(中唐)을 능가하고 성당에 가깝다는 평을 받았다. 그리고 그의 인품은 절개(節介)가 깊고 청빈(淸貧)하였음을 알 수 있었다. 따라서 염처지정(恬處之靜)・염수지결(廉修之潔)하게 일생을 살았으며 금옥군자(金玉君子)와 정인군자(正人君子)로 일컬어졌다. 그리고 학문과 덕망(德望)에 있어서는 당대의 일류인(一流人)으로 평가되었다.

目 次

ㄱ. 서 론(序 論)

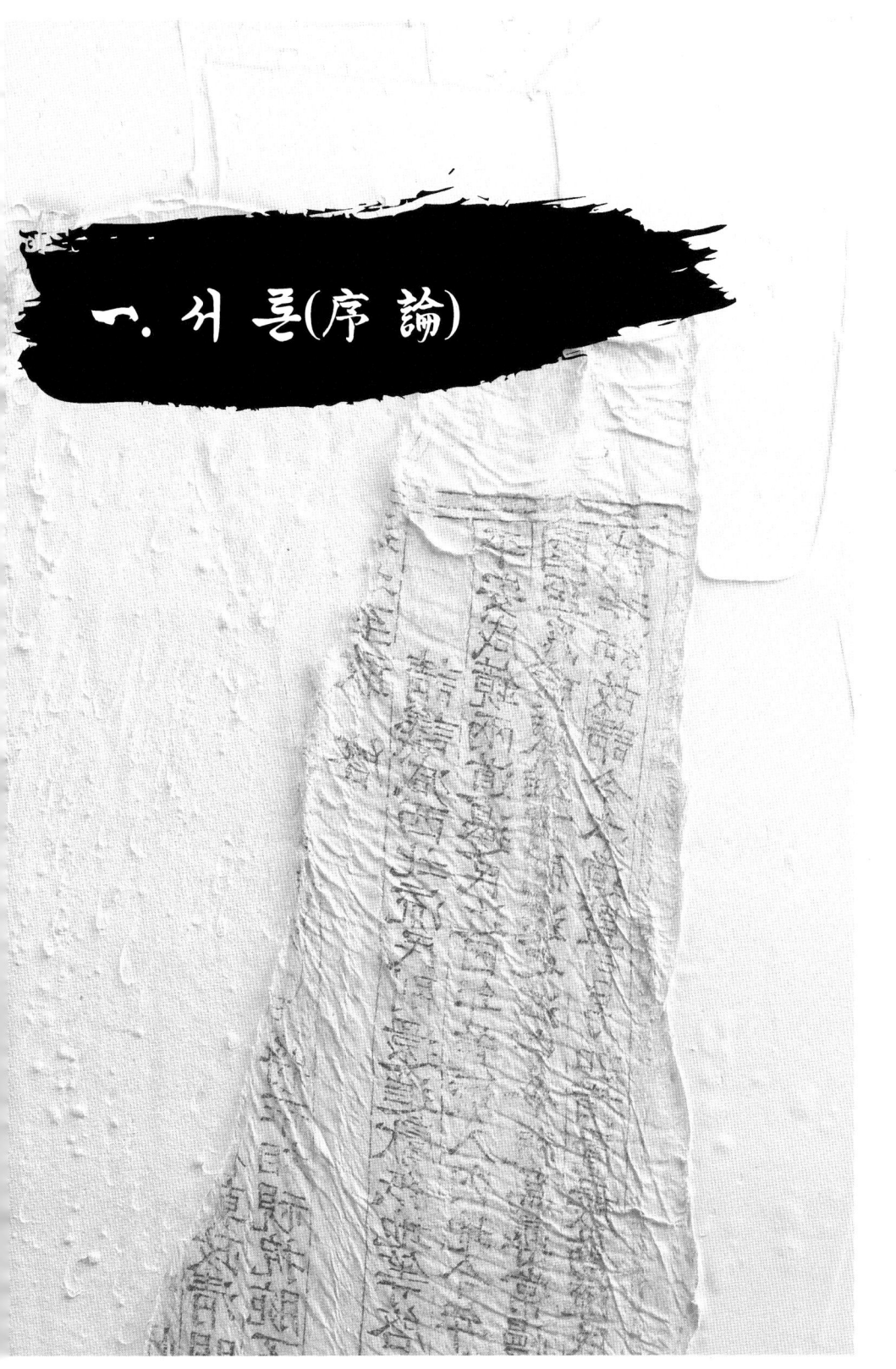

1. 연구(硏究)의 목적(目的) 및 방법(方法)

芝峯(1563년<명종18년>~1628년<인조6년>)은 16세기 말에서 17세기 초에 활동하였다. 그가 가장 활발히 움직인 시기는 조선 초기부터 주류를 이루었던 학풍인 성리학에서 실학의 초창기를 맞이하는 분기점을 이루는 바로 그 시기였다. 그는 이 시기에 중요한 역할을 한 인물이었다. 역사적으로 실학(實學)을 여는 선구자의 구실을 한 것이다. 이렇게 중요한 시점에 활동한 그는 여러 면에서 뛰어난 재능을 보여준 인물이었다. 우리나라 백과사전적 유서(類書)의 산파적인 역할을 한 책으로 천문·지리·문학·인물·식물 등 다양한 지식을 담은 『지봉유설(芝峯類說)』을 저술하였고, 사신으로 중국을 왕래하면서 당시의 서양의 학문을 습득할 수 있는 『천주실의(天主實義)』와 같은 책을 조선에 들여와 소개한 장본인이기도 하였다.

한편, 그의 재능과 학문세계는 문집(文集)을 통해서 살펴볼 수 있다. 그의 재능에 대해서는 "어려서부터 장난하기를 좋아하지 않았고, 5세 때에 이미 학문에 나아가 입을 열면 기이한 말이 나왔으며, 13세에 사서(四書)와 이경(二經)에 통달했다."[1]고 언급되어 있다. 그리고 그의 文集인

---

1) 李睟光, 『芝峯集』(『韓國文集叢刊』 卷66, 1988, 민족문화추진회) 附錄 卷一, 318쪽. "兒幼而不弄, 五歲就學, 開口輒有奇語, 十三, 通四書二經."

『지봉집(芝峯集)』에는 많은 시들과 산문이 잘 분류되어 실려 있어 지봉의 학문세계를 연구(考究)하는 중요한 자료가 된다. 어떤 인물에 대한 올바른 평가를 하기 위해서는 여러 가지 방법이 있겠지만, 후대의 학자는 무엇보다 그가 남긴 문헌을 찾아서 정확히 작자의 사상과 학문세계를 궁구하여 알아내는 것이라 하겠다. 이러한 작업이 계속 이어짐으로써 연구 대상 인물에 대한 정확한 평가를 할 수 있다. 따라서 본고에서는 지봉이 남긴 대표적 저서인 『지봉집(芝峯集)』과 『지봉유설(芝峯類說)』을 기본 자료로 하여 그의 사유세계(思惟世界)와 학문세계(學問世界)를 조명해 보고자 한다. 기존의 연구물도 대부분 이들 자료의 일부를 인용하여 지봉에 대해 연구하였는데, 이미 『지봉유설』은 많은 사람들에 의하여 연구되었고 또한 소기의 성과를 이루었다. 『지봉유설』을 근간으로 한 연구는 꾸준히 이어지다가 1975년에는 남만성(南晩星)에 의하여 전문(全文)이 완역(完譯)되는 단계까지 이르게 되었고, 이는 후학자들의 활발한 연구에 기여한 바가 컸다. 이에 비해 『지봉집』을 기본 자료로 하는 연구는 부분적으로는 이루어졌으며 지면으로도 발표되었지만, 아직 연구할 미지(未知)의 분야(分野)가 많이 남아 있는 상태이다. 예로부터 "십년일구득(十年一句得)하니 일자일루(一字一淚)라." 하는 말이 있다. 이는 그만큼 시 짓기가 어렵고 그리고 詩 속에는 작자의 지식과 학문세계가 다양하게 나타나 있음을 뜻한다. 따라서 시에 대한 연구는 가치 있는 일이라고 할 수 있다. 본고에서는 이러한 점을 염두에 두고서 『지봉집』을 일별해 보는 한편, 특히 시문학 분야에 중점을 두어 고구(考究)함으로써 지봉 이수광 연구에 일조(一助)하고자 한다. 훗날에 지봉에 대한 온전한 연구가 이루어지기를 바라며, 그의 문학에 대한 분야에서 한 지침(指針)이 되기를 기대하면서 논지를 펼치고자 한다.

　본고에서는 지봉 문학 연구의 기본 텍스트를 『芝峯集』과 『芝峯類說』

로 삼았다. 『芝峯集』의 인용은 『한국문집총간(韓國文集叢刊)』66책을 주
자료로 활용할 것이다.

2. 연구사(研究史) 검토(檢討)

조선 중기의 정치가이며 학자인 지봉에 대한 연구는 꾸준히 이루어져 왔
다. 이숭녕(李崇寧) 박사(博士)의 「지봉유설해제(芝峯類說解題)」를 기점
으로 하여, 본격적인 연구는 유홍렬(柳洪烈)의 「이수광의 생애와 그 후손
들의 천주교 신봉」으로부터 시작되었다. 그 뒤를 이어서 그의 생애를 중심
으로 한 인물연구 및 정치·실학사상에 대한 연구와 『지봉유설』과 관련된
내용을 중심으로 한 연구가 대부분을 차지하고 있으며, 그의 시문학을 중
심으로 한 연구는 아직도 미미한 단계이다.

지금까지의 연구사를 정리해 보면, 크게 세 방향으로 나눠 볼 수 있다.

첫째, 지봉의 생애와 관련된 내용을 중심으로 한 정치·실학사상에 대
한 연구이다.[2] 이 분야에서는 이홍주(李洪柱)를 비롯한 많은 학자들의

---

2) 이러한 내용을 담고 있는 논문을 소개하면 다음과 같다.
　柳洪烈, 「李睟光의 生涯와 그 後孫들의 天主敎 信奉」, 『역사교육』 13집,
　1970. 「實學의 開拓者 芝峯 李睟光」, 『한국학』 20집, 중앙대 한국학연구소, 1979.
　이만열, 「지봉 이수광연구-그의 행적과 해외인식을 중심으로」, 『숙대사론』 6
　집, 1972. 「지봉 이수광연구-그의 사회사상을 중심으로」, 『숙대논집』 15집, 1975.
　반윤홍, 「지봉 이수광의 정치·경제사상」, 『사학연구』 25집, 1975.
　姜周鎭, 「芝峯의 政治思想」, 『한국학』 20집, 중앙대 한국학연구소, 1979.
　金根洙, 「지봉의 인간과 학문」, 『한국학』 20집, 중앙대 한국학연구소, 1979.
　유상준, 「지봉 이수광의 실학사상 연구」, 연세대 교육대 석사학위논문, 1979.
　李洪柱, 「芝峯 李睟光의 實學思想과 政治實踐에 關한 硏究」, 고려대학교 교

연구가 이루어졌다. 이홍주는 지봉의 실학사상을 중심으로 정치가로서의 지봉에 대해 폭넓은 연구를 하였다. 즉 지봉의 실학사상적 배경·학문과 실학사상의 내용·실학사상의 특성으로 분류하여 설명하였고, 아울러 정책 (政策) 실행가(實行家)로서의 지봉의 정치·경제·국방·사회관을 소개하였다. 그는 부록으로 정치가로서의 지봉의 면모를 알 수 있는 중요한 내용인 「조진무실차자(條陳務實箚子)」를 완역하여 실은 성과도 올렸다.

둘째, 지봉의 광범위한 지식을 보여주는 『지봉유설』을 주 자료로 한 그의 문학평론과 산문문학에 대한 연구이다. 이 분야는 가장 많은 사람들에 의해 연구 및 발표가 이루어졌다고 볼 수 있다.[3]

박수천은 『지봉유설』의 「문장부(文章部)」를 중심으로 고찰하여 그 비

육대학원 석사학위논문, 1988.

李洪柱, 「芝峯 李睟光의 實學思想에 관한 硏究」, 동국대 대학원, 박사학위논문, 1998.

한영우, 「이수광의 학문과 사상」 『한국문화』 13집, 서울대 한국문화연구소, 1992.

尹絲淳, 「李睟光의 務實思想」 『실학의 철학』, 서울 예문서원, 1996.

3) 이 외에 지봉유설을 중심으로 한 연구를 소개하면 다음과 같다.

김주한, 「지봉 평론 연구」, 『영남어문학』 2집, 영남어문학회, 1975.

신현윤, 「이수광의 문학평론에 관한 연구」, 수도여사대 대학원 석사학위논문, 1977.

이춘희, 「지봉유설해제」, 『한국학』 13집, 중앙대 한국학연구소, 1977.

윤경희, 「지봉시론연구-그 유설을 중심으로」, 고려대 대학원 석사학위논문, 1979.

백태남, 「지봉유설 연구」, 단국대 교육대 석사논문, 1982.

한영우, 「지봉유설해제」, 『한국을 움직인 고전백선』, 동아일보사, 1985.

황의렬, 「이수광의 문학론-주신론의 전개」, 성균관대 대학원 석사학위논문, 1986.

정원구, 「지봉 이수광의 문학관 탐구-지봉유설을 중심으로」, 부산대 교육대 석사학위논문, 1989.

최은숙, 「지봉유설의 서지학적 연구」, 이화여대 대학원 석사학위논문, 1991.

장흥재, 「지봉유설의 비평론 고찰」, 『신구전문대논문집』, 1994.

박수천, 「지봉유설의 문장부 연구」, 서울대학교 대학원 박사학위논문, 1994.

김규형, 「지봉유설에 나타난 이수광의 문학인식」, 경북대 교육대 석사학위논문, 1995.

전영란, 「지봉유설을 통해본 이수광의 두보시론 연구」, 『동방시화논총』, 학산 조종업 선생 정년퇴임기념논총간행위원회, 태학사, 1996.

문희순, 「지봉 이수광의 시론 연구」, 충남대 대학원 박사학위논문, 2000.

평양상(批評樣相)을 시문변증(詩文辨證) · 세태비판(世態批判) · 작가평가(作家評價) · 작품분석(作品分析)으로 나누어 『지봉유설』의 「문장부」에서 보여준 지봉의 사고와 시각을 다양하게 살펴보았고, 문장론도 함께 거론하여 문학 비평가로서의 지봉의 면모를 부각시켰다. 한편, 문희순은 시론에 대한 부분을 따로 추가하여 설명함으로써 앞의 논문을 보완하였고, 엄우(嚴羽)와 왕세정(王世貞)의 시론(詩論)이 지봉에게 미친 영향에 대해서도 고찰하여 중국 시론과의 관계도 함께 고찰하였다. 그리고 황의열(黃義洌)은 지봉의 문학론으로 '주신론(主神論)'을 제기하였다. 즉 지봉 이전에는 성리학적 문학 이론이 중심이 되어서 시를 인성도야(人性陶冶)의 한 방편으로만 인식하여 시적(詩的) 정서(情緖)를 고식(姑息)시킨 경향이 있는 것에 반하여, '지봉의 주신론은 도덕적 효용과는 관계없이 문학이 있는 그대로의 성정을 표현한다.'는 표현론적인 점을 강조하여 문학이론의 새로운 방향을 제시하였다. 그리고 이춘희 · 백태남 · 한영우의 「지봉유설 해제」를 중심으로 한 연구가 있다. 백태남은 『지봉유설』이 주제별(主題別) 배열(排列)의 유서(類書)로서 우리나라 백과사전적(百科事典的) 유서(類書)의 선구적인 저서임을 설명하였으며, 『지봉유설』의 편찬경위(編纂經緯) · 편집체재(編輯體裁) · 수록내용(收錄內容) 등을 소개하였다. 한편 정원구(鄭源九)는 문학관 탐구의 영역을 좀 더 넓혀서 지봉의 문학관을 『지봉유설』의 「文章部」에 나오는 이론과 다른 학자의 이론을 인용하여 문장관(文章觀)과 시학관(詩學觀)으로 나누어서 설명하였다.

세 번째로 지봉의 일생과 그의 학문 및 문학 세계가 담겨 있는 『지봉집』을 주 텍스트로 한 그의 詩 작품에 대한 연구이다.4) 이 부분의 연구

---

4) 이러한 漢詩 중심의 연구논문은 아래와 같다.
  南相哲, 「芝峯 李睟光 詩 研究」, 성균관 대학교 대학원 석사학위논문, 1990.
  윤광봉, 「이수광론-이수광의 문학관과 시세계」, 『조선조한시작가론』, 소석 이종찬 선생 회갑기념논총, 동악한문학회, 1993.

는 가장 미약한 편이어서 1990년도에 들어와서 본격적으로 시작되었다. 앞의 두 방향에 비하면 연구가 빈약하지만, 남상철은 처음으로 『지봉집』에 실린 시를 중심으로 연구하였다. 그는 지봉 시 작품의 배경으로 현실인식(現實認識)·시의식(詩意識)으로 나누어 지봉의 내면세계를 소개하였고, 아울러 지봉의 시세계에서 애민우국(愛民憂國)의 詩·연정(戀情)의 詩·선계(仙界)의 詩로 나누어 소개하였다. 몇 작품의 소개에 지나지 않고 간단한 해설을 한 것이지만 시 작품을 중심으로 한 연구의 시초가 되었다고 할 수 있다. 그 외 윤광봉은 「이수광의 문학관과 시세계」에서 그의 문학관을 소개하고 시 작품의 일부분을 분석연구(分析研究)하였다. 조병호는 「지봉 이수광의 애정(愛情) 한시(漢詩) 연구」에서 지봉의 문학에서 애정(愛情)과 관련된 시 작품만 골라서 다양한 분류를 하여 소개하고 있다. 이상의 세 가지 분류에 해당되지 않는 기타 분야에 대한 연구로는, 현대문학에서 소설의 범주에 들어가는 『지봉전(芝峯傳)』을 연구한 崔賢淑(1990년), 金彤怜(1995년)이 있다. 이들은 작자와 연대를 알 수 없는 애정 소설에 해당하는 작품인 『지봉전』의 내용과 작품의 우수성을 소개하였다. 여기서 지봉은 도덕적인 군자이면서 개방성을 가진 인물로 묘사되었는데, 실제의 지봉을 허구화한 것이다. 그 외에 『지봉유설』의 서지학적인 분야의 연구가 있다.

조병호, 「지봉 이수광의 애정한시 연구」, 『문화전통논집』창간호, 경성대 향토문화연구소, 1993.

이 외의 유형에 속하는 논문으로, 서지학적 연구를 한 "최은숙, 「지봉유설의 서지학적 연구」, 이화여대 대학원 석사학위논문, 1991."과 지봉전을 연구한, "金彤怜, 「지봉전 연구」, 홍익대 교육대 석사학위논문, 1995." 등이 있고, 中國 延邊大學에서 출판된 "孫德彪, 暴剛, 「試談許筠, 李睟光詩論中的實學情神」, 延邊大學出版社, 1997."이 있다.

二. 지붕(芝峯)의 생애(生涯) 및 교우(交友)

1. 생애(生涯)

지봉의 작품 세계를 알아보기 전에 우선 그의 생애를 간단히 살펴봄으로써, 그의 인생역정(人生歷程)과 학문세계(學問世界)를 함께 알아본다. 이는 후반부에서 작품 세계를 고찰하는 데 참고가 될 수 있다.

그의 일생에 대해서는 『조선왕조실록(朝鮮王朝實錄)』과 김상헌(金尙憲)이 쓴 지봉에 대한 「묘지명(墓地銘)」과 장유(張維)가 쓴 지봉(芝峯)의 「행장(行狀)」을 보면 자세히 알 수 있는데, 여기서는 『지봉집』에 실린 「墓地銘」과 「行狀」에 나타난 내용을 바탕으로 하여 그의 생애(生涯)를 살펴본다. 한 개인의 일생을 시기별로 살펴보는 것은 함부로 할 수 있는 일은 아니지만, 지봉이 태어나서 사망하기까지의 생활환경(生活環境)·출사시기(出仕時期)·작품(作品) 활동(活動)을 고려하여 여기서는 그의 생애를 크게 네 시기로 나눠보고자 한다. 먼저 수학기(修學期)에 해당하는 시기이다. 태어나서 22세가 되기까지인데, 이 기간은 태어나서 벼슬길에 나아가기 전까지에 해당된다. 출생(出生)하여 학문(學問)에 매진했던 시기였다. 그는 조선의 3대 임금인 태종과 효빈 김씨(孝嬪金氏) 사이에서 태어난 경녕군(敬寧君) 이비(李裶)의 6대 손(孫)이다. 아버지는 명종(明宗) 때 호조(戶曹)·형조(刑曹)·병조(兵曹)의 판서를 두루 거친 이희검(李希儉)이고, 어머니는 문화(文化) 유씨(柳氏)인 첨정(僉正) 유오(柳塢)의 딸이다. 지봉은 이 두 사람 사이에서 1563년(명종18년) 경기도 장단(長湍)에서 태어났으며, 자가 윤경(潤卿)이고, 호가 지봉(芝峯)[1]이다. 5세 때 독서를 시작했으며 총명하고 기억력이 뛰어났다. 그의 아버지가 총애하여 그에게 설시(雪詩)를 짓게 하니 어린 지봉은 다음과 같은 시를 지었다. ─ 정전유월송무영(庭前有月松無影) / 함외무풍죽유성(檻外無風竹有聲) / (뜰 앞에 달은 있으나 소나무에는 그림자가 없고, 난간 밖에 바람이 없어도 대나무에 소리가 있네.) ─ 이 시를 들은 사람들이 신동으로 여기게 되었다. 13세 때 벌써 사서(四書)·이경(二經)에 통달하였다. 그리고 성균관에 출입하여 동료들의 사랑을 받았으며, 16세에 드디어 초시(初試)에 합격하여 재명(才名)을 떨치게 되었다. 17세 때는 부친상을 당하게 된다. 그때 그는 지나치게 슬퍼하며 자식의 도리를 다하다가 병까지 얻게 되었다. 그 후 3년 상(喪)을 마친 후 더욱 분발하여 학문에 힘쓰게 되니, 문사(文詞)가 더욱 발전되어서 당시에 문병(文柄)을 잡은 이율곡이 공의 시문을 당대 최고로 일컬으며 매우 칭찬하였다.[2] 약관(弱冠)의 20세에 이르러 드디어 진사(進士)에 합격하는 영광을 누리게 되었다. 출생하여 弱冠의 나이에 이르기까지는 비록 부친상의 슬픔을 당하는 고통을 겪긴 했지만, 유복한 양

---

1) '芝峯'이라는 호가 지어진 배경이 될 만한 장소가 『지봉집』에 언급되어 있으니, 소개하면 다음과 같다.
   상게서, 191쪽. 「東園庇雨堂記」, "敝居在興仁門外直駱峯之東偏. 有山曰商山. 山之一麓邐迤而南, 若拱揖之狀者曰芝峯. 峯之上有盤石, 可坐數十人. 有大松十餘 株如偃盖形者曰棲鳳亭. 其下地更平衍, 周百許畝, 畫以爲園曰東園. 深邃夷曠, 有幽居之勝. 初, 夏亭柳政丞以淸白鳴世, 卜宅于玆, 爲草屋數棟雨則以傘承其漏 至今人誦之, 卽余外五世祖也." (이 내용에서 알 수 있듯이, 하정(夏亭) 유관(柳寬)이 유거(幽居)했던 흥인문 밖의 商山지역이 경치가 뛰어나고 그 산의 한 봉우리가 공읍(拱揖)을 하는 형상을 하고 있고 봉우리 위는 반석처럼 넓고 좋으니 '芝峯'이라고 한다. 한편 지봉은 外 5世祖인 유관의 청백(淸白)함을 존경하였다. 자연히 호(號)로 불려졌음직하다.)
2) 상게서, 323쪽. "益勵爲學, 藝業日進. 時李文成公珥柄文, 脊許可, 見公詩文, 稱爲冠首."

반 가정에 태어나 큰 어려움 없이 순탄한 수학과정(修學過程)을 밟게 되었다.

다음은 사환기(仕宦期)에 해당되는데, 23세 때 대과(大科)에 급제하여 승정원(承政院) 부정자(副正字)로 관직 생활을 시작하면서부터 50세까지이다. 즉 선조18년부터 광해군4년까지에 해당하는데 활발한 환로 생활(宦路 生活)을 했던 시기였다. 외교문서를 담당했던 承政院 副正字(從9品)를 시작으로, (승정원)承政院 정자(正字)·예문관(藝文館) 검열(檢閱)·예문관(藝文館) 대교(待敎)·예문관(藝文館) 봉교(奉敎)·성균관(成均館) 전적(典籍)·사헌부(司憲府) 감찰(監察) 등의 벼슬을 하다가, 선조 23년(1590년)에는 사간원(司諫院) 正言(正6品)에 이르게 되었고 나중에 호·병 좌랑겸지제교(戶·兵佐郎兼知製敎)를 맡게 되었다. 주로 임금의 교서(敎書)나 외교문서(外交文書)를 담당하게 되었으며 그 역할로 인해 자연스럽게 지봉의 문장력은 인정받게 된다. 이 해(1590년)에 명나라 신종의 생일을 축하하는 사신의 행렬에 참가하게 되었다. 당시의 성절사(聖節使)는 대사간(大司諫)이었던 李山甫(1539-1594)였으며 지봉은 서장관(書狀官)으로 동행하게 되었다. 그때 지봉은 젊은 나이인 28세였다. 북경에서 돌아온 그는 황해도(黃海道) 도사(都事)가 되었으며, 다음 해에는 어머니의 병환(病患)으로 인하여 사직하고 귀경(歸京)하게 된다. 그 뒤 다시 예조좌랑(禮曹佐郎)·사간원(司諫院) 정언(正言)을 거쳐서 호조좌랑(戶曹佐郎)이 되었다. 그때 마침 경과(慶科)라고도 불리는 정시(庭試)가 열렸는데 그가 고제(高第)를 차지하여 임금에게서 호피를 받게 된다. 그해 겨울에는 관리(官吏) 임명권(任命權)과 공훈봉작(功勳封爵)을 갖는 吏曹佐郎(정6품)에 오르게 되자 세상 사람들이 잘된 임용이라고 칭송하였다. 이 직책은 조정에서 힘쓰는 인물의 도움이 없이는 오르기 어려운 자리였음에도 불구하고, 그런 사람의 도움이 전혀 없이 이조좌랑(吏曹佐郎)에 오른 인물이었기에 더욱더 세상 사람들의 칭송을 받게 되었다. 그리고 그는 간정(簡靖)하게 스스로를 지키며 공신과 사귐을 일삼지 않았다. 이러한 모습을 목격한 백사 이항복(1556-1618)은 깊이 감복(感服)하여 말하길, "명신(名臣)에 욕심을 두지 않고 전랑(銓郎=吏曹)에 오른 자는 지금의 세상에는 오직 이모(李某)뿐이다."고 하였다.3) 1592년 지봉이 30세 때 임진왜란이 발생하자 경상방어사(慶尙防禦使) 조경(趙儆)이 지봉을 군영(軍營)의 포도청(捕盜廳) 역할을 하는 종사관(從事官)으로 삼고자 하였다. 그러나 조정에서는 노모가 병들어 있고 형제도 없어 모친을 돌보아야 함을 알고 모친께 보내고자 하였다. 하지만 지봉은 사양하여 말하길 "임금의 녹을 먹는 사람이 나라가 어려움에 처하였는데 구차하게 피하고자 함은 사람의 행동이 아니다."고 말하며 곧장 내달려서 금산(金山)으로 갔으나 이일(李鎰)의 군사는 이미 궤멸되었음을 보고 괴로워하였다. 지봉은 당시에 군막에 있으면서 여러 번 위험을 당했으나 천행(天幸)으로 살아남을 수 있었다.4) 이후 선조(宣祖)가 피난 가 있는 의주(義州)의 행재소(行在所)에 나아가니 조정에서는 홍문관부교리(弘文館副校理) 겸 비변사랑관(備邊司郎官)으로 임명하였다. 그 해 九月에야 비로소 상소(上疏)하여 전쟁 중에 헤어진

---

3) 상게서, 318쪽. "冬拜吏曹佐郎銓曹, 世稱極選. 不能無籍援引而致之, 而公簡靖自守, 不事交遊. 白沙李相公深相敬服曰, 絶義名臣而得銓郎者, 今世唯有李某耳."

4) 상게서, 318쪽. "趙儆辟公爲從事官, 欲藉重以自佐, 旣而憫公無兄弟, 而太夫人老且病, 爲公設方便, 欲令母行. 公謝曰食君之食, 臨難而苟免非人也. 遂馳至金山, 則李鎰之師已潰……公在戎幕, 屢當鋒鏑, 適有天幸."
趙儆(1541-1609): 임진왜란 당시 경상우도 방어사로 금산서 왜구를 격퇴시키고 상처를 입음. 이해 겨울 수원부사로 적에게 포위된 권율을 도왔고 이듬해 권율과 함께 행주싸움에서 대승함. 서울 수복 후 都城西都捕盜大將이 되었고 후에 훈련도감이 설치되니, 1586년에 훈련대장이 됨.
李鎰(1538-1601): 1558년에 무과에 급제하였으며, 1583년 胡賊 尼湯介가 난을 일으켜 慶源을 함락함에 慶源府使가 되어 격퇴시킴. 임진왜란 때 선봉장으로 평양을 수복했으며 무용대장으로 서울을 방위함.

노모를 찾아 나서게 되었다. 1593년에는 당시의 어려움을 극복하기 위한 대책으로 상소문 「차조진십폐(箚條陳十弊)」를 올렸다. 그 해 겨울에는 전쟁이 소강상태가 되자 어가(御駕)를 따라서 한양으로 오게 되었다. 이때에 군사와 관련된 나라의 일이 많았고 사령(辭令)과 명령(命令)이 자주 내려졌는데, 빨리 써야 하는 것은 모두 지봉의 손에서 나왔다.[5] 1595년 지봉의 나이 33세 때는 노모(老母)의 상(喪)을 당하게 되었고, 그 후 벼슬은 성균관대사성(成均館大司成: 從2品)에 이르게 되었다. 선조30년 1597년에는 정유재란(丁酉再亂)이 발생하여 다시 전쟁을 몸소 겪어야 했고 이 해에 명나라의 황극전(皇極殿)·중전(中殿)·건극전(建極殿)에 화재가 발생하자 지봉은 진위사(進慰使)가 되어서 두 번째로 북경을 방문하게 된다. 당시 지봉의 나이는 35세였다. 그에게는 다시 새로운 문물을 접하는 기회가 되었다. 이때 지봉은 안남국 사신을 알게 되었고 그와 시를 주고받게 되었다. 당시 지봉이 안남국 사신과 화답한 시는 후에 안남국(安南國)에서 크게 유행하게 되었다. 그 뒤 여러 벼슬을 역임하였고 1599년(선조32년)에는 이조참의(吏曹參議)가 되었다. 이때에 남인(南人)과 북인(北人)의 당쟁(黨爭)으로 인한 갑작스런 변란이 발생하여 영의정(領議政)이었던 유성룡(柳成龍: 1542-1607)이 쫓겨나고 좌의정(左議政) 이원익(李元翼: 1547-1634)의 자리도 위태롭게 되었다. 지봉은 질병으로 인하여 화를 면했으나 좌천되는 수모를 겪었다. 1601년에는 명나라 황태자(皇太子)의 책례(冊禮)가 이루어졌음을 알리는 조사(詔使)가 오게 되자 그는 도사영위사(都司迎慰使)가 되어 평양까지 마중 나갔다가 말에서 떨어져 도중에 한양으로 돌아오게 되는 어려움도 겪게 된다. 1603년 이조참의(吏曹參議)로 있을 때는 선조의 계비(繼妃) 책봉(冊封) 문제로 조정 중신(衆臣)의 의견이 대립되자 지방관이 되기를 청하였고, 드디어 1605년에는 안변부사가 되

---

5) 상게서, 319쪽. "時軍國多事, 辭命繁委. 凡製作之急就者. 多出公手."

어 덕치(德治)를 펼치게 된다. 1606년(44세) 봄부터 1607년(45세) 늦가을까지는 宦路 生活을 한 후 처음으로 질병으로 인해 1년 이상을 쉬게 되었다. 1607년 겨울에는 홍주목사(洪州牧使)가 되어서 청정(淸靜)하게 다스렸고, 1609년(47세) 여름에 다시 병으로 사임하게 되었다. 지봉의 나이가 44세에서 47세가 되었던 기간에는 대체로 병약한 시기였다. 이 기간은 정권교체 시기이기도 하였으니, 1608년에는 선조(宣祖)가 죽고 광해군(光海君)이 즉위하게 된다. 지봉은 사환기(仕宦期)에 상당히 오랫동안 병조에 몸담게 되었는데, 긴 세월 벼슬한 자신의 심정을 나타낸 시를 보면 다음과 같다.

一生官祿在兵曹	한평생 벼슬이 병조에 있었으니,
二十年來十九遭	20년에 19번을 맡았네.
曾歷郎中猶是忝	일찍이 낭중을 지냈으니 자리를 더럽힘이요,
久居堂上詎非饕	긴 세월 당상관에 있었음이 어찌 탐함이 아니었으랴?
腰間霜電龍雙劍	허리 사이에서 번쩍이는 것은 용천검(龍泉劍)이었고,
心下風雲豹六韜	마음 속의 변화무쌍한 계략은 표륙도(豹六韜)이었네.
從此命途方自信	이 운명의 길에 바야흐로 스스로 미더움이 있었으니,
文星不及將星高	문관(文官)이 무관(武官)의 높음에 미치지 못하네.6)

이 시는 1610년경 지봉의 나이 48세 때인, 을유년(乙酉年)에 지어진 시로 자신이 오랫동안 兵曹(병조)에 몸담았음을 소개하고 있다. 세상 사람들이 "지봉이 사학(詞學) 즉 문사(文辭)에 정진(精進)했으면서도, 세상에서 쓰인 바가 없고 군사의 일은 능하지도 않는데 어떻게 병조에 오랫동안 근무하게 되었는가?"라는 질문을 하자 이에 대해 "노모(老謀)와 기략(奇略)이 병사를 다룸에 합당하다고 주장하며 이 시를 지어서 질문에 답

---

6) 상게서, 136쪽. 「騎省漫詠」.

하였다."고 언급하였다.[7] 이 작품에서 알 수 있듯이 지봉은 문사(文事)뿐만 아니라 무사(武事)에도 뛰어났다.

1611년(광해군3년) 8월에는 세자관복(世子冠服)을 주청(奏請)하기 위해 주청사(奏請使) 겸 동지사(冬至使)였던 이상의(李尙毅: 1560 - 1624)의 부사(副使)로 세 번째 북경 행을 하게 되었다. 이때 유구(琉球)·섬라국(暹羅國)의 사신을 만나게 되었다. 당시 지봉의 나이는 49세이었다. 환로 시절에 지봉은 세 번이나 북경 땅을 밟게 되었는데, 사신(使臣)으로 중국을 여러 차례 방문한 것이 계기가 되어 중국과 서양문물을 직접 접하게 되었다. 이로 인하여 학문의 폭도 넓어졌고, 실학에 대한 학문의 기반도 갖추어졌다. 그의 무실사상은 후에 이익에게 영향을 미치게 되었으며 이익의 사상은 후에 정약용·박지원 등에 이어져 실학의 완성을 보게 된 것이다. 그의 북경 방문은 세상에 대한 안목과 학문을 넓히는 데 크게 공헌한 것이다. 그가 세 번에 걸쳐서 중국을 왕래한 기간이 합치면 약 십 년이라는 긴 세월이었다. 마지막 행차였던 3차의 북경 방문을 끝내고 한양으로 되돌아오면서 그동안에 使臣으로 왕래했던 시절의 소감을 나타낸 한 편의 시가 있으니, 소개하면 다음과 같다.

十載遊蹤再帝城　　10년 유랑하다 다시 제성에 들어가니,
天敎老眼富平生　　하늘이 노인에게 평생을 넉넉히 구경하게 하였네.
新詩也勝良工畵　　새로운 시는 또한 훌륭한 화가의 그림보다 나으니,
句裏山川總有聲　　글귀 속의 산천엔 모두 소리가 들리네.[8]

안산을 지나가다가 그 느낌을 술회한 시이다. 십 년 동안 중국을 방문

---

7) 상게서, 136쪽. "或謂余曰, 子專精詞學, 而無所用於世, 軍旅之事, 非子所能. 而久於兵官若是, 何也. 無乃有老謀奇略合着論兵地也. 余大笑, 因作此詩以解嘲云."
8) 상게서, 145쪽.「鞍山道中」.

하게 된 경험이 안목을 넓히는 좋은 기회가 되었음을 말하고 있다. 중국
의 새로운 풍물은 시의 좋은 소재가 되었다. 시로 표현하는 것이 그림으
로 그리는 것보다 낫다고 말하고 있다. 시가 그림보다도 자연을 더 잘 형
상화할 수 있는 예술임을 주장하고 있다. 특히 그림으로 나타내기 어려운
자연의 소리를 청각적인 시어로 얼마든지 표현할 수 있다는 것이다. 시인
인 자신이 화가보다 자연을 더 잘 그려낼 수 있음을 결론적으로 말하고
있다. 이 작품이 지어진 시점은 마지막으로 북경에 갔다가 귀국 도중에
한양 근처인 안산(鞍山)을 지나던 때이다. 그의 북경 방문은 그에게 많은
시의 소재를 제공했으며, 그의 학문과 식견을 넓히게 만든 계기가 되었음
은 두말할 필요가 없다. 한편 지봉은 북경에서 돌아온 후에 대사성(大司
成)·대사간(大司諫)·대사헌(大司憲)·병조참판(兵曹參判)·홍문관(弘
文館) 부제학(副提學) 등의 벼슬을 거치게 된다. 이 시기에 술사(術士)
이의신(李懿信)이 "한양(漢陽)이 기운이 다하여 서울을 교하(交河)로 옮
겨야 한다."고 주장하였는데 광해군이 그 말을 받아들여 조정 의론에 붙
이니, 인정(人情)이 의혹(疑惑)되어 따르고자 하는 사람이 많음에 공이
솔선(率先)하여 관료들과 함께 상소한 글이 이치에 합당하여 드디어 세상
이 잠잠해지게 되었다.[9] 이 시기까지 벼슬 생활이 거의 30년이나 되었고
삼정승(三政丞)을 빼고 거의 하지 않은 벼슬이 없을 정도였다. 그만큼 지
봉의 학문과 인품은 조정의 신뢰를 받기에 충분하였음을 알 수 있다.

다음은 휴직기(休職期)로 광해군의 폭정에 실망을 느껴서 관직을 그만
둔 시기가 되는데, 1613년(51세) 때부터 약 10년에 해당하는 기간이다.
지봉이 잠시 벼슬에서 물러나 휴식을 취할 수 있었던 시기였으며 많은 작
품도 이 시기에 쓰여졌다. 1613년(광해군5년)에는 대북파 이이첨(李爾瞻)

---

9) 상게서, 320쪽. "術士, 李懿信用堪輿家進言曰, 漢都氣竭山童, 交河形勝, 宜
建都. 光海入其說, 令廷臣集議人情疑惑, 頗有承望傅會者. 公率館僚上箚駁
之. 反復數百言, 詞理甚正, 事遂寢."

무리의 책동으로 광해군이 이복동생인 영창대군(永昌大君)과 그 외조부
(外祖父)인 김제남(金悌男)을 죽이고 영창대군의 생모인 인목대비(仁穆
大妃)를 폐위시켰다. 이 기간은 지봉이 간간이 벼슬은 하였지만, 거의 정
계 활동을 그만둔 시기로 그의 일생 중에서 휴식기로 볼 수 있다. 비록
짧은 기간이었지만, 지봉유설(1614년)을 마무리 짓는 학문적으로 큰 업적
을 남겼던 중요한 시기였다. 1613년의 계축옥사(癸丑獄事)를 겪고는 벼
슬에 염증을 느껴 사직하였으며 스스로 자취를 남기지 않으려고 벼슬을
떠나 흩어져 있는 선비들과 하는 일 없이 놀며 지냈다. 일체 당시의 정치
와 관련된 이야기는 하지 않았다. 2년 뒤인 1615년에는 부인 金氏(1567-
1615)가 사망하게 된다. 그리고 드디어 1616년에는 순천부사(順天府使)
로서 외직(外職)에 나가게 된다. 이때에 지봉은 한양을 벗어나 초야에 묻
혀 사는 좋은 기회로 생각했다. 당시에 상촌(象村) 신흠(申欽)은 방축되
어 김포(金浦)에 살고 있었는데 둘은 그곳에서 만났다. 막역지우(莫逆之
友)였던 그들은 만나서 서로를 위로하고 함께 슬퍼하였다. 그리고 저녁이
되어서야 헤어졌다.[10] 1619년에 순천부사의 임기를 마치게 되었는데, 백
성들은 그의 선정(善政)에 대한 감사(感謝)의 송덕비(頌德碑)를 세우게
된다. 이후 그는 수원전사(水原田舍)에서 병거(屛居)하며 두문불출하였으
므로 가족도 거의 그의 얼굴을 볼 수 없을 정도였다. 지봉의 인물됨을
잘 알고 있는 광해군이 교서(敎書)를 내려 벼슬에 나오길 청했으나 병을
핑계로 나아가지 않았다. 이 시기에 지봉은 벼슬에서 물러나 자신을 돌아
보는 시간을 갖게 되었으며, 자연히 많은 작품을 쓰게 되었다.

마지막으로 지봉 나이 61세(1623년)부터 사망하기까지는 다시 출사(出
仕)해서 왕성하게 활동한 재출사기(再出仕期)이다. 1623년 인조반정으로

---

10) 상게서, 320쪽. "脫身世網, 吾其爲吏隱乎. 玄軒申公. 公之莫逆交也. 放逐在
江外, 公就別焉. 相視悲吒, 竟夕而後去."

집권한 인조(仁祖)가 옛 신하들을 불러들였고, 지봉은 다시 도승지(都承旨)로 정계의 중요한 위치로 복귀하게 되었다. 그러나 이듬해인 1624년에는 이괄(李适)의 난이 일어났다. 임금이 공주(公州)로 피신하게 되었고 지봉도 호종(扈從)하였다. 그 뒤 지봉은 여러 관직을 거쳐 1625년에는 대사헌(大司憲)이 되었다. 때마침 임금이 새로운 정치를 펴고자 여러 신하들의 의견을 구함에 그는 「조진무실차자(條陳務實箚子)」를 올리게 된다. "국가의 기강을 바로 세우고 인재를 기르며 당파를 없애고 군비를 확충할 것을 주장하였다."11) 1627년에는 정묘호란(丁卯胡亂)이 발생함에 또다시 임금을 호종하였고, 1628년 인조6년에는 이조판서(吏曹判書)의 직책에 올라 활동하다가 얼마 되지 않아 1628년 12월 26일 66세의 일기로 돌아가셨다. 그는 사망하기 일 년 전인 정묘년(丁卯年: 1627년)에 죽음을 예견한 듯 쓸쓸한 심사를 詩로써 표현하였으니, 그 작품의 내용은 다음과 같다.

寒雨連旬苦未晴　　찬비는 열흘이나 이어지며 개이지 않고,
病懷廖落過淸明　　병으로 쓸쓸히 지내는데 청명이 지났네.
山花也學又秋思　　산꽃은 배워서 또 가을을 생각할 줄 아니,
相對春風笑不成　　서로 춘풍을 대하고도 웃지 않네.12)

이 시에서 질병으로 쓸쓸한 노년을 보내는 화자의 모습을 상상할 수 있다. 즉 "산꽃은 봄이 왔는데도 기뻐하지 않고 언젠가는 떨어질 수밖에 없는 가을이 있다는 이치를 알고 기뻐하지 않는다."라고 한 내용에서 시인의 쓸쓸한 내면세계를 읽을 수 있다. 지봉은 마치 자신의 삶이 산꽃의 신세처

---

11) 芝峯의 <條陳務實箚子>, "一曰勤學之實. 二曰正心之實. 三曰敬天之實. 四曰恤民之實. 五曰納諫諍之實. 六曰振紀綱之實. 七曰任大臣之實. 八曰養賢才之實. 九曰消朋黨之實. 十曰飭戎備之實. 十一曰厚風俗之實. 十二曰明法制之實."

12) 상게서, 31쪽. 「卽事」.

럼 그리 멀지 않았음을 인식하고 있는 것 같다. 산의 꽃이 아름다움을 자랑할 수 있는 봄이 왔으나 곧 만물을 시들게 하는 시기가 있음을 알고서 웃지 않듯이 지봉도 봄이 왔으나 기뻐만 할 수 없다. 조락의 계절 가을이 있기 때문이다. 자신의 삶에도 죽음의 그림자가 가까이 다가왔음을 예견하고 있는 듯하다. 실제로 지봉은 이 시를 쓴 뒤 얼마 되지 않아 사망하게 되었다. 지금까지 크게 네 시기로 나누어 지봉의 일생을 살펴보았다.

파란만장한 삶을 살았던 지봉은 한편의 장시(長詩)에서 자신이 살아온 일생을 되돌아보며 시기별로 나누어 정리하고 있다. 그리고 이 작품에는 그의 인생관(人生觀)과 철학관(哲學觀)도 잘 나타나 있다. 이 작품을 살펴봄으로써 지봉의 일생(一生)을 일목요연하게 다시 정리하고자 한다.

昭陽大淵獻	계해년, (昭陽은 癸의 古甲子·大淵獻은 亥의 古甲子)
四之日吾生	4월에 내가 태어났네.
生命等韓蘇	출생이 한퇴지(韓退之)와 소자첨(蘇子瞻)과 같아서,
直斗牛箕星	북두·견우·기성에 해당하네.
六歲讀章句	6세에 장구를 읽었고,
受學於家庭	집에서 학문을 배웠네.
十二稍屬文	12세에 글을 지었고,
通四書兩經	사서와 시경·서경에 통했네.
十五結交遊	15세에 글벗과 사귀었으니,
所交多才英	교제(交際)하는 사람은 영재가 많았네.
十六始戰藝	16세에 비로소 초시에 응했고,
赫赫初起聲	처음으로 명성이 알려졌네.
十七失所怙	17세에 아버지가 돌아가시어,
哀哀凶禍嬰	슬프고 슬픈 화를 당했네.
二十登進士	20세에 진사에 올랐으니,
虛譽人或傾	빈 명예에 사람들이 따랐네.
廿三占大第	23세에 문과(대과)에 합격했고,

發軔靑雲程	처음으로 청운의 길에 올랐네.
槐庭午日鼓	조정에서는 단오 날에 북 두드렸고,
翰苑春風觥	한림원에서는 봄에 술 돌렸네.

薇垣掌誥華	사간원(司諫院)에서 고명(誥命)을 맡았고,
騎省郞官榮	병조의 낭관은 영광이 되었네.
白虎千秋節	명의 천자 탄생일에,
乘驄萬里行	천리마 타고 만 리를 갔네.
歸朝佐海幕	조종에 돌아와 황해도도사(黃海道都事)로 일했고,
儵直入西淸	여러 벼슬 거쳐서 옥당에 들어갔네.
天曹再員外	이조에서 거듭하여 이조좌랑이 되었고,
栢府旋持平	사헌부에서는 지평이 되었네.
壬辰國遇否	임진에 나라가 불운을 만남에,
從戎細柳營	군사 따라서 세류영에[13) 갔네.
寄身鋒鏑裡	몸은 창끝과 살촉 속에 맡겨졌고,
豺虎路縱橫	오랑캐가 길의 여기저기서 설치었네.
芒鞋走行在	발은 행재소로 향하여 달리었고,
雪涕龍灣城	눈물은 용만성에서 씻었네.
抗疏得繡斧	항소 올려 수부(함경어사)가 되었고,
杜子賦北征	두보의 북정을 읊었네.
冒賊尋老母	적의 위험 무릅쓰고 노모를 찾았는데,
間關事可驚	관문이 막혀서 놀라운 일 당했네.
揚鑣擬死辱	재갈 날리니 욕되게 죽을 것 같았고,
借助慙論兵	저를 빌려 병사들과 의논함이 부끄러웠네.
水蛇寇新退	왜구는 다시 물러났고,
扈駕回舊京	어가 호종하며 옛 서울로 돌아왔네.
踰年亞風憲	해가 지남에 사헌부(司憲府) 집의(執義)가 되었고,
戮力輸深誠	죽는 힘을 다해서 정성을 쏟았네.

---

13) "漢文帝時　周亞夫爲將軍　屯軍細柳　以備匈奴……後因贊稱軍營紀律嚴明者
爲細柳營."(辭源, 中華商務聯合印刷, 1987, 1311쪽.)

卅二蒙寵擢	삼십 둘에 총애 입어 발탁되었고,
銀臺鬢尚靑	은대(승정원)에서 일함에 구레나룻 아직 푸르렀네.
力微功莫效	힘이 미약하여 공도 이루지 못했으니,
恩重身還輕	은혜는 무거운데 몸은 도리어 역할을 다 못했네.

靑羊罰偏酷	을미년 천벌은 몹시 혹독했고,
百疾與憂幷	온갖 병이 근심과 함께 찾아왔네.
草土尙餘息	시골에서 남은 목숨 연명하고 살았으니,
骨立仍換形	기골은 섰으나 얼굴이 바뀌었네.
從玆萬念灰	이에 모든 생각이 사그라졌고,
田畝期隱耕	밭이랑에 숨어서 몰래 경작하였네.

赤雞又朝天	정유년(丁酉年)에 또 진위사(進慰使)가 되었으니,
起廢趁明廷	지친 몸 일으켜 명나라 조정으로 달려갔네.
金牛膺儐選	신축년(辛丑年)에 영위사(迎慰使)로 선택되었으며,
淹病半途停	병을 만나 중도에서 그만뒀네.
九忝代言職	아홉 번 대사간의 직책을 더럽혔고,
五叨大司成	다섯 번 대사성의 임무를 감히 받아들였네.
再諫三玉署	두 번 대간(大諫)이 되었고, 세 번 홍문관의 관원이 되었고,
十兵四銓衡	열 번 병조에 몸담았고, 네 번 이조(吏曹)를 맡았네.
涓露愧無補	벼슬길에 도움주지 못해서 부끄러운데,
淸要空飽更	청직·요직 맡아 헛되이 배만 채웠네.
蒼龍借北麾	갑진년(甲辰年)에 안변부사가 되었고,
煦濡蘇疲氓	따뜻이 보살피니 지친 백성 살아났네.
撫字拙催科	사랑하며 보살펴 조세 재촉 삼갔고,
焦勞不爲名	수고해도 명예를 추구함이 아니었네.
沈綿困折腰	오랜 병에 허리 숙이기 어려워서,
歸去晉淵明	진나라 도연명처럼 귀거래(歸去來)하였네.
負譴再寒暑	견책당해 두 해를 보낸 때였으니,
蟄臥門晝扃	칩거하여 누워서 낮에도 대문을 잠갔네.

匡時蔑上策　　당대의 어려움을 바로잡을 상책이 없었으니,

憂國徒傷情　　나라 걱정에 다만 마음만 아팠네.

東海浪纔息　　동해의 풍랑은 겨우 잠잠해졌는데,

西邊釁又萌　　서쪽의 나쁜 조짐이 또 생기려 하였네.

堯眉久顰蹙　　임금님의 미간은 오래도록 찡그러져 있었고,

疆圉方靡寧　　나라는 바야흐로 편치 못했네.

耿耿夜不寝　　시름에 젖어 밤에는 잠 못 이루었으니,

長歌誰爲聽　　길게 노래하나 누가 들었으리.

我有馬武劒　　나는 마무의 검이 있었으나,

空向伊吾鳴　　헛되이 탄성만 울리었네.

我有班固筆　　나는 반고의 필이 있었으나,

未勒燕然銘　　연연(燕然)의 명(銘)을 새기지 못하였네.

氣壯欲呑虜　　기운은 씩씩해서 오랑캐를 삼키고자 하였으나,

天高難請纓　　하늘은 높아 벼슬을 청하기 어려웠네.

乖慵與世左　　괴리되고 나태해져 세상과 어긋났었으니,

守拙甘伶仃　　졸려함을 감수하며 외로움을 참았었네.

軒冕倘來物　　관직이 혹 나에게 왔다면,

何須公與卿　　어찌 삼공과 대부만 기다렸겠는가?

妻兒競笑我　　처와 아이는 다투어 나를 비웃었고,

無粟空瓶罌　　곡식 없어 항아리는 비었었네.

工文不療貧　　공교로운 학문은 가난함을 고치지 못하였고,

研思枉敝精　　깊은 생각은 그릇되어 정신을 황폐시키었네.

我謂我道是　　나는 나의 도가 옳음을 말하나니,

我言爾其聆　　나는 "너에게 깨달아라." 하노라.

古今一彈指　　고금은 하나의 손끝으로 퉁김과 같고,

天地一旅亭　　천지는 한 나그네의 정자와 같네.

是身寓兩間　　이 몸을 둘 사이에 의지하니,

渺然一浮萍　　아득히 떠가는 한 줄기 부평초와 같네.

誰能百年內　　누가 능히 백 년 안에,

瑣屑强求贏　부서진 조각조각을 힘써 구해내리요.

有足莫投勢　발이 있어도 세력에 붙지 말고,

有手莫振羹　손이 있어도 국을 빼앗지 마라.

不操齊門瑟　제문(齊門)에서 비파를 만지지 말고,

不撫桓伊箏　환이(桓伊) 있는 곳에서 피리를 만지지 마라.

不作阮生達　완적의 방달(放達)함은 행하지 말고,

不慕屈原醒　굴원의 각성(覺醒)을 사모하지 마라.

富貴安足羨　부귀를 어찌 부러워하리오!

彼哉金滿籯　저들이여! 금을 광주리에 채우네.

此心苟自保　이 마음을 진실로 스스로 보전할지니,

處世淡無爭　처세가 담담하여 다투지 않네.

惟將聖賢書　오직 성현의 책을 지니고서,

聊以送餘齡　애오라지 남은 해를 보내고자 한다.14)

이 시는 570자로 이루어진 오언고시로 상당히 길게 지어진 시이다. 내용은 지봉이 태어난 해로부터 성장해서 벼슬한 일 그리고 이어서 말년의 자신의 모습까지 일대 서사시(敍事詩)처럼 엮어가고 있다. 전체 구수(句數)는 총 114구로 되어 있는데 내용을 몇 부분으로 나눠서 정리해 본다. 먼저 1구에서 10구까지는 태어나서부터 15세까지의 모습을 서술하고 있다. 앞 부분에서는 자신의 출생이 한유·소동파와 같은 별자리임을 언급함으로써 그가 문학적으로 자질을 타고났음을 은근히 자랑하고 있다. 이어서 어렸을 때의 가정 교육·학문 정도·교우 관계를 개략적으로 이야기하고 있다. 여기서 언급했듯이 지봉은 특별히 사사받은 스승은 없고, 집안 어른들에게서 학문의 기초 소양을 습득했음을 알 수 있다. 그리고 어려서부터 매우 열심히 스스로 학문에 정진하였다.

11구에서 20구까지는 초시에 응시한 일·처음으로 벼슬길에 나아가게 되

---

14) 상게서, 80쪽. 『述懷五百七十言』.

어 기뻤던 일 등을 중심으로 기록하고 있으며, 또한 17세 때는 부친의 사망으로 큰 슬픔을 겪게 되었음을 시대순으로 말하고 있다. 약관의 나이에 초시에 합격해서 재명(才名)을 떨쳤으나 호사다마(好事多魔)란 말이 있듯이 이듬해에 부친상을 당하는 어려움을 감당해야 했다. 젊은 나이에 슬픔이 컸지만 그는 상(喪)을 치른 후 더욱 분발하여 학문에 힘써서 문사(文詞)의 발전을 이루었다. 그리하여 후에 율곡 선생의 극찬을 받게 되었다.

21구에서 29구까지는 여러 번 옮긴 벼슬에 대해서 차례로 말하였다. 아울러 성절사(聖節使)의 서장관(書狀官)으로 처음 북경을 방문하게 된 일 등을 언급하고 있다. 성절사는 명나라 때에 황제 또는 황후의 생일을 축하하러 가는 사신인데, 천추사(千秋使)라고도 한다. 지봉은 당시 신종(神宗)의 생일을 축하하기 위해 이산보(李山甫)와 함께 갔다. 이때 비로소 중국의 풍물을 눈으로 직접 목격하게 된다. 북경에 도착한 청년 지봉은 중국의 변화된 모습을 체험하게 되었으며 그로 인하여 세상에 대한 안목도 넓어졌다. 그 뒤 여러 관직을 거치다가 정5품에 해당하는 사헌부 지평에 이르게 된 것이다.

29구에서 48구까지는 조선 시대 가장 큰 전란이었던 임진왜란으로 어려운 상황을 겪게 되었음을 언급하고 있다. 이 시기에 담당했던 벼슬과 혼란한 시대에 겪은 인간적인 괴로움·혼란기의 인심의 변화·노모에 대한 그리움 등을 곡진히 드러내고 있다. 또한 두보의 '북정(北征)'이란 시의 내용을 인용하여 자신이 처한 상황을 그려내고 있으며 아울러 전쟁 상황에서의 노모에 대한 근심과 국가에 대한 걱정 등을 표현하고 있다. 지봉은 4월에 임진왜란이 발생하자 경상도 방어사인 조경(曹儆)의 종사관(從事官)으로 전쟁터에 따라다니다가 구사일생으로 살아났고, 부교리(副校理)와 비변사(備邊司)의 직책을 맡아 군사의 일에도 책임을 다했다.15)

___

15) 상게서, 318쪽. 「行狀」 "壬辰又罷 夏四月 倭寇至 中外大震 慶尙防禦使趙

이 단락의 후반부에서는 어려운 전쟁 상황에서 아무런 역할도 할 수 없었음을 서글퍼하면서, 또 한편으론 "힘도 못 쓰고 공도 없이 나라의 녹만 축내고 있다."고 자책하고 있다. 지봉의 정치 역정에서 삶과 죽음을 넘나드는 가장 어려운 시기이기도 하였다.

49구에서 54구까지는 모친의 사망과 자신의 질병 등으로 가내의 문제 때문에 어려운 삶을 살았던 시기의 모습을 나타낸 것이다. 모친의 죽음은 그에게 커다란 충격을 남겼고, 그로 인해 자신도 질병의 고통을 겪게 된다. 모친상과 자신의 질병으로 벼슬살이를 잠시 접어 두고, 조용히 초야에서 농사지으며 삶을 이어가는 서글펐던 시절의 심정을 드러내고 있다. 여기서 말하는 을미년은 1595년인데 당시 지봉의 나이는 33세이었다.

55구에서 68구까지는 정유재란이 일어났던 해이다. 정유년에 명나라 궁전에 불이 나자 진위사(進慰使)가 되어 북경을 다녀오게 되었음을 언급하고 있다. 이때에 안남국의 사신이었던 풍극관(馮克寬)을 알게 되었고 많은 시를 주고받게 된다. 풍극관과의 만남은 많은 분야에서 지봉의 시야가 넓어지는 계기가 되었다. 풍극관과의 교유로 세계의 문물에 대하여 많이 알게 되었고, 이는 『지봉유설』을 쓰는 데도 참고가 되었다. 풍극관과 화답한 시와 대화한 내용은 『지봉집』의 「안남사신창화문답록(安南使臣唱和問答錄)」에 실려 있다. 이 내용에 이어서 중국사신을 맞이하는 영위사(迎慰使)가 되어 평양까지 갔다가 말에서 떨어져 다친 일도 언급하고 있다.[16] 이때는 명나라 황태자의 책례(冊禮)가 행해졌고 그 사실을 알려주기 위해 조선에 명나라 사신이 왔던 시기이다. 지봉이 이들을 영접하는 중요한 역

徹辟 功位從事官 欲藉重以自佐 旣而憫公無兄弟 而太夫人老且病 爲公設 方便 欲令母 行公謝曰 食君之食 臨難而苟免 非人也 遂馳至金山……八月 謁世子于成川仍詣 行朝 卽拜副校理兼備局郎."

16) 상게서, 319쪽. 「行狀」 "皇太子 冊禮成 詔使將至 以公爲都司迎慰使 實文翰極 選也 行到平壤 墮馬傷適歸."

할을 맡게 된 것은, 그의 학문과 인품에 대해서 당시의 조정이 인정하고 있었다는 증거이다. 그 뒤 지봉의 나이 49세 때인 1611년에 세 번째로 북경을 방문하게 되는데, 이때는 琉球國(유구국: 오키나와)·暹羅(섬라: 태국) 등의 동남아 사신과 만나게 되었다. 이 또한 세상에 대한 견문을 넓히는 중요한 계기가 되었다.[17] 이들에 대한 기록은 『지봉집』의 「유구사신증답록(琉球使臣贈答錄)」에 나와 있다. 마테오리치의 『천주실의(天主實義)』와 같은 책도 이 시기에 들여오게 되었다. 이 당시 조선에 들여온 이러한 서적들에 의하여 습득된 지식은 사회변화에 많은 영향을 끼쳤다. 실학을 여는 단초를 마련한 학자로 평가받는 지봉은 더욱 많은 영향을 받게 되었다. 이 시점은 지봉이 가장 활발하게 활동한 시기이며 그에 걸맞은 여러 벼슬을 거치게 되었다. 특히 안변부사 시절에는 덕치(德治)를 베풀어 백성들의 존경을 받았음을 기록하고 있다. 그가 안변부사가 된 것은 오랜 내직생활(內職生活)에 염증을 느껴서 자진해서 외직(外職)을 요청하여 얻어낸 관직이다. 그가 안변부사(安邊府使)로 부임한 첫해에 다음과 같은 일이 있었음이 기록되어 있다. "을사년(乙巳年)에 가뭄이 심했는데 공이 기우제를 지내자 곧 비가 내렸고, 옛날에 마을 연못에 연꽃이 죽어서 봉래(蓬萊) 양사언이 연꽃을 심었으나 수십 년 동안 연꽃이 자라지 않아 황폐했었는데, 이때에 다시 연꽃이 살아났으니 마을 사람들이 상서로운 일로 여기며 좋아했다."[18]라는 것이다. 아마도 "지봉의 德治로 인하여 상서로운 일이 생기게 되었다."고 마을 사람들은 믿게 된 것이다.

69구에서 94구까지의 내용은, 앞 부분에서는 이이첨, 정인홍 일당의 대북이 소북을 공격하여 임해군과 유영경을 사사(賜死)케 하고 영창대군을

---

17) 상게서, 320쪽. 「行狀」 "公凡三聘上國 氷蘗自厲 如書籍香藥 絲毫無所近 在燕 與安南琉球暹羅使相遇."

18) 상게서, 319쪽. 「行狀」 "乙巳春 抵任 夏旱 公禱雨卽應 復地舊無蓮 楊蓬萊 士彦 爲守鑿地種藕 蕪廢數十年 至是復生 父老稱以爲異事."

강화에 안치시키며 인목대비를 유폐시키는 계축지화(癸丑之禍)가 발생한 일에 대해 언급하였다. 그 일로 인하여 지봉은 벼슬을 그만두고 2년 동안 칩거하게 되었다. 광해군의 폭정으로 민심이 흉흉했으며 결국은 인조(仁祖)가 왕위에 오르게 된다. 얼마 되지 않아서 이괄(李适)의 난이 발생하였으며, 3년 뒤인 1627년에는 정묘호란(丁卯胡亂)으로 다시 조선은 혼란에 빠지게 된다. 그 후 얼마 되지 않아 1628년 겨울 66세의 나이로 세상을 마감하게 되었다. 이 부분의 내용을 보면 정묘호란이 일어난 시기까지 기록하고 있으니, 지봉이 말년에 이르러 자신의 일생을 회고하면서 쓴 시임을 알 수 있다. '경경야불침(耿耿夜不寢)'에서 '연사왕폐정(研思枉敝精)'까지에서는 당시의 혼란을 목도하면서도 해결할 방법이 없음을 괴로워하였고, 자신이 가진 마무(馬武)의 칼과 반고(班固)의 필(筆)로도 어찌할 수 없는 능력의 한계를 느끼고 있다. 또한 자신의 가정형편도 어려워지게 되었으며 처와 아이들은 이러한 능력 없는 자신을 비웃는 것처럼 느껴지게 되었다. 결국 곡식 항아리도 비게 되는 참담한 현실을 감내해야 했다.

이 단락의 1~2구는 도연명의 「귀거래사(歸去來辭)」를 떠올리게 한다. 「歸去來辭」란 제목의 해석에 대해서도 학자들의 의견이 분분한데, 『지봉유설』에서는 "歸는 관직을 돌려주고, 去는 직책을 버리고, 來는 고향으로 돌아온 것이다."라고 풀이하였다. 매우 적합한 해석이라고 할 수 있다.

95구에서 마지막 구까지는 이 시의 결론에 해당하는 부분으로, 지봉의 인생관과 철학관의 단면을 보여주고 있다. 이 시의 처음부터 94구까지는 태어나서 말년까지 지내온 삶의 현상을 실사하고 거기서 느낀 소감을 곁들여 자신의 인생 역정을 시대순으로 서사(徐事)하였다. 그러나 95구부터는 현실을 극복하면서 어떻게 살아가는 것이 옳은 것이며, 또 앞으로 어떻게 살아가겠노라고 하는 자신의 처세관 내지 인생관을 드러내고 있다. 즉 자신의 생각을 정리하여 시로 형상화함으로써 세상 사람들에게 어떤 깨우침을 주고 있다. 특히 "고금은 한 손 끝을 튀기는 순간이고 천지는 나그네를 위한 정자이다. 이 몸 둘 사이에 붙어 있으니 떠가는 부평초와 같다."라고 말한 부분은 인생무상(人生無常)을 표현한 구절로 이백의 「춘야연도리원서(春夜宴桃李園序)」의 내용을 연상케 한다. 그리고 '재문(齊門)'·'환이(桓伊)'·'완적(阮籍)'·'굴원(屈原)' 등의 삶의 특징적인 면을 언급하면서 세상을 살아가는 데 그들의 행적을 타산지석으로 삼을 것을 말하고 있다. 한편 자신은 부귀영화를 쫓지 않고 담담하게 살 것이며, 또한 성현의 말씀을 받들어 올바로 살아가겠다는 강한 의지를 표명하는 것으로 결론짓고 있다. 지금까지 '술회(述懷)'라는 작품을 살펴보았다. 이 작품은 『지봉집』에 실린 시 작품으로는 가장 길며 자신의 일생을 정리한 대서사시라고 할 수 있다. 내용은 전반부에서는 당시의 현실과 자신이 처한 상황을 실사하였고, 후반부에서는 올바른 삶에 대한 자신의 견해를 제시해 주었다. 이 한 편의 시를 감상함으로써 독자는 지봉의 일생에 대해 상당한 부분을 알 수 있다. 그가 이 작품을 통하여 자신의 일생의 삶과 인생관을 잘 나타냈기 때문이다. 산문이 아닌 시를 통하여 자신의 생애(生涯)를 총정리한 것이다.

이상에서 지봉의 생애를 시기별로 네 단계로 나누어서 정리해 보았고, 또 그의 생애를 정리한 고시(古詩)도 감상하였다. 한마디로 말하면, 그는 선조(宣祖)·광해군(光海君)·인조(仁祖)에 걸쳐 40년이란 긴 세월 동안 벼슬하면서 국가를 위해 봉사하다가 돌아가신 정치가이며 시인이었다.

2. 교우(交友)

지봉이라는 인물의 배경을 알고자 할 때 그의 가계와 성장과정을 살펴
보는 것도 중요하지만, 그와 교유한 벗이 어떠한 사람들이며 그들이 주고
받은 시의 내용은 무엇인지 고찰해 보는 것이 중요하다. 따라서 지봉집에
실린 詩 가운데 그가 교유한 인물에게 화답한 시와 교유한 인물을 알아
볼 수 있는 시 그리고 그가 교유한 인물에 대한 평을 하고 있는 시 등을
소개하고자 한다. 또 그들이 지봉과 어느 정도 친밀한 교우관계를 유지하
였는지도 살펴보고 그 대상 인물에 대한 소개도 병행한다. 이러한 작업은
지봉의 인물됨과 삶에 대하여 알아볼 수 있는 객관적인 자료가 될 수 있
으며 당시 시단의 흐름에 대해서도 고찰할 수 있는 근거가 될 수 있다.
먼저 오산(五山) 차천로(車天輅)에 대해 읊은 그의 시를 살펴본다.

藉甚騷壇第一流	명성 높기는 시단의 제 일류이고,
詩名不讓漢曹劉	시명은 한의 조자건 유정에 뒤지지 않았네.
土中忍見埋璟樹	땅속에 옥 나무 묻힌 것을 차마 보지 못하며,
天上空聞記玉樓	하늘 위의 옥 누각에 기록되었다고 들었네.
博學雄譚當世小	학문이 넓고 언변이 당당함은 당시에 드물었고,
論文把酒此生休	글을 논하고 술을 마심은 이 세상에서 멈췄네.
秖今滿目山陽夕	단지 지금 눈에 보이는 것은 산의 석양인데,
腸斷西風笛裡秋	서풍에 들려오는 피리 소리 애간장을 녹이네.19)

먼저 수련에서 車五山을 칭찬하여 당시의 시단에서 일류로 평가받았음
을 소개하였다. "詩로써 알려진 명성도 한나라의 曹植(조식: 건안시대 曹

---

19) 상게서, 62쪽. 「車五山故居有感」.

操의 아들)과 유정(劉楨: 建安七子의 한 사람)에도 뒤지지 않았다."
고 극찬하였다. 건안칠자는 왕찬(王粲)·진림(陳琳)·서간(徐幹)·원우(院
瑀)·응창(應場)·공융(孔融)·유공간(劉公幹) 등을 말한다. 함련에서는
옥 나무 같은 소중한 인물인 차오산이 땅에 묻힌 것을 차마 볼 수 없는
데, 다만 옥황상제 곁에 있을 것이라는 생각으로 스스로 슬픔을 삭인다.
경련에서는 박학하고 글 잘하는 차오산이 죽어서 시를 수창(酬唱)하며 술
을 대작(對酌)할 수 없으니, 안타깝고 서글픈 심정뿐임을 말했다. 실제로
차오산은 지봉과 차운한 시를 몇 편 남기고 있다. 마지막 부분은 옛날에
차오산이 살았던 곳을 저녁 석양 녘에 잠시 머물렀는데, 마침 들려오는
피리 소리에 의해서 감상(感傷)에 젖게 된 장면이다. 자연스럽게 지봉은
옛날 일을 회고하게 되었다. 그리고 지금은 곁에 없는 옛 친구가 그리워
짐은 당연한 일이다. 화자(話者)인 지봉이 친우(親友) 차오산을 그리는
마음을 석양 녘에 들려오는 피리소리가 더욱 애타게 만들고 있다. 다음
시도 五山 차천로와 관련된 작품이다.

立馬山南近夕暉	말 세워 둔 산 남쪽, 석양은 가까워지고,
倚松愁待主人歸	소나무 기대고 근심스레 주인 오길 기다렸네.
村邊古柳先秋冷	마을가 늙은 버들은 가을에 앞서서 쓸쓸하고,
籬外淺溪不雨肥	울타리 밖 얕은 시내 비 안 와도 넉넉하네.
荒蘚印蹤封石逕	거친 이끼에 발자국 남기니, 돌길은 보호되고,
晩雲留影鎖荊扉	저물녘 구름으로 남겨진 그림자는 문을 닫게 하네.
今朝喜得新篇旣	오늘 아침에 기쁘게도 새 시편을 얻었으니,
篋裡珠璣夜有輝	광주리 속의 玉(＝詩)은 밤에 빛이 나리라.[20]

수련에서 석양 무렵 말을 세워놓고 소나무에 기대어 주인을 기다리는 방

---

20) 상게서, 56쪽. "訪車復元不遇. 翌日次其贈詩韻."

문객의 모습을 떠오르게 한다. 함련에서는 오산이 기거하는 곳의 모습을 말하고 있다. 버들과 시냇물을 대우로써 잘 표현하고 있다. 경련에서는 이 끼 낀 돌과 일찍 닫는 사립문의 모습에서, 은거하고 살아가는 깊은 산속의 은자(隱者)의 모습을 느끼게 한다. 마지막 부분에서는 집주인 오산을 만나지 못해서 아쉬워하고 있다. 쓸쓸히 돌아가는 방문객이 되었지만, 그래도 다음날 자신의 시를 전하게 되었음을 기뻐하고 있다. 전체적으로 절친한 벗을 찾았으나 만나지 못한 아쉬움을 시로써 대신 화답한 것이다. 지봉이 은거하고 있는 오산을 찾아갔으나 만나지 못해서 대신 화답하는 시를 남겨두고 떠나게 되었음을 읊고 있다. 이처럼 둘은 서로 왕래하며 시를 주고받았다. 당대의 시단을 대표한 오산과 절친한 관계를 이루었던 지봉이었으니, 그와의 교유는 지봉의 학문(學問)과 시작(詩作)에 많은 도움이 되었을 것이다. 車天輅(1556–1615)는 자가 복원(復元), 호가 五山으로 지봉보다는 6세 위로 당대에 詩로 명망이 있었다. 『지봉집』에는 위의 두 작품 외에도 여러 편의 오산과 관련된 작품이 있다. 한편 차천로의 문집에 실린 지봉과 관련된 작품으로는 「봉증지봉(奉呈芝峯)」·「봉차지봉욕증운(奉次芝峯辱贈韻)」 등 15편 정도의 시가 실려 있고, 詩 외에 「안남국사신창화시집발(安南國使臣唱和詩集跋)」·「제지봉시권후(題芝峯詩卷後)」 등의 발문(跋文)이 실려 있다. 이 둘은 활발한 교유관계를 맺었음을 알 수 있다. 다음은 월사(月沙) 이정구(李廷龜)의 작품 한 편과 그와 관련된 지봉의 작품을 함께 감상하고 둘의 교유관계를 알아보고자 한다.

<月沙詩>

山擁重關險　　산은 두 대궐을 싸안고 험하며,
江蟠二嶺長　　강은 두 고개를 길게 감싸며 흐르네.
風雲護仙窟　　바람과 구름은 신선(神仙) 굴을 보호하고,
日月近扶桑　　일월은 부상(扶桑)에 가깝네.

秋鱠銀鱗細　가을 회는 은빛 비늘처럼 가늘고,
春醪柏葉香　봄 막걸리 잣나무 잎에서 향기 나네.
瓜時倘許代　임무가 끝나는 시기가 오더라도,
吾不薄淮陽　나는 회양을 가벼이 여기지 않으리라.

<芝峰詩>
乙巳災無古　을사년의 재난은 옛날에는 없었는데,
連城水害長　연성(회양)은 수해가 길었네.
蒼茫人化鼈　넓고 아득하여 사람이 자라가 되고,
頃刻海成桑　잠깐 사이에 세상이 변했네.
天爲詩名重　하늘은 시명(詩名)을 중히 여기고,
神慳寶唾香　신은 名言(＝詩語)을 향기로 아끼네.
沈碑彼何者　가라앉은 비석은 누구의 것이었던가?
辛苦笑襄陽　헛고생을 양양 사람이 비웃네.[21]

앞의 시는 교우였던 월사의 시이고, 다음 시는 차운(次韻)한 지봉의 시이다. 먼저 월사의 詩를 보면, 수련(首聯)에서 회양을 둘러싼 산과 강의 아름다운 모습을 언급하고 있다. 함련에서는 선굴(仙屈)·부상(扶桑)이라는 단어를 사용해서 회양에 있는 금강산 주위의 신비로운 세계를 보여주고 있다. 경련에서는 이 지방의 특미(特味)인 신선한 회와 특주(特酒)인 잣나무 잎 막걸리를 소개하고 있다. 은근히 풍족한 먹을거리에 후덕한 인심이 있음을 자랑하고 있는 것이다. 마지막 부분은 자신이 벼슬한 회양의 아름다움과 후한 인심을 잊지 못할 것 같다는 심정을 표현하고 있다. 이어서 이 시를 차운한 지봉의 시를 보면, 먼저 수련에서 을사년(1606년 당시 43세)에 회양에 큰 수해가 있었음을 말하고 있다. 함련에서는 사람이 자라처럼 떠내려가고, '상전벽해(桑田碧海)'의 상황으로 크게 세상을 바꿔

---

21) 상게서, 35쪽. 「次李月沙淮陽板上韻」.

버린 홍수의 피해를 실사하고 있다. 경련에서는 천신(天神)이 월사의 시를 아꼈음을 말하고 있다. 대홍수에도 불구하고 그의 詩가 기록된 상판이 발견되어 작품을 되찾게 되었다. 참으로 상상(想像) 못할 신기한 일이었기에 지봉은 이 시에 대한 배경설명을 하고 있다.[22] 미련에서는 양호(羊祜)와 두예(杜預)의 고사를 빌어 와서 인용하고 있다. 둘은 진(晉)나라 관리로 군사를 일으켜 오(吳)나라를 치고 양양(襄陽)지방을 평정하여 잘 다스렸다. 후에 두예는 양호와 달리 지나치게 후세의 양명(揚名)에 힘써 비석을 산과 강 두 곳에나 세웠으나 결국은 없어져 사람들의 비웃음을 받게 되었다. 반면에 적을 무찌른 일을 자랑하지 않은 양호는 후대에도 변함없이 존경을 받게 되었다. 양호처럼 어진 월사는 억지로 명성을 드러내려 하지 않아도 절로 후세까지 백성들의 존경을 받게 되었다. 월사(1564-1635)는 지봉보다 1살 아래이고 문장이 뛰어나 중국사신을 맞이하는 행사에 함께 참여하기도 하였다. 당시 월사는 원접사(遠接使)로, 지봉은 도사영위사(都司迎慰使)로 참여하였다. 월사집에 실려 있는 지봉 관련 시로는 「도사영위사지봉이윤경운(都司迎慰使芝峯李潤卿韻)」·「차지봉우설서회운(次芝峯遇雪書懷韻)」 등 몇 편이 있고 산문으로는 「제지봉문(祭芝峯文)」과 「지봉집서문(芝峯集序文)」이 있다. 월사는 지봉에 대해 말하길 "자신은 지봉과 사귄 지가 40년이 되었고 문단에 함께 이름을 떨쳤으며 간담상조(肝膽相照)하던 친구였으며, 서로 몸이 아프면 매번 위로하고 건강을 걱정했다."[23]고 했다. 가히 둘 사이의 우정을 짐작할 수 있다. 한편 『지봉집』의 '서문(序文)'에서 지봉의 시를 평하길 "맛은 충담

---

22) 상게서, 35쪽.「月沙李尙書於交州有詩揭板, 乙巳大水爲所漂失. 而竟得於江都六七百里之外. 豈天愛惜公詩, 不欲使之泯沒而然也……而乃歸於公手, 庸非天意而誰歟. 噫詩之奇也事之奇也有不容忞忞無傳焉. 月沙公旣爲之序.」
23) 『月沙集』, 卷51.「祭芝峯文」"嗚呼哀哉. 結髮論交, 四十餘年, 標名文苑. 愧在盧前, 左提右挈, 並驅騷壇. 同聲齊響, 相照心肝. 嗚呼. 唯我與公, 一生多病, 我常任劇, 公能靜養. 每一相逢, 各問筋力."

(沖澹)하고 소리는 갱평(鏗平)하고 기운은 완장(婉章)하다"[24]고 하였다.
둘은 서로가 잘 알고 의지하는 절친한 관계였음을 알 수 있다. 이어서 『상
촌집(象村集)』과 『지봉집(芝峯集)』에서 지봉과 상촌이 서로를 그리워하
는 내용을 담은 시를 함께 감상해 보고 그들의 교유관계를 알아본다.

近郭同棲遁   가까운 곳에 함께 살다 은둔하니,
窮途幾友生   궁벽한 길에 우생(벗)이 몇이던가?
靜多知物態   지나치게 고요하니 사물의 양태 알겠고,
病久閱人情   병이 오래되니 인간의 정을 알겠네.
藥餌身難健   약과 음식도 몸을 건강하게 못하니,
波濤夢易驚   파도 소리에도 꿈에 쉬이 놀라네.
相思空極目   서로 그리워 하늘을 끝없이 바라보니,
林外夕霞明   숲 멀리 저녁노을은 붉게 빛나네.[25]

秋色來何自   가을빛은 어디서부터 와서,
凄凄半夜霜   쓸쓸히 한밤중에 서리 뿌리네.
人從鏡裏白   사람은 거울 속을 쫓아 희게 되고,
葉向樹頭黃   잎은 나무 끝을 향해 누렇네.
愁病偏宜枕   수심에 병들어 오로지 베개를 좋아하고,
乖慵不下堂   지나치게 나태해져 집에서 나오지 않네.
端居自知味   처음 거처에서 스스로 그 맛을 아니,
休怪世相忘   세상 형편 잊어버림을 이상히 여기지 마라.[26]

앞쪽 시는 「상촌 신흠을 그리워하다」는 제목에 해당하는 지봉의 시인데,
수련에서 서로 가까이 지내다가 벼슬을 떠나 시골에 와 있으니, 만날 친

---

24) 상게서, 4쪽. "以故發之於詩者, 一味沖澹. 無繁音無促節, 聲鏗而平. 其氣婉
    而每讀之宛然想見其人."
25) 상게서, 41쪽. 「憶申玄翁」.
26) 『象村稿』, 卷9. 「贈芝峯」.

구도 없음을 말하고 있다. 그리고 함련에서는 조용히 시골에서 살다 보니 오히려 주위를 관조(觀照)하여 볼 수 있는 여유가 생겼고, 병이 길어지니 가깝던 사람들의 인심도 달라졌음을 새삼스레 깨닫게 된다. 그리고 경련 에서는 약물을 마셔도 병은 잘 낫지 않고 쇠약한 몸으로 인해, 파도 소리 에도 쉽게 놀라는 상태 즉 심신이 쇠약한 상황임을 보여주고 있다. 미련 에서는 자연히 상촌이 그리워 하늘을 우러러보며 생각에 잠기게 되었음을 표현하고 있다. 눈앞에 펼쳐진 붉은 저녁노을에 쓸쓸한 마음은 더욱 고조 된다. 이 시가 지어진 시기는 지봉의 나이가 54세 정도 되었을 때이다. 이 당시 지봉은 정인홍 · 이이첨 일파가 일으킨 사건인 계축사화(癸丑士 禍)로 인하여 벼슬에 염증을 느끼고 잠시 쉬었다가 후에 지방관인 순천부 사(1616년)로 임명되었다. 당시에 상촌도 김포에 방축되어 외로이 지내고 있었는데, 지봉이 방문하기도 하였다. 그리고 당시 지봉은 건강도 별로 좋 지 않았지만, 여가를 이용해 상촌에게 시를 지어 보내기도 하였다.

둘째 시는 「상촌이 지봉에게 준다」는 제목의 시로 둘 사이의 친밀한 교 제를 느낄 수 있는 시이다. 먼저 수련에서는 계절적으로 가을이 되었음을 말하고 있다. 함련에서는 "잎사귀에 단풍이 들어 노랗게 되듯이 거울 속의 자신의 모습도 늙어가고 있다."고 언급하고 있다. 경련에선 쇠약해진 자신 은 누워 있는 경우가 많고 자연히 집 밖에도 나가지 않게 되었다고 언급하 고 있다. 마지막 미련에서는 "처음에 살았던 거처(=瓦村)로 다시 돌아와 한가롭게 사는 것이 좋으니, 속세를 잊고 산다고 이상히 여기지 말라."고 담담하게 말하고 있다. 마치 친구에게 편안하게 달관하며 살아가고 있다고 말하는 듯하다. 상촌에게는 자신이 살아가고 있는 모습과 생각을 거리낌 없이 나눌 수 있었던 친구가 바로 지봉이었다. 이 외에도 『상촌집』에는 지 봉과 관련된 시가 여러 편 보인다. 또한 상촌은 지봉이 쓴 '악부시(樂府 詩)' 형태를 본받아 지봉이 쓴 시와 같은 제목인 '궁사(宮詞)' · '유선(遊

仙)'·'새하(塞下)' 등의 시를 쓰고는 그 서문에 "지봉의 새로운 체를 내가
재미있게 본받아 쓴다."[27]고 기록하고 있다. 이처럼 지봉과 상촌은 서로
막역지우(莫逆之友)였고 가장 절친한 벗이었다. 한편 『지봉집』에도 지봉
이 상촌과 화답한 여러 편의 시가 있다. 상촌(1566 – 1628)은 지봉보다 세
살 아래이고 사망 연대는 같다. 다음은 지봉이 박열지(朴說之)를 그리워하
는 마음을 나타낸 시이다.

流年世故共忽忽	흐르는 세월 일상 변화와 함께 빠르니,
不覺三春序已窮	삼춘(三春)은 깨닫지도 못했는데 이미 다갔네.
芳草有情啼暮雨	방초는 정이 있어 저녁 비에 울고,
洛花無語舞東風	낙화는 말없이 동풍에 춤추네.
輸將事業吟詩裡	일은 시를 읊는 속에 진행되어 가고,
斷送韶華臥病中	좋은 시절은 병으로 누워서 보내네.
怊悵舊遊難會面	옛날 놀던 친구 만나보기 어려우니 슬프고,
夜囱樽酒幾時同	밤 창가에서 술은 어느 때나 함께 하리.[28]

수련에서는 세월이 무심히 빨리 흘러감을 얘기하고 있다. 봄이 왔는가
싶더니 벌써 다 지나가고 있는 것이다. 함련에서는 방초와 낙화를 의인화
하여 잘 표현하면서, 아울러 봄이 가고 여름이 왔음을 보여주고 있다. 경
련에선 빠르게 지나가는 시간의 흐름과 박열지와 함께 지내지 못하고 병
으로 누워서 시 짓는 것으로 일상을 보내고 있음을 말하고 있다. 화자의
현재의 모습은 무심히 흘러가는 세월을 안타까워하면서 친구와 만날 날을
절실히 기다리고 있는 듯하다. 마지막 연(聯)에서는 언제나 다시 만나 술
잔 돌리며 시를 주고받을 날이 올까 하고 고대하면서 즐거웠던 지난날을

---

27) 『象村集』, 506쪽. "芝峯輯樂府新聲, 其中有宮詞. 塞下曲. 遊仙詩等體, 余戲
效之."
28) 상게서, 52쪽. 「春日有懷朴說之」.

회고하고 있다. 박열지(1564－1622)는 지봉보다 1살 아래였는데, 저서로 봉촌집(鳳村集)이 있다. 신축년(1601년) 지봉이 39세 때, 중국에서 황태자 책례(冊禮)가 이루어졌음을 알리는 사신이 왔을 때 그들을 맞이하기 위해 지봉은 도사영위사(都司迎慰使)로 남곽(南郭) 박열지는 종사관(從事官)으로 함께 참가하기도 했다. 위의 시 내용에서도 지봉과 남곽이 친밀한 교제를 하였음을 상상할 수 있다. 다음은 임숙영과의 관계를 알 수 있는 시이다.

芹泮當年始見親　　관리(貢士)가 된 해에 비로소 친히 만났고,
每欽風調出凡塵　　항상 삼가는 풍채는 평범함을 넘었네.
談鋒爽吐氷霜氣　　말은 상쾌함을 토하여 빙상(氷霜) 같은 기운이고,
筆力橫驅造化神　　필력(筆力)은 가로 달려 조화 부리는 신과 같았네.
佳句謾騰天下口　　가구(佳句)는 널리 천하 사람들의 입에 올랐고,
聖恩難起地中身　　성은(聖恩)은 어렵게 살고 있는 몸에 올랐네.
卽知文學終成崇　　곧 글을 알아 학문은 마침내 으뜸이 되었고,
上界新徵作記人　　저승에서는 새로이 명부 기록인(記錄人)으로 불렀네.

謫仙才譽擅今時　　신선의 재주와 명예는 이 시대를 풍미했고,
落拓紅塵跡更奇　　불우한 세상에 기이한 자취 남겼네.
對策危言多士伏　　대책의 위엄 있는 말은 많은 선비 복종시켰고,
當朝直節聖明知　　당시 조정에서 곧은 절개는 임금님도 아셨네.
眼前僅有中郎女　　눈 앞에는 겨우 채옹(蔡邕)처럼 딸만 있었고,
身後猶無子厚兒　　몸 뒤에는 아직 유종원처럼 어린 아들이 없었네.
年止四旬官五品　　나이 40에 이르러 벼슬이 오품에 그쳤으니,
世間何限故人悲　　세상에서 어찌 고인의 슬픔을 헤아리리오.[29]

첫째 시에서는 수련에서 임숙영과 처음 만나 친하게 된 시기와 그의

---

29) 상게서, 66쪽. 「任持平(叔英)挽」.

풍채의 비범함에 대해 언급하고 있다. 이어서 그의 시어(詩語)가 상쾌하고 힘차며 내용 면에서도 뛰어났으며, 글씨에도 힘찬 기백이 있음을 말하고 있다. 경련에서는 임숙영의 시구(詩句)가 당시에 널리 회자되어 알려졌으나 어렵게 성은을 입게 되었다고 표현하고 있다. 마지막에서는 학문에 으뜸가는 인물이니 저승에서 필요에 의해 그를 빨리 데려가 명부(冥府)의 기록자(記錄者)로 삼았다고 결론짓고 있다. 둘째 시에서는 이백의 명예와 재주를 가지고 있는 지평 임숙영이 불우한 삶을 살았으며, 또 기이한 자취를 남겼다고 말하고 있다. 함련에서는 당시의 조정에서 많은 역할을 하였고, 후손으로는 유종원(柳宗元)처럼 늦게 둔 아들도 없고 채옹(蔡邕)처럼 딸만 있었음을 말하고 있다. 당(唐)의 유종원의 자는 자후(子厚)인데 늦게 아들을 얻었다. 그리고 채옹은 동한(東漢)에서 중랑(中郎)의 벼슬을 하였는데 사람들이 채중랑(蔡中郎)이라고 불렀다. 그에게는 박학능문(博學能文)한 채염(蔡琰)이라는 딸이 있었다. 미련에서는 나이 40에 겨우 오품(五品)의 벼슬을 얻었으니 능력을 제대로 발휘하지 못하게 되었음을 언급하였다. 그리고 세상 사람들이 그의 큰 슬픔을 이해하기 어려울 것이라고 하였다. 이 시에서 읊은 임숙영(1576-1623)은 자가 무숙(茂叔)이요 호가 소암(疎庵)이다. 그의 문집으로 『소암집』이 전한다. 이 시에서 지봉은 소암을 처음 만나게 된 일과 그의 일생의 삶에 대하여 상세히 묘사하고 있다. 그만큼 서로 교제가 많았다고도 볼 수 있다. 임숙영은 지봉보다 13살이나 적은 후학자(後學者)이지만, 그의 시인으로의 뛰어남이나 학문의 호방함은 나이를 초월하여 지봉과 교유하기에 충분하였다. 이 시 외에도 지봉은 소암의 『제문(祭文)』을 쓰게 되었다. 그리고 소암은 지봉이 중국에 주청사(奏請使)로 간 기간에 쓴 시를 모아서 엮은 「속조천록(續朝天錄)」의 '후서(後序)'에서 다음과 같이 지봉의 시를 평하고 있다. 곧 "지봉의 시를 얻어 읽어보니 공(工)을 가하면서도 내용에 충실해

서 학문에 도움이 될 수 있도록 잘 쓰였으니, 가히 두통을 없앨 수 있을
정도이다.”[30]라고 극찬하였다. 다음은 유희경(劉希慶)에게 보낸 시를 통
해 그와의 관계를 살펴본다.

市隱非今士　시은(市隱)은 지금의 선비가 아니고,
幽居逕沒蒿　깊숙한 거처의 길은 쑥으로 덮이었네.
庭中唯白鶴　뜰 가운데는 오직 백로만 울고,
宅畔盡紅桃　집가에는 붉은 복숭아 꽃 떨어졌네.
岳色當窓近　산의 색은 창에서 가까이 보이고,
溪聲入枕高　시냇물 소리 높은 베개에 들리네.
世人渾不識　세상 사람들은 전혀 알지 못하니,
風骨本仙曺　풍골이 본래 신선의 무리라네.[31]

　수련의 ‘시은(市隱)’은 유희경을 말한다. 그는 침류대에 은거하며 풍류
를 즐겼다. 그러니 보통 선비와는 다르다고 말하고 있다. 함련과 경련에서
는 침류대 주위의 배경을 시각과 청각을 잘 조화시켜 읊고 있다. 마지막
미련에서는 신선처럼 살고 있는 시은(市隱)의 모습을 말하고 있다. 여기
에 나오는 침류대는 지봉을 중심으로 당시의 지식인들이 모여서 풍류를
즐겼던 장소였다. 광해군 시대(時代)에 서울 한복판에 있는 침류대에 모
여들어 시문을 나누었던 이른바 ‘침류대학사(枕流臺學士)’들은 바로 학문

---

30) 任叔英,『疎庵集』, 卷4.「芝峯先生朝天錄後書」 “得詩若干首, 編爲二卷. 目
　之曰續朝天錄. 余得而讀之, 卷未半, 乃擊節而言曰, 何必陳孔璋檄哉. 是足
　以去頭 風矣. 夫詞未有不可工者, 必也詩乎. 然工者或病於不足. 能工而無
　不足之病. 又潤色於右文之地, 抑何難也.”(시 약간 수를 얻으니 엮어서 두
　권이었다. 보니 속조 천록이었다. 내가 얻어서 읽는데 책의 절반도 안 보고
　무릎 치며 말하길, 하필 孔璋檄을 펼치리오? 이는 족히 두통을 날려버릴
　수 있다. 무릇 말은 꾸밈이 없을 수 없는 것이 시이다. 그러나 꾸밈은 혹
　부족함에 병든다. 능히 잘 꾸미면서 부족하게 되는 병폐가 없고 학문을 숭
　상함에 광채를 내어주니 어찌 어렵지 않겠는가?)
31) 상게서, 43쪽.「贈枕流臺主人劉希慶」.

과 사상의 변동을 주도하던 선도적(先導的) 지식인집단(知識人集團)이
었다. 그러나 광해군대(光海君代)의 '폐모살제사건(廢母殺弟事件)'을 계
기로 침류대학사들은 국가 중흥의 과제를 추구하면서 도덕성 제고의 필요
성을 절감하게 되었다.[32] 당시 많은 소인묵객(騷人墨客)들이 창덕궁 서
쪽의 경치 좋은 곳에 자리 잡은─중인문인(中人文人)인 유희경의 별장이었
던─침류대에 모여서 활동하였으며 양반과 중인들이 신분을 초월하여 함
께 어울렸다. 그들은 경학 이외에도 불교, 도교, 양명학에도 상당히 관심
이 많았다. 지봉은 이 침류대를 무릉도원(武陵桃源)과 같은 곳이라고 찬
양하고 있다.[33] 침류대 학사였던 지봉과 유희경은 함께 어울렸던 벗이었
다. 劉希慶(1545-1636)은 자가 응길(應吉), 호가 시은(市隱)·촌은(村
隱)이며 저서에 『촌은집(村隱集)』이 있다.

지금까지 조선조 중기에 지봉이 교유한 국내의 문인들을 소개했지만,
이 외에도 심희수(沈喜壽: 1548-1622)·이상의(李尙毅: 1560-1624)·
장유(張維: 1587-1638)·이식(李植: 1584-1647)·이안눌(李安訥: 1571-
1637)·신익성(申翊聖: 1588-1644)·김상헌(金尙憲: 1570-1652)·김상
용(金尙容: 1561-1637)·정경세(鄭經世: 1563-1633)·이준(李埈: 1560-
1635)·이호민(李好閔: 1553-1634)·윤이술(尹而述)·성여학(成汝學)
등이 있다.

한편 조선 내(朝鮮內)뿐만 아니라 지봉의 교우관계는 외국인(外國人)
에게도 이어진다. 그 대표적인 인물이 풍극관(馮克寬)이다. 둘 사이에 화
답(和答)한 시를 살펴본다.

居鄕必擇魯鄒鄕　　살고 있는 나라는 반드시 공맹의 도를 좇았고,

---

32) 이홍주, 「지봉 이수광의 실학사상에 관한 연구」, 동국대 박사학위논문, 36
　　쪽~37쪽.
33) 『芝峯集』, 권21. 「枕流臺記」 "見水正漲, 落紅漂出者無數. 喜曰桃源其在是矣."

講道同師孔素王　　도를 강론함에 같이 공자를 스승으로 삼았네.
學海浚源淵浩浩　　학문은 깊고 근원은 망망하고,
筆花生彩色裳裳　　문필은 화려하며 색깔이 아름답네.
詩囊金玉珠璣寶　　시낭에 금옥 담으니 구슬마다 보배롭고,
藥籠參苓尤桂香　　약 광주리에 삼과 복령 채우니 차조와 계수 향기 나네.
公我迭爲賓與主　　공과 내가 번갈아 손과 주인이 되니,
儘東南美任稱場　　동쪽과 남쪽의 아름다움이 다 칭찬할 장소이네.

往往來來閱日居　　오가며 해를 세어 보니,
客中二十又旬餘　　나그네 됨이 30여 일이네.
衛身健僕惟長劒　　몸을 호위하는 건장한 종은 오직 장검이고,
交臂良朋有古書　　팔짱 낌에 좋은 친구는 옛 책이네.
迎至禮行胥鼓舞　　환영의 행렬이 도착하여 모두 북을 치니,
生陽氣復已權輿　　양기가 생겨 다시 또 시작하네.
途長馬快遄歸早　　길은 머나 말이 빨라 일찍 돌아가니,
任重方知是大車　　임무가 무거움에 바야흐로 큰 수레임을 알겠네.[34)]

廣南窮處是炎鄉　　넓은 남쪽 궁한 곳에 더운 나라 있으니,
傳譯來賓閱幾王　　통역으로 온 손님은 몇 왕을 거쳤던고
從古山川銅作界　　옛 산천을 따라 동(銅)으로 세계를 만들고,
至今風俗卉爲裳　　지금의 풍속은 풀로 치마를 만드네.
將軍石室黃茅瘴　　장군의 석실은 황모의 독이 있고,
仙客金爐白線香　　선객의 금 화로에는 백선이 향기롭네.
四海一家肝膽照　　세상에서 한 가족같이 서로 친하니,
對君眉宇喜淸揚　　그대 대하는 얼굴 기쁨이 넘쳤다네.

黃髮翩翩別舊居　　누런 머리 날리며 옛집에 사니,
朝天年到者稀餘　　조천년(朝天年)에 이른 일이 희미하게 남았네.
詩成上國千秋節　　시는 상국의 천추절에 이루었으니,

---

34) 상게서, 85쪽. 「肅和再次海東芝峰使公前韻」.

恩荷重霄一札書	은혜는 거듭해 한 서찰을 보내오네.
萬里衣冠登玉陛	만 리에서 의관 갖추고 옥 계단 오르고,
五雲宮闕侍金輿	오운(五雲) 궁궐에서 금 수레 기다리네.
壽星他日回南極	수성은 다음날 남극을 돌면서,
光彩分明照使車	광채가 분명 사신의 수레를 비추리.35)

　지봉이 북경에 사신으로 갔을 때, 같은 임무로 안남에서 온 사신인 풍극관(馮克寬)을 만나게 되었다. 둘은 서로 친하게 되었으며 시를 주고받았다. 앞쪽의 시는 풍극관이 지봉에게 준 시이다. 두 작품 중 먼저 쓴 율시의 내용부터 소개하면 다음과 같다. 즉 수련에서는 지봉이 공맹의 도를 본받아 살아가는 훌륭한 유학자임을 언급하였고, 함련에서는 지봉의 훌륭한 인물됨과 시어(詩語)의 재기발랄(才氣潑剌)함을 찬양하고 있다. 경련에서는 지봉에게서 받은 詩와 선물에 대한 고마움과 기쁜 마음을 형상화하였다. 미련에서는 지봉과 자신이 번갈아서 상대방의 나라에 대한 아름다움을 칭찬하고 있음을 말하였다. 그러면서 우의를 돈독히 하고자 하는 뜻을 전하고 있다. 둘째 시에서는 수련에서 자신이 중국에 온 지 어언 30일이 되었음을 말하였고, 함련에선 하인의 장점을 의지하며 나날을 보내고 있음을 언급하였다. 경련에선 먼 길의 행역(行役)으로 지쳐 있으나, 환영 행렬에 의해서 정신을 차리게 되고 예를 갖추게 되었음을 표현하였다. 미련에서는 자신의 임무가 막중한 국사(國事)임을 새삼스럽게 깨닫게 되었음을 말하고 있다.

　이어진 두 작품은 지봉이 안남사신인 풍극관의 시에 차운한 작품이다. 첫째 시의 내용을 보면, 먼저 수련에서 광동성 아래의 남쪽 먼 곳에서 온 사신에 대해 언급하였고 그동안 많은 나라를 거쳐서 중국까지 오게 된 노고에 대해서 치하하고 있다. 함련에서는 안남이 구리와 풀을 많이 사용하

---

35) 상게서, 85쪽. 「又贈安南使臣疊前韻」.

는 나라임을 소개하고 있다. 경련에서는 안남의 풍토와 식물들에 대해서 말했고, 마지막으로 미련에서는 지봉이 풍극관과 서로 친하게 된 기쁨을 형상화하였다. 둘째 시에서는 우선 지봉이 옛집에서 한가로이 지내다 보니 북경에 간 기억이 희미함을 말하였고, 함련에서는 지난날 천추절에 중국에서 풍극관을 알게 된 후 계속 서찰을 주고받게 되었음을 말하고 있다. 경련에서는 의관 갖추고 천자를 알현(謁見)하는 풍극관의 훌륭한 모습을 그렸고, 미련에선 고국으로 편안하게 돌아가게 하늘이 인도해 줄 것이라고 위로해 주고 있다. 이들 작품 이외에도 풍극관과 지봉의 관계에 대한 기록이 『지봉집』에 여러 군데 남아 있다. 풍극관과의 만남은 지봉에게 넓은 세계에 대한 눈을 트이게 만들었다. 또한 지봉은 중국에서 접한 문물과 다양한 세계의 사람들과 만남으로 많은 새로운 지식을 습득하게 되었다. 후에 이것은 실학이라는 새로운 학문을 태동시키는 계기를 마련하는 바탕이 되었다. 그 밖에 지봉은 유구사신 '채견(蔡堅) · 마성기(馬成驥)' 등과도 알게 되어 시를 주고받는다. 그런 가운데 그들은 지봉의 학문이 높고 인격이 고매함을 알고서 매우 존경하게 되었고, 지봉과 시를 화답하게 되었음을 영광으로 생각하게 되었다. 결국에 지봉의 시는 안남국까지 알려져 널리 회자(膾炙)되었다.

이상에서 지봉과 교유한 인물들을 개략적으로 살펴보았다. 여기서 지봉이 당시의 많은 문장가 및 시인들과 원만한 인간관계를 유지하였고, 그들과 교유하면서 학문(學問)의 발전과 시작(詩作)의 능력에 많은 도움을 받게 되었으며 그로 인하여 대가(大家)의 반열에 오르게 되었다. 특히 지봉은 차천로(車天輅) · 이정구(李鼎龜) · 신흠(申欽) · 임숙영(任叔英) · 유희경(劉希慶) 등과 친밀한 교유를 가졌다. 그는 깨끗하고 검소하며, 순수한 인간성을 갖춘 인물이었다. 그 때문에 당시에 많은 지식인들이 그를 따르고 존경하였다.

三. 『지봉집(芝峯集)』의
체재(體裁) 및 내용(內容)

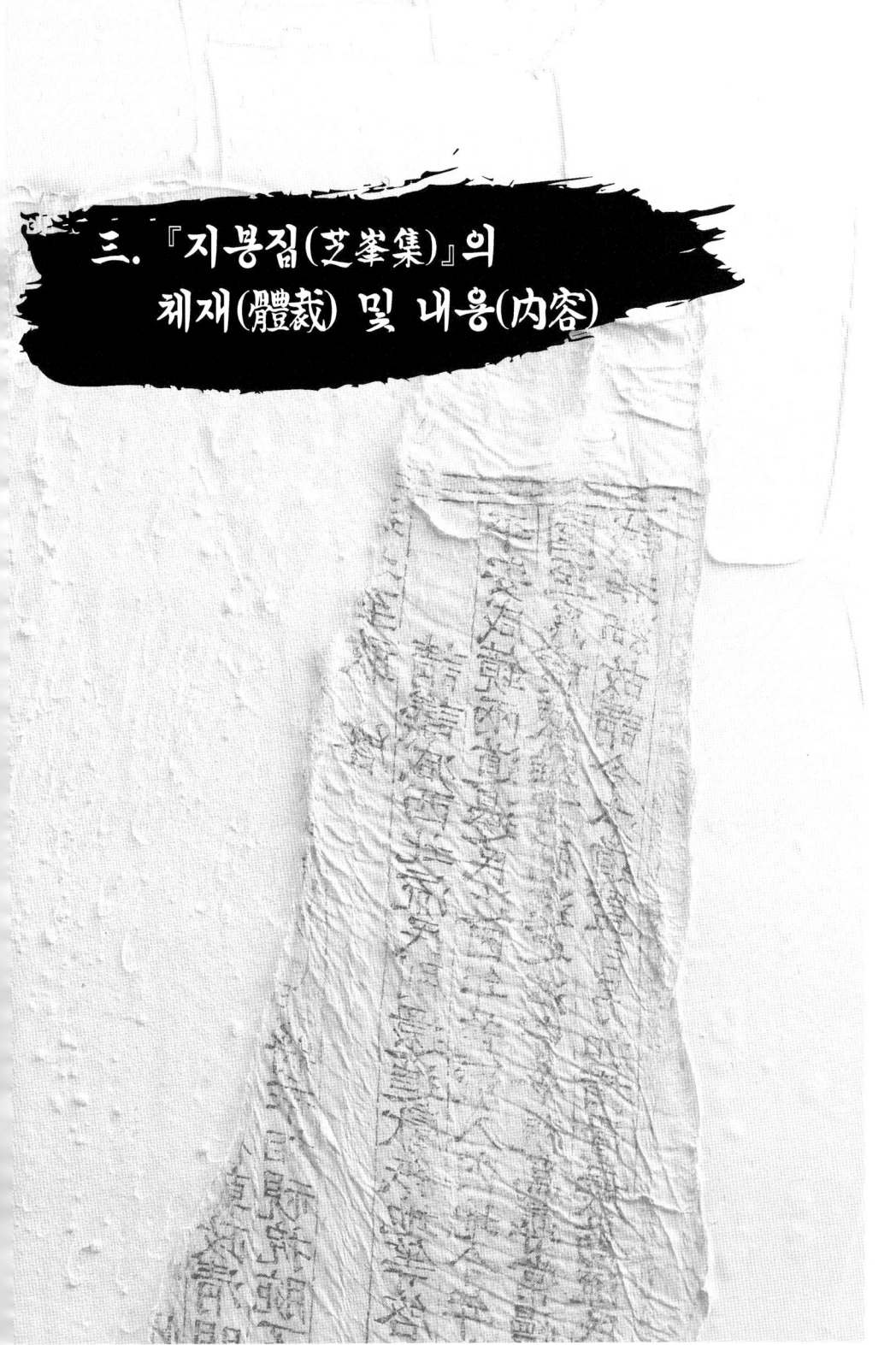

지봉이 남긴 문헌은 크게 『지봉유설』과 『지봉집』으로 나눌 수 있다. 『지봉유설』은 이미 전문이 번역되어 많은 학자들에 의해 인용되고 활용되었다. 따라서 여기서는 일단 논외(論外)로 하고 『지봉집』의 체재(體裁)를 일별(一瞥)해 본다. 우선 『지봉집』의 목록을 잠깐 살펴보면, 크게 시와 산문으로 분류되어 있으며 총 31권과 부록 3권으로 구성되어 있다. 지봉이 일생동안 남긴 작품이 수없이 많았겠지만 이 장(章)에서는 『지봉집』에 실린 작품을 소개하되, 크게 운문과 산문으로 나누어 일별하기로 한다. 먼저 시문학 분야를 중점적으로 고구(考究)하여 각 시집의 제작 연대와 작품의 편수 및 내용 등을 살펴보고, 이어서 산문 부분은 우선 차자(箚子) 작품(作品)의 내용을 분석하고 소개하고자 한다. 그리고 나머지는 제목과 내용만 간단히 언급하기로 한다.

1. 운문(韻文)의 체재(體裁) 및 내용(內容)

　『지봉집』은 1634년, 즉 지봉이 사망한 지 6년 뒤에 그의 자녀 성구(聖求)·민구(敏求)가 의령(宜寧)에서 목판(木板)인 초간본을 간행(刊行)하였다. 이 문집은 총 34권으로 이루어졌는데, 머리 부분에는 이정구(李廷龜)·장유(張維)·이식(李植)·이준(李埈)·신익성(申翊聖)의 「서발(序跋)」과 지봉의 필적(筆跡)을 보여주는 유묵(遺墨) 「서도중결의후(書圖中決疑後)」가 나오고, 1권에서 20권까지는 운문에 해당하는 한시(漢詩) 작품(作品) 총 1573수가[1] 실려 있고, 이어서 나머지 14권에는 산문이 기록되어 있다. 한시(漢詩)가 수록된 20권은 다시 둘로 나누어 볼 수 있는데, 먼저 1권에서 7권까지는 지봉이 일생 동안 지은 시(詩) 중에서 한시의 형식적인 종류를 분류하여 오언절구에서 오칠언고시까지 총 689首가 실려 있다. 이 부분에서는 칠언율시(七言律詩)가 가장 많다.[2] 그리고 8권에서 20권까지는 한시의 종류와 관계없이, 지봉이 사신으로 간 시기나 특정 지역의 관리로 재직했던 시기 등 일정 기간에 지어진 작품을 모아서 각 권(卷)에 특정한 시집(詩集) 제목(題目)을 붙여서 실었다. 다만 마지막의 20권은 「별록(別錄)」이란 명칭으로 시대를 고려하지 않고 앞의 19권까지 실리지 못한 빠진 시들을 모아서 엮었다. 8권의 「안남사신창화록」부터 20권인 「별록」까지는 총 884수의 작품이 실려 있다. 먼저 『지봉집』의 體裁를 도표를 통해서 정리하고, 이어서 특정한 시집명(詩集名)을 붙여서 그의 작품을 모아 놓은 8권에서 20권까지의 시집 제목·작품 배경 및 그 내용 등을 살펴본다.

---

1) 현재 『지봉집』에 실려 있는 실제 한시의 총 편수가 1573首인데, 15首의 숫자가 빠졌다고 볼 수 있다. 왜냐하면 지봉이 順天副使 재직 시 남긴 「昇平錄」에 실려 있는 시의 편수가 107首인데 상촌은 이 시집의 跋文에서 122首의 시를 보았다고 언급하고 있다. 이에 대해서는 뒤에 말하기로 한다.

2) 7권까지는 "五言絕句 83首, 七言絕句 169首, 五言律詩 135首, 七言律詩 234首, 五言排律 43首, 七言排律 3首, 五七言古詩 22首"가 실려 있다. 총 689首가 된다.

* 芝峯集의 體裁

區　分	詩文體	詩 文 題目	篇　首	비　고
序　跋	序　文 跋　文	芝峯集序 (李廷龜, 張維) 芝峯集跋 (李植, 李埈, 申翊聖)	서문 2편 발문 3편	5편
卷一 ~ 卷七	五言絶句에서 五七言古詩 까지	題畵屛에서 次張新豊贈詩 韻以謝까지	오언절구 83수 칠언절구 169수 오언율시 135수 칠언율시 234수 오언배율 43수 칠언배율 3수 오칠언고시 22수	총 689수
卷八 ~ 卷二十	七言律詩에서 七言絶句까지	贈安南使臣二首에서 三月十八日抵 隋城別業까지	안남사신창화록 9수 유구사신증답록 15수 조천록 30수 반사록 57수 학성록 72수 홍양록 147수 황화집차운(一) 60수 금중록 44수 속조천록 240수 신은창화록 30수 승평록 107수 황화집차운(二) 38수 별록 34수	총 884수
卷二十一 ~ 卷三十一	散　文	雜著, 采薪雜錄, 讀書錄解, 題辭, 秉燭雜記, 警語新編, 剩說餘編	若干 篇	

위의 도표를 통해서 『지봉집』의 체재를 한눈에 볼 수 있는데, 먼저 특정한 시집 제목을 붙여서 한시 작품을 싣고 있는, 8권에서 20권까지의 시집을 순서대로 고찰한다. 이들 시집에 대한 설명은 지봉이 직접 쓰거나 타인이 쓴 서발문(序跋文)에 잘 나타나 있다. 따라서 그 글들의 내용을

통하여 시집의 제작 연대·작품 수 등을 알아보며, 대표적인 한두 편의 시(詩)도 함께 소개하기로 한다.

1) 「안남사신창화록(安南使臣唱和錄)」

「안남사신창화록(安南使臣唱和錄)」은 『지봉집』의 8권에 수록되었는데, 총 18首의 시가 실려 있다. 안남사신(安南使臣) 풍극관(馮克寬)과 지봉이 창화(唱和)한 작품을 싣고 있는데, 지봉의 시는 9首가 있다. 나머지 9首는 풍극관의 시이고 그 외에 후반부에는 두 사람의 대화 내용을 담은 산문이 실려 있다. 이 시집의 작품들이 지어진 시기는 정유년(1597년)의 겨울로 지봉의 나이가 35세 때이며, 그가 두 번째로 북경에 사신으로 갔던 시기이다. 작품은 주로 지봉과 풍극관이 자신의 모국을 소개하며 서로 간에 친밀한 관계를 유지하였고, 따뜻한 우정을 나누었음을 보여주는 내용들을 담고 있다. 당연히 안남의 풍속·지리·언어생활·생산물 등을 알 수 있는 소재들이 시에 나타나 있다. 시 이외에 후반부에 나오는 둘의 대화 내용은 지봉이 안남에 대하여 묻고 풍극관은 대답하는 형태로 되어 있다. 이 시집에 대하여 최립(崔岦)은 「서발(序跋)」에서 다음과 같이 말하고 있다.

"내가 갑오년(甲午年) 겨울에 북경에 사신으로 갔을 때, 유구국 사람을 만났는데 그 사신의 나이는 70세가 넘어서 희년(稀年)의 사람이었다. 해륙 몇 만 리를 거쳐서 도착하여 천자의 뜰에서 일을 하기 위해 그 나라에서 파견되었으니, 어찌 견한(堅悍)하여 쇠하지 아니한 사람만을 취하였으리요? (그는) 반드시 남보다 뛰어남이 있는 사람이었기 때문일 것이다. 통역으로 그와 대화함에 산천 풍속의 차이를 물으니 자상하게 대답했으나, 단지 그 문사가 몽매하여 뜻이 서로 통하지 아니함을 안타까이 여겼다. 이제 지봉 선생으로부터 정유년 겨울에 북경에 간 일을 기록한 책을 얻으니, 곧 안남 사신과 주고받은 시이다. 사신 또한 나이 일흔이 넘었고 동쥬(銅柱) 밖에 있는 동떨어진 지역 사람이다. 본국 왕의 임무를 받들어 오고 다시 천자의 명을 가지고 돌아감에 그 말과 법도가 중화인의 행위와 거의 같았다. 선생과 같은 대아군자(大雅君子)가 비천하게 여기지 않고 그와 함께 서로 문답을 나누었으니, 그 산천 풍속의 차이가 통역에 의지하지 않아도 확실히 동서(東西)쪽 고을이 그런 것처럼 알 수 있었다. 그 눈으로 마주하고 마음으로 대답하는 사이에 입장이 형제간같이 좋은 사이가 되었음을 생각해 보니, 내가 얻은 바에 비교해서 더욱 많다고 할 수 있을 것이다. 아! 유구국은 비록 소국이나 그 나라의 인재는 국가에 쓰임에 충분하다. 하물며 안남국은 유구에 비할 바가 아니니, 어찌 인재가 풍족하지 않아서 흰머리로 팔십을 바라보는 사람에게 일을 맡겼겠는가?"[3]

위의 글에서 언급했듯이 지봉이 당시의 안남사신과 친밀한 관계를 유지 했음을 알 수 있다. 그리고 안남사신도 지봉에 뒤지지 않을 정도로 훌륭 한 식견(識見)과 덕망(德望)을 갖추고 있었으며 중국인에도 뒤지지 않을 정도였다. 최립이 말한 바와 같이, 그가 만난 소국의 유구사신에 비하여 지봉이 만난 안남사신이 대국 출신이며 문장에도 훨씬 뛰어났음을 알 수

---

3) 李睟光, 『지봉집』(『韓國文集叢刊』 권66, 1988, 민족문화추진회), 89쪽. (본고 의 저본은 『韓國文集叢刊』 卷66 『芝峯集』이므로 이하에서는 이 책을 인용 한 경우에는 상게서, 쪽수만을 표기하기로 한다.) "余於甲午冬, 奉使京師, 與 琉球國人相遇, 其使臣年七十有餘, 則以爲稀年之人. 道海陸累萬里而至, 將 事於天子之庭, 其國之遣之也, 豈特取其堅悍不衰而已哉. 必其有以過於人者 也. 譯而與之語, 問其山川風俗之異亹亹不能捨, 獨惜其曠於文詞, 志不相得 通耳. 今從芝峯先生得丁酉冬北行中一錄, 乃與安南使臣唱酬詩也. 使臣亦年 七十有餘, 是又銅柱之外站鳶之鄕之人也. 而奉其王之處以來, 繳復天子之業 命, 且其所爲詞律, 庶幾乎華人之爲. 以先生之大雅而不鄙夷, 與之迭發而相 宣, 其山川風俗之異, 不憑於譯而了了如東西州然. 想其目擊心喩之間, 落地 兄弟之歡, 視余所得, 可謂尤多矣. 噫. 琉球雖小也, 其國之人才, 足以濟其國 之用. 況安南非琉球比也, 寧又不足於人才, 而晧白望八之人, 必勤以事耶."

있다. 비록 그 안남사신이 고희(古稀)를 넘긴 노인이었지만, 나름대로 학문과 식견을 갖춘 훌륭한 인물이었기에 사신으로 중국에 파견되었던 것이다. 지봉과 안남사신은 시를 서로 창화(唱和)함으로써 자연스럽게 형제와 같은 우정을 나누게 되었다. 또 시와 필담(筆談)을 주고받았기 때문에 더욱 돈독한 관계를 유지하게 되었다. 당연히 시의 내용도 이러한 두 사람의 정(情)을 담고 있다. 안남국에도 국가에서 필요로 하는 훌륭한 인재가 있었으며 그중의 한 사람이 바로 풍극관이었다. 이 시집의 후반부에는 둘이 대화한 내용이 실려 있다.

2) 「유구사신증답록(琉球使臣贈答錄)」

「유구사신증답록(琉球使臣贈答錄)」은 『지봉집』 9권에 실려 있는데, 이곳에는 유구사신에게 준 지봉의 詩 15수가 실려 있다. 그 외에 유구사신 채견(蔡堅)과 마성기(馬成驥)의 詩가 각각 1수씩 실려 있고, 후반부는 지봉과 그들이 나눈 대화가 나온다. 이 책은 신해년(1611년) 지봉이 49세 때, 북경에 주청사로 갔는데 그때에 지은 작품을 모아 놓은 것이다. 여기에 실린 지봉의 시는 유구국의 풍속을 소개하거나 그들의 용모 등을 알게 해주는 내용들과 그가 유구(琉球) 및 섬라사신(暹羅使臣)과 서로 알게 된 과정 및 선물을 주고받은 내용 등을 담고 있다. 또 후반에 와서는 유구사신과 대화한 내용과 섬라국에 대해 소개하고 있는 내용의 산문(散文)이 나온다. 「후서(後序)」에서 지봉은 다음과 같이 언급하고 있다.

"유구국은 동남쪽 바다 가운데에 있는데, 사신인 채견·마성기가 따르는 사람들 17인과 함께 모두 명(明) 조종의 관복을 입었다. 스스로 말하길, '경술년(庚戌年) 9月에 본국을 떠났고 해로(海路) 5일에 복건(福建)에 이르고 복건을 경유하여 육로 7천 리를 가서 신해년(辛亥年) 8月에 북경에 도착했다.'고 했다. 그들이 잠자는 방은 온돌이 아니고 한겨울에도 목욕할 수 있으며 용모와 언어가 대략 왜국과 같았다. 우리들이 여관에 이르니 은근히 다가와 시문을 지어 주면 받아서 보배로 삼고자 하였다. 따라서 수답(酬答)을 받고자 하여 시를 대략 갖추어 주었으나 채견 등은 문장력이 없어서 족히 창화(唱和)할 수 없었다. 또 우리나라 황필(黃筆)을 팔기를 원하였기에 두 자루의 붓과 두 개의 먹을 다 주었다. 채견 등이 또한 칼과 부채 각각 1개씩을 답례로 주었다. 채견은 한음(漢音)에 능해서 통역어로 서로 물었다.4)

위의 글에서 지봉은 유구국 사신을 만나게 된 배경을 설명하고 있다. 그리고 당시에 유구국의 생활 풍속에 대해서는 온돌을 쓰지 않고 날씨가 따뜻하여 겨울에도 목욕할 수 있을 정도라고 언급하고 있다. 그리고 그들의 용모와 언어는 왜국과 닮았음을 소개했다. 유구국이 지금의 오키나와 지방에 세워졌으니 자연히 왜국과 교통할 기회가 많았으며 풍속과 생활 습관도 비슷하였음을 알 수 있다. 한편, 유구국 사람은 학문과 식견이 모자랐으며 당시에 사신들이 중국이나 우리나라 사람에게 시문을 얻어 가는 것을 큰 기쁨으로 여겼다. 채견이나 마성기와 같은 사신들이 지봉에게 은근히 다가와 시문을 얻어 가길 원했으며 그 대가로 선물을 주곤 하였다는 내용에서 그들의 학문의 정도를 알 수 있다. 그리고 그들은 지봉을 대단히 존경하였음을 알 수 있다. 그 이유는 지봉과 창화한 시 제목과 내용에서도 볼 수 있다. 한 가지 예를 들면, 채견(蔡堅)이 지봉에게 화답한 시

---

4) 상게서, 94쪽. "琉球國在東南海中. 使臣蔡堅・馬成驥, 從人幷十七人, 皆襲天朝冠服, 自言庚戌九月離本國. 水行五日抵福建, 由福建陸行七千里, 辛亥八月達北京. 寢處不於炕突, 雖盛冬必沐浴, 狀貌言語, 略與倭同. 自僕等到館, 頗致慇懃之意, 願得所製詩文以爲寶玩. 故欲見其酬答, 略構以贈, 而堅等短於屬文, 不足與唱和耳. 且聞要貿我國黃筆, 乃以二筆二墨贐之. 堅等亦以刀扇各一爲禮. 蔡堅則能解漢音, 以譯語相問."

의 제목이 「(봉수진경조선태사)奉酬賑敬朝鮮台使」이다. 여기서 '봉수진경(奉酬賑敬)'이라는 극진한 존경의 뜻을 쓰고 있다. 또 마성기(馬成驥)의 시 제목은 「숙근신진조선태사(肅勤申賑朝鮮台使)」인데, '숙근신진(肅勤申賑)'이라는 공손한 표현을 사용하였다.

3) 「조천록(朝天錄)」

「조천록(朝天錄)」은 『지봉집』의 10권에 해당하며, 정유년(1597년) 8월부터 무술년(1598년) 1월까지 지어진 작품을 모은 것으로 총 30首가 실려 있다. 지봉이 북경에 진위사(進慰使)의 직책으로 갔을 때를 기점으로 하여 그 전후에 쓴 작품을 모아 놓은 것이다. 따라서 시집 제목도 천자에게 조회했을 때의 기록이란 의미로 「조천록(朝天錄)」이라고 했다. 그리고 같은 시기에 지어진 작품 중 안남사신과 창화(唱和)한 작품은 따로 분류해서 실었음을 설명하고 있다. 그 당시의 반년 정도의 짧은 시간에 활발한 창작 활동이 있었음을 「발문(跋文)」에서 언급하고 있다. 그 내용을 소개하면 다음과 같다.

 "신종황제 정유년 명나라 조정의 중극전 · 건극전 · 여러 궁전에 화재가 남에, 내가 임금님의 명을 받아 진위사가 되었고 좌랑(佐郎) 윤이술(尹而述)은 서장관이 되어 함께 북경에 다다랐다. 윤공은 문예(文藝)가 뛰어나서 길을 가다가 흥이 나면 바로 붓을 당겨 시를 지었으니, 거의 수백 편에 이른다. 나는 오직 재주 없고 또 병이 들어 능력을 발휘하지 못함을 안타까워하였으나, 무릇 산천 풍속이 다르고 누대와 풍속이 성하여 나라를 떠나 여행하는 심사를 한결같이 시로 표현하였다. 또 서로 재능을 겨루어 시로써 화답하니, 진실로 가는 길의 멂과 말의 수고로움을 깨닫지 못했다. 이제

약간 그 대강이 남아 있으니 제목을 「조천록(朝天錄)」이라고 한다. 말하
건대 안남사신과 함께 창화한 것은 따로 한 집(集)을 두었다."5)

위의 글에서 알 수 있듯이, 당시에 지봉과 함께 간 윤이술이 시재(詩
才)가 뛰어났으며 몇 백 편의 시를 지었다. 그리고 지봉은 병이 들어 어
려움이 많았지만 중국의 새로운 풍물을 접하여 많은 시를 지었으며, 윤이
술과 북경을 오가면서 시를 주고받았음을 알 수 있다. 윤이술이 몇 백 편
이나 지었다고 했으니, 그 시들에 대하여 화답한 지봉의 작품도 많았을
것이다. 그러나 안타깝게도 이 시집에는 30편만 기록되어 있다. 지봉은
조선과는 사뭇 다른 중국의 새로운 풍물을 접하여 마음껏 시재(詩才)를
발휘하였던 것이다. 작품 내용은 중국의 역사적 발자취가 서려 있는 곳을
대상으로 읊은 것과 여행 중 새로운 풍물을 보고 느낀 점을 형상화한 것
들이 많다. 장성(長城)·요동(遼東)·이제묘(夷齊廟)·계주(薊州) 등의
중국의 여러 장소가 제목으로 사용되었다. 이때에 안남사신과 창화(唱和)
한 시도 있는데, 그 부분은 따로 엮었음을 「발문(跋文)」 마지막 부분에서
언급하고 있다. 이에 대한 내용은 앞의 「안남사신창화록」에서 이미 설명
하였다. 지봉이 안남사신과 창화한 시를 나름대로 중요하게 여겨서 비록
편수는 적지만 따로 분류한 것으로 보인다. 그 당시에 외국인과 창화한
시는 별로 없었으며 우수한 작품들이다. 위 글에서 언급했듯이, 지봉은 30
대의 혈기 왕성한 시기에 선진국이었던 중국을 방문하게 되었다. 자신의
맡은 임무도 중요하였지만, 개인적으로는 새로운 문물을 접하여 안목을
넓히는 좋은 기회가 되었다. 그리고 이 원행(遠行)으로 지봉은 왕성한 창

---

5) 상게서, 100쪽. "萬曆丁酉, 皇朝中極建極諸殿災, 余膺命爲進慰使, 尹佐郎繼
善而述爲書狀官, 同赴京師. 尹公方以文藝自名, 沿途遇興, 援筆立成, 殆累百
千篇. 余雖不才且病, 未免技癢, 凡山川風俗之異, 樓臺民物之盛, 與夫去國羈
旅之思, 一於詩發之. 相與白戰, 有唱輒和, 誠不覺道途之遠鞍馬之勞也. 今略
存其槩, 題曰朝天錄. 其與安南使臣唱酬者, 別爲一集云."

작활동을 할 수 있는 소재를 얻을 수 있었다. 이때가 바로 왜구가 다시 침입한 시기여서 국가적으로 매우 어려운 상황이었는데, 그는 조선을 떠나 북경으로 가면서 다음과 같이 읊었다.

寂寞扁舟鴨水津　　적막한 압록강 나루터에서 외로운 배를 타니,
風光猶似昔年春　　정취는 여전히 작년 봄과 같네.
誰能解唱陽關曲　　누가 능히 이별 곡 부름을 이해하겠는가?
唯有江波送遠人　　오직 강 물결만이 멀리 사람을 보내네.[6]

그는 당시에 진위사가 되어 배웅하는 사람도 없이 외로운 상태에서 북경으로 가게 되었다. 전쟁 중에 북경으로 사행(使行)한 당시의 서글픈 심정을 노래하고 있다. 전구(轉句)에 나오는 '양관(陽關)'은 당나라 시인 왕유(王維)가 지은 「송원이사안서(送元二使安西)」의 "권군갱진일배주(勸君更盡一杯酒), 서출양관무고인(西出陽關無故人)"이라는 시구에서 용사(用事)하여 이별의 심사를 더욱 간절하게 나타내고 있다. 그리고 요동 땅을 밟고서 지은 시(詩)로, 사행(使行)하던 중에 느낀 여정(旅情)을 다음과 같이 표현했다.

東北雄藩控一方　　동북의 웅장한 울타리 한 모퉁이 끌어안고 있으니,
遼陽自昔壯金湯　　요동은 예로부터 웅장한 금성탕지(金城湯池)였네.
天連瀚海秋常早　　하늘은 瀚海(고비사막)에 이어지고 가을은 항상 빨리 오며,
地接陰山夏亦凉　　땅은 음산에 접하니 여름에도 서늘하네.
跋馬塵沙隨客袂　　말 타고 넘어가니 진흙과 모래가 나그네의 소매에 붙고,
賦詩風月入奚囊　　풍월을 읊은 시를 자루에 가득 담네.

---

6) 상게서, 98쪽. 「渡江舟中戲成」.

| 薊門此去知何許 | 계문은 여기서 거리가 얼마쯤일까? |
| 塞草關雲萬里長 | 변방의 풀과 관문의 구름만이 만 리나 펼쳐져 있네.[7] |

　시인이 황량한 요동 땅을 거쳐 북경으로 들어간 과정을 잘 보여주고 있다. 변방의 모습과 나그네의 심사가 어우러져 더욱 쓸쓸한 분위기를 조성하고 있다. 여기서 '계문(薊門)'은 북경 외곽의 관문인 산해관(山海關)이다. 이 「조천록」에는 주로 북경과 그 변방지역의 풍물을 읊은 시가 많다.

4) 「반사록(半槎錄)」

　「반사록(半槎錄)」은 『지봉집』의 11권에 해당한다. 그의 나이 39세에서 40세 사이인, 辛丑(1601년)년 11월부터 壬寅(1602)년 3월까지 지어진 총 57首의 한시가 실려 있다. 당시에 지봉은 명나라 사신을 맞이하는 접빈사(接賓使)가 되어 국경지역까지 갔다가 사신의 임무를 마치지 못하고 돌아오게 되었는데, 그때의 쓸쓸한 심정과 접빈사로서 거쳐 간 장소를 배경으로 하여 읊은 시가 많이 있다. '반사(半槎)'란 제목은 '동사(東槎)'에서 따오게 되었음을 이 시집 후반부에서 언급하고 있다. 즉 「발문(跋文)」에서 그는 다음과 같이 말했다.

　"만력 신축년(1601년) 겨울 명나라 태자 책봉을 알리는 사신이 갑자기 오게 되었다. 접빈사(接賓使)로 명을 받아 여러 신하와 함께 국경에서 만났다. 이에……중략……내가 글은 잘 못했지만 영위도사(迎慰都司)의 임무를 맡았다. 그러나 중도에서 떨어져 상처를 입어서 병이 심해 사신의 일을 완료하지 못하고 임무를 넘겨주고 교체되어 돌아오게 되었다. 그때

---

7) 상게서, 98쪽. 「遼東」.

지은 시가 약간 있으니 제목을 「반사록(半槎錄)」이라 하였다. 대개 중국
에서 오는 사신은 『동사록(東槎錄)』이 있는 것이 오래된 풍습이다. 이제
나의 이 편은 모두 말 위에서 입으로 읊은 시이다. 거듭해서 오랫동안
병들고 쇠약해졌으니 음조와 체격이 대부분 화해(和諧)하지 못했다. 비록
옛 시인에게 함부로 견줄 수 없으나 사물을 대함에 생각을 투사하고 말
로써 풍간(諷諫)했으니, 묻고 의논하는 뜻에 거의 합당할 것이다."8)

지봉은 덕망과 학문을 인정받아 중국사신을 맞이하는 원접사의 역할을
맡게 되었다. 그러나 도중에 말에서 떨어져서 다치게 되어 결국은 임무를
마치지 못하고 중도에서 되돌아오게 되는 안타까움을 겪게 되었는데, 그때
에 지어진 시들을 모은 시집이다. 당시에 지은 시들이 "몸이 병들고 쇠약
해진 상황에서 지어진 관계로 음조(音調)와 체격(體格)이 별로 뛰어나지
못하다."고 겸손하게 말하고 있다. 하지만 실제로는 접빈사의 역할을 충실
히 다하고자 한 지봉의 훌륭한 작품이었음을 마지막 부분에서 은근히 자랑
하고 있다. 즉 "촉물우사(觸物寓思)하여 탁풍(托諷)하였으니 자순지의(咨
詢之義)에 거의 화답하여 어긋남이 없었음"을 말하였다. 중국사신과 충분
한 화답(和答)이 이루어졌음을 말하고 있다. 조선 시대에 중국사신이 우리
나라로 올 때 압록강을 건너서 오게 되니 곧 동사(東槎)이다. "동쪽으로
뗏목 타고 건너오다"는 의미의 시집을 가져와서 조선의 접빈사로 하여금
화답하게 하였던 풍습이 오래되었음을 말하고 있다. 따라서 학문이 높고
시에 뛰어난 재능을 가진 사람이 그들을 맞이하는 접빈사의 역할을 맡게
되었던 것이다. 지봉이 인품과 학문에서 그러한 임무를 충분히 감당할 수

---

8) 상게서, 106쪽. "萬曆辛丑冬, 聖朝冊封太子, 詔使猝臨. 命選儐伴諸臣, 以迓
于境上. 於是……余以不文亦膺迎慰都司之任. 乃中道隤傷, 疾甚不克竣了使
事, 辭遆以還. 其所得詩僅若干, 題曰, 半槎錄. 蓋迎迓, 詔使者東槎有集古也.
今余是編率皆馬上口占. 重以久病荒耗, 音調體格, 亦多未諧. 雖不敢僭擬於
古之作者, 然觸物寓思, 因辭托諷, 則於咨詢之義, 或庶幾焉爾."

있는 인재였음을 알 수 있다. 접빈사로서 중국사신을 마중 갔다가 병들어
돌아올 때의 심정을 회고하며 읊은 시가 있으니, 소개하면 다음과 같다.

一官何苦老難休　관직이 얼마나 힘든지 늙었어도 쉬지 못하였고,
臥病生涯得自由　병들어 누우니 평생에 비로소 자유를 얻었네.
詩似巧工雕萬物　시는 공교로워 만물을 조탁함 같고,
酒爲長箒掃千愁　술로 긴 빗자루 삼아 천 가지 근심을 쓸어 내네.
鳥啼有恨催春盡　새는 울며 봄이 빨리 감을 한(恨)하고,
花落無言逐水流　꽃은 말없이 떨어져 물을 따라 흐르네.
文字向來堪遣興　문자로 오는 흥을 감당하여 보내다 보니,
連篇富可敵公侯　이어진 시편이 많아 공후(公侯)가 된 것 같네.9)

　관직 생활에 힘들었던 지봉은 비록 다쳐서 병든 상태이지만, 오히려 쉴
수 있는 여유를 가지게 되었다고 기뻐하고 있다. 그리고 "술로 근심을 쓸
어 내고, 시로써 자신의 흥을 표현하며 풍류를 즐기니, 공후(公侯)에 부
럽지 않다."고 말하였다. 이어서 「환가(還家)」라는 제목의 시에서는 "늙어
감에 이 몸이 적막함을 달게 받아들이고, 굳게 자리하고 앉아서 나의 고
요함을 지킨다."10)고 언급하며 스스로 위로하였다.

5) 「학성록(鶴城錄)」

　「학성록(鶴城錄)」은 『지봉집』 12권에 해당하는데, 乙巳년(1605년) 정
월에서 丙午년(1606년) 삼월에 이르기까지 지어진 시를 모아 놓은 것이
다. 지봉의 나이 43세에서 44세 사이였던 때이며, 그가 함경도의 안변부

---

9) 상게서, 106쪽. 「述懷」.
10) 상게서, 106쪽. "老去此身甘寂寞, 不妨堅坐守吾玄."

사로서 선정을 베풀던 시기에 지어진 작품 72首가 실려 있다. '학성(鶴城)'은 안변(安邊)의 옛 이름이며 등주(登州)라고도 한다. 시집 이름은 이 지명을 따온 것이다. 이 시집에 대한 서문은 상촌 신흠(申欽)이 썼으며 그 내용은 다음과 같다.

"공중(空中)의 소리인가? 물상(物相)의 색인가? 그 풍(風)에 근원하는가? 아(雅)에 근원하는가? 등주(登州)의 작품은 바로 원용릉(元舂陵) 일편과 함께 나란히 천년 위를 달린다. 내가 비로소 지봉이 뜻을 세움이 높음을 알았다. 진실로 둘도 없는 문중(門中)에 정법(正法)의 눈이 감춰져 있음이니, 어찌 야호소품(野狐小品)이 동등하게 비교되리요? 몇 번이나 탄식했는지 깨닫지 못하고 글을 쓴다. 병오년(1606년) 초가을 현옹(玄翁) 씀."[11]

지봉이 안변부사로 근무할 때에 선정을 베풀었는데, 당시에 지은 작품들을 모아서 엮은 시집이다. 실린 작품이 진공(眞空)의 소리이며 풍아(風雅)에 어울리는 훌륭한 작품임을 상촌은 찬양하고 있다. 상촌은 시인의 작품이 우수함을 평하여 "당(唐)나라의 원결(元結)이 용릉(舂陵)에서 백성을 위한 선정을 베풀었을 때 남긴 작품과 나란히 비교될 만한 작품"이라고 높이 평가하고 있다. 흔히 불교에서 도를 제대로 깨닫지 못한 사람을 '야호선(野狐禪)'이라고 한다. 그런 무리에 해당하는 사람, 즉 '학문과 덕망이 모자라는 인물'이 쓴 拙作品과는 비교되지 않을 정도로 우수한 작품임을 칭찬하였다. 시 속에 감춰진 지봉의 혜안(慧眼)에 거듭 감탄한 상촌(象村) 신흠(申欽)이다. 윗글에 언급된 원차산(元次山)은 당나라에서 훌륭한 목민관으로 이름을 떨쳤을 뿐만 아니라 시인으로서도 잘 알려

---

11) 상게서, 115쪽. "空中之音耶. 相中之色耶. 其源乎風耶. 其源乎雅耶. 登州之作, 直與舂陵一篇, 幷駕於千古之上. 吾於是始知芝峯老子立幟之高也. 眞所爲不二門中正法眼藏, 豈野狐小品可等論也. 不覺三歎而題之. 丙午新秋. 玄翁書."

져 있다. 신흠은 지봉도 元次山같이 시인과 목민관으로서 능력을 고루
갖춘 인물로 높이 평가하고 있다. 이 시집에 실려 있는 시는 지봉이 한양
에서 출발하여 안변까지 이동하는 그 순서에 따라서 각 해당지역을 배경
으로 詩를 지었다. 그리고 지역의 풍물도 소개하였으며, 작품 속에서 안
변지역의 어려운 농민의 생활 모습을 실사하기도 하였다. 따라서 작품의
배경이 된 곳은 안변지역과 한양에서 안변으로 가는 도중의 지명과 장소
이다. 이에 해당하는 곳이 포천(抱川)·永平(영평)·궁예고성(弓裔故
城)·금화(金化)·회양(淮陽)·석왕사(釋王寺) 등이다. 그는 이들 여러
곳을 지나가는 긴 여정에서 느낀 점을 시로 형상화하곤 하였던 것이다.
또 그는 「등주기사오백오십오언(登州紀事五百五十五言)」과 「수재후도중
기소견(水災後道中紀所見)」과 같은 시에서 수재와 가뭄 및 전쟁의 후유
증으로 고통받는 백성들의 모습을 절실하게 노정(露呈)하였고, 그들을 안
타까이 여기며 탐관오리를 비방하는 시를 남겼다. 그리고 스스로 백성과
고락을 함께하고자 하였다. 이러한 자상한 태도로 인하여 지역의 백성들
에게 존경을 받게 되었다. 이 시기에 지봉은 비록 40대의 나이가 되었지
만, 젊은 패기를 잃지 않고 나라를 걱정하는 목민관의 심정을 다음과 같
이 읊었다.

一麾荒郡足風烟	황폐한 고을을 향한 깃발에 풍광(風光)은 좋고,
鄕國山川落鴈邊	고향 산천은 기러기 앉는 끝이네.
身跨土牛留海角	몸은 토우를 타고 바다 끝에 머물고
夢歸金馬上花磚	꿈엔 금마 타고 궁전에 오르네.
天涯顔鬢今霜雪	하늘 끝과 귀밑털은 이제 흰빛인데,
塞外干戈幾歲年	변방 밖의 전쟁은 몇 년이나 되었나?
自恨壯心猶未試	스스로 씩씩한 마음을 아직 시험하지 못함을 한(恨) 하니,
匣中空吼老龍泉	칼집의 늙은이의 용천검이 부질없이 울부짖네.12)

앞부분에서는 지봉이 깃발을 앞세우고, 고향에서 멀리 떨어진 변방의 목민관으로 나아가게 되었음을 말하였다. 그리고 후반부에서는 비록 나이는 들었지만 용천검을 매만지며 젊은 패기를 잃지 않고자 하는 목민관의 기개를 느낄 수 있다.

6) 「홍양록(洪陽錄)」

「홍양록(洪陽錄)」은 『지봉집』 13권에 해당한다. 戊申(1608년) 정월에서 己酉년(1609년) 4월 사이에 지어진 147수의 시가 실려 있다. 다른 시집에 비해 많은 작품이 실려 있는 편이다. 홍양은 홍주(洪州)의 별명이다. 지봉이 46세 때 홍양목사로 부임하였는데, 그 시절에 지은 작품을 모은 것이다. 앞의 시집과 마찬가지로 지방의 목민관으로 있으면서 경험한 일들을 중심으로 읊고 있다. 이 책의 「발문(跋文)」을 쓴 차천로(1556년-1615년)는 이 시집에 대하여 다음과 같이 언급하고 있다.

"천지가 재주 있는 자를 냄에 옛날과 지금이 다름이 없다. 그리고 재주가 뛰어난 자는 세상의 성쇠(盛衰)에 얽매이지 않는다. 비록 후학자라고 해서 반드시 옛사람에 미치지 못하는 것은 아니다. 두루 전대의 역사책을 보건대 어찌 언급할 만한 자 있으리오? 우리나라에 문헌이 있은 이래로 글 쓰는 이가 얼마나 있었는지 알 수는 없다. 신라에는 최치원이 있었고, 고려에는 이규보 같은 최고 대가가 있었다. 그 후 이색·이숭인·정몽주가 뛰어난 대가(大家)이다. 우리 조선에서는 문학하는 선비를 더욱 중히 여겼으니 김시습(金時習)·김종직(金宗直) 외에 용재(容齋) 이행(李荇)·호음(湖陰) 정사룡(鄭士龍) 같은 이가 또한 시명(詩名)

---

12) 상게서, 110쪽. 「壯心」.

을 한 시대에 크게 떨쳤다. 근래에는 지봉 선생이 최고로 시에 뛰어났다. 선생의 시는 성당을 배워서 읊었고, 마음으로 궁구하여 특히 기묘하며 조어가 극히 정치하다. 깊이 옛 시인의 모습을 얻었으니 스스로 일가를 이룸이 있는 것 같다. 선생은 시에 있어서 스스로 그 문지방―성당시인의 문지방―안에 도달했다고 아니할 수 없다. 재주 없는 내가 외람되이 선생을 따르며 지낸 십 년 동안의 아름다운 교제에서 어느 정도 내가 선생을 알았고, (선생이) 나를 알아주길 바랐다. 따라서 서로 앎이 얕지 않으니, 대체로 또한 높고 넓은 뜻이 있음이로다. 선생이 지은 시가 무려 천 首나 되고, 내가 일찍이 눈으로 다 보았다. 이제 홍양 이후의 약간 편이 실린 한 질을 보니 더욱 연묘(研妙)하여 내가 선생에 대해 알고 있었음이 잘못되지 않았음을 한층 믿게 되었다. 선생은 마땅히 후진의 우두머리가 되고 시는 단지 그 여사(餘事)이다. 세상에서 선생을 아는 자는 지위가 덕에 차지 않는다고 말했다. 그러나 선생의 나이가 집에서 지팡이를 의지하지 않을 때에 관직 생활에서 두루 청빈을 실천했으니, 굳이 시가 궁한 자―궁해야 시를 잘 쓸 수 있다는 말에 해당한 자―와 비교될 바는 아니다. 당시 사단(詞壇)의 맹주로 우리나라에 살면서 문형을 잡은 자 공이 아니고 누구이겠는가? 선생의 시에 대해서 세상 사람 중에 아마도 나만큼 깊이 아는 사람은 없을 것이다. 고로 책의 끝에 글을 써서 참다운 친구의 믿음으로 삼는다."13)

---

13) 상게서, 129쪽. 天地之生才, 無古今殊. 而才之卓卓者, 不繫世之汚隆, 若然. 雖後之學者, 未必不及古之人. 歷觀前代史籍, 庸有可言者. 吾鰈域有文憲來, 作者不知幾何. 而在羅國有若崔孤雲, 在麗氏有若李相國最其大家. 其後若牧若陶若圃, 亦可謂傑然者也. 我朝尤重文學之士, 然梅月 ・ 佔畢外, 容齋 ・ 湖陰亦以詩名大謀於一世. 近者有芝峯李先生, 最有得於詩. 先生之詩, 學盛唐而爲也, 匠心獨妙, 造語極精, 深得古詩人鑪錘, 有若自成一家者然. 先生之於詩, 不可謂不自臻其閫奥矣. 不佞辱從先生游有十年之雅, 妄以不佞之知先生, 望於知不佞也. 而相知之不淺淺, 盖亦有峨洋之指焉. 先生所作爲詩無慮千首, 不佞曾己目寓卒業矣. 今見洪陽以後詩如干篇一峽, 尤極研妙, 益信不佞之知先生不妄. 先生當爲後進領袖, 詩特其餘事也. 世之知先生者, 以位不滿德言之. 然先生齒未及杖於家, 官歷踐清貫, 固不與詩窮者比. 當此時, 主盟詞壇, 居東壁而秉文衡者, 微公而誰. 顧先生之詩, 世之知者恐不如不佞之深也. 故聊書其卷尾, 以爲知己者信."

「홍양록(洪陽錄)」에는 지봉이 홍주에서 생활했던 시기에 지어진 작품이 기록되어 있다. 따라서 홍주 주위의 모습을 배경으로 지은 시와 홍주와 한양을 오르내리며 겪은 일들을 읊은 시들이 많다. 조선 중기에 시명을 떨쳤던 차천로(車天輅)는 위에서 언급한 것처럼 우리나라의 시인으로서 뛰어난 인물의 맥락을 전대부터 소개하고 있다. 즉 "신라의 최치원, 이어서 고려의 이규보(李奎報)·이색·이숭인·정몽주 등이 명성을 떨쳤고, 조선 시대는 김시습·김종직·이행·정사룡 등이 시명을 날렸으며, 그 뒤에는 지봉이 가장 뛰어났다."고 평하고 있다. 이 시기에 지봉은 사단(詞壇)의 맹주 역할을 하였다. 따라서 지봉의 시가 훌륭한 평을 받았음에 틀림없다. 또 한편으론 "지봉이 후진의 우두머리이고 시는 여사(餘事)이다."라는 평을 받기도 하였으니 참으로 인격과 덕망이 훌륭했음을 알 수 있다. "일호문인(一號文人)이면 여부족관(餘不足觀)"이란 말에 합치하는 인물이라고 말할 수 있다. 송나라의 구양수는 "시궁자이후공(詩窮者以後工)"이라고 했는데, 지봉은 굳이 그 말을 언급할 필요도 없이 스스로 청빈한 삶을 생활화하였으니 자연스럽게 시인으로서의 명성을 떨치게 되었다. 지봉에 대하여 이렇게 호평을 한, 오산(五山)은 아버지 차식(車軾)과 아우 차운로(車雲輅)와 함께 동방의 삼소(三蘇)라 불릴 정도로 이름이 높았고 속작(速作)에 뛰어난 능력을 발휘한 인물이다. 따라서 시에 대한 그의 평가는 충분히 받아들일 만하다. 그리고 五山은 스스로도 지봉에 대해서 가장 잘 알고 있다고 자부했다. 한편 이 「홍양록(洪陽錄)」에 대한 기록은 허균의 편지 글에도 전해지고 있다.

"홍양 시권은 몇 차례 읽었는데, 대아군자(大雅君子)의 소리에 꼭 맞아서 차마 읽기를 중도에 그만둘 수 없을 정도이었습니다. 책머리에 한마디 말을 서술하고 싶었으나 훌륭한 책을 더럽히게 될까 염려하여 하지 않았습니다."14)

허균이 이 시집의 시를 읽고서 "그 훌륭함에 감탄하여 대아군자의 음률에 합치함에 감탄하였고 자신의 글재주로는 책을 더럽힐까봐 차마 서발(序跋)을 쓸 수 없었다."고 말하고 있다. 그리고 이 시집에는 홍주목사로 가는 도중의 각 지역의 풍물과 홍주에서 근무하면서 목도한 생활 모습을 형상화한 시가 많다. 그리고 해학적인 내용을 담고 있는 시 등 다양한 종류의 작품이 다른 시집에 비해서 많이 실려 있다. 한양에서 홍주로 가는 도중의 지명과 장소로 한강(漢江)·판교(板橋)·평택(平澤)·아산(牙山)·합덕(合德) 등이 등장하는데 이곳을 배경으로 쓴 작품이 나온다. 지봉이 홍주에서 근무하면서 한가로운 마음을 읊은 시 한 편을 감상한다.

蹇拙芝峯老	절뚝거리는 졸렬한 지봉 노인이,
鈴齋晝睡長	관청에서 낮잠을 길게 자네.
病雖同汲黯	병들어 비록 급암과 같으나,
心豈薄淮陽	마음은 어찌 회양을 가벼이 여기리요?
事過惟高枕	일이 파하면 오직 높은 베개를 베고 눕고,
身慵不下堂	몸은 게을러 집에서 나오지도 않네.
時危關百慮	시절이 급하니 온갖 걱정이 생기나,
閑坐一商量	한가로이 앉아서 생각만 하네.15)

이 시에서 지봉은 자신을 급암과 비교하고 있다. 어려움이 닥쳐도 급암처럼 편안히 정사(政事)에 임하는 마음을 형상화하였다. 급암은 한 무제 때 회양의 태수가 되어 질병으로 누워 있으면서도 정치를 잘한 목민관(牧民官)으로 알려져 있다.

---

14) 許筠,『惺所覆瓿藁』卷二十,「文部十七 尺牘上」"洪陽詩卷, 吟覽數四, 不忍竟諷諷乎大雅音也. 欲敍一言上, 恐以糞汚佛首, 未果矣."
15)『芝峯集』. 119쪽.「雜詠」.

7) 「황화집차운(皇華集次韻)」1

「황화집차운(皇華集次韻)」은 『지봉집』 14권에 해당한다. 己酉(1609년)
년 지봉이 47세 때, 즉 홍양(洪陽)의 목사로 있었을 때 지은 시로 총 60
首가 실려 있다. 지봉이 홍양목사 재직 시 한번은 제술관(製述官)으로
발탁되어 중국사신을 접대하게 되었는데 그들을 위해 차운(次韻)한 시들
을 모은 것이다. 지봉은 후반부의 발문에서 다음과 같이 언급하고 있다.

　　"만력 무신년 내가 홍양에서 벼슬할 때 이듬해 황제의 사신 웅화가 도착
　함에 제술관으로 부름을 받아 한양으로 들어왔다. 무릇 제술관은 반드시
　『황화집』에 화답하는 것이 준례(準例)이다. 행낭 안에 황홍헌(黃洪憲)·왕
　경민(王敬民)의 시 한 질을 얻어서 그 운을 써서 지었고 주지번(朱之蕃)·양
　유년(梁有年)의 시운은 대우(對偶)를 해서 지었다. 나란히 붙이니 모두 육
　십 편이 되었다. 무릇 옛사람들이 화운하는 것을 시인의 큰 폐단으로 여겼
　으므로 차운하는 작품은 성당 때는 보이지 않았다. 내가 시에 있어서 결단
　코 성당에 미치지 못하면서, 고인의 밝은 계율을 어겼으니 어찌 시인들의
　비웃음을 면하리오? 아!"16)

　중국의 사신 황홍헌과 왕경민의 시에 차운한 작품이 43首이고, 주지번,
양유년의 시에 화답한 것이 13首이다. 당시 화운(和韻)하는 시가 올바른
시작(詩作) 활동(活動)이 아니고 시인(詩人)을 괴롭히는 것에 지나지 않
았음을 말하였다. 따라서 자신은 성당 시인에 미치지 못하는데 성당 때에
보이지 않던 화운하는 시를 짓게 되었으니, 능력도 없는 자신이 고인의

---

16) 상게서, 135쪽. "萬曆戊申, 不佞視篆洪陽, 越明年春, 天使行人熊化將至, 以
　　製述官被召入都. 凡製述官必和進皇華集例也. 於行篋中, 得黃·王一帙, 用
　　其韻投進, 而朱·梁詩韻乃偶占也. 並附之, 共六十篇. 夫古人以和韻爲詩家
　　大魔障, 故次韻之作, 不見於盛唐之世. 不佞于詩, 萬不及盛唐, 而犯古人之
　　明戒, 烏得免作者之所笑也哉. 噫."

계율을 어기면서까지 화답하는 시를 짓게 되었음을 부끄러워하고 있다. 그러나 제술관의 역할을 아니할 수 없었기에, 화답시를 짓는 시인의 심정도 편치는 않았을 것이다. 성당 시에는 화운(和韻)하는 시가 거의 없었고 송나라와 명나라 때에 많이 행해졌음을 이 글을 통해 알 수 있다. 이 시집 중의 한 작품을 감상한다.

地形高處着飛樓	땅의 높은 곳에 나는 듯한 누각 있으니,
天遣靈仙辦勝遊	천자가 신선을 보내어 명승지를 준비했네.
寒日蘸波金閃閃	차가운 해는 물결에 잠겨 금빛으로 빛나고,
淡烟籠水玉悠悠	맑은 안개는 물을 둘러싸고 옥빛처럼 퍼져 있네.
江山愜賞如增媚	강산을 흡족히 감상하니 기쁨이 더하는 것 같고,
物色供詩且少留	물색은 시를 제공하기 위해 또 잠시 머무네.
向夜月明看轉好	밤에 뜬 달빛을 보니 더욱 즐거워서,
憑闌更合放淸眸	난간 기대고 다시 맑은 눈동자를 모으네.17)

시인은 한강에 있는 아름다운 누각의 모습을 섬세하게 그려내고 있다. 그 누각에서 중국사신을 맞이하는 잔치가 베풀어졌으며 주위의 비경(秘境)을 즐기고 있는 시인의 모습을 느낄 수 있다. 여기서의 '영선(靈仙)'은 중국에서 온 사신을 가리키는 것이다.

8) 「금중록(禁中錄)」

『지봉집』 15권에 해당한다. 己酉(1609년)년 12월부터 경술(1610년)년 5월 사이에 지어진 시를 모은 책으로 당시에 지봉의 나이는 47, 48세였

---

17) 상게서, 133쪽. 「次漢江樓讌集」.

다. 즉 광해군 원년과 2년의 시기에 걸쳐서 지어진 작품 44수가 실려 있는데, 그는 이 시집에 대해 다음과 같이 언급하고 있다.

"오른쪽의 금중록은 곧 내가 은대에 있을 때에 지은 것이다. 시를 짓고 화답한 사람은 좌승지 휴암 김상준·우승지 녹문 홍경신·우부승지 구완 이신원·동부승지 도재 윤양 등인데 모두 동료들이다. 무릇 은대의 관리들이고 아침부터 밤까지 공무가 있어 부지런히 함께 일하니 그 친밀함이 이와 같다. 그러므로 반드시 여러 작품에 의탁하여 사귐을 돈독히 하여 온 지가 오래되었다. 그러나 이미 궁중의 벼슬을 떠나도 자취가 남아 있게 할 수 있는 것은 오직 이 기록에 있으니, 마땅히 힘써서 해야 할 것이다. 하물며 문장을 세상에 전함은 부지런히 작품을 엮는 것이 아니리요? 이에 편질이 크게 적으나 지금 졸작을 여기에 기록하노라."18)

지봉이 은대(銀臺)에서 벼슬할 때 여러 동료들과 밤늦게까지 함께 근무하며 우의를 돈독히 맺게 되었음을 말했다. 따라서 그들은 많은 작품을 주고받으며 더욱 따뜻한 우정을 나누었다. 따라서 벼슬을 그만둔 뒤에도 자신들의 모습을 불후(不朽)하게 남길 수 있는 것이 바로 작품을 모아서 남기는 것이다. 지봉이 이 시집을 만들고자 하는 의미도 여기에 있었다. 동료 간의 따뜻한 정을 시로 남기고 싶었던 것이다. 그래야 벼슬을 떠나도 기록은 남아 있게 되어 추억거리가 될 수 있을 것이다. 은대는 승정원 (承政院)으로 한림학사(翰林學士)들이 정치를 의논하는 집으로 궁중 안에 있었다. 그래서 이 시집명을 「금중록(禁中錄)」이라 하였으며, '금중'은

---

18) 상게서, 140쪽. "右禁中錄者, 卽余在銀臺時所作也. 屬而和者左承旨金休庵尙蕢·右承旨洪鹿門慶臣·右副承旨李九畹信元·同副承旨尹陶齋暘皆同僚也. 夫銀臺之官, 夙夜在公, 恪勤同事, 其親且密如此. 故必托諸繪事, 以敦契好, 其來久矣. 而旣禁不得爲, 則可圖以爲不朽者, 惟在於是錄, 不宜使忞忞而已. 況文章之傳於世, 又非區區繪事之比哉. 今以篇帙太夥, 只記鄙作于此云."

궁중(宮中)을 가리킨다. 시인이 47세에서 48세 사이에 은대에서 느낀 감회와 다른 관리들과 창화(唱和)한 시를 모았다. 이 중에서 시인이 은대에서 느낀 소감을 피력한 시 한 편을 감상한다.

江海頻年作遠遊　　강과 바다 건너 자주 멀리 유람하였고,
重來今日感兼羞　　거듭 벼슬함에 부끄러움 느끼네.
烟花紫禁尋常夢　　아름다운 궁궐을 항상 꿈꾸어 왔고,
雨露銀臺十六秋　　은대에서 생활한 지 16년이 되었네.
三省吏人新面目　　三省의 관원은 새 인물이나,
九霄簪笏舊風流　　궁중에서 벼슬함에 풍경은 옛날과 같네.
欲將筋力酬恩寵　　장차 힘써 은총에 보답하고자 하는데,
未覺摧頹已白頭　　이미 흰머리가 되었음을 깨닫지 못했네.[19)]

시인 지봉은 은대에서 16년간 관리생활을 하였음을 회고하면서, 이제는 늙어버린 자신을 서글퍼하고 있다. 임금님의 은총에 보답해야 하는데, 벌써 노년기에 접어들게 된 안타까운 심정을 형상화하였다. 여기에 나오는 '삼성(三省)'은 의정부·의금부·대간에 해당하는 중요한 벼슬을 말한다.

9) 「속조천록(續朝天錄)」

「속조천록(續朝天錄)」은 『지봉집』 16권에 해당하며, 辛亥(1611년)년 8월부터 壬子(1612년)년 5월 사이에 쓴 작품을 모았다. 지봉이 49세 때 주청사(奏請使)로 다시 북경에 가게 된 때에 지어졌기 때문에 「속조천록(續朝天錄)」이라 하였으며 총 240수의 많은 시가 실려 있고, 중간에 소

---

19) 상게서, 136쪽. 「銀臺記感」.

릉(少陵) 이상의(李尙毅)의 작품인 「부소릉시(附少陵詩)」 한 편이 함께 실려 있다. 따로 명칭을 부친 시집 중에서 가장 많은 작품이 실려 있다. 이 시집에 자서(自序)에 해당하는 「제시고(題詩稿)」에서 시인은 다음과 같이 언급하고 있다.

　　"「만 리 먼 길을 한 마리 말로 돌아와, / 황제의 서울 산수를 다시 기쁘게 보았네. / 시랑에 새로운 시구가 남아 있고, / 풍우는 항상 일어나고 책 속은 차갑네.」

　　내가 시에 있어서 감히 짓고자 하는 뜻이 있었던 것이 아니다. 한가하게 살며 일이 없을 때 경치를 보고 마음 가운데 느낌이 있어 간혹 음영하지 않을 수 없었다. 그래서 말이 반드시 교묘한 것은 아니고 숫자 또한 많지 않다. 신해년에 동지겸주청부사로 중국에 갔는데, 당시 정사는 소릉 이이원(李尙毅: 1560－1624)이었고 서장관은 오촌 황직지(黃敬中: 1569－1630)였다. 무릇 산천 인물의 아름답고 성함·성지 궁궐의 장려함·고금 사적의 기쁠 만함과 슬퍼할 만함 등이 눈에 보여서 마음에 느껴지는 것은 감히 물리칠 수가 없었다. 혹 입으로 부르고 혹 서로 창수한 것이 모여서 약간 편이 되었고 모으니 한 질이 되었다. 다 잠시 걸어가는 도중에 말을 하고 뜻을 나타낸 것이어서 보잘 것 없으나 오직 훗날에 감상하기 위해서 준비했다. 그 유구사신에게 준 것은 아래의 「별록」에 있다."20)

　한편 임숙영은 이 시집의 「서문」에서 다음과 같이 높이 평가했다.

　　"중국인은 그 사는 곳에 대한 긍지로 구주 밖에서 구한 바가 없다. 이로

20) 상게서, 162쪽. "萬里歸來一馬鞍, 帝京山水喜重看. 奚囊剩有新詩句, 風雨常生卷裏寒. 余於詩, 非敢有作爲之意. 居閑無事時, 見境有觸於中, 而或不能不發於吟詠. 故辭不必工, 而數亦無多矣. 歲辛亥, 允冬至兼奏請副价赴京師, 正使則小陵李公而遠, 書狀官則梧村黃公直之也. 凡山川人物之美盛, 城池宮闕之壯麗, 古今事迹之可悲可喜, 接乎目而感於心者, 往往不能排遣. 或爲之口號, 或相與唱酬, 摠如干篇, 袞爲一帙. 皆得於造次跋涉之中, 命辭用意, 未免潦率, 唯以備後日之翫. 其贈琉球使臣者, 別錄于下云."

말미암아 우리나라의 문헌은 소중화로 불려졌다.……중략……옛날에 공자가
열국의 시를 뽑음에 땅의 치우침을 따지지 않았다. 이에 「황조편」, 「소융
편」 여러 편이 삼백 편 중에 나란히 실려서 전해짐이 오래되었다. 점차로 성
인과 거리가 더욱 멀어지고 세상이 날로 협소해짐에 이르러, 신라 시대 비단
에 새긴 시가 겨우 영휘의 「악부」에 발췌되어 실렸고, 그 뒤를 쫓아서 흥한
것이 한릉편석(韓陵片石)의 비문(碑文)이 없겠냐만……중략……이런 까닭
으로 이 나라에 태어나서 글 짓는 체를 얻어서 능히 부모의 나라에 도달해
도 그 나머지는 오랑캐와 구역의 속됨에 비유되어 배척을 당하여 능력을 인
정받을 수 없었다. 그러나 지봉은 어떤 사람인가? 처음에 공이 주청(奏請)부
사(副使)로 북경에 이르렀고 이미 돌아옴에 내가 그 금낭에 감춰진 걸 살펴
서 시 약간 수를 얻었는데, 엮은 책이 두 권이고 제목을 『속조천록』이라 하
였다. 내가 얻어서 읽음에 책의 절반도 안 되어 무릎 치며 말하기를, 하필이
면 진 공장의 격문이리요? 이것이 족히 두통을 없앨 수 있도다. 대저 말에
가히 工하지 않을 수 없는 것이 있으니 바로 시이다. 그러나 工한 것은 혹
부족함에 병드나, 工에 능하면 부족함에 병들지 않는다. 또 글을 잘하는 땅
(중국)에서 시문을 완성함이 또한 얼마나 어려운가? 아! 문장의 이로운 점은
크게 쓰임에 있도다. 하지만 문장에 뛰어난 자라도 두세 가지 모두 뛰어나지
는 못한다. 보는 자는 한 빛난 작품에서 놀라게 되니, 어찌 호표지문을 다
살피리요?"[21]

옛날에 공자가 산시(刪詩)했던 때는 어느 지역의 시(詩)나 차별을 받

21) 상게서, 162쪽. "中國之人, 矜其所處之尊, 無所求於九州之外. 由是海東文獻
有小中華之號.……中略……昔夫子刪列國之詩, 未嘗坐其土之僻也. 是以黃鳥
小戎等諸篇, 鴈行於三百之中, 其進之也深矣. 去聖益遠, 天下日入於狹, 自
新羅織錦之詩僅一贅於永徽之樂府, 踵其後而興者, 豈無韓陵一片之石,……中
略……是故, 生於此邦而得乎述作之體, 能達於父母之國, 又斥其餘以喩蠻夷
九譯之俗, 此智力不可得也. 芝峯公獨何人哉. 始公以奏請副使至京師, 旣還,
搜其錦囊之藏得詩若干首, 編爲二卷, 目之曰續朝天錄. 余得而讀之, 卷未半,
乃擊節而言曰, 何必陳孔璋檄哉. 是足以去頭風矣. 夫詞未有不可工者, 必也
詩乎. 然工者或病於不足, 能工而無不足之病. 又潤色於右文之地, 抑何難也.
嗚呼. 文章之利於用大矣. 海涵而地負者, 不二三出於其有. 而觀者已大駭於
一斑, 是惡能悉虎豹之文耶."

지 않았으나 후대에 오면서 중국 이외의 지역의 작품은 속된 노래로 비유
되어 배척당하여 제대로 평가받지 못했다. 따라서 우리나라 사람으로 중
국인에게 평가를 받는다는 것은 쉽지 않았다. 그럼에도 불구하고 지봉은
훌륭한 시문으로 중국에 이름을 떨친 인물이었음을 말하고 있다. 우리나
라의 글이 신라 시대에 시가 중국 영휘(永徽)의 「악부」에 기록된 이후에
는 비록 한릉편석(韓陵片石)22) 같은 우수한 작품이 없지는 않으나 중국
에서 인정해 주지 않아서 제대로 평가를 받지 못했다. 그러나 지봉의 시
는 중국에서 인정을 받았고, 읽으면 두통이 사라질 정도로 좋았다. 굳이
저 유명한 진림(陳琳)의 격문23)만을 찾을 필요가 없다고 하면서 진림의
문장에도 뒤지지 않는 것이 바로 지봉의 문장임을 설명하고 있다. 그리고
마지막 부분에서 뛰어난 시인은 그 작품을 다 보지 않아도 능히 알 수
있듯이 지봉의 시적인 능력은 몇 작품만 보아도 알 수 있다고 주장하였
다. 이 외에도 임숙영은 지봉에 대해 다음과 같이 평하였다.

> "무릇 많으면 정(精)하기 어려운 것이 작자의 일반적인 모습이다. 이제
> 공이 말을 함이 많을수록 뜻을 씀이 더욱 정해졌다. 옥이 박(璞)에서 나옴
> 같고, 금이 모래에서 나옴 같다. 발하면 다 精하다. 아! 공이 이런 기술에서
> 그 종요로움을 다했고 그 묘함을 다했도다. 유구 14율시에 이르러 더욱 청
> 고(淸高)하고 완려(婉麗)하니 당시 사람이 한 자 한 구절도 같은 것을 짓지
> 못했다."24)

---

22) 南朝詩人 庚信이 북방의 문사로는 이 작품밖에 없다고 하면서 推重한 碑
文으로, 北魏 溫子昇이 쓴 韓陵山一片石을 말함. 유신이 온자승을 평가해
주듯이 중국인으로서 우리나라 시문을 높이 평가해 주는 작품이 별로 없음
을 말하고 있다.

23) 東漢 사람 陳琳이 袁紹를 위해 曹操의 罪狀을 언급한 檄文을 써 줌, 후에
조조가 원소를 이겨서 진림은 포로가 되었으나 조조는 그 재주를 아껴서
記室로 삼을 정도로 문장에 뛰어난 인물임. 字가 孔璋이다.

24) 『지봉집』, 163쪽. "夫多則難精, 作者之常也. 今公立言愈多而用意愈精. 如玉
之剖於璞也, 如金之脫於沙也. 無發而非精也. 嗚呼. 公之於此術, 可謂窮其

작품의 숫자가 많으면 정치하기가 어려운 것이 일반적인 현상인데, 지봉의 시는 많으면서도 정치하여 금옥(金玉)과 같은 작품임을 찬양하고 있다. 그리고 당시의 어느 시인보다도 뛰어났음을 말하고 있다. 그리고 이미 앞에서 언급한 「유구사신증답록」에 실린 작품에 대해 여기서 평을 하고 있으니, 그 작품들은 "기풍(氣風)이 청고(淸高)하며 완려(婉麗)하다."고 하였다. 특별히 시집명을 붙여서 지은 시집 중에 이 「속조천록」에 쓰인 시가 편수가 가장 많고 내용도 다양하다. 35세 때에 2차의 사신 행차를 한 후, 49세 때의 8월에 3차로 다시 사신으로 가게 되었는데 그 시기에 지은 시를 모은 것이다. 따라서 앞의 「조천록」을 이었다는 뜻으로 「속조천록」으로 명칭을 붙인 것이다. 작품 중에 긴 여정에서의 어려움과 괴로운 심정을 읊은 시를 보자.

海驛秋將晚	해역(海域)의 역(驛)에 가을이 이미 늦으니,
嚴程又此時	엄숙한 여정은 또 이때이네.
好山朝作畫	좋은 산은 아침에 그림을 그리게 하고,
淸月夜供詩	밝은 달은 밤에 시를 짓게 하네.
客意登樓怯	나그네의 마음은 누각에 오름이 겁이 나고,
衰顏對鏡知	노쇠한 얼굴은 거울을 보고 알았네.
十年長在路	십 년(十年)이라는 긴 날을 여로(旅路)에 있었으니,
休說遠遊思	먼 여정에 대한 추억은 말하기도 싫네.25)

여기서 지봉은 긴 세월 동안의 사신의 행차에서 어려움이 많았음을 말하였다. 한편 이제는 고향에 돌아가 조용히 살아가고 싶은 심정임을 다음의 시에서 노정(露呈)하였다.

要而極其妙者矣. 乞琉球十四律, 尤淸高婉麗, 不作時人一字一句."
25) 상게서, 142쪽. 「又次前韻」.

頻歲遠爲客	자주 먼 곳에 나그네 되어 가니,
歡娛能幾時	즐겁고 기쁨이 얼마나 되었던고?
山川杯裏興	산천은 술잔 속에서 흥이 되고,
風月槖中詩	풍월은 주머니 속의 시가 되네.
世味隨年減	세상의 재미는 해마다 줄어들고,
人情到老知	인정은 늙어서야 알게 되었네.
平生江海夢	평생 강해(江海)를 꿈꾸었으니,
蓴膾入秋思	순채국과 농어회가 있는 가을 생각에 젖어드네.26)

이 시에서 시인은 "진(晉)의 장한(張翰)이 고향의 특산물인 순갱로회
(蓴羹鱸膾)를 먹고 싶어 벼슬을 그만두고 고향으로 돌아간 일"을 언급하
면서, 자신도 그와 같은 마음임을 말하였다. 사신의 어려운 임무를 맡아서
원행(遠行)하다 보니 힘든 일도 많았을 것이다. 그래서 강해지사(江海之
士)가 되고 싶어 하는 심정을 이 시에서 드러내고 있다.

10) 「신은창화록(新恩唱和錄)」

「신은창화록(新恩唱和錄)」은 『지봉집』 17권에 해당한다. 이 시집은 지
봉의 둘째 아들 민구가 1612년 별시 문과에 장원급제하게 되어서 부모인
지봉이 축하하는 잔치를 마련하였는데, 그 자리에 손님으로 온 여러 사람
들이 시를 주고받았다. 창화한 시가 모두 100首이었는데 그 가운데 지봉
의 시는 30首이다. 시집에는 먼저 지봉 집안을 치켜세우고 아들 민구의
장원급제를 축하하는 심희수(沈喜壽)의 시가 두 편 나온다. 시집 서문에
서 지봉은 당시의 즐거운 잔치를 다음과 같이 언급하였다.

---

26) 상게서, 141쪽. 「龍泉舘」.

"아들 민구가 만력 임자년(1612년)에 증광(增廣) 별시(別試)에서 문과에 일등으로 합격하여 축하하는 날을 받으니, 좌의정 판중추부사직을 맡고 있는 심희수가 잔치에 참가하여 먼저 시 두 편을 지어 민구를 칭찬하였다. 그 내용에 이르길, '더디고 빠른 것이 부형이 한 해에 해당하네.'라고 했으니 대개 내가 나이 23세에, 자식 성구가 25세에, 민구가 24세에 과거에 급제했기 때문이다. '낮고 높은 과거를 세 마당에 떨쳤네.'라고 한 것은 아마 민구가 진사에서 장원급제하였음을 말함이니, 곧 회시에 장원했고 전시에 장원했음을 말한다. 크고 화려하게 칭찬함은 진실로 감당하지 못할 두려움이 있으나 '도리어 글자의 의미로써 술잔을 경계한다.'고 말한 것은 정녕 깨우치고 가르침이 있고 말이 진실하고 간절하니 지극한 의미를 성취한 큰 군자가 아니면 어떻게 얻으리요? 이어서 화답한 진원 부원군 유근의 시가 1편·동지돈녕부사 김현성의 시 10편·행호군 홍경신의 시 16편·봉상시 첨정 차천로의 시 24편·승문원 임숙영이 지은 시 2편·현임 현감 조호의 시 6편·진사 성여학의 시 6편·진사 김확의 시 1편·나의 시 30편·아들 성구의 시 1편·민구의 시 1편 등 모두 100편이다. 모아서 1질로 만들었으니, 이름은 「신은창화록」이라고 한다. 지금 다만 내 작품만을 오른쪽에 적었다."27)

아버지와 자식이 차례로 23세·24세·25세의 젊은 나이에 과거에 급제하였음을 말하고 있다. 지봉 가문이 대단한 학자 집안이었음을 보여주고 있다. 둘째 아들 민구가 장원급제하였음을 축하하는 날에 많은 문인들이 모여서 경축시를 지었고, 자연히 지봉도 기쁨에 젖어서 시를 쓰게 된다. 이

---

27) 상게서, 166쪽. "右迷豚敏求, 萬曆壬子歲, 中增廣別試文科第一名, 拜慶之日, 原任左議政行判中樞府事沈公喜壽來臨宴席, 首爲詩二篇以寵之. 其日遲速父兄容一歲, 蓋以不佞年二十三. 迷豚聖求年二十五, 敏求年二十四登第故也. 曰低昂賦策擅三場, 蓋言敏求爲進士壯元及第, 會試壯元殿試壯元也. 鋪張偉麗, 誠有不敢當之懼, 而至於還將字義戒巵觴云者, 丁寧警誨, 語益勤懇, 非大君子成就勸勉之至意, 何以得此. 繼而和者晋原府院君柳公根詩一篇, 同知敦寧府事金公玄成詩十篇, 行護軍洪公慶臣詩十六篇, 奉常寺僉正車公天輅詩二十四篇, 承文院著作任公叔英詩二篇, 原任縣監趙公浩詩六篇, 進士成公汝學詩六篇, 進士金公㟼詩一篇, 不佞詩三十篇, 迷豚聖求詩一篇敏求詩一篇, 共一百篇. 彙爲一帙, 命曰新恩唱和錄. 今只記拙作于右."

들 시를 모아서 시집 「신은창화록(新恩唱和錄)」을 만들었다. 여기에 부친
시집(詩集)의 명칭(名稱)은 아들인 성구와 민구가 모두 과거에 급제하여
출사하게 됨에 임금님께 감사하는 뜻으로 '新恩'이란 말을 썼고 여러 사람
이 축하해서 준 시에 대해 지봉이 화답하였으므로 '唱和'를 이어서 씀으로
써 「新恩唱和錄」이 된 것이다. 앞쪽에 좌의정 심희수가 방문하여 축하해
서 하사한 시와 이에 대하여 화답(和答)한 지봉의 시가 나온다. 심희수의
축하에 대하여 감사의 뜻을 전하는 지봉의 시를 감상해 보자.

衰門幸有二兒郞	쇠한 가문에 다행히 두 아이가 있었으니,
敢謂元方並季方	감히 원방과 계방이라 일컫네.
淡墨題恩新甲榜	담묵이 은혜롭게 갑방으로 발표하니,
華筵逞戱廣毬場	화려한 잔치 광구장에서 즐겁게 베푸네.
傳經素業慙劉向	경서를 전하는 본업은 유향에 부끄럽고,
貫虱高才謝紀昌	이를 꿰는 높은 재주 지닌 기창(紀昌)에 부끄럽네.
最感相公垂誨意	참으로 상공의 가르침에서 느끼는 것이 많으니,
應從盛滿戒盈觴	응당 가득 찬 음식에 술잔 채우는 일 경계하리라.[28]

지봉은 이 작품에서 아들 민구가 장원급제하였음을 소개하였고, 남들이 두
아들을 원방(元方)과 계방(季方)에 비유하여 칭찬하는 것에 대해 고마워하
며 은근한 자부심도 드러내고 있다. 그리고 조정에서 장원으로 급제시킨 임
금님의 은혜에 감사하고, 특히 잔치에 참가하여 축하해 준 우의정 심희수에
대해 더욱 고마워하였다. 마지막으로 자식들과 함께 더욱 열심히 정사(政事)
에 임하겠다는 각오를 드러내고 있다. 지봉의 장남 성구(聖求)는 「분사집(汾
沙集)」・동생 민구(敏求)는 「동주집(東州集)」이라는 문집을 남겼으며, 아버
지 지봉에는 미치지 못할지 모르나 상당히 문명(文名)을 떨친 인물이다.

---

28) 상게서, 164쪽. 「疊前韻」.

11) 「승평록(昇平錄)」

「승평록(昇平錄)」은 『지봉집』 18권에 해당한다. 이 시집에는 丙辰년 (1616년) 9월부터 己未년(1619년) 3월까지 지어진 시 107수(원래는 122 수?)가 실려 있다. 지봉의 나이 54세부터 57세까지에 걸쳐서 지어진 시이 다. 승평은 순천(順天)을 가리키니 순천에서 벼슬하던 시기를 중심으로 3 년에 걸쳐 쓴 시를 모은 것이다. 시대는 시인의 말년에 해당된다. 쇠약하 고 병들었으며 어려운 시기였다.

"내가 이미 병이 들어서 젊음이 날로 시들고 또한 재주가 없어서 세상에 쓸모없음을 알았다. 드디어 붓과 먹을 멀리하고 한 줄의 글도 짓지 아니한 지 오래되었다. 이곳에서 벼슬함에 이르러 문서를 기록함에 골몰하다가 비록 한두 번 읊은 것이 있으나 비유컨대 잠꼬대 소리와 같아 지난번 지은 것에 비교해서 미치지 못한다. 어찌 늙고 졸렬하고 황폐한 때문이 아니리요?"[29]

이 시집의 작품은 지봉의 말년에 지어진 것들이다. 위에서도 언급되었 듯이 당시에 지봉은 질병으로 인하여 쇠약해졌다. 3년이라는 기간 동안에 지어진 시들이며 "주로 순천부사로 재직할 때 여사(餘事)에 틈틈이 기록 한 것"이라고 말하고 있다. 스스로 "잠꼬대 소리와 같은 내용으로 젊은 시절의 작품 수준에 미치지 못한다."고 평하고 있다. 그러나 신흠(申欽) 은 「발문」에서 이 시집의 작품을 높이 평가하고 있다.

"지봉이 남으로 가는 길에 외람되이 이삼일 가마를 타고 검포 시골집으 로 나를 찾아왔다. 밤중에 기쁨을 나누고는 시를 남기고 헤어져 남쪽으

---

29) 상게서, 175쪽. "余旣夙嬰疾病, 菁華日謝, 且自知材魯, 無所用於世. 遂抛却 筆硯, 不作一行文字者久矣. 逮剖符于玆, 汨沒薄領間, 雖或有一二吟詠, 譬 猶睡中寢語, 視向時所作, 亦不及矣. 豈非老拙荒廢之故歟."

로 간 지 벌써 3년이다. 내가 말하길, '사람이 남으로 가면 찾는 것이
시가 될 것이니 장차 농사짓는 중에 (시로) 근심과 슬픔을 다 풀도록
하시지요.'라고 하였다. 얼마 되지 않아 과연 공이 122편을 모았다. 오
칠언 근체시가 섞여 있었는데 이것들을 모아서 책을 만들었다. 조카인
류유봉을 시켜서 내가 있는 수춘(壽春) 유배지에 보내오니, (내가) 봉한
것을 열어 보자 구슬처럼 빛나서 온 집안이 빛남을 깨달았다. 아! 이는
진실로 눈앞에 펼쳐진 광경이니 사람들이 다 알 것이다. 공이 능히 훌
륭한 말로써 시를 지었으니 아마 공이 신(神)이 되어 이룬 것이 아니겠
는가? 일월성신이 하늘에서 움직이고 산천초목이 땅에서 자라남에 공의
쓰임이 되지 않는 것이 없다. 그것을 취하여 마음에서 이루고, 붙이어
사물에서 궁구하니 하늘의 꽃송이와 나라의 꽃부리가 서로 벌어지고 서
로 핌이니 희령·오훼가 당시에 최고가 되었다. 절(節)을 살피고 곡을
헤아려 천도를 세운 것은 대개 공이 천성적으로 얻은 능력이다."[30]

지봉이 남쪽 지방인 순천으로 벼슬하러 가는 도중에 유배 간 상촌을
찾아가 만났음을 알 수 있다. 그리고 조카인 류유봉을 통해 지봉이 보낸
시를 상촌이 보고서 "구슬처럼 빛나는 작품이었다."고 찬양하고 있다. 지
봉은 "일월성신과 산천초목을 마음껏 부리는 신처럼 자유자재(自由自在)
로 소재를 취해서 아름답게 작품을 만들어냈으니 시인으로서는 최고의 경
지에 이른 사람"이라고 상촌은 평(評)하고 있다. 한의사가 희령(豨苓)·오
훼(烏喙) 같은 것으로도 최고의 약재를 만들 수 있듯이, 지봉은 어떠한
소재를 가지고도 훌륭한 작품을 창작해낼 수 있는 재주를 하늘로부터 타

---

30) 상게서, 176쪽. "芝峯公之南也, 枉數日駕, 訪余於黔浦田舍. 作半夜歡, 留詩
爲別, 旣南矣且三載. 余曰人之南者, 索所爲詩, 盖將舒憂娛悲於畔牢之中也.
未幾公果彙百有二十二編. 雜五七近體絶句, 衰而爲卷. 附其姪柳生有朋者,
傳至余壽春累所, 緘縢才啓而珪璧散朗, 覺一室光矣. 噫. 玆固眼前光景, 皆
人所知也. 而公能善言之以爲音, 豈公神而化之者耶. 日月星辰, 經緯于天,
山川草木, 杼機于地者, 無非公之用也. 取成於心, 寄妍于物, 使天范國英,
交拆互發, 豨苓·烏喙, 時而爲帝. 按節度曲, 建之太淸者, 盖公之得乎天也."

고났다는 것이다. 여기서 상촌은 122首의 시를 보았다고 했지만 실제로 지봉집에 실린 시는 107首밖에 되지 않는다. 15首가 실리지 못했음을 알 수 있다. 지봉이 말년에 순천부사의 직책으로 근무하면서 현장에서 보고 느낀 바를 표출한 작품이 많다. 즉 남부 지방의 매화와 바다를 소재로 읊은 시, 그리고 옛 모습을 상상하게 하는 '송광사(松廣寺)'·'광한루(廣漢樓)'·'오작교(烏鵲橋)'·'수영(水營)' 등을 배경으로 읊었다. 시의 내용에서도 패기(覇氣)와 웅건(雄建)함이 담긴 시보다는 한가롭고 한담(閑淡)한 느낌을 주는 시가 많다. 많은 작품 중에 승평(昇平)에 기거하면서 한양을 그리워하는 내용을 담은 시와 이순신을 기리고 있는 시를 감상해 본다.

長安北望五雲間　한양이 있는 북쪽의 상서로운 구름을 바라보니,
南國春風鴈政還　남쪽의 춘풍 따라 기러기가 돌아오네.
相憶故人千里夜　서로 천 리나 떨어진 친구를 생각하는 밤인데,
玉窓明月夢中顔　고운 창에 비친 명월은 꿈속의 얼굴이네.[31]

위의 시에서 시인은 순천에서 생활하면서 한양에 있는 친구가 그리움을 절실히 표현하고 있다. 그리고 지봉은 왜구를 물리치는 데 위대한 공훈(功勳)을 세운 이순신을 다음과 같이 기리고 있다.

地勢連南極　땅의 형세는 남쪽 끝이고,
雄臨日出東　웅장하게 해 뜨는 동쪽에 자리했네.
孤城前左水　외로운 성 앞의 왼쪽은 물이고,
一島古今風　한결같이 섬에는 예나 지금이나 바람이 부네.
控禦關防重　활 당겨 막는 관문의 방어는 중요했고,
丹青海廟空　붉고 푸른 바다의 사당은 비어 있네.
哀哉李統制　슬프다, 이 통제사여!

---

31) 상게서, 171쪽. 「夢故人」.

千載誦奇功   길이길이 위대한 공을 기리네.[32]

이 작품에서 지봉은 수영(水營)의 위치를 말하고, 그곳에 자리 잡고 있는 이순신의 사당을 보고 느낀 감회를 형용(形容)하였다. 결론적으로 이순신의 공적을 높이 찬양하고 있다.

12) 「황화집차운(皇華集次韻)」 2

이 「황화집차운(皇華集次韻)」은 『지봉집』 19권에 해당한다. 이 시집은 평양 지방의 승경이나 유적지를 제목으로 쓴 작품들을 모아 놓은 책이다. 총 38首의 시가 실려 있다. 다른 시집과 달리 이 시집에는 따로 발문이 없다. 또한 작품이 지어진 연대도 알 수 없다. 다만 시집 편집 순서를 참고하면 승평록(昇平錄)이 지어진 이후이니, 1620년 이후의 노년기에 지어진 작품으로 추정된다. 이곳에는 공용경(龔用卿) · 오희맹(吳希孟) · 강일광(姜日廣) · 왕몽이(王夢伊) · 동월(董越) · 왕창(王敞) 등의 시에 차운한 작품을 모아 놓았는데 모두 우리나라 평양 지방의 승경지(勝景地)나 유적지(遺蹟地)를 제목으로 삼아서 지은 것이 특징이다. 「모란봉(牡丹峯)」, 「부벽루(浮碧樓)」, 「대동강(大洞江)」, 「조천석(朝天石)」, 「청천강(淸川江)」, 「기자사(箕子祠)」, 「동명사(東明祠)」 등이 나오고 있다. 이 시집의 제목으로 쓰인 '황화(皇華)'는 황제의 사신을 가리키는데, 당시에 중국사신이 우리나라에 왕래했을 때 자연스럽게 평양의 승적지(勝蹟地)를 배경으로 시를 읊게 되었다. 이들 시에 대한 화답의 시를 지봉이 쓰게되었으며 그 시들을 모아서 시집으로 엮은 것이다. 앞에서 소개한 '7)번의

---

32) 상게서, 173쪽. 「水營」.

「황화집차운」과는 다른 시인들의 시에 차운한 시들이다. 여기서 「조천석(朝天石)」이란 제목의 시를 감상한다.

仙子問何之　　묻노니 신선의 아들은 어디로 갔는가?
天風吹鶴背　　하늘의 바람은 학의 등 뒤에서 부네.
盤陀石尙存　　울퉁불퉁한 바위는 아직도 남아 있는데,
缺月疑環珮　　이지러진 달은 옥가락지 같네.33)

지봉은 조천석을 바라보며 먼 옛날의 역사를 회고하고 있다. 또한 「숙림반(宿林畔)」을 차운(次韻)한 시에서 다음과 같이 읊었다.

滄海爲樽月作盤　　창해를 술동이 삼고 달로 쟁반을 만드니,
壯遊淸興未應闌　　성대한 잔치의 맑은 흥취는 막을 수 없네.
靑霞意重千杯少　　푸른 안개의 뜻은 깊어 천 잔의 술로도 알 수 없고,
白雪詞飛四座寒　　흰 눈에 대해 시를 지으니 사방의 자리가 차갑네.
三島風烟軒外落　　삼신산(三神山)의 모습은 집 밖에 떨어져 있고,
百年天地眼中寬　　백 년의 세계는 눈앞에 펼쳐지네.
鯫生不分叨佳讌　　못난 사람이 분수없이 아름다운 잔치를 탐하여 즐기니,
何幸遄陪杜後冠　　어찌 관리 되어 임금을 모심이 다행함이 아니리요?34)

여기서 시인은 비록 힘든 벼슬 생활이지만, 그 가운데 또 즐길 수 있는 여유도 함께 있다고 말하고 있다. 스스로 만족스러워하는 관리의 심사(心思)를 느낄 수 있다.

---

33) 상게서, 177쪽. 「朝天石」.
34) 상게서, 179쪽. 「次宿林畔」.

13) 「별록(別錄)」

「별록(別錄)」은 『지봉집』 20권에 해당한다. 여러 시대의 작품이 보이는 것으로 보아 시인의 문집에서 빠뜨린 시를 따로 모아 놓은 것 같다. 이 시집에는 34首의 시가 실려 있다. 시집의 후반부에서 시인은 시(詩) 짓기와 평(評)하기의 어려움을 다음과 같이 언급하였다.

"시는 진실로 능하기 어렵고 말하기 어렵다. 그것을 병법에 비유컨대 조괄이 말은 쉽게 하나 스스로 능히 행함에는 그 묘함을 얻지 못함과 같다. 내가 젊었을 적에 시는 썼으나 힘을 쏟지 않았고 이미 약관에 진사가 되어 문득 붓과 벼루를 버리고 감히 이로써 재능을 자랑할 수 없었으니, 대개 그 능하기 어려움을 안다. 간혹 병이 들어 인사를 끊고 고금의 여러 문집을 보게 되었고 그중에 더욱 시당·성당의 시법을 좋아하여 그 체격을 보고 그 의취(意趣)를 연구하여 거의 스스로 얻은 바가 있은 뒤에 더욱 그 말하기 어려움을 알게 되었다. 진실로 완색함에 빠지고 묘경을 깨닫지 않으면 진실로 족히 말할 수가 없다. 만약 일자(一字)라도 화합하지 않고 일언(一言)이라도 타당하지 않으면 또한 능하다고 할 수 없다. 시가 과연 말하기 쉽겠는가? 내가 이런 연고로 비록 지은 것이 있었으나 도리어 곧 원고를 버렸으며 일찍이 남에게 보여주지 않았고 전쟁 중에 흩어지고 빠져서 또한 없어졌다. 정유년 이후에 이르러 두세 사람의 벗에게 강요되어 왕왕 수창(酬唱)한 것이 있다. 이에 대략 수록하니 몇 권이 되었다. 구하여 보고자 하는 자가 그 번다함을 싫어하고, 또 원고의 절반을 취하고자 함에 수선하여 베껴서 그에게 주었다. 감히 능하다고 말할 수 없으나 요컨대 능하지 못함으로 능한 바에 물을 따름이다."[35]

---

35) 상게서, 183쪽. "詩固難能難亦難言也. 譬諸兵法, 如趙括之易言而自以爲能者, 是未得其妙焉者也. 余少時嘗從事于詩而不著力, 旣弱冠成進士, 便棄筆硯, 不敢以是自任, 盖知其難能也. 間因沈病, 屛絶人事, 頗閱古今諸集, 尤好始盛唐詩法, 觀其體格, 究其意趣, 稍有所自得, 然後益信其難言也. 苟非沈潛玩索, 頓悟妙境, 則固不足道. 若一字之未諧, 一語之未安, 亦不得爲能

지봉은 초당(初唐)·성당(盛唐)의 시법을 배워서 스스로 체득하였으나 시를 공부할수록 더욱 어렵다고 하였다. 또 훌륭한 작품 쓰기의 어려움을 설명하는 표현으로 "한 글자와 한 단어도 합당하지 않으면 훌륭한 시가 될 수 없다."고 언급하였다. 즉 작시(作詩)의 어려움을 단적으로 말했다. 이 별록에는 여러 시기의 작품이 섞이어 실려 있는데 후대의 작품에는 꿈과 관련된 몽시(夢詩)가 많이 있다. 여러 시기의 작품이 섞여 있는 것으로 보아 앞의 시집에서 빠진 작품을 실은 것으로 추측되며, 그의 말년의 작품도 함께 싣고 있다. 지봉이 꿈에서 얻었다는 시를 한 편 감상한다.

無聲還被有聲招	소리 없음이 도리어 소리 있음의 부름을 입어,
颯爽初驚萬竅號	시원하고 상쾌함이 처음에 모든 구멍에 불어 놀라게 하네.
夜向竹間偏淅瀝	밤에 대나무 사이에 쓸쓸히 부니까,
秋生蘋末更蕭騷	가을이 부초 끝에서 생기며 다시 쓸쓸히 소리 내네,
隴頭新麥看成浪	언덕의 새 보리에서는 물결 잃을 보이고,
山上長松聽作濤	산 위의 큰 소나무에선 파도 소리 나네.
曾入薰絃能解愠	일찍이 순임금 훈현(薰絃)에 들어가면 온화해지니,
願隨鵬翼控扶搖	원컨대 붕새 날개 타고 회오리바람 당기리라.[36]

지봉이 34세 때 꿈에서 부친과 심수경(沈守慶)과 함께 호운(呼韻)하여 「풍(風)」을 제목으로 시를 지었다. 후에 깨어나서 기록했는데 삼련(三聯) 중의 두어 글자만 모호하고 나머지는 분명하게 기억하여 기록하게 되었다고 말하고 있다.[37] 또 「기몽(記夢)」이란 시에서 다음과 같이 읊었다.

矣. 詩果易言乎哉. 余爲是故, 雖或有作, 旋卽毁藁, 未嘗示人, 而兵火之餘, 散逸且盡. 逮丁酉以後爲二三知友所强, 往往有所酬唱. 乃略加收錄, 摠若干卷. 屬有求觀者, 病其繁夥, 又取本藁之牛, 繕寫以應之. 非敢曰能, 要之以不能, 問於所能而已."

36) 상게서, 180쪽. 「風」.
37) 상게서, 180쪽. "丙申五月十二日夜, 夢先君與沈相守慶同坐呼韻, 命作風詩. 余應口成文, 覺後記而書之. 只第三聯中數字不明, 餘皆了了."

天開日月風雲筆　　하늘은 일월을 열어 풍운(風雲)을 그려냈고,
地出蛟龍霧雨濤　　땅은 교룡을 내어 안개와 비를 일으키네.
誰信衰遲心尙壯　　누가 쇠약해도 마음은 오히려 씩씩함을 믿겠나?
夢中詩句也能豪　　꿈속의 시구(詩句)는 호탕하네.38)

　지봉이 늙었음에도 불구하고 씩씩한 모습을 잃지 않으려 노력하는 모습을 엿볼 수 있다. 그는 꿈에 첫 구의 풍운(風雲)에 이어지는 글자를 얻지 못했는데 "전전반측(輾轉反側)하다가 '필(筆)'자(字)를 꿈에 다시 얻게 되어 작품을 완성하게 되었다."고 말했다.

　지금까지 13권의 시집을 살펴보았다. 지봉은 지방관으로 가거나 사신으로 갔을 때에 출발한 날부터 시간 순서에 따라 지은 시를 모아서 시집을 만들었음을 알 수 있었다. 아울러 각 지방의 풍속과 풍물을 대상으로 많은 작품을 짓게 되었다. 또 이들 시집에는 타인의 작품 소수가 나온다. 곧 심희수 작품 두 首·이상의 작품 1首·그리고 안남과 유구사신의 작품 몇 수이다. 이 외에 지봉은 국문시가도 지었다고 하나 현재까지 발견되지 않고 있다.

2. 산문(散文)의 종류(種類)와 내용(內容)

　『지봉집』 31권 중에서 21권에서 31권까지는 다양한 종류의 산문이 실려 있다. 그리고 「부록(附錄)」 3권에는 지봉과 친분이 있었던 여러 사람

---

38) 상게서, 181쪽. 「記夢」.

이 쓴 「행장(行狀)」·「묘지명(墓地銘)」·「신도비명(神道碑銘)」·「제문 (祭文)」·「만사(挽詞)」 등이 기록되어 있다. 차례로 이 책들에 대하여 간 단히 살펴본다.

① 21卷의 「잡저(雜著)」에는 다양한 장르에 해당하는 78편의 많은 작 품이 실려 있다. 즉 교서(敎書)·응제(應製)·제문(祭文: 祈雨祭文 포 함)·책문(冊文)·계(啓)·서(序)·발(跋)·설(設)·기(記)·대(對: 押韻 之文)·찬(贊)·표(表)·전(箋)·잠(箴)·명(銘)·계(戒)·악장(樂章)·전 문(箋文)·사문(赦文) 등의 다양한 산문이 실려 있다. 지봉이 여러 장르 의 산문에 능통한 문장가임을 보여주고 있다. 그리고 이곳에는 지봉의 시 문학론을 살필 수 있는 글이 있다. 필자가 주로 참고한 산문은 「김통진초 정시서(金通津草亭詩序)」·「동원비우당기(東園庇雨堂記)」·「기우설(祈 雨設)」·「시설(詩說)」·「시설찬(詩說贊)」·「이묘설(二猫說)」·「침류대 기(枕流臺記)」·「사걸시찬(四傑詩贊)」·「심전기송지문시찬(沈佺期宋之 問詩贊)」·「맹호왕유시찬(孟浩王維詩贊)」·「이한림시찬(李翰林詩 贊)」·「두공부시찬(杜工部詩贊)」·「의산번천시찬(義山樊川詩贊)」·「만 당시찬(晚唐詩贊)」·「송시찬(宋詩贊)」·「당시휘선서(唐詩彙選序)」·「제 차오산천로문(祭車五山天輅文)」·「서담집발(西潭集跋)」·「자경잠(自警 箴)」·「주일명(主一銘)」·「동정명(動靜銘)」·「축묘구설(畜猫狗說)」·「물 화설(物化說)」·「중전악장(中殿樂章)」·「이부설(里婦說)」·「안맹찬(顔孟 贊)」·「주정찬(周程贊)」·「주자찬(朱子贊)」·「자신잠(自新箴)」·「학계 (學戒)」·「제령의정신현옹문(祭領議政申玄翁文)」 등이다.

② 22卷의 「잡저(雜著)」에는 상소(上疏)·차자(箚子)에 해당하는 장르 를 중심으로 9편의 글이 실려 있다. 작품을 보면, 「옥당차자(玉堂箚子)」 2

편, 「백관계사(百官啓辭)」, 「정례부문(呈禮部文)」, 「척절로사의(斥絶虜使
議)」, 「대죄상소(待罪上疏)」, 「걸체영위사소(乞遞迎慰使疏)」, 「사홍문제
학(辭弘文提學)」, 「조진무실차자(條陳務實箚子)」 등이다. 이 중에 「조진
무실차자」가 가장 잘 알려졌으며 지봉의 사상과 실학을 연구하는 중요한
자료로 인용되었다.

③ 23卷의 「잡저(雜著)」에는 묘비명(墓碑銘: 墓碣銘, 墓誌銘), 전
(傳), 서(書), 첩(帖)의 장르에 해당한 23편의 글이 실려 있다. 지봉이 쓴
묘지명도 적지 않았음을 알 수 있으며 그는 주로 지기(知己)와 그 부인
(夫人)들에 대한 묘지명을 많이 썼다. 묘지명의 내용은 다음에 정리하기
로 하고, 그 외의 작품들을 간단히 소개한다. 즉 23권에 실린 작품은 「순
천부중건팔마비음기(順天府重建八馬碑陰記)」·「조완벽전(趙完璧傳)」·「복
권폐호서(復權閉戶書)」·「복조송호서(復趙松湖書)」·「서복신현옹서(書
復申玄翁書)」·「답문자첩(答問者帖)」·「연풍전(年豊傳)」·「서몽(敍夢)」
이며 이 중에 특히 참고하고자 하는 작품은 「조완벽전」·「서부신현옹
서」·「연풍전」·「서몽」이다. 앞에서 언급한 21권의 「잡저」에는 여러
장르의 산문을 함께 실었고, 22卷과 23卷의 「잡저」부분에서는 비슷한 장
르의 산문을 같이 묶어서 실었다.

④ 24卷은 「채신잡록(采薪雜錄)」을 싣고 있는데, 이것은 '땔감이나 캐
는 잡다한 기록'이란 의미로 지봉의 사유세계(思惟世界)를 엿볼 수 있는
내용이다. 여기서 지봉은 정부학(鄭副學)과 사상문제(思想問題)에 대한
토론을 벌이고 있다. 뒤쪽에는 정부학의 평(評)과 이준(李埈)의 「서지봉
채신잡록후(書芝峯採薪雜錄後)」가 실려 있다. 다음 장의 사유세계(思惟
世界)에서 이 부분에 나오는 문장을 인용하여 고찰하기로 한다.

⑤ 25卷의 「설문청독서록해(薛文清讀書錄解)」는 설문청의 『독서록(讀書錄)』에 대해 주(註)를 달고 자신의 의견도 함께 개진하는 평론문(評論文)에 해당한다. 이 책의 내용도 지봉의 사유세계를 살필 수 있는 중요한 글이다. 마찬가지로 그의 사유세계를 설명하는 부분에서 활용할 것이다.

⑥ 26卷의 「제채자리심법론후(題蔡子履心法論後)」는 채자리(蔡子履)가 쓴 『심법(心法)』에 대해 주를 달고, 동조하거나 달리하는 생각도 함께 개진하고 있다. 마찬가지로 지봉의 사유세계를 논하는 부분에서 참고할 것이다.

⑦ 27卷과 28卷은 「병촉잡기(秉燭雜記)」란 제목의 책으로 훌륭한 선배학자(先輩學者)들의 의론을 소개하고 자신의 의견을 덧붙이는 형태로 쓰인 작품이다. 지봉의 다양한 사유세계가 나타나 있는 중요한 자료이다. 여기에 언급된 학자만 해도 수십 명이 된다.

⑧ 29卷은 「잡저(雜著)」란 제목하에 「경어잡편(警語雜編)」을 싣고 있는데, 이른바 후학에게 경계해 주는 말이나 자신의 경계로 삼는 말이 많이 실려 있다. 지봉의 인생관과 사상을 살필 수 있는 중요한 자료이다.

⑨ 30卷 - 31卷은 「잉설여편(剩說餘編)」上, 下를 나눠 싣고 있다. 30권은 「잉설여편」上이고 31卷은 「잉설여편」下이다. 제목처럼 지금까지 싣지 못했거나 빠진 말들을 모았다. 이곳에는 지봉이 일생의 삶에서 얻은 교훈적인 말들을 기록하고 있다. 지봉의 사유세계의 심층(深層)을 엿볼 수 있는 자료이다.

⑩ 마지막으로 「부록(附錄)」 3卷이 있는데, 「附錄」 1卷에는 장유가 쓴 「행장(行狀)」과 김상헌이 쓴 「묘지명(墓誌銘)」과 작자를 알 수 없는 「신도비명(神道碑銘)」이 있다. 이 작품들은 지봉의 일생을 알 수 있는 중요한 자료로 활용하였다. 그리고 「부록(附錄)」 2卷에는 지봉의 죽음을 애도하는 「제문(祭文)」 14편이 실려 있다. 이 글의 작가들을 살펴보면, 채유후(蔡裕後)·이정구(李廷龜)·정경세(鄭經世)·신익성(申翊聖)·장유(張維)·오백령(吳百齡)·윤흔(尹昕)·이경직(李景稷)·윤휘(尹暉)·정백창(鄭百昌)·이유간(李惟侃)·이준(李埈)·김확(金矱)·김정지(金鼎之) 등이다. 마지막으로 「부록」 3卷에는 12명이 쓴 「만사(挽詞)」 14편이 실려 있다. 작가를 소개하면 다음과 같다. 즉 윤방(尹昉)·김유(金瑬)·이정구(李廷龜)·이호민(李好閔)·김상용(金尙容)·윤신지(尹新之)·김광현(金光炫)·이소한(李昭漢)·홍명구(洪命耉)·채유후(蔡裕後)·구봉서(具鳳瑞)·이주(李炷) 등이다.

지봉이 남긴 수많은 산문 중 본고에서는 『지봉집』의 전반부에 실려 있는 세 편의 「차자(箚子)」작품을 감상하고 분석하기로 한다.

1) 「차자(箚子)」의 창작 배경 및 의의

지봉(芝峯) 이수광(李睟光)의 산문 중에서 4편의 「차자(箚子)」가 『지봉집(芝峯集)』에 실려 전해지고 있다. 「차자」는 간단한 서식(書式)으로 쓴 상소문(上疏文)에 해당한다. 즉 '표(表)'와 '장(狀)'과 비슷한 종류이며, 군신백관(君臣百官)이 임금님께 건의하기 위해 시기에 관계없이 올릴 수 있는 공문(公文)에 해당한다.[39) 지봉이 오랜 기간 부제학(副提學)이라는 벼슬에 몸담은 관계로 상소의 일종인 차자(箚子)를 쓰게 된 것은 당연한 일일지도 모른다.

지금까지 「箚子」에 대해서는 별로 연구되지 않았고, 더구나 지봉의 「차자」에 대해서는 장문의 「조진무실차자(條陳務實箚子)」만이 소개되어 인용되고 있다. 『芝峯集』에는 이 작품 외에 세 편이 있으니, 이들 「箚子」에 대한 내용을 본고(本稿)에서 살펴보고자 한다. 이 세 편의 「차자」는 옥당(玉堂)에서 관리들의 회의를 거쳐 쓰였으며, 지봉이 부제학(副提學)의 직책으로 있을 때 지어졌다. 따라서 「옥당차자(玉堂箚子)」란 제목이 붙여진 것 같다. 세 편이 각각 다른 사안(事案)에 대해서 임금님께 올린 글이므로 담긴 내용과 주제 또한 다르다.

이들 작품 중 가장 긴 「箚子」는 '수도이전(首都移轉)에 대한 문제(問題)'에 대해서 상소한 글이고 그리고 같은 해에 쓰인 또 다른 한 편은 '고명(誥命) 주청사(奏請使) 파견 문제(問題)'에 대한 글이다. 이 두 작품은 壬子年(1612년)에 쓰여진 것이다. 그 당시 지봉의 나이는 50세이었다. 그리고 마지막으로 가장 짧은 한 편의 「차자」는 '묘현대례(廟見大禮)에 대한 문제(問題)'를 언급한 글인데, 이 글은 壬寅年(1602년)에 쓰였으며, 지봉의 나이는 40세이었다. 이들 세 작품의 내용을 차례로 살펴보고 분석하며, 아울러 「箚子」의 특징을 개괄적(槪括的)으로 정리해 보고자 한다. 이 작품들 가운데서 무엇보다 관심이 가는 작품(作品)은 광해군 시기에 촉발된 '首都移轉에 대한 問題'를 언급한 첫 번째 「箚子」이다. 이 작품은 수도이전에 대한 문제점을 잘 적시(摘示)하여 지봉의 논리적인 문장력(文章力)을 충분히 보여주고 있다. 거의 400년이 지난 지금 한반도에는 다시 수도이전 문제로 떠들썩하다. "역사는 되풀이된다."는 말을

---

39) 『正字通』, "箚, 牋箚. 用以奏事, 非表非狀者, 謂之箚子." 『歸田錄』, "唐人奏事, 非表非狀者, 謂之牓子, 亦謂之錄子. 今謂之箚子. 凡群臣百司, 上殿奏事, 兩制以上, 非時有所奏陳, 皆用箚子."

다시금 떠올리게 한다. 지봉은 이 「箚子」에서 수도이전에 대해서 어떻게 생각하였는지 자세히 살펴보고, 아울러 현재의 우리들에게 어떤 교훈을 주고 있는지도 고찰하고자 한다. 2004년 10월은 헌법재판소(憲法裁判所)의 판결로 다시 떠들썩했다. 요즘 세상에 芝峯이 살아 있다면 어떤 건의를 하였을지 궁금하다. 그 당시에 건의(建議)한 상소를 거울삼아 현재의 首都移轉 문제를 원만하게 해결할 수 있는 방법은 없는지도 조명(照明)해 보기로 한다.

2) 「차자(箚子)」의 내용 및 분석

『지봉집(芝峯集)』에 세 편이 같은 제목인 「옥당차자(玉堂箚子)」로 되어 있는 관계로 이들 작품을 구분하기 위해, 본고에서는 편의상 「玉堂箚子1」·「玉堂箚子2」·「玉堂箚子3」으로 쓰기로 한다. 먼저 '首都移轉에 대한 問題'를 상소한 「玉堂箚子1」에 대하여 살펴본다. 장문의 이 箚子의 이해를 돕기 위하여 쉽게 다섯 단락으로 나누어 그 내용을 분석하기로 한다.

(1) 「옥당차자1(玉堂箚子1)」 - 수도이전(首都移轉)에
대한 문제(問題)

① 이의신(李懿信)의 상소에 대한 이의(異意)

삼가 신등이 하교하심을 보니, 교하(交河)에 혹 관청을 열거나 서울을 두는 것이 편리한가 아닌가를 2품 이상 여러 신하들에게 의논하게 하심이어서, 가만히 풍수지설(風水之說)을 생각해 보니 경전에 보이지 않고 나쁜 예도(禮道)를 후세에 남겼으며, 그 말이 허망하고 몽매하여 증험(證驗)이 없으며 그 술책이 허망하여 상고할 것이 없으니 이는 진실로 이치를 아는 군자가 취할 바가 아닙니다.[40)

芝峯은 임금님의 하교 내용에 대해 신하들과 검토하였음을 알리고, 풍수설을 믿고 수도를 交河로 옮기는 것은 잘못이라고 주장하고 있다. 2품 이상의 신하들이 玉堂에 모여 회의한 결과 풍수설은 나쁜 禮道이며, 군자가 취할 바가 아님을 말하고 있다. 먼저 수도이전의 이론적인 근거로 삼고 있는 風水說이 경전에 보이지 않는 허망한 이론임을 강조하였다. 따라서 이의신의 상소는 일고(一顧)의 가치도 없음을 주장하였다. 이의신의 상소에 대해서 그 부당함과 문제점을 말하고 있는 것이다. 즉 '이의신의 교하(交河) 천도론(遷都論)'에 대해서 이의(異意)를 제기(提起)하고 있다.

② 이의신(李懿信)의 상소(上疏)가 부당한 근거(根據)

이제 李懿信이라는 사람이 풍수가의 여러 이론을 주워 모아서 근거 없는 사악한 말을 만들어 이에 감히 상소를 하여 지나치게 한양과 교하의 땅기운이 쇠하고 성함을 일컫고, 예언서를 증거로 삼아서 반드시 수도를 옮기고자 함에 이르렀습니다. 견강부회하고 황당함을 펼치며 방자하여 거리낌이 없으니, 그 마음에 조정이 있다고 여기는 것입니까? 이 상소가 한번 들어감에 원근이 놀라고 의혹(疑惑)되어 서로 유언비어(流言蜚語)를 퍼뜨림이 그치지 않을지니, 도(道)에 어긋나고 요사한 말에 대한 죄에는 자연히 그 법률이 있습니다. 신등은 비로소 예조에서 의논한 계(啓)에 대한 임금님의 비답(批答)이 내려졌다는 소식을 들었습니다. 저는 가만히 생각하기를, 임금님께서 이의신의 이론을 들을 리 없고 반드시 예관(禮官)에게 먼저 시비를 논하게 한 후에 그 망언의 죄를 논의

---

40) 李睟光, 『芝峯集』(『韓國文集叢刊』 卷66, 1988, 민족문화추진회) 卷之二十二, "伏以臣等伏覩下敎, 以交河或開府或置京便否, 令二品以上諸臣會議者, 竊念堪輿風水之說, 不見於經傳, 而作俑於後世, 其言茫昧而無徵, 其術荒誕而無稽, 斯固識理君子所不取也."

(論議)한 후에도 그만두지 않을 것이라 여겼습니다. 고민하고 침묵하며 지금까지 기다렸더니, 지금에 이르러서야 회의하라는 명이 있으니, 이는 오직 그 망언을 죄로 여기지 않을 뿐만 아니라, 대개 장차 그 말을 받아들여서 일을 시행하려는 것 같습니다. 우리 임금님의 총명함으로도 그 말에 움직이지 않을수 없게 되어 실행하고자 하니, 신등의 의혹은 심합니다. 무릇 이른바 회의한사람은 혹 "맞다고 하며 혹 아니다." 하여 절충하려는 뜻이 있었습니다. 이제의신(懿信)의 상소에 대해서는 "백성들이 다 죄를 줘야 한다." 고 하니, 수도를 옮기는 일은 백성들이 모두 "타당하지 않다." 고 여기는 것이므로 그 옳고 그름은 의논을 기다릴 것이 아닙니다.[41]

芝峯은 옥당회의(玉堂會議)의 내용을 전하면서, 李懿信이 제기한 천도설이 예언서를 믿고 주장하는 것으로 황당한 것이며 조정을 시끄럽게만들었음을 말했다. 의신은 잘못된 이론을 가지고 견강부회(牽強附會)하여 상소를 올림으로써 세상 사람들이 유언비어(流言蜚語)를 퍼뜨리게 만들었으며 결국은 나라가 어지럽게 되었다. 따라서 그 피해가 심각하게 되었으니 하루빨리 "시비(是非)를 따져서 처벌해야 한다."고 주장하고 있다.그럼에도 불구하고 임금님은 그를 처벌하기는커녕 그의 말에 동조하여"수도이전을 실행하고자 한다."고 우회적으로 비판하며 그 생각을 철회할것을 요구하고 있다. 당시에 조정의 신하들 간에도 이론(異論)이 있었음을 알 수 있고, 임금도 상당히 천도에 관심이 있었음을 느낄 수 있다. 芝峯은 懿信의 이론을 믿고 마음이 움직이는 광해군에 대하여, "그의 이론

---

41) 상게서, "今有李懿信者, 掇拾地家之餘論, 鼓動不根之邪舌, 乃敢陳疏, 極稱漢陽交河地氣衰旺, 至以秘記爲證, 必欲挈國都而移之. 附會張皇, 肆然無忌,其心以爲朝廷有人乎. 此疏一入, 遠近驚惑, 互煽浮言, 靡所止息, 左道妖言之罪, 自有其律矣. 臣等初聞下禮曹議啓之批. 私竊以謂, 聖上萬無聽信之理,其必令禮官先議其是非, 而後議其妄言之罪, 不但已也. 悶嘿以俟, 訖至于今,乃有會議之命, 是不唯不罪其妄言, 而盖將用其言而施諸事也. 以我聖上之明, 不能不動於其言而有此舉措, 臣等之惑, 至是甚焉. 夫所爲會議者, 或便或否, 有所折衷之意也. 今懿信之疏, 國人皆以爲可罪, 移都之事, 國人皆以爲不便, 則其便其否, 無待議矣."

이 부당하니 현혹되지 말라."고 임금을 설득하고 있다.

그리고 무엇보다 백성들의 여론(輿論)이 懿信의 처벌을 바라니, 더 이상 천도(遷都)에 대한 논의는 제기할 필요조차 없음을 강력하게 말하고 있다. 지봉은 백성의 여론을 확고한 근거(根據)로 제시(提示)하였다.

③ 수도이전(首都移轉)이 부당한 이유(理由) 천명(闡明)

청컨대 신등은 밝힙니다. 하늘이 신성한 도읍을 만들어 동방에서 으뜸이 되었으니, 화산(華山)이 성이 되고 한수(漢水)가 못이 되어 형세가 빼어남이 진실로 200여 年입니다. 인재가 많이 나왔고 백성과 품물(品物)이 번창하였고 정치가 융성하였으며 나라가 편안하여 훨씬 전 시대보다 뛰어났으니, 이에 이미 분명한 증험(證驗)이 됩니다. 만약 술자(術者)의 말이 믿음이 있고 증거가 있을 진댄 이른바 복된 땅은 마땅히 이보다 나은 곳이 없을지니, 어찌 교하의 낮고 서늘하고 좁고 누추한 지방과 가히 비교하여 논할 수 있으리오? 아! 성조 창업의 초기에 사방을 경영하여 여기에 서울을 세웠다. 깊을 꾀와 슬기로운 셈은 후세의 얕은 견해가 미칠 바가 아니다. 여러 임금에게 전수하시고 만대에 공고하며 흔들리지 않는 기초가 되니, 그 붙어서 의탁함이 또한 어떠합니까? 종묘사직(宗廟社稷)이 여기에 있고 신민(臣民)이 여기에 있거늘, 하루아침에 이유 없이 필부의 요망한 견해에 의해 가벼이 구업을 놓아버리고 가버리면 하늘에 계시는 조상의 영혼이 기꺼이 나에게 뒤가 있다고 하겠습니까? 또 편안한 땅을 옮김을 중요시함은 품위와 인물의 떳떳하고 변치 않는 성질 때문입니다. 그러므로 박읍(亳邑)이 여러 번 무너짐에 탕(湯)이 쪼개져 거처를 떠남에 이르러서 반경(盤庚)이 두세 번 말했으나, 오직 백성이 따르지 않을까 두려워했으니 그 부지런함이 이와 같았습니다. 이제 국가의 변고가 있은 이래로 만신창이 된 것을 겨우 모아서, 조정의 궁궐을 세우고 수선하는 역사가 부득이한 일이 되었으나, 백성 또한 고생하게 되어서 거의 잠시도 쉬지 못했습니다. 서로 눈을 흘기고 참소(讒訴)하니 차마 듣지 못하겠습니다. 이때를 당하여 조용히 진압할지라도, 오히려 못할까 두렵습니다. 돌아보건대, 이에 당대의 형세를 헤아리지 못하고, 심하게 인심을 거슬려 황야 가운데로 몰아서 궁궐 집을 짓는 수고로움을 담당하게 할진댄 고기가 놀라고 새가 흩어지는 형세에 반드시 이르는 바가 될지니, 가만히 생각하건대 군중의 마음이 비등하여 나라의 일이 무너지고 찢어져서 변고가 생겨 장차 차마 말할 수 없는 바에 이를까 두렵습니다.[42]

芝峯은 조정의 중신회의에서 결론지어진 '천도의 부당함'을 조목조목 천명(闡明)하고 있다. 크게 다음과 같이 세 가지로 설명하고 있다. 첫째, 풍수가인 술자(術者)의 말대로 복된 좋은 땅이라고 한다면 바로 지금의 한양이 수도(首都)로는 최고의 장소라는 것이다. 화산(華山)과 한수(漢水)가 있어 배산임수(背山臨水)의 형태를 갖추고 있고 좁고 누추한 交河와는 비교할 수 없는 지역이라는 것이다. 게다가 앞 시대의 어느 때보다 백성과 생산물이 융성하고 훌륭한 인물이 많이 배출되었다고 하였다. 둘째로, 조상 대대로 200여 년을 누려온 이곳의 종묘사직을 쉽게 옮길 수 없음을 말하고 있다. 누대(累代)에 걸쳐서 닦아온 종묘사직의 기초가 되는 땅을 쉽게 포기하고 떠날 수 없음이다. 그리고 마지막으로 그동안의 전쟁 등으로 인한 피해가 많아 백성들이 부역으로 시달렸는데, 또다시 새로운 서울을 건설하기 위해 부역으로 동원시키게 되면 민심이 흉흉해져서 나라의 존립 자체가 위태로워질 수 있음을 언급하였다. 민심이 천심이니

---

42) 상게서, "臣等請得以明之. 天作神都, 甲於東方, 華山爲城, 漢水爲池, 形勢之勝, 固不假言而二百年餘. 人材蔚興, 民物殷阜, 治隆國泰, 夐越前古, 是乃已然之明驗. 若使術者之說信而有徵, 所爲福地, 宜無過此者, 豈交河卑湫窄陋之鄕, 所可擬議哉. 粵我聖祖刱業之初, 經營四方, 定鼎于玆. 深謨睿算, 非後世淺見所及. 而傳諸列聖, 爲萬代鞏固不拔之基, 其付托之重, 亦如何哉. 宗社在此, 臣民在此, 而一朝無故因匹夫謬妄之見, 輕捨舊業, 委而去之, 則祖宗在天之靈, 其肯曰, 予有後乎. 且安土重遷, 品物恒性. 故亳邑屢圮, 至於蕩析離居, 而盤庚申告再三, 惟恐民之不從, 其勤也如此. 今國家經變以來, 瘡痍甫集, 廟闕營繕之役, 雖出於不得已. 而民亦勞止, 汔未少休, 晛晛胥讒, 有不忍聞. 當此之時, 以靜鎭之, 猶懼未也. 顧乃不諒時勢, 强拂人心, 驅諸荒野之中, 使之當宮室板築之勞, 則魚駭鳥散, 勢所必至, 竊恐群情沸騰, 國事潰裂, 變故之作, 將有不可言者矣."

민심을 헤아려 나라를 굳게 지키지 않으면 그로 인하여 국가의 혼란이 발생하여 존립마저 장담할 수 없는 지경에 이르게 될 수 있다는 것이다. 민심이 떠나고 나라를 위기로 빠뜨리는 교하(交河) 천도(遷都)는 있을 수 없는 일임을 천명(闡明)하고 있다. 이상과 같이 천도의 부당성을 논리적으로 설명하고 있다. 위의 차자(箚子) 작품에서 가장 중요한 부분이며, 천도의 부당성을 건의한 핵심적인 내용이다.

④ 별궁(別宮)으로 삼는 차선책(次善策)의 문제(問題)

임금님의 교서에 또 별궁으로서 명을 내리시니 신등은 모르겠나이다. 다른 서울은 어떤 서울입니까? 옛날의 임시 서울도 단지 주(周)의 낙읍(洛邑)과 명(明)의 연경(燕京)이며, 간혹 가운데에 궁궐을 지어 다스리거나 혹은 북쪽 오랑캐를 진압하기 위함이었으니, 다 국가의 대계에서 나왔음이고 술수를 끌어 합쳐서 된 것이 아닙니다. 고려 말에 이르러 혹 도선(道詵)이 남긴 참설(讖說)을 믿어서 따로 서경(西京)·남경(南京)을 두고 사계절에 옮겨 행차하시어 복리를 구하시더니, 도리어 위급한 화를 재촉하여 지금은 후세의 비웃음을 받게 되었습니다. 하물며 의신(懿信)은 속이고 괴이하여 떳떳지 못함이 道詵과 비교가 안 될 정도이며, 감히 대언(大言)을 하여 임금님의 성총(聖寵)을 현혹시켜 조종 만년의 기본이 되는 일을 한 번에 무너뜨리고 희롱하려 하니, 또한 애통하지 아니하겠는가?[43]

芝峯은 여기서 천도가 아닌 차선책으로 별궁(別宮)이라도 지어서 행궁(行宮)의 역할이라도 할 수 있도록 하면 어떨까 하는 이론(理論)에 대한 부당함을 언급하고 있다. 그는 말하길, 지금까지 임시 서울이 되었던 곳인

---

43) 상게서, "聖敎又以別京爲諭, 臣等不知. 別京者何京耶. 古所謂行都, 唯周之洛邑, 皇明之燕京, 而或宅中圖治, 或鎭壓北虜, 皆出國家大計, 非牽合術數而爲也. 至于麗季, 酷信道詵之遺讖, 別建西南京, 四時移幸, 以求福利, 而反促危亡之禍, 至今猶後世笑. 況懿信之詭怪不經, 非道詵比, 而敢爲大言, 焚惑天聽, 欲使祖宗萬年之基業, 壞弄於一擲, 不亦痛哉."

周의 낙읍과 明의 연경은 나라를 중심에서 다스리거나 오랑캐를 물리치는 일 등의 필요한 국가대계(國家大計)에서 만들어졌으며, 풍수가의 술수(術數)에 의해 쉽게 만들어진 별궁이 아니라는 것이다. 그리고 전대(前代)의 고려 시대에는 도선(道詵)의 풍수지리설을 받아들여 서경(西京)과 남경(南京)에 별궁을 두었는데, 얼마 지나지 않아 멸망한 나쁜 선례가 있었음을 상기시키고 있다. 따라서 별궁을 설치할 경우에 일어날 조선의 앞날의 안위에 대하여 걱정하고 있다. "조종만년(祖宗萬年)의 뿌리 깊은 역사(歷史)를 한 번에 무너뜨려 패망에 이르게 함으로써 후세의 비웃음을 받을까 걱정스럽다."는 표현을 하여 은근하면서도 강한 어조로 임금님의 성총이 흐려지지 않기를 건의하고 있다. 결국 별궁이나 임시 거처하는 행궁을 만드는 것도 역시 반대하고 있다.

⑤ 임금님의 결단(決斷) 촉구(促求)

> 맹자에 말하길, 지리(地利)는 인화(人和)만 못하다 하니, 금일 근심하는 바는 과연 땅기운의 성쇠(盛衰)에 있습니까? 아니면 인심의 향배(向背)에 있습니까? 만약 인사가 다스려지지 못함을 기운술수(氣運術數)의 허물로 돌리고, 덕정(德政)이 닦이지 못함을 요술(妖術)의 명(命)으로 들으면, 어찌 옛 제왕이 하늘에 빌어서 命을 길게 하는 道가 되리요? 신등은 직책이 논사(論事)로 더럽혀지고, 눈으로는 사설(邪說)이 횡행해져 장차 나라를 잃음에 이름을 보고야 말 것입니다. 감히 침묵으로 끝낼 수가 없으니 죄를 무겁게 여기소서. 엎드려 바라건대 성명(聖明)으로 깊이 성찰하시어 요사스런 말을 물리치시고, 빨리 어지러이 진행되는 논의(論議)를 잠재우시어, 많은 의심을 바로잡아서 나라를 견고히 하시면 참으로 다행으로 여기겠습니다.[44]

---

44) 상게서, "傳曰, 地利不如人和, 今日之所可憂者, 果在於地氣之衰盛乎. 抑在於人心之向背乎. 若以人事之不齊, 而歸咎於數. 德政之不修, 而聽命於妖術, 則豈古帝王祈天命永之道哉. 臣等職忝論思, 目見邪說殄行, 將至於喪邦而後已. 不敢終嘿, 以重罪戾. 伏願聖明, 深加省念, 斥絶妖言, 亟寢難行之議, 以定羣疑, 以固邦本, 不勝幸甚."

지봉은 「箚子」의 마지막 부분인 이곳에서 성현의 말을 인용하여, 무엇보다 인화(人和)의 중요함을 언급하고 있다. 그리고 하루빨리 성총(聖寵)을 바르게 세우시고 어지러운 나라의 인심을 바로잡아 나라를 견고하게 세워 주실 것을 호소하고 있다. 자신의 눈으로 임금님께서 잘못된 '의신'의 의견(意見)에 현혹되어 나라가 망하게 되는 모습을 볼 수 없다고 하였다. 따라서 임금님의 현명하고 올바른 결단을 촉구하고 있다. 당시 광해군은 이의신(李懿信)의 이론에 따르고자 하는 마음이 강하였다. 그리고 천도(遷都)에 대하여 긍정적인 견해도 많았다. 그러나 대신들의 반론에 부딪쳐 결국 무산되고 말았던 것이다. 이의신(李懿信)의 상소(上疏)를 잠재우는 데 중요한 역할을 한 것이 이 「차자(箚子)」였던 것이다.

지금까지의 내용을 참고하여 당시의 수도이전의 역사적인 배경(背景)을 정리하면 다음과 같다. 조선 중기에 어렵게 왕위에 오른 광해군은 일찍이 단종과 연산군이 창덕궁에서 생활하다가 폐위를 당한 사실을 알고 있어서, 광해군 원년(1609년)에 창덕궁의 중요 전각들이 새로이 지어졌으나 광해군은 행궁(行宮)에 머물면서 옮기려 하지 않았다. 사헌부(司憲府) 등에서 창덕궁으로의 이어(移御)를 강력히 상소하자 마지못해 1611년에 창덕궁으로 옮겼다. 하여튼 당시에 광해군은 창덕궁을 싫어하였다. 그런 와중에 임진왜란・정유재란 등으로 피폐해진 국토와 민심의 흉흉함에서 수도이전(首都移轉)이 필요하다는 상소가 이의신(李懿信)에 의하여 제기된 것이다. 지리학에 밝았던 이의신은 "서울은 지덕(地德)이 쇠하였으며 왕궁(王宮)의 기운(氣運)을 잃었다."고 하였다. 따라서 수도를 옮겨 기운을 되찾아야 하는데 "풍수지리학적으로 교하(交河)가 새로운 서울로 가장 적합하다."고 주장하였다. 이는 신라 말기 도선(道詵)이 주장한 풍수지리설의 영향도 많이 받았다. 이 상소(上疏)에 대하여 광해군을 비롯하여 동조하는 사람이 꽤 있었다. 광해군은 충분히 검토할 가치가 있다고 하며 교하

일대의 지도를 작성하도록 삼사(三司)에 명하였다. 그로 인하여 1612년 (광해군4년)에 조정에서는 서울을 교하로 옮기는 문제에 대한 논의가 계속되었다. 이 글이 1612년에 쓰인 것으로 보아 그 이전에 이의신의 상소가 이미 궁중에 도달하였음을 알 수 있다. 지봉(芝峯)을 비롯한 뜻있는 대신(大臣)들은 여러 이유를 들어 반대하였다. 당시에 옥당(玉堂)에서 많은 대신들이 모여 의논한 끝에 교하천도(交河遷都)의 부당함을 주장하는 「箚子」를 올리기로 하였으며, 대표적 문장가의 한 사람이었던 지봉이 장문의 「箚子」를 올리게 된 것이다. 지봉의 논리적이고 설득력 있는 이 글로 인하여 결국 '교하천도설'은 잠잠하게 되었다. 계곡 장유(張維)는 이 「箚子」를 찬양하여 "이의신이 한양이 기운이 다했으므로 交河로 서울을 옮겨야 한다고 진언(進言)하자, 임금님이 받아들이려 함에 공(公)이 관료들을 거느리고 「차자」를 올려 반박하였으니, 그 말의 이치가 아주 정확(正確)하여 일이 잠잠해졌다."[45]고 하였다.

다음은 광해군이 자신의 생모인 공빈 김씨(恭嬪金氏)에 대한 왕후의 책명을 추증(追贈)받고자 고명 주청사를 보내고자 하자, 그 부당함을 주장한 「箚子」이다. 마찬가지로 1612년에 쓰였다.

(2) 「玉堂箚子2」 – 공성왕후(恭聖王后)의
고명(誥命) 주청사(奏請使) 파견 문제

① 고명(誥命) 주청사(奏請使) 파견(派遣)에 대한 이견(異見)

삼가 지난번 공성왕후의 고명 주청사를 大臣에게 의논하기를 명하니, 신등은 진실로 임금님의 효성이 하늘에서 나왔음을 알았습니다. 그 어버이를 드러

---

45) 상게서, 320쪽, "術士李懿信用堪輿家進言曰, 漢都氣竭山童, 交河形勝, 宜建都. 光海入其說, 令廷臣集義, 人情疑惑, 頗有承望傅會者, 公率館僚上箚駁之, 反復數百言, 詞理甚正, 事遂寢."

내려는 생각이 이르지 않는 곳이 없고, 또 예도(禮道)를 헤아리고 의리를 돌아보아 감히 혼자서 전단(專斷)하지 않고 신중한 바가 있어 반드시 바른 **禮道**를 얻고자 하니 심히 성대한 마음입니다. (그러나) 이에 계속해서 차사(差使)나 사신(使臣)에게 교서를 내림을 예관(禮官)에게 묻지 않고, 갑자기 독단으로 함은 처음에 당연히 묘당(廟堂)에 하문(下問)하시어 지극히 온당한 뜻을 구함에 힘쓰는 것이 아닙니다. 가만히 생각해 보면, 공성왕후는 이미 휘호에 부응하여 별전에서 존중받는 법전으로 지극히 융성함을 누리시니 성상(聖上)의 멀리 근본에 보답하는 정성스러운 효도가 이에 이름에 더할 수 없습니다.[46]

공빈 김씨는 1553년(명종8년)에 김효철(金孝哲)의 딸로 태어나 선조의 후궁이 되었으며, 1575년(선조8년)에 광해군을 낳고 1577년 5월에 25세의 젊은 나이에 사망하였다. 따라서 광해군은 젊은 나이에 사망한 어머니에 대한 그리움과 사랑은 남달랐다고 볼 수 있다. 그래서 광해군이 고명 주청사를 무리하게 보내고자 하자 지봉은 조심스럽게 이의(異意)를 제기하고 있다. 그는 공성왕후(恭聖王后)가 이미 국내에서 휘호를 받고 존경받고 있는 것이 모두 임금님의 지극한 효성(孝誠)에서 나왔음을 언급하였다. 아울러 광해군이 예도(禮道)를 잘 지키는 훌륭한 인품을 지닌 임금임을 찬양하고 있다. 그러므로 임금님의 인품에 누를 끼칠 수 있는 행동은 자제할 것을 당부하고 있다. 법도를 어기면서까지 고명(誥命) 주청사(奏請使)를 보내어 '왕후책명(王后冊命)'을 받을 필요가 없다는 것이다.

---

46) 상게서, "伏以前日以恭聖王后誥命奏請使, 命議于大臣, 臣等固知聖孝出天. 其於顯親之念, 無所不至, 而猶且酌禮顧義, 不敢自專, 有所慎重, 必欲得禮之正, 甚盛心也. 玆者繼有差出使臣之敎, 不問禮官, 遽出獨斷, 非當初下詢廟堂, 務求至當之意也. 竊念恭聖王后, 旣膺徽號, 享以別展, 尊崇之典, 極其隆盛, 聖上追遠報本之誠孝, 至此而無以加矣."

② 고명(誥命) 주청사(奏請使) 파견이 부당한 이유(理由)

이제 고명을 청(請)함으로써 장차 위로 천자에게 듣고자 할진댄, 번방(藩邦)의
사체(事體)로 헤아릴지라도 감히 가벼이 의논하지 못할 바가 있습니다. 정현(貞
顯)・장경(章敬) 두 왕후에 이름엔 다 선조(先祖)가 임금이 됨에 궁중으로부터
정 위치에 오르고 禮道에 의해 베풀고 나타내니 진실로 그 마땅합니다. 금일
에 추숭(追崇)하는 일은 크게 서로 짝하지 못하니, 가히 도와서 준례(準例)로
삼을 수 없습니다. "신등은 일찍이 집에 두 존귀함이 없다고 들었고, 禮에 두
적자(嫡子)가 없다고 들었으니 대경(大經)과 대법(大法)이 지극히 엄하고 지극히
밝으니 노은공(魯隱公)이 중자(仲子)에게와 희공(僖公)이 성풍(成風)에게 함을 춘
추에서 심히 그릇되었다." 고 하였습니다. 이는 실로 선유(先儒)의 정해진 이론
이니, 노나라의 두 임금을 듣지 못했고 천왕에게 책명을 청했음을 듣지 못했
으니, 어찌 예를 지키고 의리를 두려워하여 감히 행하지 못함이 아니리요? 고
인이 이른바 사사로이 나라 가운데서 일컬어 지경 밖에 나가지 못함을 볼 수
있습니다. 이제의 선비는 적이 독서를 아는 자는 이 의리를 강의하여 밝히지
않음이 없거든 하물며 중국 조종(朝宗)에는 바르게 예를 아는 군자가 많이 있
습니다. 만약 經義(경전의 의리)를 인용하여 엄한 말로 물리치면 손해가 적지
않을지니, 쫓아서 후회해도 어쩔 수 없습니다. 지금 우리 성모(聖母)가 지위의
호칭이 이미 정해졌고, 궁중이 존중하여 일컬음이 한 터럭도 모자람이 없거든
비록 천조(天祖)에 청할지라도 진실로 더할 바가 없습니다. 만약 청해도 법으
로 허락을 받지 못하면, 도리어 상국이 기롱(譏弄)하는 논의에 이를지니, 또한
드러내고 날리는 도에 모자람이 있지 않겠습니까?[47]

---

47) 상게서, "今以誥命之請, 將欲上聞于天子, 則揆以藩邦事體, 所不敢輕議. 至
於貞顯章敬兩王后, 皆在先朝臨御之日, 自宮中陞于正位, 據禮陳奏, 固其宜
也. 與今日追崇之事, 大不相侔, 未可援以爲例也. 臣等嘗聞家無二尊, 禮無
二嫡, 大經大法, 至嚴至明. 故魯隱公之於仲子, 僖公之於成風, 春秋深以爲
非. 此實先儒之定論, 而未聞魯之二君, 追請冊命於天王, 豈非守禮畏義而不
敢爲也. 古人所謂私稱於國中, 不出於境, 外者斯可見矣. 今世之士, 稍知讀
書者, 無不講明此義, 況中朝持正識禮之君子必多有之. 若引經義, 嚴辭斥之,
則所損非細, 將有不可追之悔矣. 今我聖母, 位號已定, 尊稱國中, 無一毫未
盡, 雖請于天朝, 固無所增加. 若請之而不蒙准許, 反致上國之譏議, 則不亦
有慊於顯揚之道乎."

지봉은 이 글에서 고명(誥命) 주청사(奏請使) 파견이 부당한 이유를 설명하고 있다. 첫째, 지금 공성왕후(恭聖王后)를 위해 誥命 奏請使를 파견함은 시기와 법도에 맞지 않음을 호소하고 있다. 선조 때 연산군의 생모인 윤 씨가 폐출(廢黜)되자 왕비로 책봉된 정현왕후(1470년)와 중종2년에 왕비로 책봉된 장경왕후(1507년)의 예를 들어 공식적인 나라의 예법을 지키지 않고 갑자기 새로운 왕후를 추증(追贈)받기 위해 주청사(奏請使)를 보내는 것은 잘못이라는 것이다. 즉 지금의 추증(追贈)은 전례(前例)에 벗어나고 있을 수 없는 일로서 禮道를 벗어났다는 것이다. 둘째, 왕이나 왕비 및 대비는 둘이 될 수 없는 것이 이치임을 말함으로써 부당함을 주장하고 있다. '한 나라에 두 왕후가 있을 수 없다.'는 명분과 대경(大經)·대법(大法)이 엄함을 들어 대의명분(大義名分)에 어긋남을 지적하였다. 그리고 마지막으로 책명(冊命)을 받으러 갔다가 명나라 조정에 거절당하면 오히려 명나라의 희롱거리가 될까봐 걱정하고 있다. 그러니 이미 조선에서 왕후의 호칭(呼稱)이 정해졌고, 궁중에서 존중함이 부족함이 없거늘 긁어 부스럼을 만들 필요가 없다는 것이다. 당시의 상황과 임금님의 입장을 고려한 논리적인 설득을 하고 있다. 이미 조선에서 휘호를 받고 존경을 받는데 중국에 의지하여 고명(誥命)을 청해 봐도 더 좋아질 것이 없으며 오히려 논란에 휘말려 중국 조정의 비웃음을 받으면 소탐대실(小貪大失)이 될까 두렵다는 것이다. 이 글의 핵심 부분에 해당하며 고명(誥命) 주청사(奏請使) 파견의 부당성을 잘 설명하고 있다.

③ 예법(禮法) 준수 촉구(促求)

성상이 총명한 슬기로 반드시 이에 훤하게 볼 것이나, 여러 예경(禮經)에 법하지 아니하고, 여러 의견을 묻지 않고 독단으로 행하고 두려워하지 않으면, 비록 선조를 받들고 효도하는 한결같은 마음에서 나왔을지라도, 신등은 임금님

이 부모를 존경함을 예로써 하게하고 움직임에 거동의 지나침이 없게 하고자
할 것이니, 실로 구구한 정에서 나왔을지라도 능히 스스로 그만둘 수 없습니
다. 엎드려 바라건대 다시 깊이 생각하시고 처신을 신중히 하여 힘써 조정의
이론을 따르시면 참으로 다행이겠습니다.[48]

　지봉(芝峯)은 임금님이 슬기로운 지혜로 종묘(宗廟)의 예(禮)를 따르
기를 간절히 바라고 있다. 예경(禮經)에 따라서 행하지 않으면 비록 임금
님의 행동이 효성에서 나왔을지라도 그냥 지켜만 보고 있을 수 없음을 엄
숙하게 주장하고 있다. 당시의 예법이 얼마나 지엄한지를 잘 알 수 있는
대목이며, 불의(不義)에 대한 신하들의 상소가 엄격하였음을 볼 수 있다.
"임금님이 사사로이 효도하고자 하는 정의(情誼)에 의해서 행동할지라도
예법에 벗어난 행동은 그냥 넘길 수 없다."고 경고함으로써 예법(禮法)
준수(遵守)를 강력하게 촉구하고 있다.
　마지막으로, 묘현대례(廟見大禮)가 행해지지 않음을 개탄하여 다시 시
행(施行)할 것을 건의하는 「箚子」에 대하여 살펴보기로 한다. 지봉이 40
세 때인 1602년에 올린 글이다.

(3) 「玉堂箚子3」－묘현대례(廟見大禮)에 대한 문제(問題)

① 묘현대례(廟見大禮)가 사라짐을 개탄(慨歎)

삼가 혼례는 두 성의 좋아함(교분)을 합쳐서 위로 종묘를 받들었다. 그러므로
고인은 종묘에 알현한 이후에 부인이 되었으니 그 예의 중요함이 이와 같다.
요즘엔 육례가 이미 행해져 의식과 글이 갖추어져 시행되었으나 단지 묘현대
례는 빠뜨리고 강의하지 않으니, 어찌 법전의 이지러짐이 심함이 아니리요?[49]

---

48) 상게서, "以聖上聰明睿知, 其必灼見于此, 而不揆諸禮經, 不詢諸群議, 斷然行之
　　而不疑, 是雖出於奉先致孝之一念, 臣等欲使聖明尊親以禮, 動無過擧之意, 實
　　出於區區之情而不能自已. 伏願更加深思, 酌禮審處, 勉從廟堂之議, 不勝幸甚."

지봉은 당시에 혼인을 할 때, 대례(大禮)를 치른 후, 사당에 알현(謁見)하는 의식(儀式)의 강의(講義)가 행해지지 않음을 문제로 제기(提起)하고 있다. 중요한 의식이 소홀히 취급되어 실시되지 않음을 개탄(慨歎)하였다.

② 묘현대례(廟見大禮)의 중요성

> 만약 오례의(五禮儀)에 실리지 않아도 가벼이 취급하기 어렵다고 한다면, 친영(親迎)의 예(禮)도 또한 五禮儀에 실리지 않았으나 중종대(中宗代)에 비로소 행해져서 성조(聖朝)의 떳떳한 법이 되었으니, 종묘 알현 한 마디는 예도 됨이 더욱 중요하야, 고례(古禮)에서 상고하고 모은 법전을 참고할진댄 역대 제왕이 통행하지 않음이 없으니, 어찌 근대의 급하지 않는 법전과 오례(五禮)의 갖춰지지 않은 글로써 핑계 삼아 금일에 행하지 않으리요?50)

지봉은 이 글에서 다음과 같이 주장하였다. 즉 오례의에 실리지 않아도 행하여야 할 예도가 있으니, 중종 때에 정착된 친영(親迎)과 같은 것이다. 더구나 "묘현대례(廟見大禮)는 역대 제왕이 잘 지켜왔는데 지금에 와서 오례에 없다는 것을 핑계로 행하지 않음은 잘못이다."는 것이다. 묘현대례(廟見大禮)의 실행을 강조하고 있다.

---

49) 상게서, "伏以婚禮者, 合二姓之好, 上承宗廟. 故古人以爲廟見然後成婦, 其禮之重如此. 今者六禮旣行, 儀文備擧, 而獨於廟見大禮闕焉不講, 豈非欠典之甚者乎."

50) 상게서, "若以不載於五禮儀, 爲難輕擧, 則親迎之禮, 亦五禮儀所不載, 而至中廟朝始行之, 遂爲聖朝之懿範. 況廟見一節, 爲禮尤重, 考諸古禮, 參以會典, 歷代帝王, 莫不通行, 豈宜以近代未遑之典, 五禮未備之文, 爲諉而不行, 於今日乎."

③ 궁중(宮中)에서 솔선한 예법(禮法) 준수(遵守)

옛날에는 석 달에 사당 알현하고 주자가례의 제도에는 삼일에 알현하는 것을 禮道로 하였다. 이제 미리 강의하지 않아도 삼 일 안에 비록 이에 거행치 못해도, 단지 옛 제도에 의지해서 삼 월 안에 행하지 못하리요? 또 우리나라 사대부에서 이 예도를 행하는 사람이 많으니 이제 만약 스스로 위에서 결단하여 행하면 단지 조정의 성한 의식이 될 뿐만 아니라 조금도 다하지 못한 후회가 없을지요, 후세에 걸쳐서 또한 장차 계속해서 행할 정해진 법이 될지니, 어찌 위대하지 않겠습니까? 엎드려 바라건대, 임금님은 빨리 예관에 명하여 강의를 정하여 거행하게 하시면 다행이겠나이다.[51]

여기서 지봉은 먼 옛날에는 석 달 안에 묘현(廟見)하였고, 주자가례에는 삼 일 안에 廟見하였음을 설명하였다. 이제부터 삼 일 안에 행하지 못하더라도 석 달 안에 행한다면 될 것임을 언급하고 이를 임금님이 예관(禮官)에 명하여 강의하게 하시면 나라의 예법으로 훌륭하게 정착될 수 있을 것임을 강조하여 상소하고 있다.

3) 「箚子」作品의 特徵

(1) 문체(文體)의 격식성(格式性)

「箚子」에서는 문(文)의 머리 부분과 끝 부분에 격식적(格式的)인 표현을 쓰고 있다. 예를 들면, "복이신등(伏以臣等)~불승행심(不勝幸甚)"·"복

---

51) 상게서, "古者三月廟見, 而朱子家禮制爲三日廟見之禮. 目今事不預講, 三日之內, 雖未乃擧, 獨不可依古制行之於三月之內乎. 且我國士夫之家多行此禮者, 今若自上斷而行之則不但於朝家盛儀, 少無未盡之悔, 垂諸後世, 亦將爲遵行之定法, 豈不韙哉. 伏願聖明, 亟令禮官, 講定擧行, 不勝幸甚."

이전일(伏以前日)~불승행심(不勝幸甚)”·“복이혼례자(伏以婚禮者)~불
승행심(不勝幸甚)” 등의 표현을 사용하고 있어 신하(臣下)가 임금에게
올리는 글임을 금방 알 수 있다. 최대로 아랫사람의 입장에서 예의(禮儀)
를 표하여 말을 시작하고 있다. 그리고 마지막에 가서는 윗사람이 올바른
판단으로 처신하여 자신의 의견을 받아들여 주길 간절히 갈망하는 표현을
쓰고 있다. 임금님이 상소를 받아들여 주시면 “참으로 고맙고 다행으로
받아들이겠다.”는 식의 극진하고 정중한 표현법을 사용하고 있다.

(2) 문장(文章)의 만연체(蔓衍體)적인 표현

문장이 늘어지고, 서술이 단순하지 않으며 단락이 길다. 예를 들어 「玉
堂箚子1」의 첫 구절을 보면, “복이(伏以)~야(也)”까지 72字가 한 문장
으로 연결되어 상당히 길다. 예의를 갖추고 조심스럽게 표현하려다 보니
자연히 문장의 내용이 애매하고 해석이 쉽지 않게 쓰였다. 그리고 단정하
여 주장하지 않고 설득하는 문투를 쓰고 있다. 그리고 문장의 표현법이
만연(蔓衍)되어 늘어지며 반복하여 설명하고 있다.

(3) 전례(前例)나 고사(故事)의 적절한 활용

내용상 전례나 고사를 적절히 인용하였고, 이전에 있었던 일들의 모습
을 근거(根據)로 제시하여 자신의 주장에 대한 타당성을 입증하려는 방법
을 쓰고 있다. 이러한 점은 상소문의 공통적인 면일 수도 있고 세 편의
차자에서도 잘 보여주고 있다. 「玉堂箚子1」에서는 ‘별궁으로의 수도이전
이 고려 시대에 실패한 점’·‘박읍(毫邑)의 고사(故事)’·‘맹자(孟子)의
지리불여인화(地利不如人和)’의 예를 인용했고, 그 외 두 작품에서는 ‘정

현(貞顯) · 장경(章敬) 왕후(王后)의 전례(前例)' · '중종(中宗) 때의 친영(親迎)의 예(禮)'를 들어 자신의 주장이 타당하다는 근거로 제시하고 있다. 이러한 내용은 물론 다른 상소문에서도 쓰일 수 있는 공통적인 부분이 될 수도 있겠지만 지봉의 세 편의 「차자(箚子)」를 감상 · 분석하면서 느낀 몇 가지 서술방법의 특징적인 면으로 생각된다.

4) 맺음말

지금까지 지봉 이수광의 「箚子」에 대하여 살펴보았다. 먼저, 「玉堂箚子1」의 내용에 해당하는 것이 '수도이전의 상소 문제'는 거의 400년이 지나 지금에 와서 다시 세상을 떠들썩하게 하고 있다. 당시와 지금은 물론 상황이 많이 다르다. 그러나 위정자에 속하는 정치인이 개인의 문제가 아닌 국가대계를 생각하는 마음 자세가 무엇보다도 중요하다. 과연 현실의 문제에 대하여 지봉만큼 올바론 논리로 설득하였는가? 묻고 싶다. 얼마 전에 헌법재판소의 수도이전에 대한 위헌 판결이 용인(容認)으로 받아들여지자 또다시 시끄러워지고 있다. 옳고 그름에 대해서 말들이 많지만, 이제는 더욱 급한 경제와 민생에 관심을 가져주기를 대부분의 국민들은 바라고 있을 것이다. 빨리 일상의 평정으로 돌아가 자신의 맡은 임무에 충실하여 새로이 국가 재건의 기틀이 마련되었으면 한다. 소모적인 정쟁(政爭)은 여야(與野) 정치인(政治人) 모두에게 도움이 되지 않는다. 이제 정치계는 상생(相生)의 길을 위해 타협과 협조를 해야 한다. 그래야만 국민들도 안심하고 생업에 종사하여 다시 도약하는 일등 국가가 될 수 있을 것이다. 여당에서는 헌법재판소의 판결을 지봉의 상소처럼 인정하여 받아들이고 이전 비용이 막대한 것에 대한 부담을 덜었다고 생각했으면 한다.

또 야당에서는 반대를 위한 반대보다 국가와 국민을 위해 도움이 되는 정
책에 대해서는 적극 협조하는 마음 자세를 가져야 하겠다. 지봉이 지금
다시 환생한다면 어떠한 내용의 「箚子」를 올렸을까? 아마도 조선 시대에
뒤지지 않는 훌륭한 내용으로 건의했을 것이다. 이 시대에 지봉과 같은
인물이 빨리 나와서 원만한 해결책이 나오길 기대한다.

'恭聖王后의 誥命 奏請使 파견문제'에 대한 「玉堂箚子2」는 명분에
어긋나고 법도에 맞지 않는 행동으로 인해 도리어 비웃음을 당할지도 모
르는 굴욕적인 책명은 받을 필요가 없음을 주장하며 임금님을 설득하였다.
'廟見大禮에 대한 문제'를 언급한 「玉堂箚子3」에서는 좋은 예법은 계속
유지시켜 가야 함을 조심스럽게 상소하였다.

지금까지 살펴본 것은, 지봉 산문의 극히 일부분에 해당하는 「箚子」
이지만 그 당시에 훌륭한 문장으로 인정받은 것 같다. 특히 1625년에
그가 63세가 되었을 때, 국가 재건을 위한 건의문으로 올린 「조진무실
차자(條陳務實箚子)」는 명문으로 잘 알려져 있다. 이 글을 읽고, 인조
(仁祖)는 "경이 임금을 사랑하고 나라를 근심하는 마음을 담아 언급한
바가 극진한 이론(理論)과 격언(格言)을 다했으며 무실(務實)에 힘쓸
것을 강조하고 있으니, 그 뜻에 부응하도록 국가정책에 반영하겠다."[52]
고 대답하였다. 인조는 지봉의 건의 내용을 국가정책에 반영하겠다는
강한 뜻을 드러내었던 것이다.

---

52) 상게서, 225쪽. "答曰, 省箚具悉, 嘉卿愛君憂國之誠. 所陳縷縷之言, 無非至
論格言, 而箚中之意, 專在於務實, 可謂知膺力行, 以副卿意哉."

四. 지봉(芝峯)의
   사유세계(思惟世界)

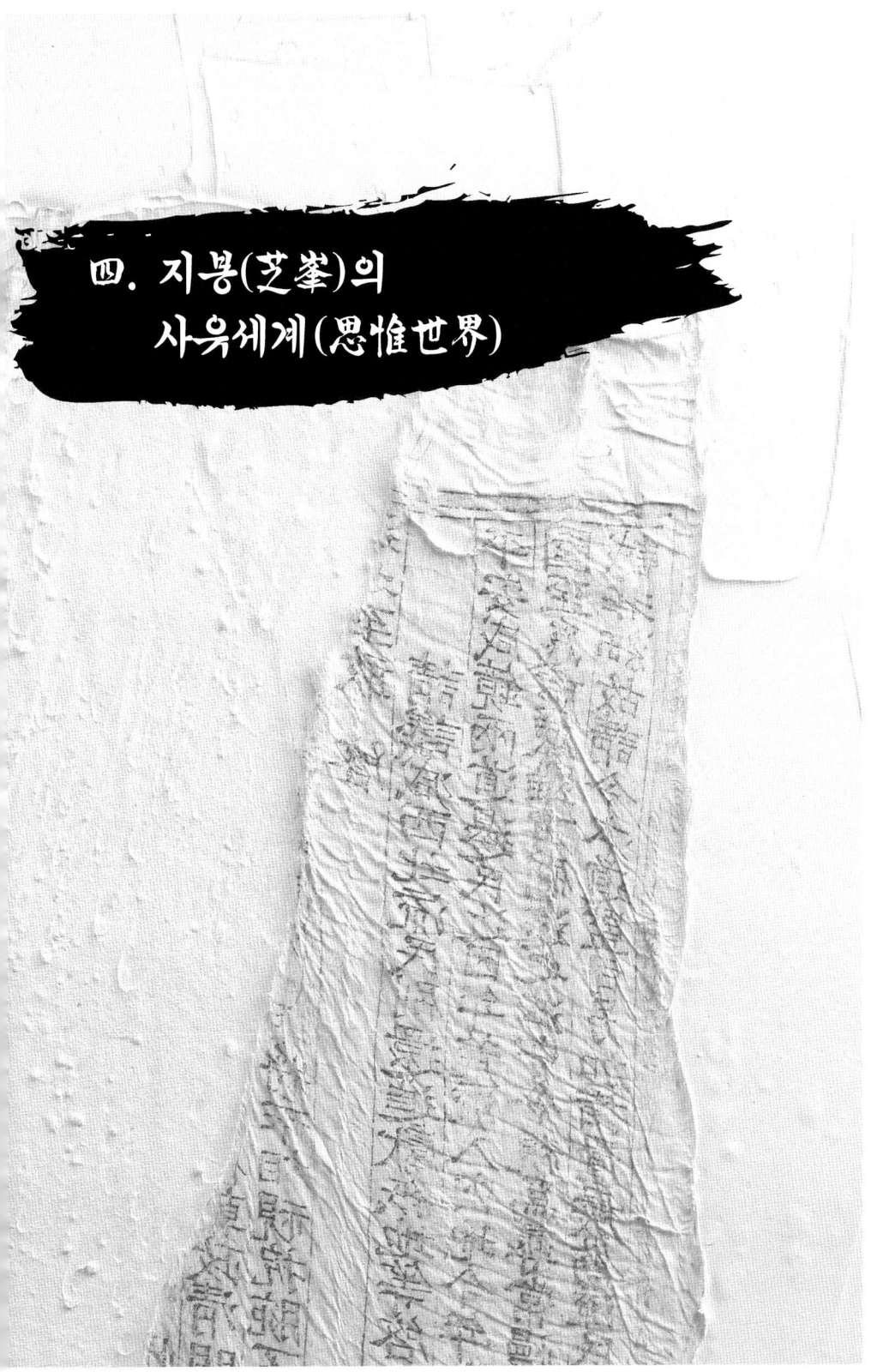

작가의 작품 속에는 그의 사상이 담겨 있고, 또한 사유세계가 남아 있게 마련이다. 조선 중기에 정치가(政治家)이며 詩人으로 한 시대를 풍미한 지봉이 어떠한 사상을 지니고 삶을 살아왔는지를 그가 남긴 문집(文集)의 내용을 통하여 고찰해 보고자 한다. 한 인물의 내면세계를 고찰하는 방법으로 그의 사상(思想)을 살펴봄으로써 시인이 가지고 있었던 일생의 삶에 대한 애착과 그 지향점을 알아볼 수 있다. 여기서는 크게 셋으로 나누어 지봉이 추구했던 내면세계를 들여다본다.

1. 존심양성(存心養性)과 성경(誠敬)

존심양성(存心養性)에서 존심(存心)은 맹자로부터 전해 내려오는 유가의 실천 명제로, 욕망 등에 의해서 본심을 어기지 않고 항상 그 본연의 상태를 유지하며 선천적으로 내재하는 도덕성을 길러야 함을 말한다. 그리고 양성(養性)은 그 하늘에서 부여받은 천성을 기름을 의미한다. 즉 자신의 재능을 자라게 하는 것도 결국 이 존심양성을 실행하는 것이다. 지봉은 그가 남긴 저서 「채신잡록(采薪雜錄)」·「병촉잡기(秉燭雜記)」·「경어잡편(敬語雜編)」·「잉설여편(剩說餘編)」 등에서 자신의 사유세계를 보여주고 있다. 먼저 「채신잡록」에서 존심양성에 대하여 언급한 내용을 살펴보자.

　① " '주역은 세심진성(洗心盡性)을 말했고, 맹자는 존심양성(存心養性)을 말했다.' '나는 세심진성은 성인(聖人)의 일이고, 존심양성은 학자(學者)의 일이라고 말한다. 존심(存心)으로써 세심(洗心)에 이르고 양성(養性)하여서 진성(盡性)에 이르면 학자가 능히 일을 다 하였도다.' "[1]

　여기서 지봉은 주역과 맹자의 사상을 인용하고 부연하여 설명하면서 배우는 자는 존심양성(存心養性)해야 하며 더 나아가 학자의 궁극적인 목표는 더 높은 차원의 세심진성(洗心盡性)에다 두어야 함을 언급하였다. 존심양성(存心養性)은 본심(本心)을 보존하고 정성(正性)을 배양함을 말하는데, 맹자는 「진심상(盡心 上)」에서 "그 마음을 보존하고 그 성(性)을 기름은 하늘을 섬기는 것이다."[2]라고 하였으니, 능히 仁人만이 할 수 있음이다. 또 후대에 주자는 유심주의(唯心主義)의 입장에서 천리(天理)를 보존하고 인욕(人慾)을 제거하는 수양방법을 존심양성에서 근본으로 삼았다. 결국 존심양성은 유가의 실천 명제이며, 유학의 근본 사상이라고 할 수 있다. 세심진성은 사악(邪惡)한 마음을 씻어 내고 正性을 다함이니, 이는 성인(聖人)이라야 할 수 있는 차원이다. 따라서 이 글에서 지봉은 존심양성(存心養性)해서 세심진성(洗心盡性)에 도달하는 것을 학자가 목표로 삼아야 함을 강조하고 있다.

　② "정자(程子)가 말하길 '배우되 기르지 아니하고 기르되 보존(保存)하지 아니하면, 이것은 공언(空言)이다.' 나는 이르되 '배움은 존양(存養)을

---

1) 상게서, 256쪽. "易言洗心盡性, 孟言存心養性. 愚謂洗心盡性聖者事也, 存心養性學者事也. 存心以至洗心, 養性以至盡性則學之能事畢矣."
2) 『孟子』, 「盡心章句 上」. "孟子曰, 盡其心者知其性也, 知其性則知天矣. 存其心養其性, 所以事天也."

중요시 여기니, 배웠으나 기르지 아니하면 배우지 아니함과 같고, 길렀으나 保存하지 아니하면 기르지 못함과 같다. 무릇 기르되 保存하지 아니함은 또한 그 성찰(省察)의 공이 아직 이르지 못한 바가 있기 때문이다.' ”3)

여기서는 存心養性의 존(存)과 양(養)에 대해 설명하였고, 정자가 말한 學〈養〈存의 단계적인 실천이론을 받아들이면서 최종 단계인 存에 이르기 위해서는 성찰(省察)이 필요함을 주장하고 있다. ①에서 존심양성의 기본적인 실천명제를 말했다고 한다면, ②에서는 이들을 세분화하여 존심양성에 이르는 단계적인 방법을 설명하고 있다고 하겠다. 즉 학문을 통해 정성(正性)을 배양(培養)하고 이어서 본심을 보존하는 경지에 이르게 된다는 것이다. 그리고 養性은 하였으나 存心에 이르지 않음은 자신에 대한 성찰의 공(功)이 없어서 그러함을 말하고 있다. 따라서 養性에서 存心에 도달하려면 깊이 생각하여 자신을 돌아보는 성찰(省察)의 단계를 거쳐야 된다고 지봉은 설명하고 있다. 이른바 존양성찰(存養省察)에 이르게 되는 과정을 설명하고 있다. 정자의 이론에 대해 자신의 생각을 첨가하여 유학에 깊은 조예가 있었음을 잘 보여주고 있다. 나아가 지봉이 언급한 존심(存心)과 성찰(省察)의 지극한 경지는 어떠한 것인지에 대하여 설명한 구절을 살펴본다.

③ “과욕(寡慾)함으로써 무욕에 이름은 존양(存養)의 지극함이요, 한사(閑邪)에서 무사(無邪)에 이름은 성찰(省察)의 지극함이다.”4)

이 글에서 지봉은 인간이 하늘로부터 부여받은 천성을 지켜 욕심을 줄

---

3) 『芝峯集』, 157쪽. “程子曰, 學之而不養, 養之而不存, 是空言也. 愚謂學以存養爲要, 學而不養, 猶不學也, 養而不存猶不養也. 夫養之而不存, 亦其省察之功, 有所未至故也.”
4) 상게서, 257쪽. “寡慾以至於無慾, 存養之至也. 閑邪以至於無邪, 省察之至也.”

여서 결국 무욕에 이르면 存養의 지극함에 이를 수 있고, 한편으로 사악함을 막아서 사악함이 없음에 이르는 것이 성찰의 지극함임을 말하고 있다. 여기서는 存養과 省察을 구분하여서 거기에 이르는 구체적인 방법을 제시하고 있다. 무욕(無慾)해야 存養할 수 있고 무사(無邪)해야 省察할 수 있다. 곧 존양과 성찰해야 無慾하고 無邪할 수 있는 지인(至人)의 경지에 이를 수 있음을 언급하고 있다. 한편, 유학의 이단으로 취급되던 양웅(揚雄)의 학설도 받아들여 존심의 방법으로 설명하고 있는 글이 있다.

> ④ "양자(揚子)는 '心이 깊이 침잠하면 神은 밖에 있는 것이 아니다.'고
> 했다. 나는 말하되, '이 말이 수신(修身)과 가사(家事)에 관계가 있으나 족
> 히 存心하는 방법이 될 수 있다. 따라서 고인이 진인(眞人)의 마음은 못
> 속에 있는 구슬과 같고 중인(衆人)의 마음은 물에 있는 거품과 같다.'5)고
> 한 것이 또한 이 뜻이다."

이 글에서 지봉은 유가의 이단에 속하는 양웅(揚雄)의 학설도 받아들여 存心의 방법으로 삼고 있다. 즉 진인(眞人)의 마음은 연못 속의 구슬처럼 침잠하고 있어도 주위가 빛나고, 중인(衆人)의 마음은 물과 함께 나타나는 거품과 같아 잘 드러나나 금방 사라지는 보잘 것 없는 것으로 설명하고 있다. 따라서 存心하기 위해서는 겉으로 나타난 모습보다 내면의 수양에 힘써야 함을 말한다.

이상에서 지봉이 언급한 유교의 기본 수양과 실천 명제인 존심양성과 관련된 내용을 살펴보았다. 그는 유학과 성리학에 관심이 많아 상당히 깊게 공부하였다. 따라서 나름대로 전현(前賢)들의 이론에 동조하기도 하며 추가로 자신의 의견을 보태기도 하였고, 가끔 이론(異論)을 제기하기도

---

5) 상게서, 259쪽. "揚子曰, 潛心于淵, 神不外也, 愚謂此言, 雖係修養家事, 足爲
   學者存心之法. 古人云眞人之心, 如珠在淵, 衆人之心, 如泡在水, 亦此意也."

하였다. 그의 이러한 지적인 능력만 보아도 조선 중기에 성리학자로서 일
가견을 지녔던 인물이었음을 충분히 알 수 있다.

이어서 『芝峯集』에서 그가 강조하고 있는 '성(誠)'과 '경(敬)'에 대한
내용을 살펴본다. 일반적으로 유학에서 말하는 '誠'의 의미에 대해 『주역
(周易)』·『예기(禮記)』·『중용(中庸)』6)에서 이미 언급되었다. 그 내용을
정리하면 '誠'은 곧 순일무위(純一無僞)한 정성(精誠)을 뜻하니, 대체로
정성(精誠)·성실(誠實)을 가리킨다. 지봉집에서 언급하고 있는 '성(誠)'
에 대해 살펴보면,

> ① "하늘은 生을 德으로 삼고 自然을 道로 삼으니, 사람이 능히 天을
> 체인(體認)하여 사는 것을 德으로 여기면 天德이요, 자연스러움을 道로 여
> 기면 天道가 된다. 아울러서 말하면 성(誠)이다. 그러므로 誠은 곧 성(聖)
> 이요 聖은 곧 天이다."7)

하늘은 生成하는 일을 덕(德)으로 여기고 자연스러움을 도(道)로 여기
므로 천도(天道)와 천덕(天德)이 된다고 말하고, 둘을 합치면 성(誠)이
된다는 것이다. 즉 天道와 天德이 바로 誠이 되는 것이다. 그리고 지봉
은 誠과 聖과 天을 동일시하고 있다. 정성(精誠)을 행함이 성인(聖人)의
道요 하늘의 道임을 주장하며, 誠의 중요성을 강조하고 있다. 한편, 德은
용(用)이 되고 道는 체(體)가 될 수 있다.

---

6) 『漢文大系』, 中庸說, 17쪽. "誠者天之道也, 誠之者人之道也. 誠者不勉而中,
不思而得."
　이 외에 「易乾」에서는 "修辭立其誠, 所以居業也"(文敎를 수행하여 眞誠眞實
을 세움을 功業으로 하는 바이다.)라고 하였고, 禮記에서는 "著誠去僞, 禮之
經也"(정성을 드러내고 거짓을 없앰이 禮의 떳떳하고 바름이다.)라고 하였다.
7) 『芝峯集』, 156쪽. "天以生爲德, 以自然爲道, 人能體天而以生爲德則天德也.
以自然爲道則天道也. 總而言之則誠也. 故誠則聖矣, 聖則天矣."

"소강절이 말하길 '오직 지성(至誠)해야 천지와 함께 오래 할 수 있고 천지가 없으면 至誠도 없어질 수 있으나, 진실로 천지는 없어질 수가 없으므로 至誠도 또한 없어지지 아니한다.'고 하였다. 나는 말하길 '천지가 존재하여 오래 있을 수 있는 까닭이 誠 때문이다. 진실로 誠이 없어지면 천지도 존재할 수가 없다. 그러므로 말하나니 至誠은 없어지지 아니하며, 또 誠이 없으면 사물이 없고 천지 또한 사물이다.' "8)

여기서 지봉은 소강절(邵康節)이 언급한 至誠과 天地에 대한 이론을 받아들이며, 부가하여 설명하고 있다. 천지도 사물에 해당하고 모든 사물은 誠이 있으니, 천지와 사물은 함께 존재한다는 것이다.

　　② "맹자가 말하길, '몸을 돌아보고 誠하면 즐거움이 그보다 큰 것이 없다.' 내가 이르되, '맹자의 말로 인하여 공자(孔子)와 안회(顔回)의 즐거움을 궁구하면 그 즐거워한 바를 또한 거의 알 수 있겠다.' "9)

이 글에서 지봉은 맹자가 강조한 誠을 수용하면서, 공자(孔子)와 안자(顔子)의 안빈락도(安貧樂道)한 그 즐거움도 바로 誠을 바탕으로 하고 있음을 말하고 있다. 논어에서 말한 "공자가 거친 밥을 먹고 물을 마시며 팔을 베고 누워도 즐거움이 그 속에 있다."10)고 한 생활 모습과 안회(顔回)의 단사표음(簞食瓢飮)에도 그 즐거움을 바꾸지 않은 태도 등은 결국 誠을 갖추었기에 가능하다는 주장이다.

---

8) 상게서, 290쪽. "邵子曰, 惟至誠與天地同久. 天地無則至誠可息, 苟天地不能無則至誠亦不息也. 愚謂天地之所以存而久者, 以其誠也. 誠苟息矣則天地不能存. 故曰至誠無息, 又曰不誠無物, 天地亦物也."
9) 상게서, 262쪽. "孟子曰, 反身而誠, 樂莫大焉. 愚謂因孟子之言而究孔顔之樂, 則其所以樂者, 亦庶幾可見."
10) 『漢文大系』, 「논어편」, 69쪽. "子曰, 飯疏食飮水, 曲肱而枕之, 樂亦在其中矣."

한편 지봉이 쓴 「설문청독서록해(薛文淸讀書錄解)」에서도 誠에 대해 다음과 같이 말하고 있다.

> ③ " '誠으로써 남을 감화(感化)하면 남이 또한 誠으로써 감응하고, 거짓으로 남을 부리면 남이 또한 거짓으로 따른다.'고 하였다. 나는 말하나니, '誠으로 感化해도 남이 또한 불복하는 자가 있거늘 하물며 거짓으로 부림에라?' "[11]

이곳에 나오는 설문청(1392 - 1464))은 이름은 선(瑄)이요, 자(字)가 덕온(德溫)이며 明나라 하진(河津) 사람이다. 영락(永樂) 19年에 진사에 올랐으며 영종(英宗) 때에는 예부우시랑겸한림원학사(禮部右侍郎兼翰林院學士)가 되었다. 정주학(程朱學)에 힘써서 궁행복성(躬行復性)을 주장하였으며, 저서(著書)로는 『독서록(讀書錄)』 20권이 있다. 사후(死後)에 내려진 시호가 문청(文淸)이며 명나라 사기(史記)에 그에 관한 내용이 전한다. 지봉보다 160년 정도 앞선 인물이다. 지봉은 명나라 때 정주학에 밝았던 설선(薛瑄)의 글인 『讀書錄』을 읽고, 후학들을 위해 주석을 달았다. 그 글이 바로 『설문청독서록해(薛文淸讀書錄解)』인데 여기서 지봉은 성(誠)에 대한 그의 이론을 받아들이면서, 자신의 의견을 덧붙여 설명하고 있다. 곧 남을 감화시키기 위해서는 誠을 다해야 함을 간곡하게 말하고 있는 것이다.

한편, 『지봉집』 26권에는 「제채자리심법론후(題蔡子履心法論後)」와 「제채자리중용집전찬후(題蔡子履中庸集傳贊後)」가 실려 있는데, 후자는 蔡子履가 쓴 『중용집전찬(中庸集傳贊)』에 대해 지봉이 주(註)를 한 글이다. 지봉은 그의 의견과 다른 경우에 채자리의 잘못에 대하여 논리적으로

---

11) 『芝峯集』, 274쪽. "以誠感人者, 人亦以誠應, 以詐御人者, 人亦以詐應, 愚謂以誠感人, 人猶有不服者, 況以詐乎."

공격하기도 하였다.[12] 여기에 나오는 誠에 대해 蔡子履가『中庸集傳贊』에서 註를 달고 있는데, 이에 대해 지봉이 동조하기도 하고 이의를 제기하기도 하였다. 중국에서 정주학에 밝았던 대학자에 대해서 논박할 정도의 식견을 지녔던 그였다. 그리고 "지봉은 바른 학문과 높은 식견을 갖추었으며 앞선 선비들이 말하지 못한 바가 있다."고 李俊이 칭찬한 산문「채신잡록(采薪雜錄)」[13]에서 지봉은 誠을 요약하여 다음과 같이 말하고 있다.

　　④ "한결같음은 誠이요, 한결같음을 주(主)로 하는 것은 誠하는 것이다."[14]

오로지 변치 않고 한결같이 만물에 존재하고 또한 우리들이 수행해야 할 진리가 바로 誠임을 주장하고 있다. 또한 그렇게 행한 사람만이 誠한 사람이 될 수 있다고 결론짓고 있는 것이다. 그가 유학의 여러 덕목 중에 誠에 대해 누차 강조하고 있음을 알 수 있다. 한편, 여기서 誠은 체(體)요, 誠之者는 용(用)이 될 수 있다. 誠은 성인(聖人)의 일이요, 誠하는 것은 학자(學者)가 해야 할 일이다.

다음은 경(敬)에 대한 이론을 살펴본다. 敬은『주역(周易)』「곤괘(坤卦)」에서 언급하길 "군자경이직내의이방외(君子敬以直內義以方外)"라고

---

12)『지봉집』 26권, 278쪽.「題蔡子履中庸集傳贊後」"誠者, 自成也, 而道自道也. 註誠者物之所以自成而道者人之所當自行也. 蔡曰註意曉不得, 妄謂誠者, 自是生成之理. 道者, 自是當行之道, 自自然也言無所作爲. 論語亦曰人能弘道, 非道弘人, 下文始言誠之之事. 愚謂自者. 不假人爲之謂, 不誠無物. 故曰物之所以自成, 非道弘人, 故曰人之所當自行. 按音義曰, 道也之道, 音導. 又韻會曰道, 由也. 禮記極高明而道中庸. 音導, 蓋所當自行云者, 釋自道二字之義. 與道問學道中庸之道同, 今謂自是當行之道則未安."

13) 상게서, 269쪽. "文者貫道之器, 世之人離道而爲文, 華藻雖可觀, 亦何益於道. 今觀採薪雜錄, 富哉言乎. 正學高識, 積中形外, 往往有先儒所未發者, 眞所爲鳴道之文, 非後世工琱鏤者比."

14) 상게서, 257쪽. "一者, 誠也, 主一者, 誠之者也."

하였고, 『논어(論語)』 「자로편(子路篇)」에서는 "거처공집사경여인충(居處恭執事敬與人忠)"이라고 하였으니 대체로 공경(恭敬), 존중(尊重), 경계(警戒)의 의미를 지니고 있다. 그럼 지봉이 중요하게 취급하고 있는 경(敬)과 관련된 문장을 살펴본다.

　　① "학문함에 敬을 主로 함이 매우 중요하니, 敬을 主로 하지 않으면 가히 잡을 곳이 없게 된다."15)

　학문을 함에 敬을 위주로 하지 않으면 취할 것이 없게 되니, 정중하고 삼가는 자세로 학문에 임해야 함을 말한 것이다. 결국 학자(學者)의 행동 중에서 敬의 중요성을 강조한 것이다.

　　② "정자가 이르길, '敬은 온갖 사악함을 이긴다.'고 하였다. 나는 이르되, '사람이 능히 敬을 주로 하면 뭇 사악함이 저절로 물러나게 되니, 이른바 싸우지 않고도 이긴다.'"16)

　"경(敬)에 힘쓰면 사악함과 싸워서 이길 수 있다."고 말한 정자(程子)의 논지에 한 걸음 더 나아가, 敬을 주로 하면 뭇 사악함이 저절로 없어져서 싸우지 않고도 이길 수 있음을 말하고 있다. 敬의 마음으로 사악함을 물리치며 살아가야 함을 말하고 있다.

　　③ "'정자가 말하길 도에 들어감에 敬만한 것이 없다.'고 하였고, 주자가 말하길 '정 선생이 후학에게 功을 들임에 敬이라는 한 글자를 가장 중요시 여겼으니 사람의 心性이 敬하면 항상 있고 불경하면 心性이 존재하지 않는

---

15) 상게서, 311쪽. "學以主敬爲切要, 不主敬則無可把捉處矣."
16) 상게서, 261쪽. 「采薪雜錄」 "程子曰, 敬勝百邪. 愚謂人能主敬則群邪自退, 所謂不戰而勝也."

다.'고 하였다. 나는 말하되 '敬으로써 안을 바로잡는다고 함이 본래 주역에
서 나왔고, 오직 정자가 집어내어 사람들에게 보여서 만세의 心學의 要綱
으로 삼았으니 지극하다고 말할 수 있다.' "17)

"정자는 입도(入道)함에 敬이 가장 중요하다."고 하였고, 주자는 부연
하여 "사람의 심성이 敬하면 본심(本心)이 항상 존재하고 불경하면 本心
이 존재하지 않게 된다."고 하였다. 지봉은 이에 더하여 "정자의 말도 원
래 『周易』「坤卦」의 군자경이직내(君子敬以直內)란 구절에서 뽑아서 말
한 것이지만, 정자가 만세의 요강으로 삼았으니 참으로 지극한 말이다."고
주장하였다. 도에 들어감에는 敬이 가장 중요함을 말하고 있다.

한편 「薛文淸讀書錄解」18)에서도 敬에 대해 언급한 부분이 많이 있다.
그 일부분을 보자.

④ " '마음은 거울과 같고 敬은 거울을 닦는 것과 같으니, 거울이 비로소
닦이면 티끌과 먼지가 없어져서 광채가 발하고 마음이 비로소 敬하면 사람
의 욕심이 없어져 天理가 밝아진다.'고 하였다. 나는 말하되 '마음과 거울은
본래 밝으니, 먼지와 티끌이 없어지면 광채가 발하고 인욕이 없어지면 천리
가 밝아진다.' "19)

설선(薛瑄)은 마음은 거울과 같아서, 더러운 거울이 있듯이 더러운 마

---

17) 상게서, 285쪽. "程子曰, 入道, 莫如敬. 朱子曰, 程先生有功於後學, 最是敬
之一字, 人之心性, 敬則常存, 不敬則不存. 愚謂敬以直內, 本出於易, 而唯
程子拈出以示人, 爲萬世心學之綱要, 可謂至矣."

18) 상게서, 321쪽. 「行狀」"晚而覺悟, 洗滌舊習, 尋繹聖賢言語, 似有所得. 至
於二氏之說, 亦頗識其深淺, 明知其不足感也, 以爲天下之樂.": 여기서 지봉
은 만년에 두 사람 즉 "설문청과 채자리의 글을 읽고 부족한 점을 밝히는
것이 즐거움이었다."고 언급하고 있다.

19) 상게서, 271쪽. "心如鏡, 敬如磨鏡, 鏡纔磨則塵垢去而光彩發, 心纔敬則人
欲消而天理明. 愚謂心鏡本明, 塵垢去則光彩發, 人欲消則天理明."

음도 있다. 그러므로 더러운 거울을 닦아서 광채를 발하게 하듯이 마음을
敬으로 닦아서 깨끗한 本性으로 돌아가야 함을 말했다. 지봉의 말한 내
용도 대동소이하나 지봉은 본래 거울의 本性은 깨끗한 것이었듯이 인간
의 本性도 근본적으로 깨끗한 존재였음을 전제(前提)로 하고서 자신의
논리를 펼치고 있다. 지봉의 논리가 더욱 간단명료(簡單明瞭)하다.

⑤ " '스스로 공경하면 남들도 그를 공경하고 스스로 소홀히 하면 남들도
그를 소홀히 한다.'고 하니, 나는 이르되 '군자가 존중하는 것은 道요, 귀하
게 여기는 것은 德이니 도덕이 몸에 있으면 사람들이 모두 공경하여 그를
존중하고 법 삼아 본받을 것이니, 이것이 스스로 공경함이요, 스스로 공경하
지 않으면 이것이 스스로 소홀히 함이다.' "[20]

설선은 "스스로 공경하여 삼가 행동하면 남들도 그를 공경하게 된다."
는 것을 말했다. 지봉은 더 나아가 도덕이 갖추어지면 사람들이 존중하게
되니 그것이 바로 스스로를 敬하게 하는 것이라고 하여 道德과 敬을 같
은 경지(境地)에 두고 있다. 곧 도덕이 갖추어지면 敬하고 敬하면 도덕
이 갖추어짐을 말하고 있다.

⑥ " '화(和)하여 경(敬)하고, 敬하여 和함은 중인(衆人)에게 처하는 道
이다.' 나는 말하되 '능히 和하는 사람은 혹 능히 敬하지 못하고 능히 敬하
는 사람은 혹 능히 和하지 못하니, 그러므로 和하면 敬하고 敬하면 和한
다.'고 하였다."[21]

설선(薛瑄)의 말에 대해 적절한 설명을 하고 있다. 『중용(中庸)』에 "발

---

20) 상게서, 273쪽. "自敬則人敬之, 自慢則人慢之. 愚謂君子所尊者道, 所貴者
德, 道德在身則人皆敬而尊之, 則而象之, 是自敬也, 不自敬則是自慢也."
21) 상게서, 273쪽. "和而敬, 敬而和, 處衆之道. 愚謂能和者或不能敬, 能敬者或
不能和, 故曰和而敬, 敬而和."

이개중절위지화(發而皆中節謂之和)"란 말이 있듯이 절도에 맞는 행위인
和와 敬을 함께하는 것이 衆人의 처세임을 말하고 있다. 敬이 부족한 사
람은 더욱 敬에 분발해서 和하게 해야 하고, 和에 부족함이 있는 사람은
더욱 和에 분발하여 敬하게 하여, 敬과 和가 함께 조화를 이루어야 함을
말하고 있다.

⑦ " '비로소 敬하면 찌꺼기가 융화되어 그 커짐을 이기지 못하고 不敬
하면 비루함이 싹터서 그 작아짐을 이기지 못한다.'고 하였다. 나는 이르되
'心體는 근본적으로 크나 物慾이 그것을 가리면 큰 것이 작아질 것이요,
敬을 主로 하면 가림이 저절로 없어질지니 가림이 없어지면 적은 것도 커
진다.' "22)

설선이 말하길 "敬하면 소인도 융화시킬 수 있으니 그로 인하여 남의
존경을 받아 군자가 될 수 있고, 불경하면 비루함이 생겨나 작아져 소인
이 된다."고 하였다. 지봉은 마음의 본체가 크나 物(물욕)이 가리면 작아
지는데, 敬을 主로 함으로써 물욕을 제거하여 本心을 되찾아야 군자가
될 수 있음을 설명하고 있다. 여기서 査는 渣(찌꺼기)의 뜻이다. 그리고
심체(心體)는 性이고, 심용(心用)은 情이 된다.

⑧ " '한결같이 敬에 거처하나 궁리하지 않으면 고적(孤寂)한 병이 있고,
한결같이 궁리하나 敬에 거처하지 않으면 분요(紛擾)의 근심이 있다. 나는
말하되 거경(居敬)과 궁리(窮理) 둘 다 한 가지도 빠질 수 없다. 그러나 敬
에 거처하나 외롭고 적막한 병이 있으면 진정한 居敬이 아니요, 궁리하나
어지럽고 시끄러운 근심이 있으면 진정한 窮理가 아니다."23)

22) 상게서, 270쪽. "纔敬便査滓融化而不勝其大, 不敬則鄙吝卽萌而不勝其小矣.
愚謂心體本大, 爲物蔽之則大者小矣, 主敬則蔽自去, 蔽去則小者大矣."
23) 상게서, 270쪽. "一於居敬而不窮理則有孤寂之病, 一於窮理而不居敬則有紛
擾之患. 愚謂居敬窮理二者, 不可闕一. 然居敬而有孤寂之病則非眞居敬者也,

"인간의 도리와 수양의 덕목인 敬은 현실의 실리(實利)에는 동떨어져 궁리하지 않으면 고적지병(孤寂之病)이 있게 되고, 궁리하나 敬에 거처하지 않으면 분요지환(紛擾之患)이 있게 된다."고 설선이 말하였다. 지봉은 居敬과 窮理는 함께해야 하는 것이니 지나치게 도덕적인 敬에만 치우치면 孤寂한 병이 들어 진정한 의미의 居敬이 되지 못하고, 또 사물을 궁리하여 잘못 이해하면 紛擾의 병이 생겨서 진정한 窮理가 되지 못함을 말하였다. 따라서 수양의 덕목인 敬과 현실의 實利 工夫인 窮理가 함께 겸비되어야 함을 말하고 있다. 지봉이 당시의 성리학에서 좀 더 발전된 사고를 지녔음을 엿볼 수 있는 부분이라고 말할 수 있다. 이 외에도 지봉은 敬에 대해 여러 책에서 자신의 견해를 말하고 있다. 이는 그만큼 敬을 중요시하고 있음을 알 수 있다.

지금까지 지봉이 언급한 '존심양성(存心養性)' 및 '존양성찰(存養省察)'·'誠'·'敬'에 대하여 살펴보았다. 지봉은 유학 사상에서 중요시한 덕목을 소개하며 또한 자신의 이론을 함께 개진하고 있다. 그중에서도 특히 存心養性·誠·敬을 강조하고 있음을 알 수 있었다. 그 외에 유학과 관련된 깊이 있는 사유세계를 여러 서적에서 보여주고 있다. 특히 지봉이 성리학에 깊은 이론을 지녔음을 알 수 있는 자료로는 그의 저서 「채신잡록(采薪雜錄)」·「병촉잡기(秉燭雜記)」·「설문청독서록해(薛文清讀書錄解)」·「잉설여편(剩說餘編)」·「경어잡편(警語雜編)」 등을 꼽을 수 있다. 이들 저서에서 그는 위의 이론 이외에도 道·性·氣 등의 다양한 성리학과 관련된 이론을 인용하기도 하고, 또한 자신의 견해를 추가하여 덧붙이기도 하였다. 그리고 군신관계(君臣關係)·충효문제(忠孝問題)·국가통치(國家統治)와 관련된 현실적인 문제 등도 함께 언급하여 이상적인 정치를 위한 이론도 언급하고 있다. 비록 자신의 저서를 「采薪雜錄」이나 「秉

窮理而有紛擾之患則非眞窮理者也."

燭雜記」 등의 이름으로 "한가로이 쓴 보잘것없는 기록"이라고 겸손하게
말하고 있으나 자신의 견해를 적어서 후학들에게 어떤 깨우침을 주려는 의
도가 다분히 있다고 할 수 있겠다. 지봉이 위의 서적들에서 인용한 학자를
들어보면, 공자(孔子)·맹자(孟子)를 비롯하여 순자(筍子)·양웅(揚雄)·
한비자(韓非子)·소강절(邵康節)·주렴계(周濂溪)·장횡거(張橫渠)·이
도순(李道純)·양성재(楊誠齋)·정명도(鄭明道)·정이천(鄭伊川)·주자
(朱子)·중문자(文中子＝王通)·왕세정(王世貞)·곽중회(郭仲晦)·진서산
(眞西山)·양승암(楊升庵)·황산곡(黃山谷)·해서(海瑞)·설선(薛瑄)·
채자리(蔡子履)·여성공(呂成公)·방손지(方遜志)·임용중(林用中)·장
괴애(張乖崖)·관윤자(關尹子＝老子親舊)·사마공(司馬公＝司馬光)·육
씨(陸氏＝陸九淵)·문자(文子＝允文子)·제갈량(諸葛亮)·여동래(呂東
萊)·관자(管子＝管仲)·도연명(陶淵明)·장남헌(張南軒)·황면재(黃勉
齋)·열자(列子)·진부춘(陳富春)·나예장(羅豫章)·당순지(唐順之)·
호문정(胡文定)·소동파(蘇東坡)·이연평(李延平)·유자(劉子＝劉向)·굴
자(屈子＝屈平)·양주(楊朱)·묵적(墨翟) 등의 수많은 인물이 거론되었
다. 그리고 인용된 저서(著書)만도 수없이 많으니, 지봉의 학문이 넓고도
깊었음을 짐작할 수 있다.

2. 노불(老佛)에 대한
긍정적(肯定的) 시각(視覺)

위에서 살펴본 바와 같이, 지봉은 유가 사상의 핵심에 젖어 있는 철저한 성리학자이다. 이렇게 성리학으로 무장된 지봉이었지만, 흔히 유가에서 이단으로 도외시하는 불교나 노장사상과 그 외에 제가의 사상에 대해서 이유 없는 배척보다는 어느 정도 수용하는 유연한 자세를 견지하고 있었음을 알 수 있다. 이러한 시각을 보여주는 그의 사상을, 남긴 문장을 통해서 살펴보기로 한다.

① "본심을 지니고 이치를 밝힘은 성인의 학문(유학)의 뜻이요, 마음을 단련하여 도에 합하는 것은 도가의 요지요, 마음에 나아가 천성을 깨닫는 것은 불교의 법칙이다. 세 가지는 다 心을 주로 하나 작용은 같지 않다."[24]

타고난 본성으로 사물의 이치를 밝히는 것이 유학이 추구하는 바요, 심신을 수련하는 연금술(鍊金術)의 일종인 연단(煉丹)으로 도에 합치하는 것은 도가의 궁극적인 목표이다. 그리고 '즉심시불(卽心是佛)'은 즉 내 마음이 곧 부처라는 말이니, 깨달아서 얻은 나의 마음이 곧 부처 마음과 같아 따로 부처가 없다는 것이다. 이렇게 내 마음에서 깨닫는 것이 바로 부처의 마음이 되니 이것이 바로 불교의 법칙이라는 논리이다. 이처럼 유불선(儒佛仙)의 교리가 모두 마음에서 출발하지만 그 추구하는 목표가 다름을 언급한 것이다. 비록 그 작용은 달라도 그 출발점은 마음임을 언

---

24) 상게서, 262쪽. "存心明理者, 聖學之旨也. 煉心合道者, 道家之要也. 卽心見性者, 釋門之證也. 三者皆以心爲主, 而作用不同."

급한 것이다. 이것은 지봉이 나름대로 유불선에 대하여 자신의 견해를 펼치고 있는 것이라 하겠다. 유불선의 이론에 관심이 있었고 식견이 있었음을 알 수 있다. 다음은 노자에 대해 언급한 글이 있어서 소개한다.

② "한번 나아가고 한번 물러남은 주역이요, 물러감을 나아감으로 여기는 자는 노자이다. 물러감을 나아감으로 삼은 즉 술(術)에 해당된다. 그러므로 진퇴존망을 아는 자는 오직 성인이라야 그렇게 할 수 있다."[25]

③ " '마음이 천군(天君)이 된다.'고 하는 것은 그 말이 본래 순자에서 나왔고, 무극 두 글자는 처음에 노자에 보인다."[26]

위의 ①, ②, ③은 불교나 도가의 근본 사상에 대해 소개하는 정도에 해당한다. 지봉이 나름대로 불교(佛敎)나 도교(道敎)에 어느 정도 지식이 있었음을 알 수 있는 대목이다. 이에 더 나아가 그들의 사상을 수용하는 자세를 보이고 있으니 다음 글에서 알 수 있다.

④ "양생서에 말하길 '마음이 고요하면 숨 쉼이 절로 고르고, 고요함이 오래 지속되면 숨 쉼이 절로 안정된다. 또 마음은 숨 쉼을 중요하게 여기고 숨 쉼은 마음에 의존한다.'고 하였다. 나는 말하되 '고요히 앉아 숨을 고름이 수양하는 방법 중에 敬을 主로 하는 工夫와 관계된다. 그래서 정자(程子)·주자(朱子)가 모두 여기에서 취했으니 그것을 외도(外道)로 보는 것은 마땅하지 않다.' "[27]

---

25) 상게서, 286쪽. "一進一退者, 易也. 以退爲進者, 老氏也. 以退爲進則入於術矣. 故知進退存亡之道者, 唯聖人爲然."
26) 상게서, 287쪽. "心爲天君, 其說本出荀子, 無極二字, 始見於老子."
27) 상게서, 288쪽. "養生書曰, 心靜則息自調, 靜久則息自定. 又曰, 心主乎息, 息依於心. 愚謂靜坐調息, 於脩養法中實係主敬工夫. 故程朱二子皆有取焉, 不宜以外道視之."

⑤ "노자는 말하길 '덜고 또 덜어야 무(無)에 이른다.'고 하였다. 이 말이 매우 좋으니 가히 학자가 욕심을 줄이는 방법이라 할 수 있다."28)

④에서 알 수 있듯이, 지봉은 도가서의 하나인 『양생서(養生書)』의 내용을 소개하고 그중의 일부분을 발췌한 정자나 주자의 이론을 옹호하는 입장을 보이고 있다. "도가의 내용을 일부분 수용했다고 해서 외도가 아니다."고 한 것은 당시의 유학자가 쉽게 할 수 없는 말이다. 따라서 지봉이 도교에 대해 긍정적 인식을 가지고 있었음을 엿볼 수 있다.

⑤에서는 "덜고 덜어야 무(無)에 이를 수 있다."고 하는 노자의 사상을 학문하는 자가 받아들여야 할 좋은 말임을 언급함으로써, 그의 사상을 적극 수용하는 입장을 취하고 있다. 유가 이외의 사상은 '사문난적(斯文亂賊)'이라고 하여 이단시하며 무조건 배척하던 당시를 생각하면, 지봉은 제가사상(諸家思想)을 널리 수용하는 상당히 진보적인 학자였다. 학문과 생활에 도움이 되는 주장(主張)이나 사고(思考)는 성리학이 아니더라도 적극 수용하려는 마음이었음을 읽을 수 있다.

⑥ "도가서에 말하길 '몸이 움직이지 않으면 정신(精神)이 저절로 굳어지며, 마음이 움직이지 않으면 氣가 저절로 정(定)해지며 뜻이 움직이지 않으면 精神이 신령(神靈)스러워진다.'고 하였다. 내가 이르되 '가히 우리 유가(儒家)의 정좌지법(靜坐之法)이 될 수 있으나 그 기틀은 눈동자에 있으니, 그 마음을 제어하려면 먼저 그 눈동자를 제어해야 한다. 그래서 군자는 예(禮)가 아니면 보지 아니한다.'고 하였다."29)

⑦ "도는 백성들이 살아가는 생활 중에 있으니, 여름에는 갈옷 입고 겨울

---

28) 상게서, 286쪽. "老子所謂損之又損, 以至於無. 此言甚善, 可爲學者, 寡欲之
   方也."
29) 상게서, 261쪽. "道書有云身不動精自固, 心不動氣自定, 意不動神自靈. 愚謂
   此可爲吾儒靜坐之法, 然其機在眼, 制其心者, 必先制眼. 故君子非禮勿視."

에는 갖옷 입고 주리면 먹고 갈증 나면 마시는 것이 곧 도이다. 이것을 벗
어나서 도를 말하는 것은 잘못이다. '장자가 도(道)는 똥오줌에도 있다.'라고
한 것은 비록 거친 말이나, 또한 의미가 있다."[30]

⑥은 지봉이 『도가서(道家書)』의 설(說)을 받아들여서, 유가의 내용에
해당하며 『논어(論語)』에 나오는 '비례물시(非禮勿視)'에 적용시키고 있으
며, ⑦의 문장에서는 더 나아가 장자의 이론을 긍정하고 받아들이는 것으로,
노장사상에 대한 적극적인 수용 자세를 취하고 있다. 노장사상을 활용하여
유가 사상에 접목시키고 있는 것이다. 장자의 말에 대해 "거칠기는 하나 도
를 잘 보았다."고 하면서 그의 사유(思惟)를 인정하여 수용하고 있다.

한편, 이러한 지봉의 사유(思惟)는 조선 시대 유학자들에게 오해도 불러
일으킨 것 같다. 「채신잡록(采薪雜錄)」의 후반부에서 정부학(鄭副學)은
이 글에 대한 발문을 쓴 후 의심스러운 부분에 대해 질문을 하거나 견해를
달리하는 부분을 서찰로 보내오고, 지봉은 다시 그것에 답을 하는 형식으로
토론을 벌였다. 그 내용 중에 "노장사상을 나타내고 있는 것 같다."고 비판
한 정부학의 논박과 그에 대한 답변을 쓴 지봉의 글이 전하니 소개한다.

> "지봉: 자취를 숨김은 어렵지 않으나 마음을 숨김은 어렵다. 산림은 높지
> 않고 저자가 높다. 이른바 지인(至人)은 자취는 세속에 있으면서
> 마음은 숨기는 사람이다.
> 정부학: 옳지 않음이 아니나 노장(老莊)의 기미가 있는 것 같고 세속에
> 자취함은 곧 화광동진(和光同塵)과 같습니다.
> 지봉: 내가 세상의 한 사람을 보니, 이름은 산림에 의탁하면서 마음과 자
> 취를 달리하여 심히 한때를 속이니 일찍이 매우 싫어했다. 듣건대,
> 고인이 몸은 속세에 있으면서 뜻은 물외(物外)에 처한 자가 있으니

---

30) 상게서, 261쪽. "道在於民生日用之間, 夏葛而冬裘, 飢食而渴飮, 卽道也. 外
此而言道者, 非矣. 莊子所謂道在屎尿雖粗說, 亦有見乎此也."

이로써 저를 비교하면 어찌 지인(至人)이라고 하리요? 이는 대개 격동해서 말함이니, 학문상의 말이 아니다. '부학'이 이에 노장의 기미가 있다고 말한 것은 아마노 나의 본색이 아니냐."31)

이 글은 지봉의 「채신잡록」을 읽은 '정부학'이 내용에 의문이 가거나 자신의 견해와 다른 점 또는 반론을 제기하고 싶은 내용을 적고, 거기에 지봉이 대답하는 문답 형식으로 되어 있다. 여기서 정부학은 지봉이 사용한 '至人'이라는 용어를 장자의 「천하편(天下篇)」32)에 나오는 용어로 보고 "노장의 기미가 있다."고 공격하면서, 또한 의미상으로도 화광동진(和光同塵)의 도교적인 색채가 있음을 비판하고 있다. 이에 대한 답변으로써 지봉은 그래도 자신이 유학자임을 말하지 않을 수 없어 논리적으로 자신의 본의는 그것이 아님을 설명하고 있다. 유가로서의 자신의 입장을 옹호하기 위해 마지못해 옹색하게 자신의 입장을 밝힌 면도 없지 않다. 나중에 그래도 의심을 가진 '정부학'은 다시 편지를 보내 이에 대해 말하길 "가르침을 받아서 격동하여 발함을 알게 되었으나 至人이라는 글자에 나타난 의미는 사람들에게 의심을 불러일으킴을 면할 수 없으니, 고치지 않겠습니까?"33) 라고 하여 지봉의 말에서 깨우침을 얻었음을 말하고 있으나, 여전히 노장 사상을 내포하고 있지 않느냐는 의심의 마음을 버리지 못하고 있다.

이와 같이 지봉은 적극적인 수용은 아닐지 모르나 노자나 불교에 대해 관심이 있었으며 그 외에 양명학(陽明學)과 양주묵적(楊朱墨翟) 등 제가

---

31) 상게서, 263~264쪽. 芝峯: "跡隱非難, 心隱爲難. 山林非高, 城市爲高. 所謂 至人者, 跡乎俗而心乎隱者也." 鄭副學: "來喩曰非不是也, 然猶有老莊氣味, 所謂跡乎俗, 卽和光同塵一般." 芝峯: "愚見世間一種人, 托名山林, 而心與 跡異, 厚誣一時, 竊嘗痛惡. 聞古之人有身處寶中, 而意超物外者, 以此較彼, 豈不可謂至人哉. 是盖有激而云, 非學問上說耳. 來喩乃謂有老莊氣味恐非鄙 生本意也."
32) 『莊子』, 「天下篇」 "不離於宗謂之天人, 不離於精爲之神人, 不離於眞謂之至人."
33) 『芝峯集』, 266쪽. "蒙諭知有激而發, 然著箇至人字, 不免惹起人疑, 未可改 之耶."

사상(諸家思想)에 대해서도 크게 배타적이지 않았음을 여러 군데서 찾아
볼 수 있다. 이러한 점은 조선 중기의 보통 유학자와는 다른 특징이기도
하다. 또 그는 스님과 사귀어 시를 주고받은 기록이 있으니 다음과 같다.

　　"상인은 곧 오대산 스님이다. 지난번 송운노사를 따라 일본에 들어가서,
　돌아올 때 한 축의 명현시를 소매에 넣어 학성에 달려와 나에게 화답을 구
　했다. 내가 인색하게 허락하지 아니하니, 곧 갔다가 다시 와서 이와 같이 하
　길 거듭하니 뜻이 또한 부지런했다. 이제 또 산 남쪽 집에 찾아와 거듭하여
　간절히 청하였다. 앉아서 그와 함께 저녁까지 대마도·일지도의 기이함과
　금강·오대산의 승경을 얘기함에 명확하지 아니함이 없다. 마치 몸은 부상
　(扶桑)을 걸터앉고 발로 방장산을 오르는 듯했다. 여러 신선과 더불어 상하
　로 노니 얼마나 상쾌한가? 드디어 4편의 율시로써 그 뜻을 채워 준다."[34]

　지봉이 스님과 사귀며 시를 주고받았음을 보여주는 내용이다. 실제로
스님과의 교제가 보통 절친한 사이가 아니었음을 알 수 있고, 4편의 율시
(律詩)도 선사하였다. 이 외에 사명대사(四溟大師)에게 남긴 시도 있다.[35]
한편, 그의 불교 사상의 깊이를 엿볼 수 있는 작품에 해당하는 것으로서
돌부처를 보고 지은 한 편의 시를 보자.

　　石佛頑然立道周　　돌부처 완고히 길가에 서서,
　　無言慣閱古今秋　　말없이 습관적으로 고금을 지켜보네.
　　看他捧腹知何事　　그가 무슨 일로 배를 받쳐 들었는지 알겠으니,

---

34) 상게서, 34쪽. 「次贈三俊上人(幷序)」 "上人卽五臺山僧也. 往歲隨松雲老師
　入日本, 其還也, 袖一軸名賢詩, 走抵鶴城, 求和於余. 余靳而不許, 則往而
　復來, 如是者再, 意亦勤矣. 今又來訪於山南𡧄, 申請甚懇. 坐而與之語, 亹
　亹終夕, 馬島·一枝之奇, 金剛·五臺之勝, 無了不了. 宛若身跨扶桑, 足躡
　方丈. 與群仙遊戲上下, 何其快哉. 遂贈四律, 以塞其意."
35) 상게서, 34쪽. 「贈四溟山人往日本」, "山人. 卽僧惟政也. 亦號松雲. 時對馬
　倭乞和. 朝廷姑欲羈縻. 令惟政探賊情."

似笑人生不自休　　마치 인생이 스스로 그치지 못함을 비웃는 듯하네.36)

"여유 없이, 살아가기 위해 바삐 움직이는 인생사를 보고서 만사(萬事)에 있어서 달관(達觀)의 경지에 이른 부처가 인간의 살아가는 모습을 비웃는 것처럼 느껴진다."고 쓰고 있다. 불교의 영겁의 세계를 인식한 그가 당시 사람들의 모습을 보고 여유로운 삶을 살 것을 깨우쳐 주며, 자신도 그렇게 살아가고 싶음을 말하고 있는 것 같다. 지봉은 스님과 교제함으로써 불교에 대한 지식도 많이 습득하게 되었다. 한편, 태현경에도 관심이 깊어 주(註)를 내곤 하였음을 다음의 시에서 알 수 있다.

山童日晏掃前庭　　산 아이 해 저물녘 앞뜰을 쓸고,
旋汲寒泉煮茯苓　　또한 찬물 길어와 봉령을 삶네.
滿院松隱人不到　　소나무 가득한 정원에는 사람도 오지 않고,
筆頭和露註玄經　　붓 머리 이슬을 적시어 태현경을 주(註)내네.37)

깊은 산속에 한가로이 거처하면서, 붓으로 태현경을 주내게 되었음을 말하고 있다. 다양한 학문세계에 대하여 관심을 가졌던 지봉의 모습을 느낄 수 있다.

지금까지 도교와 불교 사상을 중심으로, 제가의 사상에 대한 지봉의 사유세계를 살펴보았다. 학문에 대한 강한 욕구를 가진 그는 많은 서적(書籍)의 탐독과 다양한 인물의 교제(交際)를 통해서 성리학 이외에도 다양한 지식을 습득할 기회를 갖게 되었다. 그로 인하여 그는 사고와 지식의 폭을 넓힐 수 있게 되었다.

---

36) 상게서, 116쪽. 「路傍石彌勒」.
37) 상게서, 31쪽. 「山居卽事」.

3. 실학적(實學的) 사유(思惟)로서의
무실(務實)

　지봉은 조선 시대에 이단시 취급되었던 여러 사상을 폭넓게 수용하여 개방적이고 진보적인 사고를 지니게 되었을 뿐만 아니라, 외국문물을 접하는 기회를 많이 가지게 되었다. 지봉의 폭넓은 학문과 다양한 외국문물의 경험은 훗날 실학의 단초를 여는 바탕이 되었다. 이론에 치중하여 공리공론(空理空論)만 일삼는 학문을 지양(止揚)하여 현실에서 실천하고 실행할 수 있는 일에 관심을 갖게 되었다. 그리하여 조선 중기 사회의 모순을 비판하고 그 시정(是正)을 위하여 무실(務實)에 힘쓰게 된 것이다. 그러한 사유세계를 그의 문집 내용에서 살펴본다.

　① "食(식량)은 백성의 하늘이고, 백성은 임금의 하늘이다. 하늘은 우러러보며 사는 것이다. 따라서 백성이 식(食)을 버리면 반드시 죽고, 임금이 백성을 버리면 반드시 망하니 그것은 天이 없기 때문이다."[38]

　② "옛날에는 백성을 부양함에 오직 모자랄까 두려워하였고, 지금은 백성을 착취함에 오직 부족할까 두려워한다. 무릇 부양하는 자는 착취하지 아니하고 착취하는 자는 부양하지 않는다. 부양하며 착취하지 않으면 백성이 편안하고 나라가 잘 다스려지고, 착취하고 부양하지 않으면 백성이 흩어지고 나라가 어지러워진다."[39]

---

38) 상게서, 260쪽. "食爲民天, 民爲君天. 天者, 所仰而生者也. 故民去食則必死, 君棄民則必亡, 以其無天故也."
39) 상게서, 260쪽. "古者, 養民唯恐不足, 今者, 取民惟恐不足. 夫養者不取, 取者不養. 養而不取者, 民安而國治, 取而不養者, 民散而國亂."

③ "양만리(楊萬里: 1127 - 1206)가 말하길 '임금의 덕은 천(天)을 몸으로 본받고 하늘의 덕은 굳셈을 주(主)로 한다. 임금이 굳세면 선(善)에 나아감에 용맹하고 허물을 고침에 과감해진다. 善을 주로 하면 반드시 견고해지고 사악함을 없애면 반드시 용감해진다.'고 하였다. 내가 말하되 '임금의 덕은 의지가 굳셈을 귀하게 여기나, 간함을 막고 스스로 행함은 굳셈이 아니다. 공자도 이르길, 나는 아직 굳센 임금을 보지 못했다고 하였으니 대저 굳셈을 어찌 쉽게 말하리요? 또한 어찌 임금만 그러하겠는가?' "40)

①, ②에서 민본주의 사상을 강조하는 지봉의 사유를 볼 수 있다. ①에서는, 백성은 임금에게 하늘과 같은 존재이므로 군주는 백성을 먹여 살릴 의무가 있음을 강력하게 주장하였고, ②에서는 그러함에도 당시의 정치는 왕도 정치가 이루어지지 않고 있어서 백성에 대한 착취가 심함을 언급하며, 군주가 올바른 정치를 해야 함을 강조하고 있다. ③에서는 임금이 善을 행해 덕치(德治)를 행하며 언로(言路)를 열어서, 백성과 신하의 말에 귀를 기울여야 함을 주장하였다. 또한 "용기 있는 임금은 허물을 인정하고 과감하게 스스로 고친다."고 하였다.

④ "정자가 말하길 '이윤이 신(莘)에서 농사짓고 부열이 암(巖)에서 집을 지으니, 천하의 일은 배울 것이 한두 가지가 아니나, 나에게 달려 있음을 밝혔을 따름이다.' 나는 말하되 '나에게 있음을 밝힘은 그 밝은 덕을 밝히는 것이니, 궁달(窮達)함을 배우는 자가 아니면 어찌 여기에 참여하리요?' "41)

⑤ "요즘 사람들의 독서는 다만 작문을 일삼으니, 문자로써 대충 보기만

---

40) 상게서, 284쪽. "楊誠齋曰, 君德體天, 天德主剛. 君剛則勇於進善, 決於改過. 主善必堅, 去邪必果. 愚謂君德, 以剛爲貴, 然拒諫自用, 非剛也. 孔子曰, 吾未見剛者, 夫剛豈易言哉. 亦豈惟人主爲然."
41) 상게서, 285쪽. "程子曰, 伊尹之耕于莘. 傅說之築于巖, 天下之事, 非一二而學之, 明其在我者而已. 愚謂明其在我者, 明其明德也, 非有窮養達施之學者, 曷能與此."

하고 능히 체인(體認)하지 못하니 만약 능히 體認하지 못한다면 독서해서 무엇하리요? 선유(先儒)가 학문을 하는 것이 文을 배우기를 먼저 하였으나 능히 道에 이른 것이 적은 것은 바로 이 병에 걸려 있기 때문이다."[42]

⑥ "선비 된 자는 유용한 학문을 해야 하고 무용한 글을 해서는 안 되고 유익한 말을 해야 하고 무익한 일을 해서는 안 된다."

"널리 경서(經書)와 사서(史書)를 보되 능히 정치에 옮기지 못하면 또한 학문함이 쓸모가 없다."

"학자가 실심(實心)이 있으면 실덕(實德)이 있고, 실공(實功)이 없으면 실득(實得)이 없으니 스스로 가릴 수가 있다."[43]

"일을 하는 자는 이름을 귀하게 여기지 않고 실상(實相)을 귀하게 여기니 실상이 모자라면서 큰 지위에 이르는 것은 군자는 하지 않는다."[44]

⑦ "사람이 말을 잘 하지 못하나 능히 혼자서 말하는 자는 간혹 있고, 사람이 능히 실행할 수 없으나 혼자서 실행하는 자는 아직 없다."[45]

④에서는 '이윤'·'부열'과 같은 학자도 실용의 학문을 했듯이 나의 덕을 밝히는 궁달한 학자가 되어서 실용의 학문을 해야 함을 밝히고 있다. ⑤에서는 공리공론만 일삼는 학문만 하지 말고 몸소 체인(體認)하는 실용의 학문을 해야 함을 강조하고 있다. ⑥에서는 실공(實功)·실덕(實德)이 있는 유용한 학문을 해야 함을 다시 강조하고 있으며, 더 나아가 "경사(經史)를 보아서 정치(政治)에 도움이 되어야 한다."고 말함으로써 현실에

---

42) 상게서, 286쪽. "今人讀書, 只爲作文, 故以文字漫看而不能體認, 若不能體認則讀書何爲. 先儒所爲學者先學文, 鮮有能至道, 正坐此病也."
43) 상게서, 301~302쪽. "爲士者, 當爲有用之學, 不當爲無用之文, 當爲有益之言, 不當爲無益之事."; "博覽書史, 而不能推之政治則亦無用乎學矣."; "學者有實心則有實德, 無實功則無實得, 自有不可掩者."
44) 상게서, 314쪽. "作事者不貴名而貴實, 名雖甚美, 實不足以致大治則君子不爲也."
45) 상게서, 308쪽. "人不能言, 而獨言之者, 或有之, 人不能行, 而獨行之者, 未之有也."

직접 소용이 되는 학문이 필요함을 말하고 있다. ⑦에서는 역시 말보다 실행(實行)의 어려움을 강조하였으니, 결국 무실(務實)의 중요성을 말하고 있다. 이 밖에 정치와 관련된 그의 견해(見解)를 살펴보자.

⑧ "古人은 정치를 너그러이 하고 今人은 정치를 사납게 한다. 고인은 백성을 보기를 자식같이 하고, 今人은 백성 보기를 원수같이 한다. 아! 정치를 사납게 하고 백성을 원수로 여기니, 백성이 어찌 감당하리요?"[46]

⑨ "이른바 세상을 다스림에는 나라는 두 명령이 없고, 조정은 두 의론이 없고, 선비는 두 학술이 없고, 백성은 둘을 공경함이 없어야 하니, 이에 반하면 어지럽게 된다."[47]

위의 ⑧에서는 포악한 정치가 백성을 얼마나 어렵게 만드는 것인지를 언급하며, 사나운 정치의 피해가 백성을 큰 고통 속으로 빠뜨림을 말하였다. ⑨에서는 임금과 조정과 선비와 백성이 하나가 되는 정치가 행해져야 나라가 안정되고, 그렇지 못하면 나라가 어지러워짐을 강조하고 있다. 실제로 지봉이 활동할 시기는 광해군의 폭정이 있었고, 조정에서는 관리들의 의견 충돌로 인한 혼란도 많이 있었다. 이러한 현실을 목도하면서 지봉은 국가가 어려울 때마다 상소를 올렸다. 특히 인조 때에 올린 「조진무실차자(條陳務實箚子)」는 내용의 충실함과 뛰어난 문장력으로 잘 알려진 글이다. 한편 지봉은 과거(科擧)와 인사(人事)를 담당하는 벼슬을 한 적이 있어 자신의 경험에 비추어 과거의 폐단에 대해서 다음과 같이 언급하였다.

---

46) 상게서, 315쪽. "古人爲政以寬, 今人爲政以猛. 古人視民如子, 今人視民如讐. 噫. 以猛政治讐民, 民曷堪焉."
47) 상게서, 315쪽. "所謂治世者, 國無貳令, 朝無貳論, 士無貳術, 民無貳慕, 反是則亂矣."

⑩ "옛사람은 어린아이를 가르침에 쇄소응대(洒掃應對)와 같이하여 사친
경장(事親敬長)함을 벗어나지 않았음으로 습관이 본성으로 이루어졌고, 今
人은 어려서부터 과업(科業)에 힘써서 본성을 무너뜨렸다. 본성이 이미 무
너진 뒤 회복하려고 하지 않으니, 어찌 어렵지 않으리요?"48)

옛사람은 근본에 충실한 공부를 하여 본성을 잃지 않았는데 지금 사람들
은 과거 공부에만 치중하여 본성(本性)이 무너져 버렸음을 한탄하고 있다.
지금까지의 내용에서, ①, ②, ③을 빼면 「잡저(雜著)」의 「경어잡편(警
語雜編)」·「잉설여편(剩說餘編)」에 나오는 글들이다. 지봉은 성리학의
바탕에서 제가의 장점을 받아들여 무실사상(務實思想)을 주창하였다.
이상에서 살펴보았듯이, 지봉은 성리학의 이론에 밝았고 몸소 실천한
학자였으며 아울러 불교와 제가의 사상도 폭넓게 수용하였다. 그리고 발
전된 중국문화를 접할 기회를 많이 가지게 되었으며, 서학(西學)도 서적
을 통해 습득하게 되었다. 따라서 공리공론만 일삼는 성리학에 대한 변화
의 필요성을 느꼈으며, 결과로 무실사상(務實思想)을 낳게 되었다. 실심
(實心)·실덕(實德)·실공(實功)·실득(實得)을 주장하였고, 실천을 강
조하는 무실(務實)은 후에 실학(實學)으로 발전되었다.

---

48) 상게서, 309쪽. "古者敎小兒, 如洒掃應對, 不出事親敬長之外, 故習與性成.
今人自幼習誦科業, 壞了本性, 本性旣壞而後求復之, 豈不難哉."

五. 지봉(芝峯)의
시문학관(詩文學觀)

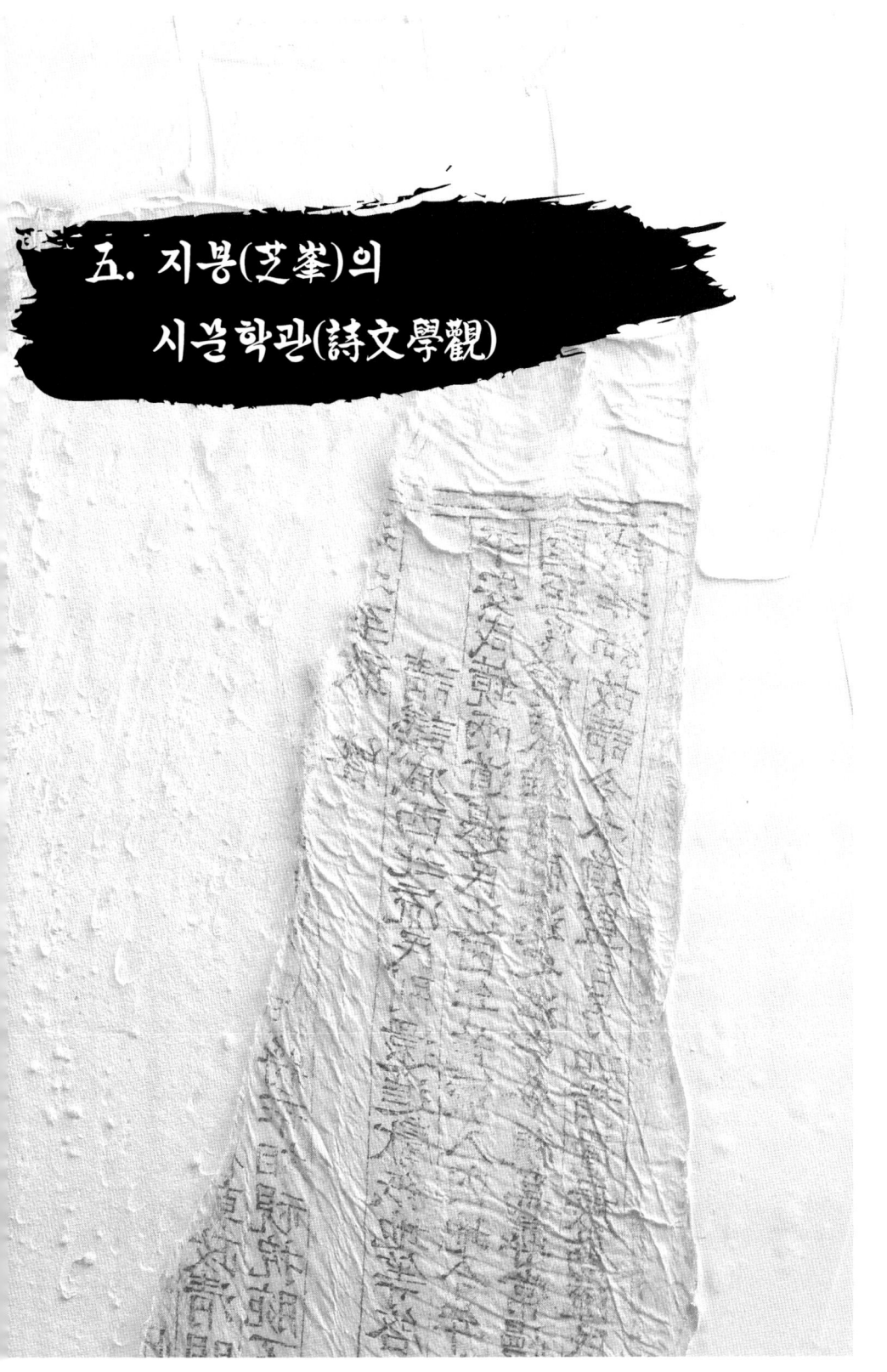

시의 본질적인 물음에 대하여 지봉은 시는 '성정(性情)의 발로(發露)'라는 견해를 펼치고 있다. 그리고 그는 당시(唐詩)에 대해서는 적극 찬양하며, 당시를 배워야 위진(魏晉)의 시를 거쳐 궁극적으로 시경시(詩經詩)의 경지에 이를 수 있다고 주장하였다. 그리고 송시(宋詩)에 대해서는 비판적인 입장을 취하였다. 송시가 의론(議論)을 위주로 하여 의흥(意興)이 없어서 문학작품으로서 가치가 별로 없다는 것이다. 지봉집에는 시에 대한 그의 이론이 곳곳에 남겨져 있다. 이처럼 시에 대한 그의 견해가 어떻게 펼쳐지고 있는지 이 장(章)에서 살펴본다.

1. 성정(性情)의 발로(發露)

지봉은 「김통진초정시서(金通津草亭詩序)」에서 '시는 마음의 소리'라고 정의(定意)하며 다음과 같이 말하고 있다.

"내가 말하길, '그대의 청함이 이와 같이 진실하니, 시를 감히 사양하리요? 그러나 나의 견해는 이것과 다름이 있다. 무릇 생각은 마음에 있고, 시에 있지 않다. 진실로 마음에서 잊지 않으면, 사물을 봄에 반드시 생각하고,

경치를 대함에 반드시 생각하고, 산에 올라도 또한 생각하고, 물에 임해도 또한 생각한다. 낮에 앉아 있어도 생각하지 않음이 없고, 밤에 누워도 생각하지 않음이 없다. 상량 달에 얼굴을 드러내고 창의 매화에 정신을 모으고, 책을 보면 책상에 앉아서 외우듯이 하고, 술을 마시면 무릎을 맞대고 기뻐하듯이 한다. 그 처함이 나란히 앉아 있는 것 같고 그 행함이 같이 노는 것 같으니, 무릇 눈에 보여서 마음에 느끼는 것은 나아감에 친구의 면목이 아님이 없으니, 오히려 어찌 시에서 빌리리요?

무릇 시란 마음의 소리이다. 이로써 말하자면, 물의 소리는 시의 소리요, 산의 빛은 시의 색이요, 일월의 빛은 시의 빛이요, 풍운의 변태는 시의 변태요, 초목은 곧 시 중의 정화요, 물고기와 새는 시 중의 비약이다. 정자 안에서 볼 수 있는 모든 사물이 시라고 말하지 않을 것이 없으니, 시란 진실로 그대의 마음에 있는 것이다. 어찌 반드시 대쪽을 잡고 먹을 빨아 음영으로 들어낸 뒤에 시가 되리요? 그렇지 않으면 비록 내 시를 벽에 걸어 두고 아침에 생각하고 저녁에 읊어도 오히려 시가 아니니, 그대는 생각해 볼 지어다.' '그대는 맞다 맞다.'라고 할 것이니 드디어 이를 써서 서(序)로 삼는다."[1]

여기서 지봉은 시는 자연을 접했을 때 그 느낌을 표출하는 것, 즉 마음의 소리가 바로 시라고 말하고 있다. 자연의 모습을 보고 거기서 인간의 삶을 유추해 보기도 하고, 접목시켜 관계를 설정해 보기도 하는 것이 자연스럽게 시(詩)됨을 말하고 있다. 한편으로는, "자연은 시의 중요한 소재가 된다."고 하였다. 시를 지어 보내 주길 바라는 친구의 부탁에, 시가 없어도

---

1) 상게서, 190쪽. 「金通津草亭詩序」 "余曰, 子之請若是勤矣, 詩其敢辭. 然余之見有與此異者. 夫思在於心, 不在於詩. 苟心乎不忘, 則覽物必思對景必思, 登山亦思臨水亦思. 晝而坐, 無不思也, 宵而臥, 無不思也, 以至見顏色於樑月, 會精神於窓梅, 閱書則如對榻以誦, 飮酒則如接膝以歡. 其處也, 若竝坐焉, 其行也若同遊焉, 凡觸乎目而感於心者, 無往而非故人之面目, 尙奚假於詩哉. 且夫詩者, 心聲也. 以此而言, 水之聲卽詩之聲, 山之色卽詩之色, 日月之光景卽詩之光景, 風雲之變態卽詩之變態, 草木卽詩中之精華, 魚鳥卽詩中之飛躍. 至於亭中所見一事一物, 莫非所謂詩者, 詩固在子之心上矣. 豈必操觚吮墨, 形諸吟咏而後爲詩乎哉. 不然則雖掛吾詩於壁, 朝念而夕諷之, 猶未也, 子其試思焉. 君曰唯唯, 遂書之以爲序."

마음만 있으면 얼마든지 서로 통할 수 있다. 산수일월(山水日月)이 모두 시(詩)의 소재(素材)가 되고 그것에 부딪혀 일어나는 감흥을 글로 표현하면 작품이 된다는 것이다. 이는 조선 초기의 재도론(載道論)의 입장을 벗어나 시의 순수(純粹) 예술적(藝術的)인 면을 강조한 것이라 하겠다. 즉 도학적 관점의 시를 중요시하기보다는 시가 주로 개인적인 정서의 표현이라는 개성주의적[2] 관점으로 시를 보고 있다. 한편, 그는 「병촉잡기(秉燭雜記)」에서 시가 무엇인지를 언급함에 다음과 같이 말하고 있다.

> "시란 성정(性情)을 읊는 것일 뿐이다. 비록 십분 정밀하고 지극하게 하더라도 한만(閑漫)한 언어에 불과하다. 실용에 보탬이 없는데 세인이 그걸 끼고서 스스로 높이고 과다하게 기교를 다투어 정신을 소모하고 황폐하게 하는 것으로 능사를 삼으니 어찌 잘못이 아니겠는가?"[3]

위의 글에서도 결국 시는 성정을 그대로 읊어내는 것이니 결국 '시지심성(詩之心聲)'과 일맥상통하고 있다. 그리고 지봉은 "시란 결국 한만(閑漫)한 언어에 불과하니 지나치게 기교를 다투는 것을 능사로 해서는 아니된다."고 말하며, 실용에 도움이 되지 않는 것을 가지고 지나치게 수사에 치중하는 것을 반대하고 있다. 시의 원론적인 문제에 대한 이러한 생각은 그의 작품에도 그대로 적용되고 있다. 지나친 수사(修辭)에만 정열(情熱)을 쏟는 시작 활동을 반대하고 있는 것이다.

또한 지봉은 섭몽득(葉夢得)의 말을 인용하여 자신의 생각도 같음

---

2) 劉若愚 著·李章佑 譯, 『中國詩學』, 동화출판공사, 1984, 96~123쪽. "이 책에서 유약우는 시에 대한 중국인들의 전통적 견해에서 1. 도학적 관점(시; 도덕교육과 사회비평) 2. 개성주의적 관점(시; 자기표현) 3. 기교적 관점(시; 문학수련) 4. 직관적 관점(시; 관조)으로 나누고 있다."
3) 『芝峯集』, 296쪽. 「秉燭雜記」 "詩者吟詠性情而已. 雖使十分精至, 不過閑漫言語. 無補於實用, 而世人挾之以自高, 誇多鬪巧, 耗敝精神, 以爲能事, 豈不謬哉."

을 말함으로써, 그의 성정론(性情論)을 뒷받침하고 있다. "섭몽득이
말하길, 시라는 것은 사물에 접촉할 때에 생기는 감흥에 붙여 자신의
성정을 음영하는 것이다. 그런데 세상에서는 말의 짜임과 수식(修飾)
에만 힘쓰는 이가 많아서 언어는 비록 교묘하게 짜여 있으나 담담하
여 맛이 없어서 사람의 뜻과는 조금도 상관되지 않는다고 하니, 이
말이 옳다."[4]라고 하여 시는 시인의 자연스러운 성정발로(性情發露)에서
이루어진다고 보았다. 이는 엄우(嚴羽)가 『창랑시화(滄浪詩話)』에서 말한
"시자음영정성야(詩者吟詠情性也)"와도 같은 내용이니, 그의 영향을 받
은 것이라고 할 수 있다. 실제로 『지봉유설』의 여러 곳에서 嚴羽의 말을
인용하고 있다. 결론적으로 "촉물우흥(觸物寓興)하여 음영성정(吟詠性
情)하는 것이 시가 된다."는 것이다.

지봉은 목릉성세(穆陵盛世)에 활동한 많은 문인 중의 한 사람이었다.
이 기간은 성리학을 비판하는 사조가 움트는 시기였다. 지봉은 자연스럽
게 시대의 흐름에 영향을 받았으며, 시에 대한 견해도 밝히게 된 것이다.
위에서 언급한 것처럼 사물에 부딪혀 일어나는 감흥을 자연스럽게 표현하
는 것이 바로 시라는 것이다. 시의 원론적인 설명과 함께 기교만 일삼는
시작 활동을 비판하여 그 폐해를 말하고 있다. 결국 시는 자연을 보고서
느끼는 성정을 글로 나타내는 것으로 본 것이다. 지봉이 도학적 시의 중
요성을 전적으로 부정한 것은 아니지만, 시인의 개인적 표현을 존중하는
개성주의적인 면을 강조하고 있다.

---

4) 李睟光 著・南晩星 譯, 『芝峯類說』上, 615쪽. "葉夢得曰, 詩本觸物寓興吟詠
性情. 而世多役於組織雕鏤故言語雖工淡然無味, 與人意子不相關. 此言是."

2. 당시(唐詩)에의 경도(傾倒)

지봉은 「당시휘선서(唐詩彙選序)」에서 당시에 대한 견해를 다음과 같이 말하고 있다.

"내가 평생에 좋아한 것은 없으나 좋아한 것이 있다면 오직 시이니, 당시(唐詩)를 지나치게 즐겼다. 마치 벙어리가 그 소리를 즐기고 소경이 그림을 좋아하는 것 같이하여, 사람들이 혹 비웃고 배척해도 신경 쓰지 않았다. 무릇 시도는 당에 이르러 크게 갖추어졌다. 그러나 수백 년간 체식(體式)이 여러 번 변하여 기격(氣格)이 점점 떨어졌다. 고로 시(始) · 성(盛) · 중(中) · 만(晚)의 구분이 있게 되었다. 이른바 만당에는 여러 체가 섞여 나와 흠이 없을 수 없었다. 그러나 그 품격을 논할진대 당시가 됨을 잃지 않았다. 맛에 비유할진대 시당 성당의 시는 그 팔진의 회와 구이 같고 그리고 만당의 작품은 또한 오히려 금연(禁臠)의 남은 맛과 같아서 가히 즐길 수 있음은 마찬가지이다. 다만 세상에 혹 만당은 좋아하나 시당 성당을 좋음을 알지 못하니 의아하다. 당시정음(唐詩正音) · 당시고취(唐詩鼓吹) · 당삼체시(唐三體詩) 등 편은 또 많이 만당을 주로 하고, 혹 너무 간략한 면에서 좋지 않았다. 오직 당시품휘(唐詩品彙)가 선시(選詩)한 것이 취한 바가 자못 넓고 분야가 매우 자세하고 제가의 훌륭함을 보여주었다. 그러나 다만 편질(編帙)이 많음을 학자들이 병폐로 여겼다. 내가 일찍이 그중에 뛰어나고 오래갈 만한 것을 가려서 8권을 만들어 이름을 『당시휘선(唐詩彙選)』이라 하였다. 사사로이 그윽하게 맛보며 감히 남에게 보여주지 않았는데, 윤차야(尹次野)가 계림에서 지방관이 되어 이 책을 보게 되어서, 기뻐하며 취해서 판각하여 오래 남기고자 하였다. 아! 세인이 당나라를 좋아하는 자는 많고 나 또한 좋아하나 그 맛을 알지 못하는 사람이다. 이제 이 뽑은 것이 내 손에서 나와 장차 단지 입에 맞지 않을 뿐만 아니라, 그 냄새를 맡고 물리치고 달아나는 자가 있을 것이다. 그러나 그 좋아함과 좋아하지 않음은 진실로 손익과 상관없다. 가만히 공의 뜻을 엿보니, 나와 좋아하는 바가 같아 이에 사양하지 않고 보낸다."5)

여기서 지봉은 「당시휘선(唐詩彙選)」을 편집하게 된 배경을 설명하면서, 역시 唐詩작품끼리는 서로 통하고, 시당(始唐)·성당(盛唐)의 시가 만당시보다 뛰어남을 말하고 있다. 한편 당시만을 선택하여 8권의 책을 엮을 정도로 당시를 좋아했으며, 나름대로의 시에 대한 평가와 비평의 안목을 가지고 있었음을 알 수 있다. 이 점은 『지봉유설』의 「문장부」에 나타난 그의 시평에 대한 우수성에서도 잘 알 수 있다. 이 외에 시인이 활동할 시기에 세인(世人)들이 송시(宋詩)에 빠져 있음을 비판하며 당시(唐詩)의 부흥을 기뻐하는 시가 있으니, 다음과 같다.

一年冠盖共他鄕	일 년간 사자(使者)로 함께 타향에 갔고,
每喜淸篇錦作章	매번 맑고 아름다운 시 짓기를 좋아했네.
遼路烟花新夢筆	요동 길 연화(烟花)는 몽필(夢筆)을 새롭게 만들고,
薊門風月古奚囊	계문의 풍월은 해낭(奚囊)을 옛날처럼 채우게 하네.
久聞大雅中原盛	오랫동안 대아(大雅)가 중원에 성함을 들었는데,
敢謂齊名二李芳	감히 명성(名聲)은 두 이 씨의 꽃다움과 나란히 일컬어지네.
詩道得君堪托契	시도(詩道)가 그대를 얻음에 능히 옳게 되었는데,
世人知宋不知唐	세상 사람들은 송(宋)만 알고, 당(唐)을 알지 못했다네.6)

---

5) 『芝峯集』, 198쪽. 「唐詩彙選序」 "余平生無所嗜, 所嗜唯詩, 而于唐最偏嗜焉. 若聾者之嗜音聲, 瞽者之嗜繪綵, 人或笑而排之, 有不恤也. 夫詩道至唐大備. 而數百年間, 體式屢變氣格漸下. 故有始盛中晚之分. 所謂晚唐則衆體雜出, 疵病不掩. 然論其品格, 猶不失爲唐. 譬之於味, 始盛之詩, 其猶八珍膾炙, 而晚唐之作, 亦猶禁臠之餘味, 其可嗜一也. 但世或有嗜晚唐, 而不識始盛唐之爲可嗜, 惑矣. 如正音鼓吹三體等編, 亦多主晚唐, 或失之太簡, 而唯品彙之選, 所取頗廣, 分門甚精, 視諸家爲勝. 第編帙似夥, 學者病之. 余嘗擇其中尤雋永者爲八券, 命曰, 唐詩彙選. 私竊味之而已, 不敢以示人, 尹公次野之視篆鷄林也, 目是編而喜之, 要取而壽諸梓. 噫. 世人之嗜唐者盖尠, 而余亦嗜而不知其味者也. 今是選, 出於余手, 將使見之者, 不但不可於口, 必有聞其臭而却走者矣. 然其嗜與不嗜, 固無所損益也. 竊瞷公之志, 與余同所嗜者, 故乃不辭而歸之."
6) 상게서, 160쪽. 「次少陵見贈韻」.

시인은 소릉 이상의(李尙毅: 1562-1624)와 함께 중국에 사신으로 다녀왔으며, 그 당시 시를 창화(唱和)했음을 수련에서 언급하였다. 여기서 '관개(冠盖)'는 '갓과 수레의 덮개'를 의미하지만, '관개상속(冠盖相續)'의 의미에서 알 수 있듯이 "북경에 함께 사신으로 행차하였음"을 말하는 것이다. 함련에서는 중국의 풍광(風光)이 다양한 시의 소재가 되었고, 그것을 배경으로 훌륭한 많은 작품을 짓게 되었음을 소개하고 있다. 이 구절에 나오는 '몽필(夢筆)'은 강엄(江淹)과 관계된 고사에서 나온 말로, "江淹이 어렸을 때에 꿈에 五色의 아름다운 붓을 얻어서 그것으로 시를 쓰니, 훌륭한 작품이 많이 나오게 되었다."고 하였다.[7] 따라서 여기서는 요동의 풍경이 훌륭한 시제(詩題)를 제공하고 있음을 말하였다. 그리고 '해낭(奚囊)'은 시낭(詩囊)을 가리키는데 곧 '시를 담는 비단 주머니'이다.[8] 즉 많은 시를 써 모으게 되었음을 말한다. 미련은 도치되었으며, 그 당시 사람들은 송시를 좋아하며 즐겨 쓰나 唐詩는 잘 알지 못했는데, 소릉이 시도(詩道)를 제대로 알고 唐詩를 잘하였음을 찬양하고 있다. 그와 함께 창화(唱和)한 지봉은 당연히 당시(唐詩)에 경도되어 있었으며, 당대의 시인들이 송시에 치중하여 당시(唐詩)에는 능하지 못했음을 안타까워하고 있다. 한편 시인이 성당시(盛唐詩)에 뛰어났음을 알 수 있는 작품을 보자.

四海詩名動帝鄕	온 나라에 떨친 시명이 중국까지 움직였고,
當關虎豹避文章	관문을 지키는 호표(虎豹)도 문장을 피하네.
乾坤半入雙靑眼	천지는 반쯤 두 눈으로 들어오고,
風景都輸一錦囊	풍경은 모두 한 시낭(詩囊)에 담아지네.
滄海春流無急浪	창해의 봄날의 흐름은 급한 파도가 일지 않고,

7) "江淹少時也, 夢人授五色筆; 晩年又夢一個自稱郭璞的人, 索還其筆, 自後作詩, 再無佳句, 人稱江郞才盡."
8) 『唐文粹』, 「李商隱 李賀小傳」 "每旦日出, 與諸公遊, 恒從小奚奴,……背一古破錦囊, 遇有所得, 卽書投囊中……後人稱詩囊爲奚囊."

峌峒晩色靜年芳　　공동산의 늦은 색은 꽃다움이 고요해졌네.
中原大雅今寥落　　중국의 대아(大雅)가 이제 쓸쓸히 없어졌으니,
誰似芝峯得盛唐　　누가 지봉만큼 성당을 얻으리요?9)

　이 시는 소릉(少陵) 이상의(李尙毅)와 지봉이 중국에 함께 사신으로
갔을 때, 소릉이 지봉에게 준 시이다. 소릉은 주청사겸동지사(奏請使兼冬
至使)의 임무를 맡았고, 지봉은 부사(副使)로 동행하게 되었다. 그들이
중국에 갔을 때는 벌써 대아군자(大雅君子)로 이름을 떨쳤던 이몽양(李
夢陽)과 이반룡(李攀龍)이 죽고 없었다. 따라서 소릉은 이제 지봉만큼
唐詩에 뛰어난 사람이 없을 것이라고 이 시의 미련(尾聯)에서 강조하고
있다. 그들이 죽은 후 지봉이 唐詩에 있어서 천하의 독보적 존재가 되었
음을 소릉이 찬양하고 있다.10) 평소에 지봉은 시경의 대아(大雅)가 건안
칠자(建安七子)를 거쳐 도연명·사령운에 이르고, 이어서 唐詩까지 맥락
이 연결되는 것으로 보았다. 이 시에 나오는 '공동(峌峒)'은 중국의 산 이
름이면서 이몽양의 호가 되니, 중의(重意)로 쓰인 것이다. 명나라 시인인
왕세정·이동양·이반룡 등은 시는 성당(盛唐)부터 그 앞쪽 시대를 배워
야 한다고 주장하며 당시(唐詩) 부흥운동(復興運動)을 펼쳤다. 이 학당
풍(學唐風)의 새로운 운동이 명나라에서 일어난 뒤 그 사조를 적극적으
로 받아들이고자 하는 경향이 조선에서도 일고 있었으니, 그 대표적인 인
물이 이른바 삼당시인(三唐詩人)인 백광훈(白光勳: 1537-1582)·최경
창(崔慶昌: 1539-1583)·이달(李達: 1561-1618)인데, 조선에서는 이
들이 중심이 되어, 당시(唐詩) 부흥운동이 활발히 펼쳐졌다. 唐詩를 좋아
한 지봉은 조금 앞선 시대에 조선에서 당시를 부흥시킨 삼당시인(三唐詩
人)의 영향을 받지 않을 수 없었을 것이다. 그는 '이달'의 영향을 많이 받

<hr>

9) 『芝峯集』, 159쪽. 「附少陵詩」.
10) 상게서, 159쪽. "皇明之詩豪如李攀龍·夢陽輩俱已寂寞, 兄當獨步於天下."

은 것 같다. 실제로 지봉은 "약관(弱冠)의 나이에 이달을 만났다."고 「서담집발(西潭集跋)」에서 언급하고 있으며, 그의 시에 대해 평하길 "그 시가 청신(淸新)하고 완려(婉麗)하며 왕왕 경책(驚策)이 있다. 오·칠언절구가 더욱 唐에 가까워 읽을 만하다."[11]라고 하였다. 한편 시인은 중국의 건안시대(建安時代)부터 당(唐)에 이르기까지의 시를 중시하며, 시기별로 이에 해당하는 작가(作家)와 시(詩)에 대한 평(評)을 내리고 있으니, 다음과 같다.

> <사걸시찬(四傑詩贊)>
> 건안(建安)의 화려함. 육조시대의 기름짐. 비단처럼 뽑고 깁처럼 펼쳐냈으니 이것은 바른 시작(= 初唐)이다.
> <심전기(沈佺期)·송지문시찬(宋之問詩贊)>
> 두 사람이 이어서 따랐다. 풍골이 유독 웅장하고, 신기하고 빼어나고 정밀하고 교묘하며 율시 작가의 종(宗)이 된다.
> <맹호(孟浩)·왕유(王維) 시찬(詩贊)>
> 오직 왕유와 맹호에 이르러 시도(詩道)가 바르고 절로 성정(性情)이 발해져, 이에 최고로 성함이 되었다.
> <이한림시찬(李翰林詩贊)>
> 하늘 신선의 말이요, 말이 재갈을 벗어난 것 같다. 우뚝하여 쫓을 수 없다. 만고 종사(宗師)이다.
> <두공부시찬(杜工部詩贊)>
> 넓고 넓어 망망한 바다이다. 용이 날고 고래가 뛴다. 웅장함이 백대를 넘었다. 이백과 더불어 짝이 된다.
> <의산(義山)·번천(樊川) 시찬(詩贊)>
> 이상은(李商隱)은 얽매였고 두목(杜牧)은 호탕하나 거칠다. 자못 정도(正道)는 아니나 초학(初學)을 넘는다.
> <만당시찬(晩唐詩贊)>

---

11) 상게서, 200쪽. 「西潭集跋」 "其詩淸新婉麗, 往往警策, 五七言絶句, 尤近唐可誦."

혹 기이하며 화려하고 혹 천박하며 약하다. 중체(衆體)가 섞여 나왔으며
숭상함이 품격에 있었다.[12]

위의 <사걸시찬(四傑詩贊)>은 네 사람의 시를 평한 것이다. 四傑에
해당하는 시인은 바로 초당사걸(初唐四傑)이니 곧 왕발(王勃)·양형(楊
炯)·노조린(盧照隣)·낙빈왕(駱賓王)이다. 이들은 당나라 고종 때(7세
기경)에 활약한 대표적 시인으로 건안(建安)과 육조(六朝)의 시풍을 이어
받았다. 특히 육조의 영향을 받아서 사륙변려체(四六騈儷體) 형식에 뛰
어난 재능을 나타내고 있다. 그리고 심전기(?~714)와 송지문(?~712)은
초당에서 성당으로 넘어가는 시기에 명성을 떨친 대표적 시인이다. 특히
이들은 율시(律詩)에 뛰어났으며 이들에 의해서 오언율시와 오언배율이
완성되었고, 특히 칠언율시는 심전기의 최고 장기(長技)였다. 여기서 잠깐
唐詩를 구분하는 것에 대해 살펴보면, 보통 당시(唐詩)는 편의상 초(初)·
성(盛)·중(中)·만당(晚唐)의 네 시기로 나누는 방법이 보편화되어 있
다. 그것은 송(宋) 엄우(嚴羽)의 '창랑시화(滄浪詩話)'에서 비롯된 것으
로, 엄우는 명확히 네 시기로 구분하지 않고 성당(盛唐)·대력 이후(大曆

---

12) 『芝峯集』, 198쪽.
　　<四傑詩贊>
　　"建安之靡, 六朝之賦, 撮錦摛綺, 是曰正始."
　　<沈佺期, 宋之問詩贊>
　　"二子繼蹤, 風骨獨雄, 神秀精工, 律家所宗."
　　<孟浩, 王維詩贊>
　　"維王及孟, 詩道之正, 發自情性, 斯爲最盛."
　　<李翰林詩贊>
　　"天仙之詞, 如馬脫羈, 卓不可追, 萬古宗師."
　　<杜工部詩贊>
　　"浩浩溟海, 龍拏鯨駭, 雄跨百代, 與李作配."
　　<義山, 樊川詩贊>
　　"李隱而拘, 杜豪而矗, 殊非正途, 初學之趨."
　　<晚唐詩贊>
　　"或奇而燁, 或卑而弱, 衆體新出, 尙有品格."

以後)·만당(晚唐)으로 구분하였다. 그러나 명(明) 고병(高棅)은 확실히 唐詩를 네 시기로 나누면서 무덕(武德)에서 개원 초(開元初)까지를 초당, 개원에서 대력 이전까지를 성당, 대력에서 元和 末까지를 중당, 開成에서 오대까지를 만당으로 나누었고, 초당(初唐)을 정시(正始)·성당(盛唐)을 정종(正宗)·中唐을 접무(接武)·만당(晚唐)을 정변여향(正變餘響)으로 보았다.13)

이어서 지봉은 성당의 맹호·왕유·이백·두보의 시를 평(評)하고 있다. "성당(盛唐) 초기에는 맹호와 왕유가 시도를 갖추었고 성정을 잘 드러낸 시를 지었다."고 말했으며, 성당의 대표적 시인으로 평가되고 있는 "이백의 시는 신선이 말한 것 같고, 말이 재갈을 벗고 자유로이 날뛰듯이 거리낌 없이 쓰였다."고 평했다. 그래서 이백은 만고의 우두머리가 되는 호방한 시인이었음을 말하고 있다. 한편 "두보는 망망한 바다와 같고 웅장함이 백대를 넘어 최고였으니, 이백과 짝을 이룰 정도의 최고의 시인이었다."고 극찬하고 있다.

그 다음에는 만당의 대표적 시인인 의산 이상의(李商隱)와 번천 두목(杜牧)을 평한 글로, 앞의 초당·성당시인에 비해 그리 좋은 평을 내리지 않고 있다. 이상은(李商隱)은 주로 전고(典故)를 사용하여 수사의 기교를 잘 발휘했다고 하는데 이 점을 시인은 "얽매였다."고 평했고, 두목의 작품은 호방하나 감미롭고 약간 퇴폐적인 것으로 알려져 있는데, 이것을 시인은 "호탕하나 세련되지 못한 것"으로 評하고 있다. 한편 지봉은 만당시(晚唐詩)를 마지막으로 평했다. 그는 晚唐詩에 이르러 기엽(奇燁)하며 비약(卑弱)하여 별로 뛰어나지 못했음을 말하며, "이때에 중체(衆體)가 나오게 되었다."고 하였다.

위에서 언급된 '시찬(詩贊)'은 바로 '시를 평한다'는 뜻이다. 그리고 '찬

---

13) 안병국 편저, 『唐詩槪論』, 청년사, 1989년, 16쪽.

(贊)'은 '밝히다'는 뜻도 포함하고 있으니, 지봉이 唐詩를 중심으로 시대별·작가별로 짧은 말로 정확하게 평하여 밝힌 것이다.

다음 글에서 시인은 唐詩의 시법(詩法)에 매료되어, 깨달은 바가 있음을 단적으로 말하고 있다.

> "시당, 성당의 시법를 좋아하여 그 체격을 보고 그 의취(意趣)를 연구하여 거의 스스로 얻은 바가 있은 뒤에 더욱 그 말하기 어려움을 알게 되었다. 진실로 완색(玩索)에 빠지고 묘경(妙境)을 깨닫지 않으면 족히 말할 수가 없다. 만약 一 字가 화합하지 않고 一 語라도 타당하지 않으면 또한 능하다고 할 수 없다. 시가 과연 말하기 쉽겠는가? 내가 이런 연고로 비록 지은 것이 있었으나 도리어 곧 원고를 버렸으며 일찍이 남에게 보여주지 않았고 전쟁 중에 흩어지고 빠져서 또한 없어졌다."14)

여기서 지봉은 唐詩의 시법을 좋아했음과 作詩의 어려움을 함께 언급하고 있다. 唐詩를 좋아했지만 완색(玩索)과 묘경(妙境)에 이르지 않고는 참으로 말하기 어려운 것이 시임을 말하고 일 자(一字)·일 어(一語)라도 적합한 내용이 아니면 시를 잘 짓는다고 할 수 없다고 주장하고 있다. 따라서 그 자신도 마음에 들지 않은 원고는 많이 버리게 되었음을 알 수 있다. 그가 唐詩를 좋아했으며, 또한 唐詩짓기도 어려웠음을 사실적(事實的)으로 말하였다.

---

14) 『芝峯集』, 183쪽. 「跋文」 "尤好始盛唐詩法, 觀其體格, 究其意趣, 稍有所自得, 然後益信其難也已. 苟非沈潛玩索頓悟妙境, 則固不足道. 若一字之未諧, 一語之未妥, 亦不得爲能矣. 詩果易言乎哉. 余爲是故, 雖或有作, 旋卽毀藁, 未嘗示人, 而兵火之餘, 散逸且盡."

3. 송시(宋詩)에 대한 비판(批判)

지봉은 송시(宋詩)에 대해서는 배척하는 입장을 취하였으며 이론적으로 비판하고 있다. 그의 이러한 입장을 잘 보여주는 내용을 살펴본다. 우선 지봉은 「시설(詩說)」에서 시(詩)에 대한 견해를 다음과 같이 전개하였다.

"무릇 시는 위진(魏晉) 이래로 서릉(徐陵)과 유신(庾信)[15]에 이르러 미려(靡麗)함이 극에 이르렀다. 초당(初唐)에 이르러 조금씩 다시 떨쳤으며 성당에 여러 인물이 나와 시도가 크게 성하여 더할 수 없을 정도가 되었다. 만당에 이르러 또 변하여 신체(新體)가 아울러 흥하면서 말 기운이 시들고 약해졌으며 간혹 진부한 말을 표절하여 사람들로 하여금 쉽게 싫증나게 했다. 그러나 송에 비유하면 체격이 또한 스스로 다르다. 후대의 사람이 갑자기 그 작은 흠을 보고 대개 당시를 경박한 것으로 여겼다. 또 단지 만당(晚唐)만이 당시(唐詩)가 됨을 알고 초당·성당이 당시(唐詩)가 됨을 알지 못했다. 심한 사람은 좁은 식견을 고수하며 자황의 입을 멋대로 놀려 온전히 성률(聲律)의 이로움과 병듦에 빠져서 교묘함과 졸렬함과 옳고 그름을 망령되게 논하여, '당은 배울 수 없고 반드시 배워야 할 필요는 없다고 말함에 이르렀다. 열심히 오직 송을 쫓아서 겨우 글만 쓰면 족하다.'고 했다. 다시 발전하지 못하고 구차스럽게 당시 사람의 눈을 기쁘게 하는 것으로 그치니, 진실로 시를 말하기 어렵도다. 옛사람이 말하길 '고니를 새겼으나 이루지 못하면 오리에는 비슷하고, 호랑이를 그림으로 이루지 못하니 도리어 개 종류가 되었다.'고 하였다. 나는 당시는 고니에 비유하고 송시는 호랑이에 비유한다. 성당을 배우기를 게을리 하지 않으면 漢魏를 뛰어넘어 옛것에 미칠 수 있으나, 송을 배워서 더욱 내려가면 아마도 正始(초당시)도 회복하지 못하고 송시 또한 불가능해질 것이다. 아! 진실로 묘한 뜻에 침잠하여 갑자기

---

15) "徐庾體: 南朝. 梁時. 徐摛. 徐陵及庾肩吾. 庾信父子等. 詩文浮艷. 當時稱爲徐庾體. 庾信後來出使西魏. 被留在北方. 晚年頗多沈鬱悲涼之作."(辭源, 583쪽.)

깨달은 자가 아니면 어찌 이를 흥하게 하리요?"16)

지봉은 시(詩)는 시인의 성품이 반영되는 것이라고 하면서, 시경시(詩
經詩)가 위진(魏晉)까지는 질박함을 유지해 오다가 서릉(徐陵)과 유신
(庾信)이 활동한 시기에 와서 부염(浮艷)으로 치달아 쇠퇴기를 맞이했다
고 본 것이다. 그 후 초당에서 다시 시도(詩道)를 회복하여 성당(盛唐)에
서 크게 성하게 되었다. 만당(晩唐)에 이르러서는 기운이 약해졌으며 여
러 새로운 시체(詩體)가 나오게 되었고, 송시(宋詩)에 이르러 가장 쇠퇴
하게 되었다. 그리고 성당시(盛唐詩)를 배우면 위진(魏晉)을 능가하여 시
경시에 접근할 수 있다고 주장하고 있다. 따라서 그는 唐詩가 宋詩보다
훨씬 뛰어남을 말하였으며, 唐詩 중에는 盛唐詩가 가장 훌륭하고 晩唐
詩는 기운이 약한 것이 폐해라고 설명하고 있다. 그리고 만당시가 쇠퇴하
여 최악의 경지에 이르면 宋詩가 됨을 언급하고 있다. 그리고 "당시(唐
詩)를 배우면 옛 시경시(詩經詩)에도 이를 수 있으나, 송시(宋詩)는 배
워서 노력해도 초당시(初唐詩)의 경지에도 이르지 못한다."고 하면서, 송
시를 매우 폄하하고 있다. 그리고 「시설찬(詩說贊)」에서 다음과 같이 당
송시(唐宋詩)에 대한 견해를 표명(表明)하고 있다.

"먼저 재기(才氣)를 논하며 다음으로 운격(韻格)을 보며 그 고기를 취하

16) 『芝峯集』 194쪽. 「詩說」 "夫詩自魏晉以降, 陵夷至徐庾而靡麗極矣, 及始唐
稍稍復振. 以至盛唐諸人出, 而詩道大成, 蔑以加焉. 逮晩唐則又變而雜體並
興, 詞氣萎弱, 間或剽竊陳言, 令人易厭. 然比之於宋體格亦自別矣. 後之人,
驟見其小疵, 而槩以唐爲可薄. 又徒知晩唐之爲唐, 而不知始盛唐之爲唐, 甚者
守井管之見肆雌黃之口, 全昧聲律利病, 而妄議工拙是非, 至謂唐不可學, 或謂
唐不必學. 靡靡焉惟宋之趨. 纔屬文則曰足矣. 不復求進, 苟以悅時人之目而
止, 信乎言詩之難也. 古人曰, 刻鵠不成類鶩, 畫虎不成反類狗. 余竊以爲唐譬
則鵠也, 宋譬則虎也. 學盛唐不懈則可以出漢魏以及乎古, 學宋而益下則恐無
以復正始, 而宋亦不可能矣. 噫. 苟非沈潛妙詣, 頓悟獨得者, 曷足以興此"

지 않고 오직 그 **뼈**를 본다. 청신(淸新) · 완려(婉麗)하며 기건(奇健) · 정밀
(精密)이요 호탕(豪蕩)하나 잡됨이 없으며 담박하나 속되지 않다. 자태가
있고 맛이 있으며 온윤(溫潤) · 전아(典雅)하며 갑자기 깨달아 얻으며 신묘
(神妙)하게 화해야 한다. 시당 · 성당이 우두머리요 만당과 송시는 아래가
된다. 이 가히 시를 언급함이니, 이로써 아는 자를 기다리노라.”17)

여기서 그는 분명히 시당과 성당의 시가 우수하며 만당과 송시는 아래
임을 힘주어 말하고 있으며, 끝 부분에 “아는 사람을 기다린다.”라고 하여
자신의 생각을 더욱 확고히 나타내고 있다. 지봉이 송시(宋詩)에 대하여
비판적이었음을 단적으로 보여주고 있다. 그리고 송시를 배우지 않았음을
보여주는 작품이 있다.

昔別詩相贈	옛날에 이별함에 시를 서로 주었으니
連篇字挾霜	이어진 책 편의 글이 상자에 차네.
猶追唐李杜	오히려 당의 이두를 쫓을 것이요,
不學宋陳黃	송의 진사도, 황정견을 배우지 않았네.
雪屋琴書冷	눈 내린 집에는 거문고와 책이 차갑고,
梅窓笑語香	매화 창에는 웃음과 말이 향기롭네.
殷勤時一訪	은근히 때때로 한번 찾아가니,
留爾到斜陽	머물매 저녁녘이 되었었네.18)

수련에서 응길(應吉) 유희경과 서로 시를 주고받았음을 언급하고 있다.
함련에서는 지봉과 친구인 “유희경은 당시(唐詩)의 대가인 이백과 두보의
시를 배웠고 강서시파(江西詩派)19)의 대표적 인물인 진사도(陳師道)와 황

---

17) 상게서, 195쪽. 「詩說贊」 “先論才氣, 次觀韻格, 不取其肉, 唯取其骨. 淸新 ·
   婉麗 · 寄建 · 精密 · 豪而無雜, 淡而不俗. 有姿有味, 溫潤典雅, 頓悟而得, 神
   妙而化. 始盛爲宗, 晩宋爲下. 斯可言詩, 以俟知者.”
18) 상게서, 37쪽. 「贈劉希慶」.
19) 李鐘默, 海東江西詩派硏究, 太學社, 1995, “저자는 강서시파는 중국에서 蘇

정견(黃庭堅)의 시는 배우지 않았다.”고 하였다. 지봉이 송시(宋詩)에 대해서 비판적인 시각을 가지고 있었음을 잘 보여주고 있다. 경련에서는 지금 비록 추운 겨울이지만, 매화 창가의 대화에서 봄이 멀지 않았음을 보여주고 있고, 미련에서는 한 번씩 찾아갈 때마다 대화를 나누며, 시를 짓고 하다 보니 금방 저녁때가 되곤 하였음을 떠올리고 있다. 둘 사이가 아주 절친하였음을 느끼게 하는 작품이다. 유희경은 1545년에 태어나서 1636년까지 살았으니, 지봉보다 18세나 많았다. 유희경의 별장인 침류대(枕流臺)에서 그들은 자주 만났다. 촌은(村隱) 유희경은 정업원(淨業院) 하류에 집을 두었는데, 여기에 돌을 쌓아 침류대(枕流臺)라 이름하고 도류(桃柳)를 심어 아름다운 풍치를 이루었다. 金玄成(1542－1621)·車天輅(1556－1615)·曹友仁(1561－1625)·李睟光(1563－1628)·申欽(1566－1628)·柳夢寅(1559－1623)·任叔英(1576－1623) 등 당시의 명사(名士)들은 다투어 침류대를 찾아 시주(詩酒)를 즐기고 서로 시를 화답증여(和答贈與)하였다. 이리하여 이루어진 시첩(詩帖)이 『침류대록(枕流臺錄)』이다. 유희경은 천민의 신분으로 당시 쟁쟁한 명사들과 넓은 교제를 가졌었다. 그와 시문으로 친교가 두터웠던 이수광은 “유추당이두(惟追唐李杜) 불학송진황(不學宋陳黃)”이라고 읊어 유희경이 송(宋)에 빠지지 않고 성당(盛唐)의 이두(李杜)를 전공하였음을 전해주거니와 또한 이경전(李慶全) 같은 이도 「촌은집인(村隱集引)」에서 유희경의 시를 평하여 청고소창(淸高疎暢)하여 당인(唐人)의 격조(格調)를 지녔다고 하였다.[20] 이 당시 침류대에 모인 학사(學士)들은 당시를 즐겨하였으니 자연히 송시에 대해 비판적인 입장을 취

軾의 시를 이으면서 가장 宋詩的인 특질을 구현한 시인들을 말하며, 조선시대 成宗에서 宣祖 연간에 걸쳐 우리 시단에 큰 영향을 미쳤다고 하였다. 그리고 중국의 강서시파를 배운 해동강서시파에 해당하는 시인으로는 朴誾, 李荇, 朴祥, 鄭士龍, 盧守愼, 黃庭稶을 들었다. 이 이론에 의하면 지봉이 활동했던 시대까지 강서시파의 영향이 미쳤음을 알 수 있다.

20) 朴天圭, 「村隱 劉希慶의 詩世界」, 『韓國學論集』 제6집, 1988년 11월, 96~97쪽.

했음을 알 수 있다. 그리고 송시(宋詩)에 대한 폐해를 다음과 말했다.

> "오로지 의론(議論)을 주로 하여 그 시(詩)가 문(文)과 같다. 공(功)을 씀이 비록 부지런하나 의흥(意興)이 없다."21)

지봉은 송시에 대해서 의론(議論)을 주로 해서 시가 문과 같으며 공을 많이 쓰나 내용이 없다고 혹평하고 있다. 일반적으로 "당대(唐代)는 시가 성행했고 송대(宋代)는 시법(詩法)이 성행했으며, 당시(唐詩)는 주정적(主情的)이고 송시(宋詩)는 주리적(主理的)이다. 당나라 사람들은 시로 시를 지었는데 송나라 사람들은 문으로 시를 지었다. 그리고 당시는 성정(性情)을 표현해 내고 송시는 의론적(議論的)인 성격이 강하다."22)라고 말하고 있는데, 지봉은 송시의 의론적(議論的)인 면에 대해 비판하고 있다. 또한 시인은 唐詩와 宋詩에 대해 언급하기를, "당나라 사람이 시를 지을 때에는 오로지 뜻과 감흥을 주로 하지만 송나라 사람이 시를 지을 때에는 오로지 고사(故事)를 인용하는 것을 숭상하기 때문에 뜻과 감흥이 적다. 그리고 근세에는 故事를 인용하는 폐단이 더욱 심하게 되어 시 한 편 가운데에 고사를 인용한 것이 절반을 넘으니 옛사람의 글귀나 말을 표절한 것과 거리가 거의 없다."23)라고 하여 송시의 폐단이 뜻과 감흥이 없기 때문이라고 주장하였고, 그 이유는 지나친 용사(用事)에서 연유(緣由)함을 말하였다. 즉 지봉은 宋詩가 議論的이란 면과 지나치게 用事를 쓴다는 면에서 좋은 시가 되지 못한다고 하였다. 지봉은 뜻과 흥취(興趣)를 중요하게 여기는 당시를 좋아했고, 전고(典故)를 일삼는 송시(宋詩)는 좋

---

21) 『芝峯集』, 198쪽. 「宋詩贊」 "專主議論, 其詩也文, 用功雖勤, 意興不存."
22) 卞鍾鉉, 「高麗朝漢詩研究」, 太學社, 1994, 32쪽.
23) 李睟光著・南晩星譯, 「芝峯類說(上)」, 615쪽. "唐人作詩, 專主意興故用事不多, 宋人作詩, 專尙用事. 而意興則少.……近世此弊益甚, 一篇之中用事過半與, 剽竊古人句語者相去無幾矣."

아하지 않았다.

지봉이 살았던 때는 제도와 학문 부문에서는 비록 안정되고 찬란한 빛을 발한 시기였지만, 임진왜란(壬辰倭亂)·정유재란(丁酉再亂)·정묘호란(丁卯胡亂) 등의 외세의 침입과 농촌 사회의 피폐 등으로 인하여 정치 경제적으로는 아주 어려운 시기였다. 이에 표면적 안정보다 의식의 내면, 삶의 본질을 개선하고자 하는 시인(詩人)·문사(文士)들은 문학에 대한 새로운 인식을 갖게 된다. 이른바 도본문말적(道本文末的)으로 사장파를 공격하던 사람들이 정교의 현장에서 수정할 수밖에 없는 주자학적 '원도문학(原道文學)'의 한계를 스스로 느끼게 되었을 뿐만 아니라, 명나라의 학당풍(學唐風)도 새로운 추세였으며, 무엇보다도 유가적 규범의 틀을 벗어나 경험론적 인성(人性), 나아가 '연정(緣情)의 문학(文學)'에 대한 인식과 추구가 대두되었으니, 송(宋)의 사변적(思辨的)이고 주리적(主理的)인 시풍보다는 참신하고 창조적이며 인정세태(人情世態)를 주정적(主情的)으로 다스리는 당시(唐詩)에로의 복귀운동(復歸運動)이 그것이다.[24] 주자학을 바탕으로 여타 학문을 수용하였고, 실질적인 면을 강조하는 무실사상(務實思想)을 펼쳤던 지봉은 자연히 사변적(思辨的)인 송시(宋詩)보다는 주정적(主情的)인 당시를 추구하게 되었다.

---

24) 이병주 외 5인, 『韓國漢文學史』, 半島出版社, 1995, 324쪽.

六. 지봉(芝峯)
시(詩)의 세계(世界)

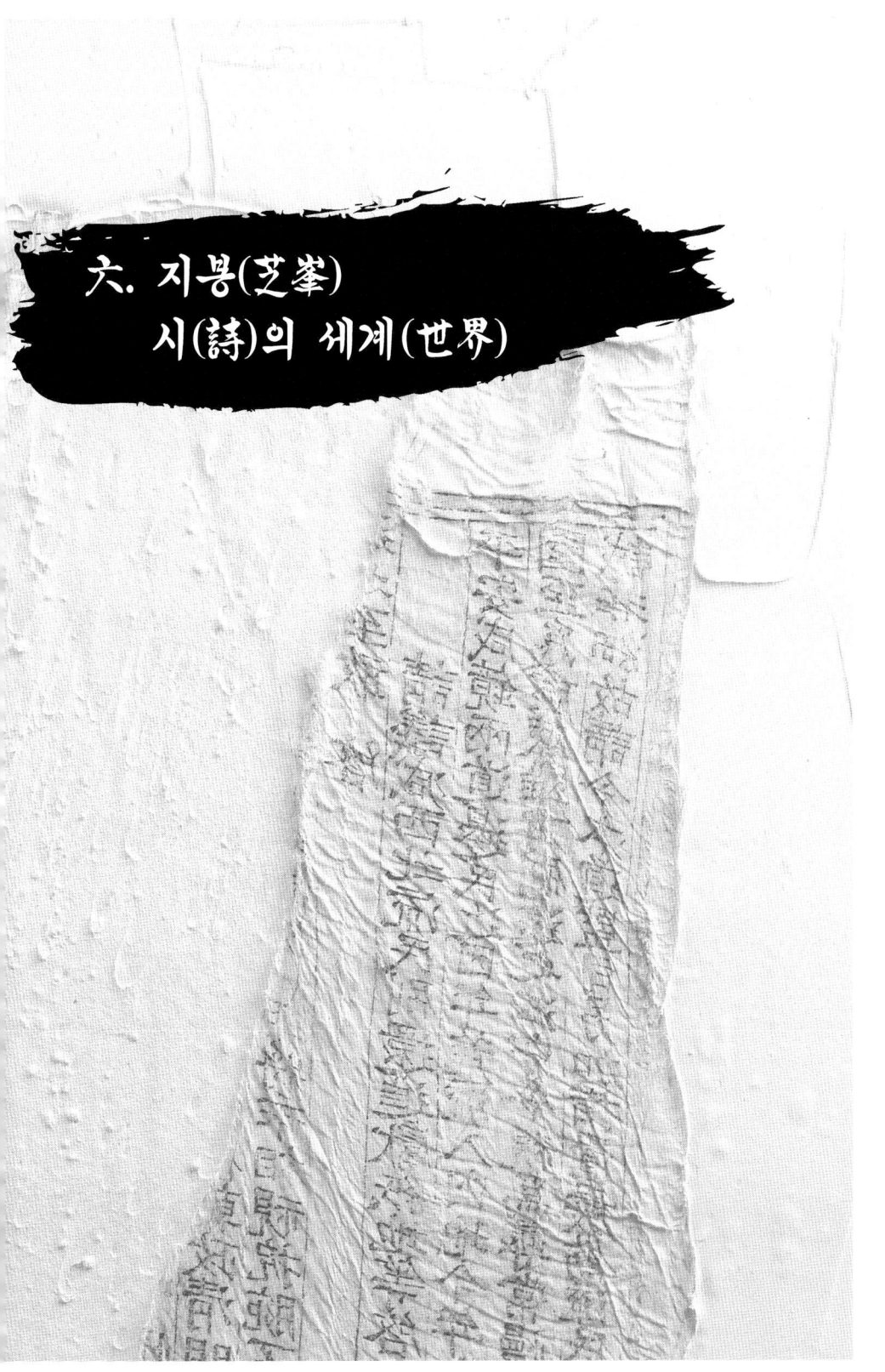

시는 왜 지어졌으며, 우리 인간에게 어떠한 효용 가치가 있는가에 대한 근본적인 물음에 대해서 주희(朱熹)는 "말로 능히 다하지 못하는 자차영탄(咨嗟詠歎)을 나타낸 것이 시이고, 시의 효용은 교화(敎化)에 있다."[1]고 하였다. 즉 사물을 대함에 느낌을 말로써 다 표현하지 못하는 어떤 것이 있다. 따라서 그 마음에서 일어나는 탄식과 감탄이 자연스럽게 음향(音響)과 절주(節奏)가 맞게 표출되는 것이 바로 시라는 것이다. 그리고 시가 우리에게 주는 효용에 대해서, 인격적으로 훌륭한 시인이 올바른 말로 시를 짓게 되면 그것으로 사람을 교화시키게 되며, 혹 잡스런 말이 있더라도 권선징악(勸善懲惡)의 기준으로 삼으면 이것 또한 교화로 쓰일 수 있다는 것이다. 그러면 지봉은 사물에서 느낀 자차영탄(咨嗟詠歎)을 음향절주(音響節奏)에 맞게 어떻게 표현하였으며, 그의 시는 우리들에게 어떠한 교화(敎化)를 주고 있는지 작품을 통하여 살펴보고자 한다. 지봉이 남긴 시가 1570여 수가 되고, 작품이 다양한 소재와 주제를 담고 있어 분류에 어려움이 많지만, 본고에서는 그의 작품 중에서 같은 소재로 많은 수를 차지하고 있는 시·특정한 소재나 주제를 담고 있는 시·문학성이 뛰어나다고 생각되는 시를 감상하고 분석하여 그의 시세계(詩世界)를 조명하기로 한다.

---

[1] 陶秋英 編選·虞行校訂,「詩集傳序」,『中國歷代文論選』, 304~305쪽. "惑有問於余曰, 詩何謂而作也. 余應之曰, 人生而靜, 天之性也, 感於物而動, 性之欲也. 夫旣有欲矣, 則不能無思, 旣有思矣, 則不能無言. 旣有言矣, 則言之所不能盡, 而發於咨嗟詠歎之餘者, 必有自然之音響節奏, 而不能已焉, 此詩之所以作也."

1. 철학적(哲學的) 사유(思惟)의 형상화(形象化)

지봉의 시(詩)에서 드러나고 있는 뚜렷한 제재를 사유세계(思惟世界)와 관련지어 살펴보고자 한다. 앞부분에서 이미 소개한 지봉의 사유세계가 작품으로는 어떻게 형상화되어 있는지를 실제 작품을 통해서 고찰해 봄으로써 그의 내면세계에 좀 더 가까이 접근할 수 있다. 크게 유교적(儒者的) 삶의 방식·선적(禪的) 추향(趨向)의 세계·신선 세계(神仙世界)의 동경(憧憬)으로 나누어 살펴본다.

1) 유자적(儒者的) 삶의 방식(方式)

성리학에 근본을 두고 살아온 지봉이 그의 사상과 학문세계를 어떻게 시로 형상화하였는지 관련된 그의 작품을 통하여 고찰한다. 특히 존심양성(存心養性)과 성경(誠敬)을 중요시한 그의 사유가 어느 정도의 깊이를 보여주고 있는지를 다음 작품에서 살펴보자.

性地從蕪穢	성품의 바탕이 거칠고 더러움을 좇았으나,
心田久不耕	마음의 밭을 오랫동안 갈지 않았네.
逕茅雖易塞	지름길의 띠는 비록 쉽게 막혀 버리나,
山蘖或還生	산의 싹은 혹 다시 살아나네.
涵養須將敬	함양함은 모름지기 경(敬)을 지녀야 하고
栽培要盡誠	재배함은 요컨대 성(誠)을 다해야 하네.

力勤仍種德　　힘써 부지런히 이에 덕을 심어야,
收穫在西成　　수확이 가을에 있게 되네.[2]

　지봉이 스스로 존심양성(存心養性)을 게을리 하였음을 첫 연에서 말하
였다. 그것은 곧 자기수양(自己修養)이 모자람을 말한 것이다. 함련(頷
聯)의 출구(出句)에서 지름길에 띠풀이 자라게 되면 다른 식물이 잘 자
라지 못하게 됨을 말하였다. 그러나 그런 어려운 환경 속에서도 새싹은
다시 살아나듯이 희망은 항상 있으므로 학문과 수양을 게을리 하지 말아
야 함을 나타낸 것이다. 즉 지름길에 자라는 띠풀의 성질은 사람이 많이
밟고 다녀야 없앨 수 있듯이, 우리들의 마음도 띠풀이 가득 찬 황무지처
럼 되지 않기 위해서는 『근사록(近思錄)』 같은 수양서(修養書)를 읽고서
성리학 공부에 치중하지 않으면 삶의 길이 순탄하지 못하게 된다는 의미
를 함축하고 있다. 그리고 대구(對句)에서는 민둥산에서도 새로운 싹이
돋아나듯이, 새로이 양성양기(養性陽氣)를 하면 좋은 덕성(德性)을 살려
낼 수 있음을 언급하였다. 이 부분에서 그는 맹자에 나오는 '우산지목(牛
山之木)'의 얘기를 인용하고 있다. '우산(牛山)'의 나무가 아름다워서 훌
륭한 재목으로 쓰일 수 있었으며, 베어서 사용해도 그 장소에 또 새싹이
나와서 자라니 계속해서 재목감으로 사용될 수 있었다. 그러나 소와 양을
그곳에서 양육하게 되면, 그들이 땅을 짓밟아 싹이 자라지 못하게 되어서
훌륭한 재목을 더 이상 구할 수 없게 되는 것이 바로 산의 특성이다.[3]
출구(出句)의 띠풀은 없애야 하는 존재로, 대구(對句)의 싹은 잘 보호해
야 하는 대상으로서 적합한 대우(對偶)를 이루고 있다.

---

2) 『芝峯集』, 36쪽. 「讀近思錄有感」.
3) 『孟子』, 「告子章 上」 "孟子曰, 牛山之木嘗美矣, 以其郊於大國也, 斧斤伐之,
　可以爲美乎. 是其日夜之所息, 雨露之所潤, 非無萌蘗之生焉, 牛羊又從而牧
　之, 是以若彼濯濯也, 人見其濯濯也, 以爲未嘗有材焉. 此豈山之性也哉."

한편, 시인은 수련에서 마음의 수양이 되지 못했다고 언급하면서도, 함련에 와서는 새로운 싹을 키울 수 있음을 말하였다. 스스로 훌륭한 덕성을 키울 수 있는 자질을 지니고 있음을 은근히 표현하고 있다. 이어서 경련(頸聯)에서는 성리학의 중요 덕목인 성경(誠敬)을 다해야 함을 강조하고 있다. 시인은 성(誠)은 성(聖)이요, 성(聖)은 천(天)이라고 말하여 誠하는 것이 곧 천도(天道)임을 강조하여 誠에 대해 깊은 관심을 가지고 있었다. 따라서 천지(天地)가 오래 존재할 수 있는 까닭이 성(誠) 때문이며, 성(誠)이 없어지면 천지(天地)도 존재할 수 없다고 하였다. 우리가 수행해야 할 진리가 바로 성(誠)에 있다고까지 주장하였다. 그리고 학문을 함에는 경(敬)을 주로 함을 매우 중요시하여 경(敬)을 주로 하지 않으면 가히 잡을 것이 없다고 하였다. 그리고 바로 이 경(敬)을 심학(心學)의 요강(要綱)으로 삼았다. 앞부분의 사유세계에서 이미 언급한 바와 같이 성경(誠敬)을 여러 번 강조하곤 하였는데, 이 시에서 그는 자신의 사유세계를 보여주고 있다. 이렇게 성경(誠敬)에 힘써야만 농부들이 가을이 되어 풍성한 수확을 이룰 수 있는 것처럼 인간도 덕이 쌓여서 인격의 완성을 이룰 수 있음을 결론적으로 말하고 있다.

天上文星照泮宮	하늘 위의 문창성(文昌星)은 성균관을 비추고,
萬邦聲敎見同崇	만방에선 명성(名聲)과 문교(文敎)를 함께 숭상하네.
涵濡雨露生成澤	비와 이슬로 적시어 생성(生成)시켜 주는 은택이 있고,
鼓舞鳶魚化育功	솔개와 물고기로 고무하여, 화육(化育)시키는 은공이 있네.
絳帳晝開芹水日	붉은 장막 낮에 여니 정성 드리는 날이고,
錦袍春動杏壇風	비단 도포가 봄에 움직이니, 행단의 기풍이네.
諸生不分承嘉誨	모든 학생은 구분 없이 아름다운 가르침을 받드니,
絃誦從今溢海東	공자의 가르침은 이제 해동에 넘치리라.[4]

'반궁(泮宮)'은 주대(周代)의 학교인데, 우리나라에서는 주로 성균관(成均館)을 가리킨다. 첫 구는 하늘에서 문(文)을 관장하는 별이 학교를 비춤을 말하였다. 한편, 천상(天上)의 문성은 공자(孔子)에 해당되기도 하니 중의법(重意法)이 사용되었다. 이어서 공자의 덕화(德化)를 만방(萬邦)에서 숭상하게 되었음을 설명하고 있다. 함련의 '함유(涵濡)'는 은덕(恩德)이 만물을 윤택하게 함을 의미한다. 송(宋)의 '구양수(歐陽修)'는 『문충집(文忠集)』에 남긴 시(詩)에서 "경애도간료일희(傾崖倒澗聊一戱), 경각만물개함유(頃刻萬物皆涵濡)"라고 하였다. 마찬가지로 함유(涵濡)의 의미는 '만물을 적심'이다. 여기서는 바로 공자님의 가르침인 유교의 덕화(德化)가 세상에 골고루 미치고 있음을 말한다. 이어서 "연비어약(鳶飛魚躍)을 고무시킨다."는 것은 중용(中庸)에서 시경(詩經) 내용을 인용한 말이다. 즉 "솔개는 날아서 하늘에 이르고 물고기는 연못에서 뛰노는 것처럼 각각 제 자리를 얻게 되었음을 말함이니, 상하(上下)에 성인의 덕이 고루 미침을 의미한다. 이렇게 성인의 덕이 인간 세상에 고루 미쳐서 중화(中和)에 이르면 천지가 자리 잡히고 만물이 화육(化育)하게 된다."[5]는 것이다. 이 시에서는 공자의 덕화(德化)에 감사하고 더욱 학문에 힘써야 함을 암묵적(暗默的)으로 나타낸 것이라 하겠다. 경련에선 공자의 사당에 정성을 드리고 그의 학문과 덕망을 배우려는 선비들의 활발한 움직임을 실사(實寫)하고 있다. '행단(杏壇)'은 공자가 제자를 가르치던 집인데, 여기서는 재사(才士)들에게 학문을 가르치는 성균관을 가리킨다. 미련에서는 성균관의 모든 학생들이 열심히 학문에 정진하여 유학을 번창하게 함으로써, 우리나라에 그의 가르침이 충만하게 되길 기원하고 있다. 현송

---

4) 『芝峯集』, 179쪽. 「次謁孔子廟」.
5) 『한문대계』, 「중용편」, 2~6쪽. "天地之大也, 人猶有所憾, 故君子語大, 天下莫能載言, 語小, 天下莫能破焉. 詩云, 鳶飛戾天, 魚躍于淵, 言其上下察也." 또 "致中和天地位, 萬物育焉."이라고 하였다.

(絃誦)은 악기를 타며 시가를 노래하는 것으로, 공자의 훌륭한 가르침을 의미한다. 주된 내용은, 공자의 사당에 배알(拜謁)하는 모습을 소개하고 우리나라에 유학이 번창하기를 기원하고 있다. 다음은 절개와 지조의 상징적 인물인 포은 선생(圃隱先生)을 찬양한 시이다.

圃隱先生鐵石肝　　포은 선생은 철석(鐵石)같은 담대함을 가졌으니,
年當五百挺三韓　　오백 년의 세월 삼한(三韓)에서 빼어났네.
詩名水部兼工部　　詩의 명성은 하수부(何水部)와 두공부(杜工部)를
　　　　　　　　　겸했고,
忠義文山與疊山　　충의(忠義)는 문천상과 사방득과 나란히 하네.
白日淸霜天地內　　밝은 해와 맑은 서리는 천지를 안았고,
丹心勁節古今間　　붉은 마음 굳은 절개는 고금에 살아 있네.
遺編凜烈精神在　　남기신 책에 늠름한 정신이 남아 있으니,
景仰令人骨亦寒　　그 모습 우러러보니 뼈 속까지 차게 하네.6)

　　포은 선생의 글을 읽고, 다시금 선생에 대한 인품과 학문을 찬양하며 깊이 흠모하고 있음을 느낄 수 있다. 수련에서는 선생은 고려 오백 년 동안에 철석같은 간장을 가진 훌륭한 인물이었음을 찬양하였다. 이어서 그의 시가 남조의 何遜(?-518)과 당의 두보(杜甫)에 나란히 할 정도라고 높이 평가했다. 하손(何遜)은 양(梁)나라 사람으로 문(文)과 시(詩)에 함께 뛰어났으며, 특히 시에 있어서는 경치를 묘사하는 부분에 뛰어났고, 글자를 단련하는 면에서 공교로운 재능을 지녔다고 알려진 인물이다. 그리고 포은의 인품을 송(宋)의 충신 문천상(文天祥)과 사방득(謝枋得)7)에 비유하여,

---

6) 『芝峯集』, 56쪽. 「題圃隱集」.
7) <文天祥(1236-1283) 號가 文山, 元의 침입에 굴복하지 않았으며, 正氣歌로 유명함.>·<謝枋得(1226~1289) 號가 疊山임, 元의 침입 시 고향 信州를 지켰으나 패하고 은거함. 원이 통일 후 천거했으나 나아가지 않고 굶어 죽음. 저서에 文章軌範이 있음.>

그의 충의(忠義)를 높이 기리고 있다. 경련에서는 포은(圃隱)은 비록 죽었지만, 그 기상과 절개는 예나 지금이나 변함없이 살아 있는 우리들의 마음속에 남아 있음을 언급하였다. 미련에서는 시인은 포은의 책을 보고서 새삼스럽게 그의 붉은 지조의 세계를 접하게 되어 정신이 번쩍 들었다고 언급하였다. 그리고 자신의 삶에 대한 각오도 새로이 하고 있다.

시인이 국가에 대한 충성심이 남달랐음은 『지봉집』의 여러 부분에 나타나 있다. 젊은 시절에는 유학이나 성리학에서 중시하는 절개를 금과옥조(金科玉條)로 여겼던 지봉이었다. 그래서 『포은집』을 읽고서, 새삼 마음을 가다듬고 있다.

此身非佛亦非仙	이 몸은 부처도 아니고 또한 신선도 아니니,
盡日潛心對聖賢	종일 마음에 잠겨서 성현을 대하네.
唯恨衰遲難自力	오직 쇠하고 더디어 스스로 힘이 없음 한탄하고,
看書未了枕書眠	책을 보다 마치지도 못하고, 그것을 베고 자네.8)

이 시에서 알 수 있듯이, 비록 시인은 장년기 이후에 와서는 다른 제가의 사상도 폭넓게 공부하고 흡수하였지만, 조선중기 대부분의 다른 학자와 마찬가지로 청년기에는 성현(聖賢)의 학문인 유학(儒學)에 심취하였음을 보여주고 있다. 전체적인 내용은 지봉이 유학의 성현을 쫓아가고자 열심히 노력했으나 그들에게 미치지 못함을 드러내고 있다. 그리고 3차의 북경 행 이후에는 사유의 폭이 상당히 넓어져서 제가의 사상에 대하여 상당한 식견을 갖게 되었고 또한 호의적인 면이 보였다. 하지만 결국 자신의 지향점은 유학의 성현의 학문에 있었던 것이다. 『지봉유설』의 「유도부(儒道部)」 중의 '학문편(學問篇)'에서 그는 다음과 같이 언급하였다. "왕세정이 말하길 '왕수인(王守仁)의 치양지지설(致良知之說)은 바로 본심

---

8) 『芝峯集』, 183쪽. 「卽事」.

을 가리킨 것으로서 가장 간이(簡易)하고 통절하여 드디어 학문과 사변(思辨)의 공부를 모두 폐지하고자 하는 데에 이르게 한다고 하였다. 또 수인(守仁)이 문인에게 선도 없고 악도 없는 것이 마음의 본질이고, 선도 있고 악도 있는 것이 마음의 작용이며, 선을 알고 악을 아는 것이 양지(良知)이고, 선을 행하고 악을 버리는 것이 격물이니, 이것으로 일체의 종지(宗旨)로 삼는다고 하였다.' '내가 상고하여 보니 수인(守仁)은 육상산(陸象山)의 학설을 미루어 높이고, 주자의 학설을 힘써 헐뜯었다. 그의 '치량지지설(致良知之說)'은 바로 불가의 卽心見性(卽心是佛) ― 마음이 곧 불성(佛性)이다. ― 이란 것이다. 그리로 달려가는 자가 많으니 이는 성학(聖學)에 득죄(得罪)하는 일이다. 그러므로 배우는 자가 자세히 판별하지 않으면 안 된다.' "[9]라고 주장하였다. 곧 지봉은 왕양명이 송(宋)의 육구연(陸九淵)을 높이고 주자를 헐뜯는 것에 대해 비판하며, 그 태도는 성현의 학문을 하는 데 죄가 되는 것이니, 학문하는 자가 판별을 잘해야 함을 말한 것이다. 후에 시인은 양명학을 수용하는 자세를 취하게 되지만, 역시 그 근본을 성리학에 두고 있었음은 당시의 시대 상황에선 당연한 일이었다. 여기서 말하는 '치량지지설(致良知之說)'은 명(明)나라 왕양명이 맹자의 양지설(良知說)에 근본하여 세운 학설이다. 즉 양지(良知)는 마음의 허령명각(虛靈明覺)한 내용이며 곧 마음의 본체로 간주되고, 백행(百行)의 지침이 된다는 학설이다. 이 양지(良知)는 누구나 가지고 있으므로 이를 밝혀내어, 그것에 좇아 행동하면 된다는 것이다. 결국 시인의 근본 사유(思惟)가 성리학에 있었음을 이 시에서 분명히 보여주고 있다.

---

9) 南晩星譯, 『芝峯類說』上, 551쪽. "王世貞謂王守仁爲致良知之說, 直指本心, 最簡易痛切, 乃至欲盡廢學問思辨之功. 又曰守仁之語門人云, 無善無惡者心之體, 有善有惡者心之用, 知善知惡者良知, 爲善去惡者格物, 以此爲一切宗旨云. 余按守仁推尊象山而力詆朱子, 其致良知之說, 乃佛家卽心見性. 以其簡易. 故一時學者多趨之, 然得罪於聖學, 以此學者不可不詳辨焉."

2) 선적(禪的) 추향(趨向)의 세계(世界)

지봉은 성리학적 사유에 뿌리를 둔 성실한 삶을 살았지만, 불교에도 관심이 많았다. 따라서 불교 사상에 대해서 수용하는 유연한 자세를 취했으며, 스님과도 상당히 깊은 교제를 맺었다. 일생 동안 남긴 관련 작품을 통해서 자신의 불교관도 보여주고 있다. 우선 사찰의 고적한 모습을 노래한 시가 있으니, 다음과 같다.

暮入曹溪路   저물매 조계산 길로 들어서니,
春山翠幾重   봄 산의 푸르름이 몇 겹인가.
荒林經雨合   황량한 숲엔 지나는 비가 내리고,
危石倚雲封   위태로운 바위엔 예쁜 구름이 둘렀네.
洞有神仙藥   골짜기에 신선의 약이 있고,
岩留太古松   바위에는 태고의 소나무가 있네.
前峯知近寺   앞 봉우리로 절이 가까움을 알겠고,
隔水夕陽鐘   물 건너 석양에 종소리가 들리네.10)

翫瀑臺前佛日菴   완폭대 앞에 불일암이 있으니,
滿衣秋色染晴嵐   산기슭을 물들인 가을색이 옷에 가득하네.
蒼藤絶壁無行逕   푸른 등걸 절벽엔 다니는 길이 없어,
賴有簫聲作指南   퉁소 소리 의지하여 방향을 잡네.11)

앞의 시는 사원(寺院) 주위의 모습을, 그리고 뒤의 시는 암자(庵子) 주변의 모습을 그림을 그리듯이 묘사하고 있다. 두 시에서 사찰을 찾아가는 화자(話者)의 모습을 보는 듯하고, 주위의 고적한 산속 풍경도 손에

---

10)『芝峯集』, 171쪽.「松廣寺」.
11) 상게서, 173쪽.「佛日菴」.

잡힐 듯하다. 한편, 시인은 분죽(盆竹)이 말라죽게 되었음을 위로하기 위하여 불가(佛家)와 도가(道家)의 사상을 끌어와 사용하기도 하였다. "불자(佛子)가 삼매경을 얻어서, 능히 무색계(無色界)를 초탈했네. 대는 진실로 평범한 나무가 아니니, 어찌 또한 도통했는지 알리오."12)라고 하여 불가의 삼매경과 무색계를 말하였고, 또한 도통한 사람이 시신(屍身)을 남기고 혼백(魂魄)은 신선으로 화한다는 도가의 '시해(尸解)'라는 말을 사용하여 위로하고 있다. 이어서 같은 제목의 「첩운시(疊韻詩)」에서 "천공은 석가의 자식이고, 생(生)도 없고 사(死)도 없네. 이제 옥판사(玉板師)를 보니, 적멸(寂滅)하여 어디로 가는가?"라고 하여 죽음에 대하여 불교적인 사유 방식으로 위로하고 있다.13) 다른 시를 보자.

紅塵長望白雲岑   홍진에서 한참 동안 백운산 꼭대기를 바라보니,
寺在龍淵深復深   절은 용연(龍淵)에 있어 깊고도 깊네.
我欲問師空寂意   내가 스님에게 공적의 뜻을 묻고자 하니,
靑山不語水無心   청산은 말이 없고, 물도 무심하네.14)

위의 시는 을유년(己酉年: 1609년) 그의 나이 47세 때인, 광해군1년에 지었다. 당시 혼란의 와중에서 속세를 떠나고 싶은 심정도 있었을 것이다. 전구(轉句)에 나오는 '공적(空寂)'은 우주 만물이 실체가 없고 공허하다는 의미의 불교 용어이다. 지봉이 그 깊은 의미를 충휘상인(沖徽上人)에게 묻고자 하나 대답이 없음을 '청산불어수무심(靑山不語水無心)'으로 스스로 문답(問答)하고 있다. 청산은 말이 없고 물은 마음이 없는 것이 바로 공적(空寂)일지도 모른다. 그리고 다음 시에서는 지봉이 스님과 깊

---

12) 상게서, 154쪽. 「少陵公得盆竹一個以爲翫, 經冬色不變, 至春忽枯損, 故詩以傷之.(其六)」, "佛子得三昧, 能超無色界. 竹固不凡材, 安知亦尸解."
13) 상게서, 156쪽. 「其三」 "天節釋迦子, 無生亦無死. 今看玉板師, 寂滅何方至."
14) 상게서, 24쪽. 「寄懷沖徽上人」.

은 교제가 있었음을 알 수 있다. 그는 유명한 호계(虎溪)의 고사(故事)를 인용하여 스님에게 전하고 싶은 자신의 마음을 잘 드러내고 있다.

百里招提境	백리(百里)의 절 땅에,
巖花影裡行	바위 꽃 그림자 속으로 지나가네.
客來松院靜	손님은 조용한 송원(松院)에 오고,
僧臥竹樓淸	중은 맑은 죽루(竹樓)에 누웠네.
水石三生夢	수석은 과거·현재·미래의 꿈이요,
風鐘半夜聲	풍종(風鐘)은 한밤중에 소리 내네.
明朝出山去	다음 날 아침 산을 나오니,
無限虎溪情	한없는 호계(虎溪)의 마음이네.15)

여기에 나오는 「호계(虎溪)」16)는 원래 도연명과 스님 혜원과의 친밀한 관계를 나타내는 의미로 쓰인다. 진(晉)나라 때, 학자의 대표인 도연명과 스님의 대표인 혜원이 서로 호계를 두고 왕래했던 일은 너무나 유명하다. 시인이 송광사의 스님과 지란지교(芝蘭之交)와 같은 교제를 맺었음을 표현하고 있다. 여기에 나오는 송광사는 우리나라 삼대 사찰의 하나로 알려지고 있는 큰 절이다. 예로부터 삼대사찰을 말할 때 순천(順天) 송광사(松廣寺)는 고승이 많이 나오는 승사(僧寺)요, 양산의 통도사(通道寺)는 부처의 기운이 영험한 불사(佛寺)요, 합천(陜川)의 해인사(海印寺)는 팔만대장경과 같은 훌륭한 법어(法語)를 보존하고 있다고 하여 법사(法寺)로 잘 알려져 있다. 시인은 승사(僧寺)인 송광사에 묵게 되었고, 이 절의 고승과 교유한 정도가 깊어서 저 유명한 도연명과 혜원의 교제에 비유하고 있는 것이다. 그리고 송의 대표적 시인인 소동파도, 호계(虎溪)를 전

---

15) 상게서, 171쪽. 「宿松廣寺」.
16) 『虎溪』 "水名在江西廬山下, 傳說晉釋惠遠居廬山東林寺. 送客不過溪, 一日 與陶潛, 道士陸靜修共話, 不覺踰此, 虎輒驟鳴, 三人大笑離別."

고(典故)로 사용하여 자신과 변재(辯才) 스님과의 교유관계를 시로 형상
화한 유명한 시가 있다. 위의 시와 비교하기 위해 참고로 소개하면 다음
과 같다.

日月轉雙轂	해와 달은 수레의 두 바퀴 통이 되었고,
古今同一丘	고금의 언덕은 한결같네.
惟此鶴骨老	오직 학과 같은 노인이 있어,
凜然不知秋	늠름하게 가을을 알지 못하네.
去住兩無礙	가고 머무름에 둘이 거리낌이 없었고,
天人爭挽留	하늘과 사람이 다투어 머물게 하네.
去如龍出山	떠나가니 용이 산을 나와서,
雷雨卷潭湫	우레와 비로 연못을 거두어 가는 것 같고
來如珠還浦	들어오니 진주가 물가에 돌아오는 듯,
魚鼈爭駢頭	물고기와 자라가 다투어 머리를 나란히 하네.
此生暫寄寓	이 생명 잠시 세상에 붙이어 살아감에,
常恐名實浮	항상 이름과 실상이 다를까 두렵네.
我比陶令愧	나는 도연명에 비교해서 부끄럽고,
師爲遠公優	변재 노사는 혜원공보다 뛰어나네.
送我還過溪	나를 보냄에 다시 호계를 건너니,
溪水當逆流	시냇물도 마땅히 거꾸로 흐르리라.
聊使此山人	애오라지 산인들로 하여금,
永記二老遊	영원히 두 노인의 사귐을 기억케 하네.
大千在掌握	오랜 세월이 손바닥 안에 있으니,
寧有離別憂	어찌 이별을 근심하리요.[17]

소동파가 변재 노사와 주고받은 시를 모은 『변재첩(辯才帖)』이 있는데,
여러 시 중에 이 시의 제목이 「변재운부과계정(辯才韻賦過溪亭)」이다.

---

17) 李介一, 『蘇軾選集』, 浙江人民美術出版社, 1999년, 30~34쪽.

도연명과 혜원 스님이 생존 시에 대학자와 큰스님으로서 끈끈한 교제를 이루었는데, 그에 견주어 소동파가 자신도 혜원 스님처럼 훌륭한 변재 노사와 교제를 하였으며 서로 왕래하였음을 읊은 시이다. 변재 노사가 용정(龍井)에 은거하면서 출입하지 않았는데, 친구인 소식(蘇軾)이 왔을 때만은 호계를 건너서 멀리까지 배웅하니 주변 사람들이 놀랐다고 하였다. 대학자와 큰스님의 교제에 풍류(風流)가 있었음을 알 수 있다.[18] 여기서 소식은 자신을 낮추는 겸손한 표현으로 "자신은 도연명과 비교해서 모자라고 변재는 오히려 혜원보다 뛰어난 인물임에도 불구하고 호계를 건너서 배웅해주니, 참으로 황송한 대접을 받고 있다."고 하였다. 이와 같은 고사를 익히 알고 있는 지봉도 송광사의 스님과 호계(虎溪)의 인연(因緣)을 맺었음을 은근히 자랑하고 있다. 도연명과 혜원 스님, 소동파와 변재 스님 그리고 지봉과 송광사의 스님이 서로 유학자(儒學者)와 불자(佛者)로서 사상과 종교를 초월하여 남들이 부러워하는 절친한 교제를 이루었음을 알 수 있다. 다음 두 편의 시는 시인이 불교에 관심이 있었지만, 세상 사람들의 이목이 두려워 조심스러워하는 모습을 보여주고 있는 작품이다.

① 借問何時到洞天　묻노니 어느 때 동천(洞天)에 이를까?
　妙香樓閣赤城烟　묘향산 누각의 적성엔 연기가 피어오르네.
　晨飛冷錫穿雲出　새벽에 찬 석장(錫杖) 날리며 구름 뚫고 나오고,
　夜漱寒泉倚石眠　밤엔 찬물에 양치하며 바위 기대고 자네.
　金磬響分花外寺　쇠풍경은 절 밖의 꽃에 들려주고,
　玉笙吹徹月中仙　옥피리는 달 가운데 신선 세계를 통하네.

---

18) 陳大中 외 5人, 『歷代法帖選(宋), 蘇軾選集』, 浙江人民美術出版社, 1999년, 30쪽. 「辯才帖.(辯才韻賦過溪亭)」, "辯才老師退居龍井. 不復出入. 軾往見之. 常出至風篁嶺. 左右驚曰. 遠公復過虎溪矣. 辯才笑曰. 杜子美不云乎與子成二老. 來往亦風流. 因作亭嶺上名之曰. 過溪. 亦曰二老. 謹次辯才韻賦詩一首. 眉山蘇軾上."(소식이 변재 노사에게 보낸 시에서 虎過를 언급하며 절친한 사이였음을 보여주고 있다.)

相逢未得相隨去　　서로 만났으나 따라가지 못하니,
珍重新詩贈太顚　　진중한 신시를 태전에게 주네.[19]

② 顧我非韓愈　　돌아보건대 내가 한유가 아닌데,
　逢僧是太顚　　스님을 만나니 바로 태전이네.
　洪陽今刺史　　홍양에서는 지금 자사이나,
　海上舊叅禪　　해상에서 옛날에 참선했네.
　片月飛筇外　　조각달 떠 있을 때 지팡이 집고 외출하고,
　閑雲坐榻邊　　한가한 구름보고 평상에 앉아 즐기네.
　留詩珍重意　　시를 남기는 진중한 뜻을,
　却怕有人傳　　문득 사람들이 전할까 두렵네.[20]

①의 시는 교제하는 스님이 추구하는 길이 자신과 다르니 따라가지 못하고 시만 지어서 보냄을 언급하였고, ②의 시에선 스님을 고승(高僧) 태전(太顚)에 비유하고 자신은 한유(韓愈)에 비유했다. 비록 자신은 한유에 미치지 못하지만 이 스님은 태전에 미치는 훌륭한 인물임을 찬양하였고, 이어서 옛날에 참선을 한 적이 있음을 말하였다. 그리고 미련의 출구에서는 태감(太鑑) 스님에 대한 자신의 깊은 정이 남들에게 전해질까 걱정하고 있다. 지봉이 비록 조심스럽게 언급하고 있지만, 독자들은 시의 내용에서 그가 당시의 불자(佛者)와도 깊이 교제하였음을 알 수 있다. 다음은 사명대사 유정(惟政)을 찬양하고 있는 시이다.

盛世多名將　　성세에 명장은 많으나,
奇功獨老師　　기이한 공은 유독 스님이네.
舟行魯連海　　배는 노중연(魯仲連)의 바다로 가고,
舌騁陸生辭　　혀는 육가(陸價)의 말을 내달리네.

---

19) 『芝峯集』, 48쪽. 「贈信師還山」.
20) 상계서, 119쪽. 「贈太鑑上人」.

變詐夷無厭	변심하여 속임은 오랑캐가 싫어하지 않으니,
羈縻事恐危	굴레 되어 얽매이는 일이 생길까 걱정되네.
腰間一長劍	허리 사이의 긴 칼을 만지는데,
今日愧男兒	오늘 남아를 부끄럽게 만드네.21)

이 시에서는 사명대사(四溟大師)가 일본에 파견되어 큰 공을 세운 기개를 찬양하고 있다. "왜구가 임진왜란 이후에는 감히 화의(和議)를 청하러 오지 못하더니 계묘년(癸卯年)에 이르러 신사(信使)를 청해 왔다. 나라 사람들이 모두 분하고 원통해 했으나, 조정에서는 그들과 말썽 일으킬 것을 두려워하여 사명산인(四溟山人)을 보내어 적의 정세를 알아보게 하였다. 四溟山人이 여러 조관(朝官)들에게 송별시를 청하므로 나도 지어 주었는데, 이 시를 보고 감탄한 차오산(車五山)이 쓰던 붓을 멈춰버렸다."22)고 전해지고 있다. 수련에서 사명대사가 임진왜란이 발생했을 때에 공이 많았음을 말하였고, 이어서 스님은 노중연과 육가의 모습을 함께 갖춘 훌륭한 인물로 평가하면서 찬양하고 있다. 그리고 또 일본의 동정을 살피는 책무를 띠고 적지에 가니, 왜구에게 잡혀서 돌아오지 못하는 일이 생기지 않을까 걱정하는 심정을 드러내고 있다. 그리고 마지막 부분에서는 사명대사와 같은 충성스런 임무를 수행하지 못하는 자신을 부끄러워하고 있다. 이 외에도 시인과 사명대사와의 교제를 보여주는 시가 시집에 실려 있다.

지금까지 지봉의 작품 중에서 불교와 관련된 시를 살펴보았다. 시 외에 지봉의 산문에서도 스님과 친밀한 교제를 하였음을 알 수 있는 글이 전해지고 있다. 「증학열상인설(贈學悅上人說)」에서 그는 다음과 같은 내용의 글을 남겼다. "내가 학성(鶴城)에서 벼슬할 때 한 스님을 만났는데, 그

---

21) 상게서, 34쪽. 「贈四溟山人往日本」.
22) 『芝峯類說』, 「文章部」 "僧惟政號四溟山人. 倭奴自壬辰後不敢通和, 至癸卯來請信使人. 皆憤惋而朝廷恐其生釁, 遣山人往試賊情. 山人遍求別章於縉紳間, 余贈之曰,……中略……車五山見之閣筆."

스님은 불교에 대한 조예가 깊었을 뿐만 아니라 유학에도 관심이 많아서 시간이 있으면 찾아와 대화를 나누며 시도 받아갔다. 스님이 유학에 대하여 관심이 많으므로, 내가 공맹(孔孟)의 이론을 자주 들려주며 스님을 유학도(儒學道)로 만들려고 많은 노력을 하였다."[23]

3) 신선(神仙) 세계(世界)의 동경(憧憬)

지금부터는 시인이 꿈의 세계를 읊은 시와 신선의 세계를 형상화한 시를 중심으로 살펴보고자 한다. 주로 노년에 쓰인 작품이 많은데, 당시 도가 사상(道家思想)에 심취되었던 그의 사유세계를 엿볼 수 있다.

瓦溝霜重玉鱗鱗	기와 고랑에 서리가 거듭 쌓여 옥처럼 빛나는데,
咿喔寒鷄喚早晨	꼬끼오 하고, 쓸쓸한 닭소리가 이른 새벽 알리네.
驚覺碧窓殘月白	놀라 깨어나 푸른 창을 보니 잔월(殘月)은 흰데,
楚雲湘水夢中身	꿈속에서 몸은 초나라의 구름이 되어, 상수에 있었네.[24]

시인은 이 시의 서문(序文)에서 "꿈속에서 구절을 얻었고, 깨어나 썼다."고 기록하고 있다. 지봉이 당시(當時) 현실에 대한 좌절이나 갈등을 잊기 위해 굴원처럼 행동하고 싶었음을 상징적으로 나타내고 있다. 조선의 16세기 후반 이후부터 17세기 초반에는 학당풍(學唐風)의 성행과 함

23) 『지봉집』, 190쪽. 「贈學悅上人說」 "語曰, 學而時習之, 不亦悅乎. 悅者, 有得乎中而喜不自己之謂, 非聖人之徒, 不足以與此, 今師, 學佛者也. 以空虛爲尚, 以寂滅爲宗, 泊焉淡焉而無所嗜, 其心旣如此, 則其於學也, 必無所悅可知, 以是爲名. 果何義也."
24) 상게서, 24쪽. 「九月十二曉」.

께 여러 작가에 의해 500수가 넘는 유선시가 대량 창작되었다.[25] 당시에
활동했던 시인도, 정치 현실에서 조정의 간신들의 부당한 행동을 보면서
굴원처럼 비분강개(悲憤慷慨)를 느꼈을 때도 있었을 것이다. 이 시는 9
월 12일에 새벽에 꿈에 얻은 구절을 깨어나서 기록한 것임을 제목에서
알 수 있다.

石門秋色短節前	석문은 가을인데 짧은 지팡이로 나아가니,
往事關心二十年	지난 일 마음에 관여함이 20년이네.
昨夜分明身化鶴	지난밤 몸이 분명히 학이 되어,
冷風吹上白雲嶺	찬바람 부는 백운령에 올랐었네.[26]

「꿈에 중흥사에 가서 놀았다」는 제목의 시인데, 앞의 시와 마찬가지로
40세 중·후반에 지은 시이다. 전구와 결구는 꿈의 세계를 나타내고 있다.
그리고 기구와 승구는 각몽(覺夢) 세계인 현실의 모습이다. 중흥사에 가
면서, 벼슬 생활에 얽매인 것이 20년이나 되었음을 회고하고 있다. 고달
픈 생활이었음을 말하며, 학이란 매체를 끌어와 현실에서 벗어나고픈 마
음을 형용하고 있다. 현실의 질곡에서 벗어나 마음껏 훨훨 날기 위해서는
매개 수단이 필요한데, 여기서는 학(鶴)이 시인의 분신이 된 것이다. 흔히
학(鶴)은 신선을 태우는 상서로운 존재이며 학가(鶴駕)·학어(鶴馭) 등
도 다 신선이 타는 물건들이다. 앞의 시의 구름도 시인을 태우고 날아갈
수 있는 매개물이다. 그 외에도 그는 나비나 용(龍)을 신선 세계로 날아
가는 매개물로 이용하였다. 이 외에 「기몽(記夢)」이란 제목의 시가 많은
데, 그중에 몇 편을 살펴보기로 한다.

---

25) 韓國道敎思想硏究會 編,『道敎의 韓國的 變容』中(鄭珉, 朝鮮前期 遊仙辭
　　賦 硏究), 亞世亞文化社, 1996, 200쪽.
26)『지봉집』, 25쪽.「夢遊重興寺」.

紅雲紫府舊三淸　　홍운과 자부(紫府)는 옛 삼청궁인데,

誰識吾身衛叔卿　　누가 내 몸이 위숙경임을 알리오

玉洞桃花春未老　　옥동의 도화는 봄에도 떨어지지 않는데,

九天風露夢平生　　구천의 바람과 이슬에 평생을 꿈꾸네.27)

　지봉이 54세 때 지은 시이다. 자부(紫府)는 도가에서 말하는 신선이 사는 곳이고 삼청궁은 그들 세계의 궁전이다. 그곳의 신선인 '위숙경'28)이 바로 자신임을 은근히 말하고 있다. 그것을 더 확고하게 인정받기 위해 서문(序文)에서 자신의 어릴 때 이름이 숙경(叔卿)이었음을 말하고 있다. 이곳 신선의 세계는 봄 내내 도화(桃花)도 지지 않으니, 그야말로 무릉도원(武陵桃源)과 같은 곳이다. 여기서 평생 살고 싶음을 말하고 있다. 이 시에서 언급된 홍운·자부·옥동·도화·위숙경·구천 등의 시어(詩語)는 유선시(游仙詩)에 많이 사용되는 용어들이다. 시인이 꿈에서도 삼청궁(三淸宮)을 그리워하고 있었음을 이 시에 대해 설명한 병서(幷書)에서도 확인할 수 있다.29)

曾逐仙班拜玉宸　　일찍이 신선 반열을 쫓아서 옥궁에 절하고,

---

27) 상게서, 28쪽. 「記夢」.

28) '위숙경'은 <신선전>에 나오는 인물로 효무황제가 한가히 있을 때 하늘에서 내려와 "저는 中山사람 위숙경입니다."라고 말하고는 사라졌다고 한다. 황제가 곧 使者 梁伯玉을 시켜 중산을 뒤져 그를 찾아보게 하였으나 결국 찾지 못하고 단지 그의 아들 도세를 찾았을 뿐이었다. 황제가 곧 사자와 도세를 함께 華山으로 보내자, 위숙경이 도세에게 "네가 돌아왔구나." 하면서 옥함 속에서 神素書를 꺼내어서는 "이대로 따라 하여라."라고 하였다. 도세는 拜辭하였다.(강민경, 이수광 유선시의 환상과 초월, 한국한문학회, 2000년 춘계 대회 발표논문집, p.56.)

29) 『芝峯集』, 28쪽. 「記夢」 "丙辰二月十一日. 余方患疾. 夢至一處. 樓閣高爽. 如在大山之頂. 下有雲霧. 莫辨其際. 有人金冠翠袍. 容貌甚麗. 命余作詩. 余口占一絶云云. 其人喜曰. 是矣. 俄而日光自雲霧中騰出照耀 不可名狀遂悸而寤. 只記中兩句. 仍足成之. 其叔卿二字. 與余小名相近加怪也."(병진 2월 11일 꿈속에서 叔卿 두 글자를 얻게 되었다.)

偶來凡界耐風塵　　우연히 현세에 오게 되어 바람과 티끌을 견디네.
瑤池璧月三山夜　　요지와 벽월이 있는 삼산의 밤에,
鶴背冷然夢裡身　　학의 등이 차가우니, 바로 꿈속의 몸이네.30)

이 작품에서 지봉은 자신이 신선이었는데, 현세로 돌아와서 어려움을 겪고 있다고 하며 꿈속에서나마 그 세계를 다시 접하고 싶었음을 그려내고 있다. 이어서 서문(序文)과 함께 쓴 「기몽(記夢)」이란 시를 보자.

紫宮半夜群仙會　　신선 궁(宮)의 한밤중에 신선들이 모이니,
群仙色喜迎我拜　　군선(群仙)은 기쁜 얼굴로 나에게 절하며 맞이하네.
坐我堂中七寶床　　나를 당(堂) 안의 칠보상에 앉히니,
怳然身入青蓮界　　홀연히 몸이 청연계에 들어갔네.
餉我一杯般若湯　　나에게 한 잔의 반야탕을 먹이고,
云是玉帝之瓊漿　　이것은 옥황상제의 구슬 간장이라고 말하네.
啜罷精神頓清爽　　다 마시니 정신이 문득 맑고 상쾌해지고,
洗盡十年塵土腸　　십 년의 진토 창자를 다 씻어 내네.
庭前有鑪烟細起　　뜰 앞에 화로에는 가는 연기가 일어,
令我了悟三生事　　나로 하여금 삼생(三生) 일을 깨닫게 하네.
瑤空笙鶴覺來失　　영롱한 하늘의 피리소리에 깨어나지 못하고,
萬里烟霞迷夢裡　　만 리의 연하(煙霞)는 꿈속을 헤매게 하네.
海上蓬萊久無主　　바다 위 봉래산 오래도록 주인 없어,
樂天偶飽人間苦　　하늘에서 즐겼는데, 우연히 인간계의 고통을 맛보네.
唯須作急理歸筇　　단지 급하게 돌아가는 지팡이를 부리니,
東風吹老三花樹　　동풍은 늙은 삼화수에 부네.31)

시인은 이 시에 대한 해설로, "뒤에 한산자집을 살펴보니, 반야술은 맑고 시원하여 마시면 정신이 맑아진다고 되어 있어, 꿈속의 내용과 합치하

---

30) 상게서, 31쪽. 「記夢」.
31) 상게서, 82쪽. 「記夢」.

니 가히 이상하다."[32]라고 주를 달아 설명하고 있다. 전체적인 내용은 지봉이 꿈속에서 선계에 들어가서 반야탕을 먹으니, 현세에서 겪은 고통이 다 잊어지게 되었다는 것이다. 그리고 신선이 되어 편안하게 생활하게 되었음을 말하고 있다. 그런데 지봉은 유가였던 자신이 도가의 삶을 추구한다는 것이 이상하다고 서문(序文)에서 말하면서, 백낙천과 왕안석도 도가에 관심이 있었음을 언급하였다. 이것은 자신도 그들과 같은 삶에 관심이 있음을 나타내고 있다. 스스로 백낙천과 왕안석에 비교되지 않은 인물인데, 그들과 같은 삶을 누리게 되었음이 참으로 기이하다고 말하였다. 내면적으로는 그들의 삶을 부러워하였음을 알 수 있다.[33] 그는 비록 유가였지만 도가 사상은 배척하지 않았고 어느 정도 수용하는 입장에 있었으며, 이러한 마음을 시로 형상화하였다. 이어서 「유선(遊仙)」이란 말이 쓰인 시들을 모아서 살펴보기로 한다.

---

32) 상게서, 82쪽. "後考寒山子集云, 般若酒淸冷, 飮啄澄神思, 與夢中事相合, 可怪."
33) 상게서, 82쪽. 「記夢(幷序)」 "癸丑九月十七日夜, 夢入一宮, 室制極壯麗, 庭除, 甚寬敞. 有緇髡百千輩, 列立如簇, 見余歡喜, 引余至堂中, 相與攢手作禮, 極其敬尊. 仍進一器茶湯曰, 此般若湯也. 余飮之, 香味甚好, 覺神精爽快異常. 庭前置一爐香氣馥郁滿堂. 醒後了了可記. 噫. 余名敎中人也. 所夢非其所想, 豈信道不專, 幻念猶在耶. 將宿緣未泯, 靈境斯現耶. 昔日樂天名在道山, 王安國夢爲仙子. 余非二子之比, 姑志其異."(계축 9월 17일 꿈에 한 궁에 들어가니 집이 극히 장려하게 지어졌고 뜰이 매우 크고 넓었다. 검은 옷에 머리 깎은 사람이 백 천 무리가 있어 나열하여 서있는 모습이 화살촉과 같았다. 나를 보고 기뻐하며 나를 이끌어 집 안에 이끌더니 서로 함께 손을 모으고 예를 지음이 극히 공손하였다. 이어서 한 그릇의 끓인 차를 주며 이것은 반야탕이다고 했다. 내가 그것을 마시니 향기와 맛이 매우 좋았고 정신이 상쾌하고 이상해짐을 깨달았다. 뜰 앞에 향로가 있으니 향기가 집에 가득 찼다. 깬 후에 선명하여 기록할 수 있다. 아! 나는 유학을 하는 사람이다. 꿈꾼 것은 생각할 것이 아니니 어찌 신도가 전해지지 않고 허황된 생각이 있는가? 전세의 인연이 망하지 않아 신령스러운 기운이 나타났는가? 지난날 백낙천의 이름이 도산에 있었고 왕안석이 꿈에 선자가 되었다. 나는 두 사람과 비교되지 않는데 짐짓 뜻이 기이하다.)

「遊仙洞」

玉淸仙子行無迹	옥청 신선이 다님에는 자취가 없고,
夜入星辰吹鳳笛	밤에 별에 들어가며 피리를 부네.
瑤池飛去月明時	요지에 날아가는 달 밝은 때에,
鶴上三更凉露滴	학 위에 삼경의 서늘한 이슬 방울져 떨어지네.34)

「遊仙詞」

黃鶴仙人舊城回	황학선인(黃鶴仙人)이 옛 성(城)으로 돌아오는데,
半空雲霧作樓臺	반공에서 운무가 누대를 만드네.
風前一隊笙簫響	바람 앞 한 줄기 생황 통소 소리에,
知自蓬山夜宴來	봉래산 밤의 잔치로부터 옴을 알겠네.

朝從度索賞蟠桃	아침에 노끈 좇아 번도를 구경하니,
脚底西風海水高	다리 밑 서녘 바람에 해수가 높네.
手摘扶桑繭五色	손으로 부상 땅의 오색 누에고치 따서,
和烟織作玉皇袍	연직과 함께하여 옥황상제 도포 만드네.

白鷺尾扇明如雪	부채 모양의 흰 봉새 밝음이 눈과 같은데,
半夜瑤壇掃秋月	야반에 옥단에서 가을 달을 쓸어 내네.
素手臨風玉笛橫	맨손으로 바람을 따라 옥피리 소리 내니,
一聲吹斷三山裂	한 소리로 불기를 다하니 三山을 찢어 울리네.35)

「遊仙詞十首」中1

弱水束頭拂瑞霞	약수(弱水) 동녘 머리에 서하(瑞霞)를 떨치니,
赤龍晨駕五雲車	붉은 용이 새벽에 오운거(五雲車)를 타네.
玄都昨種三珠樹	현도에 작년에 세 구슬나무 심었으니,
已見春來九度花	이미 봄이 옴에 아홉 번 꽃을 보네.36)

---

34) 상게서, 27쪽.「遊仙洞」.
35) 상게서, 27쪽.「遊仙詞」.
36) 상게서, 29쪽.「遊仙詞十首」中1.

「遊仙詞 三首」中1

一別崑丘萬里賒	한번 곤륜산 언덕을 이별하여 만 리나 멀어지니,
玉童無地寄瑤華	옥동(玉童)은 땅에서 구슬 꽃을 부치지 못하네.
蓬山此去春應晚	봉래산을 이번에 가면 봄이 응당 늦으니,
開盡紅桑海上花	홍상(紅桑) 바다 위에 꽃은 다 피었네.37)

「遊仙詞」

仙子朝乘鶴背高	신선 사람 아침에 학등을 타고 높이 오르니,
天飈吹送赤霜袍	하늘 폭풍 붉은 곤룡포를 불어 나부끼네.
歸來乍醉瑤池酒	돌아옴에 잠깐 요지에서 취하니,
玉女氷盤薦碧桃	옥녀 얼음 쟁반에 푸른 복숭아 바치네.
五色雲中謁玉星	오색구름 중에서 옥황상제 뵈고,
碧霄隨意駕鸞凰	푸른 하늘 뜻에 따라 봉새를 타네.
花間一笑三千歲	꽃 사이에 한번 웃으니 삼천 해가 되니,
未信仙宮日月長	신선 세계 일월의 길이를 믿지 못하겠네.38)

　지봉은 위의 작품처럼 이상세계를 추구하는 유선(遊仙)과 관련된 시를 많이 남겼다. 지금까지 살펴본 유선시(遊仙詩)의 세계에서 알 수 있듯이, 시어의 내용에서 도가의 다양한 유형을 보여주고 있다. 즉 공간적인 면에서 천상선계(天上仙界)·지상선계(地上仙界) 그리고 이곳을 연결해 주는 동물들이 많이 나오고 있다. 지봉은 역대의 시인들 중에 이런 종류의 유선시를 가장 많이 남긴 작가이다. 앞선 시대에 김시습(金時習)·허균(許筠)같은 시인도 유선시를 남겼지만 소수에 지나지 않는다. 시인은 비록 큰 어려움 없이 살아왔지만, 정치의 현장에 오랫동안 몸담은 인물이니 현실의 고통과 질곡에서 벗어나고 싶었을 때도 있었을 것이다. 이이첨(李爾瞻) 등에게 모함을 당하거나, 광해군의 폭정이 행해지던 시기에는 벼슬

---

37) 상게서, 32쪽. 「遊仙詞三首」中1.
38) 상게서, 146쪽. 「遊仙詞」.

생활에도 염증을 느끼게 되었다. 더구나 말년에는 질병으로 고통을 받기도 하였다. 이런 여러 정황이 노년에 접어든 그에게 신선의 세계를 갈망하는 유선시(遊仙詩)를 짓게 하였다. 그는 현실의 고통에서 벗어나고픈 마음을 꿈이나 신선 세계의 동경을 통해서 해소하고자 하였다.

2. 환로(宦路) 생활(生活)과
귀전(歸田) 의식(意識)

16세에 초시(初試)에 합격하여 재명(才名)을 떨친 지봉은 23세에 드디어 대과(大科)에 급제하여 승정원(承政院) 부정자(副正字)에 오르게 된다. 이후 승정원(承政院) 정자(正字), 예문관(藝文館) 검열(檢閱), 예문관(藝文館) 대교(待敎), 예문관(藝文館) 봉교(奉敎), 성균관(成均館) 전적(典籍), 사헌부(司憲府) 감찰(監察) 등의 벼슬을 하다가 선조23년(1590년)에는 司諫院 正言(正6品)에 이르게 되었고 戶·兵佐郎兼知製敎를 맡게 된다. 임금의 교서(敎書)나 외교문서(外交文書)를 담당하게 되었으며, 자연히 지봉의 문장력은 인정받게 된다. 이어서 수많은 관직을 두루 역임하다가, 인조 6년(1628년)에는 이조판서(吏曹判書)를 마지막으로 그의 환로 생활을 마감하게 된다. 거의 40년을 관직에 몸담았던 그는 자신의 환로(宦路) 생활(生活)에서 겪은 일들을 시로 형상화하였고, 힘들고 어려울 때는 고향을 그리워하거나 하루빨리 관직을 관두고 전원으로 돌아가고 싶어 하였다. 이러한 귀전(歸田) 의식(意識)을 시에 담기도 하였다.

1) 사행(使行)과 관료(官僚) 생활(生活)

지봉이 환로 생활을 하면서 겪은 일들을 형상화한 시를 중심으로 고찰한다. 그는 사신으로 북경을 세 번이나 왕래하게 되었으며 또한 중국사신을 맞이하는 임무를 맡기도 하였다. 당시의 정경과 경험세계를 시로 표현하였으며 이를 모아 몇 권의 시집을 만들었는데, 그 대표적인 시집이 「황화집차운(皇華集次韻)」과 「조천록(朝天錄)」 및 「속조천록(續朝天錄)」이다. 이들 시집에 실린 시는 중국의 풍물을 보여주는 작품과 사행(使行) 중에 느낀 소감을 피력한 시이다. 그 작품들을 고찰하고 아울러 궁중생활의 모습을 형상화한 시도 함께 이곳에서 논한다.

烟樹蒼蒼舊漢營	물안개 낀 나무 검푸르니 옛 한나라 군영인데,
塞垣刁斗夜無聲	변방의 조두 소리 밤엔 들리지 않네.
至今飛將威風在	지금까지 이광(李廣)의 위풍이 있으니,
胡虜千秋畏北平	오랑캐 천 년 동안 북평을 두려워하네.[39]

「색하곡(塞下曲)」이란 제목의 시이다. 지봉이 북경을 갈 때마다 변방을 거쳐 가게 되었는데 그중에 한 지역의 역사적 사실을 떠올리게 하는 작품이다. 그리고 그 당시의 주인공을 기리고 있다. 이 시의 내용은 옛 장수의 위풍이 아직도 남아 있어서 지금의 명나라에서 오랑캐를 막을 수 있음을 말하며, 은근히 우리나라도 군사력이 강해져서 오랑캐가 쳐들어오지 못하게 할 수 있었으면 하는 마음이 담겨 있다. 한나라 때의 유명한 장수인 비장(飛將)을 찬양하면서, 조선에도 그와 같은 훌륭한 장수가 나타나기를 기대하고 있다. 임진왜란과 정묘호란을 직접 경험한 지봉은 전쟁의 쓰라림을 너무나 잘 알았고, 특히 임진왜란 때는 직접 전쟁에 참여했다가

---

39) 상게서, 159쪽. 「塞下曲」.

패한 적도 있었다. 당시에 지봉은 임진왜란이 4월에 발생하자 경상도 방어사인 조경(曹儆)의 종사관(從事官)이 되어 전쟁에 참여하여 구사일생으로 살아났고, 부교리(副校理) 및 비변사(備邊司)를 맡아 군사의 일에도 책임을 다했다.40) 사신으로 변방을 지나면서 옛 영웅을 찬양하며 조국에 대한 사랑도 함께 느꼈을 것이다. 여기에 나오는 비장에 대해서는 사마천의 『사기(史記)』에 기록이 전한다. 비장은 한나라 장수 이광(李廣)을 말하고 흉노가 가장 두려워한 장수의 한 사람이었다.41) 당시의 전쟁의 어려운 상황을 경험하면서 시인은 비장과 같은 장수가 필요함을 절실히 느꼈을 것이다. 임진왜란과 정유재란을 경험한 뒤 그는 국가적으로 혼란이 완전히 회복되지 않은 시기에 다시 3차의 북경 행을 하게 된 것이다. 사신으로 중국을 드나들면서 변방을 거쳐 갔던 지봉이 중국의 역사적 자취가 남아 있는 곳을 지나가게 되었고, 그때마다 목격한 옛 자취는 남다른 애국심을 불러일으키기에 충분하였던 것이다. 그러한 그에게 이광(李廣)과 같은 훌륭한 장수(將軍)의 존재는 조선 사회의 안정을 위해서 너무나 중요하고 필요한 존재였던 것이다.

日落陰山候火遲	해는 음산에 지고 척후병은 더딘데,
雪中千騎逐胡兒	눈 속에 천 명의 기마병이 오랑캐를 쫓네.
塵沙一夜邊風急	한밤에 변방 바람 급하니 진사(塵沙)가 날리고,
吹折軍前大將旗	군사 앞의 대장 깃발은 바람에 꺾이네.42)

---

40) 상게서, 318쪽. 「行狀」 "壬辰又罷, 夏四月, 倭寇至, 中外大震. 慶尙防禦使趙儆辟公爲從事官, 欲藉重以自佐旣而憫公無兄弟, 而太夫人老且病, 爲公設方便, 欲令毋行. 公謝曰, 食君之食, 臨難而苟免, 非人也. 遂馳至金山.……八月, 謁世子于成川仍詣, 行朝, 卽拜副校理兼備局郞."

41) 『史記』, 「李將軍傳」 "廣居右北平, 匈奴聞之, 號曰, 漢之飛將軍, 避之數歲, 不敢入右北平. 後人稱之爲飛將."

42) 『芝峯集』, 22쪽. 「塞下曲」.

지봉이 사행(使行) 중에 변방을 지나가면서, 옛날에 전투가 벌어졌던 일을 상상하며 지은 시이다. 과거의 전투 모습을 서사적(敍事的)으로 쓰고 있다. 그는 상당히 군사에 대한 식견을 가지고 있었으며 오랑캐와의 전투에 직접 참가했던 자신의 실제 경험은 작품의 많은 소재가 되었다. 전쟁의 참담함을 겪고 난 뒤 피폐한 나라를 일으켜 세우는 일에 골몰하게 되었으며 전쟁의 고통에서 벗어날 수 있는 방법을 강구하게 된다. 그 대책의 하나로, 지봉은 나라를 올바로 다스리기 위해서는 국가의 기강을 바로잡고 인재를 키우며 군사를 확충해야 한다는 장문(長文)의 차자(箚子)를 올렸다. 한편, 지봉은 이순신의 공을 찬양하며 국가의 중요성을 강조하기도 하였다.[43] 그리고 우리나라의 시조인 단군(檀君)에서부터 역대의 위대한 인물을 회상하는 시에 해당하는 「단군사(檀君祠)」·「기자묘(箕子墓)」·「동명사(東明祠)」·「조천석(朝天石)」 등을 지었다. 시인은 그들의 자취를 더듬고 찬양함으로써 한민족의 우수성을 은연중에 표하기도 하였다. 사신(使臣)으로 북경을 방문하면서 약소국의 울분도 느끼게 되었고, 한편으론 발전된 문화를 접하면서 조선이 더욱 훌륭한 국가로 발전하기 위해서는 그들 문화의 수용이 필요함을 느끼게 되었다.

滿程花絮政紛紛	길에는 꽃가루 어지러이 날리고,
行度關門日未曛	관문을 지나는데 아직 어둡지 않네.
幽塞山川曾領略	깊숙한 변방 산천은 일찍이 대략 알았고,
帝鄕風月更平分	북경의 풍월은 지난 때와 같이 춘분이네.
題詩海驛生春色	시로 해역(海驛)을 읊으니 봄기운 살아나고,
跋馬遼城破暮雲	말 타고 요성성을 건너니, 저녁녘 구름이 흩어지네.
來往十年憔悴客	왕래 10년에 초췌한 나그네 되었고,
棄繻誰信舊終軍	비단 조각 버렸으나, 누가 옛 종군을 믿어 주리.[44]

---

43) 상게서, 173쪽. 「水營」 "地勢連南極, 雄臨日出東. 孤城前左水, 一島古今風. 控禦關防重, 丹靑海廟空. 哀哉李統制, 千載誦奇功."

전반부에서는 변방지역의 모습을 말하고 있고, 후반부에서는 십여 년을 사신으로 왕래하다 보니, 자신의 모습은 초췌해졌음을 말하였다. 그리고 초라한 나그네 신세가 되다 보니, 자신을 남들이 알아보지도 못하고 신뢰하지 않을 수도 있음을 나타내었다. 하지만 내면적으로는 자신도 '종군(終軍)'처럼 기개(氣介)가 살아 있음을 언외지의(言外之意)로 나타내고 있다. 그 당시 고생하며 중국을 드나들었던 실상을 잘 느끼게 해 준다. 그가 세 번이나 국가의 사신으로 중국 북경을 다녀오게 되니 자연 어려움도 많았을 것이다. 험난한 여정을 겪어 오면서 고생도 많았지만, 그러면서 오히려 나라에 대한 애정은 커졌으며, 또한 중국에서 새로운 문물을 접할 수 있게 되었다. 이것은 그에게 후에 무실사상(務實思想)에 힘써서 나라를 다시 부강하게 만들 수 있다는 자신감을 심어 주기에 충분하였던 것이다. 마지막 구절은 두보가 찬양한 패기의 젊은 장수였던 종군(終軍)을 지봉도 높이 평가하면서 '종군기수영묘시(終軍棄繻英妙時)'란 구절을 전고(典故)로 쓰고 있다.45) 다음은 오랜 사행(使行)으로 늙게 된 자신의 모습을 돌아보며 다시 국가에 충성할 각오를 다지는 내용의 시를 감상한다.

北闕南州路更分	북쪽 궁궐 남쪽 고을로 길은 다시 나눠지고,
頻年去國鬢絲紛	자주 나라를 떠나니 흰머리는 어지럽네.
疎材久已爲時棄	쓸모없는 재목은 오래도록 버려지게 되었으며,
造物惟應假我文	조물주는 오직 나에게 글을 빌려 주었네.
揚子玄言終覆瓿	양웅(揚雄)의 현묘한 말은 마침내 항아리 덮개가 되었고,
馬卿詞賦謾凌雲	사마장경의 사부는 부질없이 구름 위로 지나갔네.

44) 상게서, 159쪽. 「山海關」.
45) 杜甫 著·楊倫 箋注, 『杜詩鏡銓』, 華正書局有限公司, 1978年, 770쪽. 「七月一日題終明府水樓二首」 "宓子彈琴邑宰日, 終軍棄繻英妙時."(宓子는 고을 원님 되어서 거문고를 퉁기었고, 終軍이 비단 조각 버림은 英妙한 시기이네.)

支離薄官非貪祿　　지리한 낮은 관리 녹을 탐내지 아니하고,
九死丹心自愛君　　아홉 번 죽어도 붉은 마음 절로 임금을 사랑하네.46)

　수련(首聯)에서 중국을 자주 왕래하게 되었음을 말하였고, 함련(頷聯)에서는 별로 쓸모 있는 재주는 없다고 겸손하게 언급하며 그래도 글재주만은 타고났음을 말하고 있다. 경련(頸聯)에서는 양웅(揚雄)과 마경(馬卿)의 훌륭한 학문과 문장도 세월이 흐르면서 허무하게 잊혀지게 되었으니, 자신의 글재주도 크게 자랑할 것은 아니다고 겸손하게 피력하였다. 미련(尾聯)에서는 양웅과 사마장경보다는 못할지 모르나 타고난 글재주로 벼슬을 하면서 녹(祿)을 탐하지 않고, 오로지 나라에 대해 충성할 각오임을 결론적으로 말하고 있다. 이제는 늙어 버린 자신의 모습을 그대로 보여주고 있다. 비록 노년에 이른 힘없는 관리이지만 끝까지 임금님께 견마지로(犬馬之勞)를 다하려 했던 그였다. 평소에 성경(誠敬)을 강조하며 자신의 맡은 임무에 충실했던 시인은 성리학에 뿌리를 둔 군신관계의 중요성을 잘 알고 있었고 또한 실천하였던 것이다. 아무리 힘이 들고 어려움이 있더라도 국가와 군주에 대한 일에서는 최선을 다했고 자신의 어려움은 그다음의 문제였다. 임진왜란 때는 어머니의 병환을 생각하여 임금님이 고향으로 먼저 돌아가길 원했으나, 그는 나라에 녹을 먹는 자가 집안의 어려움이 있다고 해서 자신의 임무를 소홀히 할 수 없다고 언급하며 전쟁터로 나갔다. 그리고 스스로 힘들고 어려웠던 시기를 극복하기 위해, 또는 남들에게 어떤 깨우침을 주기 위해서 경계의 글을 남기기도 하였다. "젊어서는 술에 탐닉하고, 늙어서는 책에 탐닉했으며, 자신이 일을 도모함을 돌아보니 어찌나 졸렬했고, 세상과 함께함이 어찌나 거칠었던가? 마침내 50세가 되어 미천하고 가난한 선비가 되었으니, 처음부터 끝까지 이러

---

46) 『芝峯集』, 127쪽. 「偶成」.

한 마음이면 거의 부끄러움이 없으리라."47)라고 하였다. '스스로를 경계한
다'는 제목으로 쓴 이 글에서 그는 자신의 생활을 되돌아보고 지금까지의
살아온 삶이 졸렬하였다고 말한 것은 결국 이(利)에만 쫓는 삶이 아니고
의(義)를 위해 살아왔음을 보여주고 있다. 그것을 표현한 것이 바로 "세
상과 성기게 살게 된 것이다."라고 한 것이며 궁극적으로 소인배의 삶을
추구하지 않고 깨끗하게 살려고 노력했음을 말하고 있다. 따라서 50세가
되어서 가난하고 미천한 선비가 된 자신을 돌아보고 앞으로의 삶도 이렇
게만 한다면 부끄러움이 없을 것이라고 언급하여 스스로 그렇게 살아가고
자 하는 각오와 함께 경계심을 나타내고 있는 것이다. 성경(誠敬)을 중요
시한 시인으로서 그러한 삶을 살고자 하는 각오를 은근히 표하고 있다고
하겠다. 이어서 그는 더욱 성경에 몰두하겠다는 마음을, "이미 공경(恭敬)
에 주로 하였으니 다시 갈 곳이 어디이겠는가? 오직 나아가서 그만두지
않는 것이 성인의 기초가 된다."고 했다.48) 이러한 성경(誠敬)의 삶에 치
중하였기에 부끄러움이 없는 삶을 살게 되었으며 일상의 생활에서도 항상
스스로 수양하는 존심양성(存心養性)을 게을리 하지 않았다. 그의 동정지
간(動靜之間)의 삶을 말하고 있는 글에서는, "고요하되 깨어 있고 움직
이되 그침이 있어서 경거망동하지 않고 절도에 맞게 움직여서, 정지 상태
가 있다는 것을 깨달아 빗나가지 않게 하여 존심양성에 힘쓰면 온전히 천
리(天理)에 이르게 된다고 말하였다.49) 이러한 사유(思惟)에 바탕을 둔
지봉은 관리로 조정에 임함에 최선을 다하는 모습을 보여줄 수 있었다.
그의 확고한 마음 자세는 결국 공론을 일삼기보다는 실질을 중시하는 방
향으로 관심을 갖게 하였으며 훗날 무실사상(務實思想)으로 옮겨가는 바

---

47) 상게서, 200쪽. 「自警箴」 "少何耽酒, 晚何嗜書, 謀身何拙, 與世何疎. 五十年
來, 一箇寒士, 終始此心庶幾無愧."
48) 상게서, 201쪽. 「主一銘」 "旣主于一, 復何所之. 惟進不已, 作聖之基."
49) 상게서, 201쪽. 「動靜銘」 "靜而常覺. 動而常止. 存養功成. 渾然天理."

탕이 되었다. 다음은 사행(使行)으로, 타국에 머물면서 고국을 그리워하는
심정을 읊은 시이다.

紙窓霜氣冷侵帷	종이창의 서리 기운이 차서 장막에 들어오니,
玉漏無聲夜正遲	물시계는 소리 없고 밤은 더디게 가네.
夢入故園狂似鹿	꿈에 고향에 들어가니 미친 사슴과 같고,
身羈蠻舘縮如龜	몸은 만관(蠻舘)에 매여 있으니, 거북이처럼 오그라드네.
氷橫大澤龍蛇凍	얼음이 큰 연못을 가로질러 있으니 용과 뱀도 얼었고,
雪壓中原虎豹飢	중원 땅을 눈으로 덮고 있으니, 호랑이와 표범도 굶주리네.
眠起不知朝日上	잠에서 깨어나 아침 해가 오르는 것도 모르고,
獨呵寒筆寫新詩	홀로 입김 불며 차가운 붓으로 새로운 시를 쓰네.[50]

이 시는 지봉이 49세 되던 해 세 번째로 북경으로 갔을 때의 모습을
보여주는 시이다. 그때 보았던 타국의 풍물을 소개하며 당시(當時)에 겪
었던 추위의 고통을 토로하고 있다. 그리고 타국에서 느끼는 향수(鄕愁)
를 잘 형상화하였다. 그가 사신의 임무를 맡아서 북경에 도착하여 만관
(蠻舘)에 묵고 있었는데, 겨울의 날씨는 차가워 그 기운이 창을 뚫고 들
어오고 있다. 긴긴 겨울밤은 더디게 흐르고 그날 밤 추위에 떨며 새우잠
을 자게 되었는데, 꿈속에서 고향 땅을 밟아 미친 사슴처럼 뛰어 놀았다
고 하였다. 이 장면에서 얼마나 고국에 대한 그리움이 컸는지를 느낄 수
있다. 이어서 넓은 중원 땅이 눈과 얼음으로 꽁꽁 얼어붙어 버렸음을 언
급하였다. 용과 뱀이 얼고, 호랑이와 표범의 굶주림을 언급하여 더욱 추위
가 심했음을 나타내고 있다. 미련에서는 이러한 상황에서 늦잠에서 깨어
난 시인이 해가 뜬 것도 잊고, 시를 쓰게 되었다고 언급하였다. 모든 장
면들을 눈에 선하게 그려내는 표현법이 뛰어나다.

---

50) 상게서, 152쪽.「卽事」.

한편, 시인은 오랫동안 환로(宦路) 생활(生活)을 하다 보니, 궁중의 모습도 훌륭한 시의 소재가 되었다. 그가 특별히 궁궐 안의 모습과 생활을 모아서 시로 표현한 작품이 있는데, 제목을 「궁사(宮詞)」라고 하였다. 그야말로 궁궐의 모습을 엿볼 수 있는 시라고 할 수 있겠다. 궁사라는 용어는 당나라 '왕건(王建)'이 처음으로 사용하였다. 그때 처음으로 쓰기 시작하여 이후 역대로 많은 「宮詞」가 지어졌다.[51] 그중에 네 편의 연작시를 살펴본다.

① 閶闔紅雲拂曉開　궁중의 붉은 구름이 새벽을 여니,
　 六龍抉日上蓬萊　육룡이 해를 당겨 봉래산에 오르네.
　 君王早御金鑾殿　군왕은 일찍 금란전에 나아가고,
　 花外宮臣奏事回　꽃 밖의 궁신은 일을 아뢰고 돌아가네.

② 露滴瑤階浸月華　이슬이 떨어지는 요계엔 달빛도 스며드는데,
　 夜深蓮燭出天家　깊은 밤 연꽃 촛불은 천가에서 나오네.
　 君王政罷求賢夢　군왕은 정사 파하고 현인 구하길 바라며,
　 喚取詞臣草白麻　사신을 불러서 조서를 초(草)하네.

③ 入夜銀床露壓烟　밤에 은 침상에 들어가니 이슬이 안개를 누르고,
　 漏聲初下紫微天　시계 소리 비로소 자미천에서 들리네.
　 君王此際憂民切　임금은 이 사이 백성 걱정 절실하고,
　 案上時看七月篇　책상에서 때때로 「칠월편」을 보네.

④ 禁籞霏霏下玉霙　궁궐에는 부슬부슬 눈이 내리고,
　 折綿嚴氣透西淸　솜을 꺾는 추운 기운 서청궁으로 통하네.

51) "以宮廷生活爲題材的詩. 唐, 大曆中, 王建著宮詞百首. 始以宮詞爲題.……歷代繼之而作的詩人很多."(궁사는 궁정 생활을 제재로 한 시로 당 대력 중에 왕건이 지은 궁사 백 수가 있으니, 처음으로 궁사란 제목을 썼다.……역대로 이어서 지은 시인이 매우 많다.)

　　君王想得邊寒甚　　군왕은 변방의 한기가 심함을 생각하여,
　　替却貂裘賜遠征　　돈피가죽 옷 벗어서 원정군에게 하사하네.[52]

　이 작품은 지봉이 44세 때 쓴 시이다. 네 편의 시(詩) 중에 ①은 궁중은 밝아 오고 신하들이 차례로 임금님을 알현하는 모습을 그려내고 있다. ②는 달빛이 스며드는 깊은 밤중에도 촛불을 밝히고 임금은 현인을 구하기 위해 고심하고 있다. 밤늦게까지 정사에 몰두하는 임금의 모습을 그려내고 있는 것이다. ③은 시간은 점점 흘러 침실에 들어갈 시간이지만 이 늦은 시간에도 임금님은 백성 걱정에 잠을 이루지 못하고 시경의 칠월편을 외우며 성군의 정치-왕도 정치-를 펼치려는 의지를 보여주고 있다. ④는 원정(遠征) 가는 장수에 대한 임금님의 따뜻한 마음을 형상화하였다. 전체적으로 선정을 행하는 임금을 기리고 있다. 당시는 선조대(宣祖代)의 후기(後期)인데, 임금이 덕치(德治)를 행하는 훌륭한 모습을 기리고 있다.

　　綠槐庭院嫩陰齊　　푸른 회나무 정원에 시원한 그늘이 펼쳐지고,
　　留得嬌鸎自在啼　　예쁜 앵무새가 머물러 스스로 우네.
　　簾額畫垂宮漏靜　　발을 낮에 드리우니 궁궐의 시간은 고요히 흐르고,
　　夕陽人倚小窓西　　석양에 사람은 작은 서쪽 창을 의지하네.[53]

　시인이 행궁에서 병조로 근무할 때의 한가로운 모습을 보여주는 시이다. 궁중 생활이라고 항상 바쁜 것은 아니다. 망중여유(忙中餘裕)의 모습을 드러내고 있다. 지금까지 사행시(使行詩)와 궁사(宮詞)를 감상하였다. 모두 지봉이 환로(宦路)의 길을 걷고 있는 시기의 마음을 읊고 있는 시이다. 사행시(使行詩)에서는 「새하곡(塞下曲)」, 「산해관(山海關)」 등의 제

---

52) 『芝峯集』, 23쪽. 「宮詞」.
53) 상계서, 21쪽. 「行宮騎省卽事」.

목이 있으니 국경지역을 통해 북경을 드나들었음을 알 수 있다. 그리고
시인은 사신으로 오가는 과정의 어려움 속에서 다져진 애국심과 이국의
풍물을 시로 형상화하였다. 궁사(宮詞)에서는 자신이 벼슬한 궁중의 모습
을 있는 그대로 사실적으로 묘사하고 있다.

2) 우국(憂國)과 애민(愛民) 정신(精神)

지봉이 나라를 걱정하고, 백성에 대해 근심하는 마음을 형상화한 시세
계를 조명하기로 한다. 당시에 정계(政界)에 있었을 때에 항상 나라와 백
성 걱정하는 마음을 가졌던 시인은 그의 우국연민의 심정(心情)을 시라는
장르를 빌려서 표현하였다. 특히 시인이 외직에 나가서 근무하면서 나라
를 사랑하는 마음이 더욱 싹텄으며, 또한 백성들의 아픔을 직접 목격하게
되어 그들에 대한 연민(憐憫)의 마음을 가지게 되었다. 그리고 먼 곳으로
사신이 되어 가게 되었을 때나 전쟁을 몸소 겪었을 때에 백성들의 고통스
러운 모습을 목격하고 안타까워하였다. 그러한 백성들의 어려운 삶의 모
습을 목도(目睹)하면서 그들의 어려움을 시로써 고발하고 있다. 그러면서
나라를 부강하게 만들어 민초들의 삶도 편안하게 만들어 주어야 하는 것
이 위정자의 임무임도 느끼게 된다. 이러한 우국(憂國)의 심정(心情)과
애민(愛民) 정신(精神)을 드러내고 있는 시를 고찰해 본다.

我欲爲君平斗極　　내가 임금님을 위해 북두자루를 잡아,
手斟天酒注生民　　손수 천주를 따라서 백성들에게 먹였지.
陶然一世中和裡　　즐겁게 취하여 한 세상 중화가 되니,
鼓舞義皇萬古春　　복희씨 만고의 태평시대를 북 치고 춤추네.[54]

국자 모양의 북두칠성을 잡고 짐작(斟酌)하여 모든 백성에게 먹여서, 중화세계(中和世界)를 만들고 궁극적으로는 복희씨 때의 태평세월과 같은 세계를 만들고 싶다고 말하고 있다. 나라와 백성을 걱정하는 마음에서 어떻게 하던지 복희씨의 시대와 같은 세상을 만들고 싶었던 그였다. 「몽작(夢作)」이라는 제목에서 보여주듯이, 꿈속에서도 화평한 세계를 갈망한 시인이었음을 알 수 있다. 그러나 당시의 현실은 그렇게 순탄하지 않은 때도 많았던 것이다. 환로 시절에 조정의 당파싸움에 대해서도 많은 비판의식을 가지고 있었던 시인이었다. 따라서 이 시에서 추구하는 태평성대(太平聖代)가 되기 위해서는, 즉 나라를 안정(安定)시키고 부강(富强)하게 만들려면 국가의 기강을 바로 세우고, 인재를 기르며, 당파를 없애고, 군비를 확충해야 한다고 주장하였다. 이러한 정치철학을 가지고 올바른 정사(政事)를 펼치는 임금을 보필하여 이상세계를 만들어 보고 싶었던 그였다.

村翁雨中出	촌옹(村翁)이 비 오는 중에 나오며,
荷蓑而戴笠	도롱이 입고, 삿갓 썼네.
行野兩相逢	들로 가다 둘이 서로 만나서,
倚杖溪頭立	지팡이 짚고 시냇가에 마주 섰네.
攢眉問何事	눈살을 찌푸리며 무슨 일이냐고 물으니,
共道今歲惡	모두 말하길, 금년 일기 나빴다고 하네.
春旱夏仍澇	봄엔 가물고 여름엔 장마가 졌으니,
寸粒秋無穫	약간의 곡식도 가을에 수확할 수 없겠네.
饘粥旣難給	죽도 이미 공급하기 어려운데,
租稅日已促	조세는 나날이 재촉하네.
昨夜東隣子	어젯밤 동쪽 이웃 사람의 아들이,
官庭死鞭扑	관가 뜰에서 채찍 맞아 죽었네.

---

54) 상게서, 24쪽. 「夢作」.

性命不足惜　　성명(性命)은 족히 아깝지 않으니,
早願塡溝壑　　일찍이 골짜기 메우길 원했지.
但識田家苦　　다만 농촌의 괴로움만 알았지,
不識田家樂　　농촌의 즐거움은 알지 못하였네.55)

　위의 1구에서 3구까지는 비 오는 날 촌옹(村翁)이 들판으로 나가다가 서로 만나게 되었음을 말하고 있다. 그 다음부터는 노인들의 대화 내용이 당시 현실적으로 고통받는 농민의 얘기임을 느낄 수 있는 것이다. 즉 수확할 곡식은 거의 없는데 관가의 조세 독촉은 날로 심해지고 있다. 심지어는 조세 관계 때문에 젊은 사람이 죽음에까지 이르게 되었다는 참담한 현실을 목격하고 농민의 어려운 상황을 그들의 입장이 되어서 대신 폭로해 주고 있는 것이다. 대화 형식을 빌린 이런 시는 전 시대의 송순(宋純)의 「문린가곡(聞隣家曲)」56)과 같은 시에서도 볼 수 있었고, 이러한 사회상을 폭로한 시들은 후대의 다산(茶山) 정약용과 같은 시인들에게도 이어지고 있다.

布穀爾何苦　　뻐꾸기 너는 어찌하여 고생스럽게,
催春處處鳴　　봄을 재촉하며 여기저기서 우느냐.
田家識時候　　농가에선 때와 시기를 알아,
東作冀西成　　봄에 농사지어 가을에 수확하네.
今年百役重　　금년에도 부역은 심했고,
地枯仍未耕　　땅은 말라서 경작하지 못했네.
無穀可布種　　종자로 뿌릴 곡식이 없고,
種之亦不生　　뿌려도 또한 살아나지 않네.
何如變爾舌　　어떻게 너의 말을 변화시켜서,
學得喚雨聲　　빗소리로 바꿔 가르칠 수 있을까?

---

55) 상게서, 82쪽. 「田父詞」.
56) 拙稿, 「俛仰亭 宋純의 漢詩 硏究」, 檀國大 碩士論文, 34쪽.

不然且緘口　　아니면 장차 입을 다물게 하여,

飛下桑田晴　　맑은 뽕나무 밭에나 내리게 하리.57)

　곡식 뿌리라는 소리를 내는 뻐꾸기가 씨 뿌리기를 재촉하지만, 농부는 나라의 잦은 부역으로 시간에 쫓기고 가뭄으로 씨 뿌리는 시기를 놓쳐 씨앗을 뿌릴 수 없게 되었다. 9, 10구의 뻐꾸기의 울음소리를 빗소리로 만들 수 없을까 하는 구절에서 얼마나 비를 갈망하고 있는지를 알 수 있다. 당시 농민들이 겪었던 가뭄의 피해에 대한 어려움을 연민의 마음으로 형상화하였다. 마지막 부분에서 빗소리를 못 내면 입 다물게 하여 뽕나무 밭에나 내리게 해야겠다는 표현으로 뻐꾸기를 협박하고 있다. 가뭄의 피해가 심한 농촌의 모습을 실사(實寫)하고 있다. 이 시의 제목은 「포곡(布穀)」이니 '곡식을 뿌림'의 의미를 지니면서 또한 '뻐꾸기의 울음소리'도 되는 두 가지의 의미를 지니고 있다.

旱毋滋爲虐　　가뭄아 더 학대하지 말아다오

災今占所無　　재앙은 이제 점칠 수가 없다네.

地乾秧馬臥　　땅은 마르고 모내기하는 말은 누워 있고,

田燋麥人朦　　밭은 타들어 가고 보리 가는 사람 야위었네.

勿謂天難格　　하늘의 화가 이르렀다고 말하지 말고,

相孚理不誣　　서로 믿는 이치 속이지 말라.

那將方寸雨　　어찌하면 장차 조금의 비라도 내리게 하여,

一洗萬民枯　　한 번에 온 백성의 괴로움을 씻을 수 있을까?58)

　수련에서 가뭄이 너무나 심해서 더 이상 괴롭히지 말라고 하늘에 하소연하나 기다리는 비는 오지 않아 종잡을 수 없는 상황이 되어 버렸음을 말하

---

57) 『芝峯集』, 119쪽. 「布穀」.

58) 상계서, 120쪽. 「憫旱」.

고 있다. 함련에서는 모내기하는 말도 일이 없어 누워 쉬고 보리 농사꾼마
저 지쳐 버렸다. 경련에서는 비록 이러한 상황이라도 농민들은 하늘을 원망
하지 말고 서로 의지하며 믿고 살아가라고 위로하고 있다. 미련에서는 어떻
게 하더라도 비를 내리게 해서 백성들의 근심을 덜어 주고 싶다는 시인의
절실한 마음을 나타내고 있다. 시인이 47세 때 홍주(洪州) 목사(牧使)로
근무했는데 임기가 끝나는 해에 이 지역에 큰 가뭄이 닥쳤다. 농민들은 밤
낮으로 하늘을 쳐다보며 비만 내리길 기다리며 시간을 소비했다. 다음은 큰
비가 내려서 홍수의 피해가 심한 현장을 목도(目睹)하고 지은 시이다.

大災無後亦無前	큰 재앙 뒤에도 없겠고 전에도 없었으니,
衢路川原盡變遷	큰길과 강 언덕 다 변하였네.
方割水橫堯帝世	방할수는 요임금 세상을 가로질렀고,
不周山裂女媧矢	부주산은 여와의 오줌으로 갈라졌네.
兒腰短銍收遺秉	아이는 허리에 찬 낫으로 남은 벼 거두고,
婦手空筐泣廢田	아녀자는 광주리 잡고 폐허가 된 밭에서 우네.
口腹未充秋稅促	배는 차지 않는데 가을 세금 독촉 받으니,
吾民何計過今年	우리 백성 어떻게 금년을 보낼꼬.59)

수련에서 아주 큰 물난리가 났음을 알 수 있다. 이어서 홍수에 의한 피
해를 언급하였고, 함련에서는 옛 전설을 인용하여 홍수가 얼마나 심했는
지를 단적으로 말하고 있다. 경련에 가서는 얼마 남지 않은 벼라도 거두
는 아이의 모습과, 곡식이 없어진 밭에 주저앉아 울고 있는 아녀자의 모
습을 표현함으로써 당시의 처참한 상황을 적나라하게 보여주고 있다. 미
련에서는 이러한 상황임에도 불구하고 농민들은 가을 세금 독촉을 받고
있으니, 참으로 참담한 노릇이 아닐 수 없음을 나타냈다. 시인은 그 당시

---

59) 상게서, 110쪽. 「水災後道中紀所見」.

현장에서 느낀 점을 그대로 전해주고 있다. 이 시는 결국 홍수의 피해로 인해 고통받고 있는 농민의 모습을 실사하고 있다. 농민의 고통을 위로해야 할 관리들은 세금 독촉으로 도리어 농민을 괴롭히고 있다. 참혹한 장면을 목격한 시인은 현실 정치의 문제점을 깨닫고 아울러 백성을 구제하는 방법을 생각하며 걱정하게 된다. 그가 외직(外職)에 있었을 때는 가까이에서 백성들의 삶을 볼 수 있었기에 그들의 고통을 대변해 줄 수 있는 시를 많이 쓰게 되었다. 그리고 백성들을 구제하기 위한 해결책으로 관리들의 기강을 바로잡아야 한다는 필요성을 느끼게 되었다. 그 대표적인 예로 지봉은 인조의 명으로 1625년(지봉 나이 63세 때)에 12조목의 「조진무실차자(條陳務實箚子)」를 올리게 되는데 그중에 한 조목인 진기강지실(振紀綱之實)에 해당된다고 하겠다. 다음은 그야말로 총체적인 어려움을 겪고 있는 백성의 모습을 적나라하게 토로한 장시(長詩)를 소개한다.

① 登州地險艱　등주 땅 험하고,
　　嶺海之中間　영해의 중간이네.
　　桑溟橫作帶　부상(扶桑) 바다가 가로로 띠를 만들고,
　　鐵峽挐成關　철령(鐵嶺) 협곡을 당겨서 관문을 이루었네.
　　(중략)

② 天寒早霜雪　날씨 추워 일찍 상설(霜雪)이 내려,
　　往往禾未熟　왕왕 벼가 익지 않았네.
　　去年秋失稔　작년 가을에 수확이 없어서,
　　甔石空無蓄　단지는 비어 쌓인 것 없네.
　　今年夏甚旱　금년 여름엔 가뭄이 심해,
　　蘊隆地皆赤　무더위로 땅이 모두 붉어졌네.
　　靈淵禱甘澤　신령한 연못에 단비가 내리니,
　　槁苗方再活　시든 묘목이 다시 살아났네.

③ 七月十九夜　　칠월 십구일 밤에,
　大雨狂如鴻　　폭우가 내려 홍수가 났네.
　獰飆振屋瓦　　모진 바람이 지붕의 기와를 흔들었고,
　木拔山盡赭　　나무가 뽑혀서 산은 민둥산이 되었네.
　海溢水入城　　바다는 넘쳐 물이 성으로 들어왔고,
　彌漫遍四野　　널리 물 넘쳐서 사방의 들이 잠겼네.
　禾穀亂隨流　　벼와 곡식은 어지러이 물을 따라 흘러가고,
　泥沙沒田疇　　진흙과 모래가 밭을 덮쳤네.
　溺者十四五　　물에 빠진 사람 열 네다섯이 있어서,
　濈濈生魚頭　　빨리 흘러가니 물고기 머리처럼 보이네.
　飛走皆漂蕩　　날고 달리는 것 모두 떠내려가서,
　堆積比山丘　　쌓이고 쌓여서 산언덕과 나란하네.
　(중략)

　室廬蕩無存　　집들은 쓸려가 남은 집이 없고,
　十戶纔一脫　　열 집에 겨우 한 채가 남았네.
　蕭條四境內　　사방의 경내가 쓸쓸하고,
　如經喪亂酷　　잃고 어지러움의 혹독함 겪은 듯하네.
　僵尸滿巨港　　넘어진 송장은 큰 항구에 가득하고,
　老弱携且哭　　노인과 아이는 끌어안고 통곡하네.
　哭聲上徹天　　통곡 소리가 위로 하늘을 찌르고,
　風雲爲變色　　세상의 색깔이 변했네.
　故老泣相語　　늙은이 울면서 서로 말하길,
　此灾無前古　　"이런 재앙 전에는 없었다."고 하네.
　哀哀不忍聞　　슬프고 슬퍼서 차마 듣지 못하고,
　念之腸欲腐　　생각하니 마음이 썩으려 하네.
　西成望已絕　　가을 수확 바랐으나 이미 끝났으니,
　我民何所食　　우리 백성 무엇을 먹으리오?
　(중략)

④ 嗚呼復嗚呼   통곡하고 또 통곡하며,
  歎息重歎息   탄식하고 또 탄식하네.
  我欲問天公   내가 하늘에 묻고자 하나,
  天公聽若聾   하늘은 들으나 벙어리 같네.
  我欲訴眞宰   내가 진재(眞宰)에게 하소연하고자 하나,
  眞宰亦不聰   진재는 또한 귀 밝지 않네.
  作圖效鄭俠   정협을 본받아 그림을 그려서,
  將期叩閨闥   장차 궁궐 문 두드리길 기약하네.
  出位固有罪   자리를 벗어남은 진실로 죄가 되고,
  堂陛又遠隔   궁궐은 또한 멀리 있네.
  所恃吾王心   믿는 바는 우리 임금님 마음이니,
  光明如白日   빛나고 밝음이 하늘의 해와 같네.
  照遍蔀屋氓   가난한 집의 백성을 널리 비추어,
  從今得蘇歇   이제부터 폐허에서 소생함을 얻으리라.60)

110구로 지어진 장편의 시이다. 시인이 43세 때 등주(登州), 즉 안변
(安邊)에서 일 년 남짓 관리로 근무하였는데, 그 당시 농민들은 많은 어
려움을 겪었다. 등주 지방의 백성들의 어려웠던 삶을 목격하고 시로 형상
화한 작품이다.

①에서는 등주 지방의 지형적 위치를 소개한 내용이다. 등주가 바다가
가까운 육지이고, 깊은 오지로 넓은 지역에 집은 띄엄띄엄 있고 사람이
별로 살지 않으며 땅이 척박하여 농사가 잘 되지 않는다. 그리고 황해도
와 강원도의 경계지역으로 상당히 추운 지역임을 언급하고 있다. ②에서
는 상설(霜雪)이 빨리 내림으로 인하여 곡식이 익지 못했음과 가뭄으로
인한 피해를 소개하였다. 단비가 내려서 그나마 가뭄의 피해는 줄었음을
다행히 여기고 있다. 그러나 이어서 장마의 피해를 겪게 된다. ③에서는 7

___
60) 상게서, 110쪽. 「登州紀事五百五十言」.

월 19일 날 밤부터 시작된 장마로 인하여 입은 피해를 상세히 사실적으로 표현하고 있다. 당시에 폭우·태풍·해일의 피해는 이루 말할 수 없이 심했음을 알 수 있다. 사람이 물고기처럼 떠내려가고, 날짐승·길짐승 할 것 없이 모든 생명체가 떠내려가 죽은 시체가 되어, 물가에 산더미처럼 쌓인 모습을 언급한 부분은 참으로 참혹하다. 산과 언덕이 무너졌으며 냇가와 동산이 바뀌어서 생겨남에 이르러서는, 천지 창조기에 하늘과 땅이 새로 만들어지는 개벽(開闢)의 시기를 맞이한 것과 같았다고 말했다.[61] 이어서 장마가 끝난 뒤에 죽은 시체가 가득하고, 살아남은 노인과 어린아이가 부둥켜안고 울고 있는 장면은 참으로 슬픈 모습이다. 노인의 말을 빌어서, 전에 없는 최대의 피해였음을 알려 주고 있다. 임진왜란이 일어난 후 십 년이 지난 뒤에 있었던 일로, 전쟁의 뒷수습도 아직 완전히 끝나지 않은 상태에서 또 이와 같은 고통이 내려지니, 나라에 어진 임금이 있고 백성이 죄가 없는데도 하늘이 어찌하여 위로해 주지 않고 재난만 주는지 모르겠다고 한탄한 시인이었다. 당시의 상황에서 시인은 두보가 쓴 동관(潼關)과 석호(石壕)의 모습을 떠올리게 되었다. ④에서는 이러한 농민의 고통을 하늘에 하소연하나 소용이 없고, 오직 임금님의 은덕(恩德)으로만 백성을 구제할 수 있다고 하였다. 성군(聖君)이 나와서 곧 어려움이 극복될 것이라는 희망을 마지막 부분에서 나타내고 있다.

五日運一石	오일에 돌 하나 운반하고,
十日運一木	십일에 나무 하나 움직이네.
驅石鞭見血	돌 움직이기 재촉하니 채찍에 피가 보이고,
伐木山盡禿	나무를 베게 하니 산은 민둥산이 되었네.
主將但務速	우두머리 대장은 단지 빨리하길 재촉하니,
役卒敢言勞	부역하는 병졸이 감히 수고로움 말하랴?

---

61) 상게서, 110쪽. "山崩岸亦塌, 川原摠反覆. 有如鴻濛初, 天地將改闢."

樓櫓一何壯	누각과 망루는 한결같이 웅장하고,
雉堞一何高	성가퀴는 한결같이 높네.
看看匪石築	자세히 보면 돌을 쌓음이 아니고,
一一民脂膏	하나하나가 백성의 기름이네.
築已旋復壞	쌓았으나 도리어 다시 무너지니,
何時築得成	어느 때나 쌓아서 완공할꼬
吾聞以城城	나는 들었네, "성(城)으로 성(城)을 쌓는 것이
不如以賢城	어짊으로 성을 쌓는 것보다 못하다."는 것을
城城止百年	성으로 성을 쌓음은 백 년에서 그치고,
賢城可萬里	어짊으로 성을 쌓으면 만 리를 가네.
萬里與百年	만 리와 백 년은,
終亦有時毀	마침내 또한 시간의 차이가 있네.
曷若民爲城	어찌 백성을 성(城)으로 삼아,
本固邦乃寧	근본이 튼튼하고 편안해짐과 같겠는가?
此城雖無形	이 성(城)은 비록 형태가 없으나,
萬世保太平	만세에 태평함을 보존하리라.
是知城非城	이 알지어다. '성(城)이 성이 아니고
至險藏小民	지극히 험한 성(城)은 백성을 간직하는 것임을'[62]
願畫無形城	원컨대 형태 없는 성을 그려서,
持以謁楓宸	들고서 임금님 배알하고자 하노라.

시인이 백성을 사랑하는 마음은 당시의 어떤 관리에도 뒤지지 않았다. 식량이 백성의 하늘이고 또한 백성은 임금의 하늘임을 주장하며, 주식문제(住食問題)가 해결되어야 백성이 살아갈 수 있으니 식량이 바로 백성의 하늘과 같은 존재이고, 또 임금은 백성을 하늘과 같이 받들어 그들이 고통에서 벗어나게 해 주어야 함을 설파하였다. 하늘은 우러러 받드는 존재임으로 백성이 먹을 것이 없으면 굶주려 죽고, 임금이 백성을 버리면

---

62) 상게서, 143쪽. 「築城詞」.

망한다는 사실을 깨닫고 있었던 것이다. 그리고 옛날의 어진 임금은 백성을 부양함에 모자랄까 두려워하였으나, 지금은 오직 백성들을 착취함에 몰두하고 있으니, 이는 백성을 떠나게 만들고 결국 나라를 망하게 한다고 주장하였다. 그가 지방관으로 종사하면서 여러 곳에서 백성들의 고통받는 모습을 목격하게 되었고, 그 현실을 나의 일처럼 가슴 아파했으며 그들을 대신해서 시로 형상화하였다. 그리고 위정자에게는 진정으로 나라를 잘 다스리기 위해서는 백성의 마음을 사로잡아야 함을 말하였다. 위의 시에서도 보여주었듯이, 성(城)을 튼튼히 쌓는 것만이 중요한 것이 아니라고 주장하였다. 즉 백성을 혹사하여 성(城)을 만들어 적을 방어하는 방패로 삼을 것이 아니라, 어진 마음으로 백성을 다스려서 백성이 관리를 진정한 마음으로 따르게 해야 함을 강조하였다. 곧 백성의 마음으로 성을 쌓아야 함을 말하고 있는 것이다. 마지막에서 형태 없는 성(城)에 해당하는 백성을 그려서 임금님을 배알하고 싶다고 하여 백성을 소중히 여기는 마음을 잘 보여주고 있다.

그는 「잉설여편(剩說餘編)」에서도 옛날에 정치하는 사람은 정사를 너그러이 하고, 지금 사람은 정치를 사납게 한다고 말하였다. 그리고 고인(古人)은 백성을 대하기를 자식처럼 사랑으로 대했는데, 금인(今人)은 백성을 미운 원수처럼 대하니 차마 백성들은 그 고통을 감당해내지 못한다고 안타까워하였다. 한편, 나라가 잘되기 위해서는 나라에는 두 명령이 없어야 하고, 조정은 의견이 달라서는 아니 되며, 선비는 학설(學說)을 달리 주장하여 자기 고집만 부려서는 안 된다고 하였다. 그래야 백성도 한 임금을 충심으로 섬길 수 있게 된다고 주장하였다. 즉 백성의 마음을 사로잡아 그들로 하여금 군주와 국가를 존중하는 진실한 마음이 우러나오게 해야 한다는 것이다. 그렇지 않고서는 안정된 국가를 유지할 수 없다는 생각이다. 백성을 지나치게 부역에 혹사시켜 본업에 종사하지 못하게 하여서는 안 된다고 주장하였다. 장년기에 지어진 이 작품에서 시인이 민초들이 성(城)의 돌을 쌓음을 백성의 기름을 쌓는 것이라고 말함으로써, 민초들의 참혹(慘酷)한 실상을 고발하고 있다. 나라를 외적으로부터 지켜내는 것은 눈에 보이는 성(城)만 쌓아서 되는 것이 아니고, 백성의 마음을 쌓아야 함을 잘 알고 있었던 것이었다. 그리고 그는 국가의 자존심을 세우는 것도 중요하다는 것을 깨달아서, 하루빨리 청나라를 막을 수 있는 힘을 키워야 하며 청나라 사신(使臣)들의 거만한 태도도 고치게 만들어야 한다는 의미를 담은 「척절로사의(斥絶虜使議)」라는 상소를 59세 때에 임금께 올리게 된다. 그리고 후에 국가 개혁을 위한 조언을 인조가 여러 신하에게 구함에 당시에 가장 훌륭한 방책을 제시한 장문의 상소문인 「조진무실차자(條陳務實箚子)」를 올려서 부강하고 안정된 나라를 만들 수 있는 방책을 개진하였다. 이렇게 국가와 백성을 사랑하는 시인의 마음은 끊임없이 이어졌다. 다음은 임진왜란 때 아녀자들이 정조를 지키기 위해 목숨을 초개같이 던진 안타까운 상황을 형상화한 작품이다.

節婦一爲貴	열녀는 한 사람도 귀한 존재인데,
高門今見三	열녀문이 이제 셋이나 보이네.
亭亭霜後栢	꿋꿋함은 서리 뒤의 잣나무요,
烈烈女中男	씩씩함은 여자 중의 남자이네.
特筆千秋史	뛰어난 글은 천 년의 역사이고,
豊碑萬口談	공덕비는 많은 사람의 화제가 되네.
當時偸活輩	당시에 구차히 목숨을 보존한 무리들,
到此面應慙	여기에 이르면 얼굴이 응당 부끄러우리라.[63]

정치(正致) 홍상(洪祥)의 부인 조 씨(趙氏)와 그 며느리 이 씨(李氏)

---

63) 상게서, 118쪽. 「題三節灘」.

그리고 이 씨의 어머니인 정 씨(鄭氏)가 임진란에 함께 피난 가다가, 적
이 가까이 이르자 몸을 더럽히지 않으려고 서로 손을 잡고 물에 뛰어들어
목숨을 던진 일을 시로 형상화한 것이다. 그 빠져 죽은 곳을 마을 사람들
이 '삼절탄(三節灘)'이라고 일컬었다. 당시의 전쟁이 민중에게 미친 피해
가 얼마나 심했는지 추측할 수 있는 시이다. 다음은 정병(征兵) 가는 남
편을 보며 슬퍼하는 아녀(兒女)를 위로하고, 별다른 도움이 되지 못하는
자신의 모습을 자학(自虐)하는 시이다.

天討稽狂寇	임금이 미친 왜구를 토벌하기 위해서,
秋防動遠兵	추방에 원병을 움직이네.
藩邦須重義	번방은 모름지기 의리를 소중히 여기니,
兒女枉傷情	아녀자들은 슬픈 마음 꺾어라.
白羽催行色	흰 깃은 행색(行色)을 재촉하고,
靑山送哭聲	청산은 곡성을 보내네.
酬恩空老劍	은혜를 갚고자 하나 늙은이의 검은 쓸모가 없으니,
悔作一書生	한 서생이 되었음을 후회하네.64)

수련에서는 나라에서 왜구 토벌을 위하여 징병을 소집하게 되었음을 말
하였다. 이어서 의리를 소중히 여겨서 출병하니, 남편을 전장으로 보내는
아녀자들은 너무 슬퍼만 하지 말라고 위로하고 있다. 경련에서는 출병(出
兵)하는 모습과 슬퍼하는 백성의 모습을 그려내고 있다. 푸른 산이 곡성
(哭聲)을 낼 정도로 슬픈 상황임을 느끼게 한다. 미련에서는 이러한 상황
임에도 늙고 힘이 없는 자신은 아무런 도움이 되지 못한다고 한탄하고 있
다. 서생(書生)의 역할밖에 하지 못하는 자신을 부끄러워하고 또한 백성
의 슬픔을 보고 자신의 일처럼 생각하며 도움이 되지 못하는 자신을 스스

---

64) 상게서, 174쪽. 「路見徵兵處處哭別」.

로 자책하고 있는 것이다.

지금까지 나라를 걱정하는 우국(憂國)의 마음과 백성을 걱정하는 마음을 토로한 사회시를 살펴보았다. 우국의 마음은 특히 내직(內職) 생활(生活)이나 중국을 왕래하면서 많은 걸 느껴서 시로 표현하게 되었고, 애민(愛民)의 마음을 표출한 시에서는 외직(外職)에 근무하면서 농촌 현장에서 몸소 체험한 가뭄과 장마에 의하여 고통받는 농민의 모습과, 부역이나 징병으로 겪는 어려움을 주로 표현하였다.

시인이 살았던 시기에는 임진왜란, 정묘호란 등 외국의 침입을 받아 많은 혼란을 겪게 된다. 그로 인해 백성들의 생활은 궁핍해지고 심지어는 임금의 권력에 도전하는 일까지 발생하게 된다. 이러한 장면을 목격한 시인은 지금까지 교조주의처럼 받들어졌던 성리학만으로는 더 이상 체제를 유지할 수 없음을 깨닫게 된다. 또 중국을 왕래함으로써 서구 문물을 접히게 되어 새로운 세계에도 눈을 뜨게 된다. 이러한 경험이 바탕이 되어 결국 실학이라는 새로운 학문을 창출해 내게 된 것이다.

3) 사향(思鄕)과 귀전(歸田) 의식(意識)

흔히 귀전시(歸田詩)는 도연명으로부터 출발점으로 삼고 있다. 지봉은 오랜 벼슬 생활에서 벗어나 강호에 돌아가고 싶어 하는 귀전원(歸田園)의 마음을 시를 통해서 나타내곤 하였다. 여기서는 환로 시절에 벼슬에 염증을 느껴 귀전을 갈망하는 시, 이미 귀전하여 살아가고 있는 모습을 읊은 시 등을 중심으로 고찰한다. 먼저 환로 시기에 귀향을 갈망하는 마음을 읊은 시를 보기로 한다.

山川蓬島北　　산천은 봉도(蓬島) 북쪽이고,
天地雪雲東　　천지는 설운(雪雲) 동쪽이네.
製錦才非長　　비단 만드는 재주는 좋지 않으나,
衝星氣自雄　　별에 닿은 기운은 웅건하네.
折腰憐斗米　　허리 굽혀 벼슬함을 안타깝게 여기고,
便面耐西風　　얼굴을 한쪽으로 돌려 서풍을 견디네.
多少思歸興　　얼마간 돌아갈 흥을 생각하는데,
南飛有早鴻　　남쪽으로 이른 기러기가 날아가네.65)

이 시는 지봉이 43세 때 안변부사로 제수(除授)되어 임지로 가면서, 언젠가는 다시 가족이 기다리는 집으로 돌아갈 날을 기대하면서 지은 시이다. 수련에서는 안변의 위치를 소개하였고, 이어서 자신은 농사를 짓고 비단 만드는 재주는 없지만, 시골의 벼슬길에 올라 훌륭한 관리가 되겠다는 각오(覺悟)와 기개(氣槪)를 보여주고 있다. 이어서 윗사람에게 허리 굽혀가며 벼슬하는 것이 서글프고, 안변 지방의 추운 서풍을 견디기 힘들지만, 인내하며 살아감을 말하였다. 그리고 언젠가는 고향으로 돌아가 즐겁게 보낼 흥취(興趣)를 생각하고 있는데, 마침 고향 쪽으로 날아가는 기러기가 보인다. 당장은 돌아가지 못하지만 언젠가는 돌아갈 그날을 기대하며 살아가고자 하는 시인의 마음을 읽을 수 있다. 조정의 대세에 밀려 지방관으로 나아가게 되니, 벼슬에 혐오감이 생겼고 그로 인해 더욱 귀향(歸鄕)하고픈 마음이 간절했을 것이다. 이어서 사신으로 국경지역이나 중국에 갔을 때, 고국과 고향을 그리워하는 마음을 형상화한 시를 보기로 한다.

憶歸休上望鄕臺　　돌아감을 생각하며 망향대에 오르고,
隔歲蓬門尙未開　　한 해 지나도 사립문은 열지 못했네.
西塞山川輸點筆　　서쪽 변방 산천이 점화(點化)의 붓을 들게 하고,

---

65) 상게서, 109쪽. 「歸興」.

南樓風月入停杯   남쪽 누각의 풍월은 멈춘 술잔 들게 하네.
寒消野渚年前雪   추위 없어진 들의 물가엔 작년의 눈이 있고,
暖到江城臘後梅   따뜻한 강 언덕에는 지난해의 매화 피었네.
東洛故園長在夢   동쪽 낙수의 고향을 길게 꿈꾸니,
好隨春色一時回   봄빛이 일시에 돌아옴을 좋아하며 따르네.66)

지봉이 39세 때인 1601년에 영위사(迎慰使)로 중국사신을 맞이하기 위해 국경지역으로 가게 되었다. 당시 행차가 평양에 이르렀을 때 그는 말에서 떨어져 많은 어려움을 겪게 되는데, 그때 지친 몸인 상태에서 빨리 고국으로 돌아가고 싶은 심정이었을 것이다. 먼저 수련에서 찾는 이 없는 변방에서 고국이 그리워 망향대(望鄕臺)에 오르게 되었음을 읊고 있다. 함련에서는 나그네의 외로운 심사를 잘 그려내고 있다. 변방의 새로운 산천을 접하고 그리움을 달래기 위해 시를 쓰게 되었으며, 한편으로 누각의 둥근달을 보며 근심을 달래기 위해 한 잔 술에 괴로움을 달랜다. 경련에서는 지난해의 눈이 조금 남아 있고, 물가의 모습과는 상대적으로 양지바른 곳에서는 벌써 섣달에 피는 매화가 피었기 때문에 기다리던 봄이 오고 있음을 보여주고 있다. 당시 11월에 사신으로 가서 이듬해 3월에 돌아오게 되었으니, 가장 추운 시기를 지낸 것이다. 미련은 봄과 함께 꿈꾸던 고국으로 돌아오게 될 기쁨을 표현하였다. 다음 시는 성시(城市)에서나마 한가로운 곳에 기거하며, 고향을 그리워하는 마음을 읊고 있다.

久從城市作幽居   오랫동안 성시의 한가한 곳에 사니,
永日門無達者車   해는 긴데 문에 이르는 수레가 없네.
三逕晚吟元亮菊   세 갈래 길에서 저녁에 도연명의 국화를 읊고,
一年秋興季鷹魚   일 년 중에 가을엔 장한(張翰)의 물고기로 흥을 내네.
鴈霜欲下靑楓冷   가을 서리 내리고자 하니 푸른 단풍은 차고,

66) 상게서, 103쪽. 「憶歸」.

鷗雨初晴白葦疎　　은거 땅에 비 비로소 개이니 흰 갈대는 드물게 있네.
家在水鄕歸未得　　집은 물가에 있으나 돌아가지 못하니,
鉤磯烟月近何如　　낚시터의 연월은 근래에 어떠할꼬.67)

　고향을 그리워한 지봉은 비록 당장 고향에는 돌아갈 수 없지만, 저자의 한가한 곳에 삶으로써 나름대로 향수를 달래고 있음을 느끼게 하는 시이다. 수련에서는 한가한 곳에서 사니, 자연히 수레 소리도 들리지 않는다고 한 것이다. 이 시에는 도연명의 「잡시(雜詩)」와 「귀거래사(歸去來辭)」의 구절을 연상시키는 곳이 많다.68) 봄날은 도연명(陶淵明)처럼 국화를 사랑하며 보내고, 가을에는 계응(季鷹)의 물고기로 흥을 낸다. 여기서 계응은 진(晉)나라 오(吳) 땅 지역 사람인 장한(張翰)의 자(字)인데 그는 대사마(大司馬)의 벼슬을 하다가 나라가 어지러워지자 가을바람에 문득 고향에서 즐겨먹던 먹거리였던, 나물과 물고기를 생각하고는 사직하고 귀향했다고 한다.69) 줄버섯나물·순채국·농어회는 이후 시문(詩文) 중에 은퇴하여 쉬는 경우의 전고(典故)로 사용되고 있다. 다음의 경련(頸聯)에 가서는 계절의 변화를 언급함으로써 세월이 빠르게 흘러감을 나타내고 있다. 안상(鴈霜)·구우(鷗雨)·청풍(靑楓)·백위(白葦)의 대(對)가 잘 이루어지고 있다. 고향의 생활과 다르지 않게 보내고 있지만, 귀향하고픈 마음을 억누르지 못하고 옛날의 모습을 회상하는 장면으로 끝내고 있다. 현실적으로 돌아가지 못하는 안타까움을 시로 표현하고 있다.

---

67) 상게서, 48쪽. 「思歸」.
68) 陶淵明의 「雜詩」에 나오는 "結廬在人境, 而無車馬喧. 采菊東籬下, 悠然見南山."라는 부분과 歸去來辭의 "三徑就荒, 松菊有存."이라는 구절을 用事하였다.
69) 『晉書』, "時政事混亂, 翰爲避禍, 急欲南歸. 乃託辭見秋風起, 思故鄕菰菜·蓴羹·鱸魚膾·辭官歸吳."

休官剛辦二年閑	벼슬 쉬고 억지로 힘써서 2년 한가하니,
五斗功名齒亦酸	다섯 말 공명에 이가 또한 시리네.
生死蠧虫文字裡	삶과 죽음은 좀벌레 같은 글자 속에 있고,
是非隍鹿夢魂間	옳고 그름은 골짜기에 있는 사슴의 꿈 사이에 있네.
慣經世事肱三折	세상 일로 습관적으로 지냄에 팔뚝 세 번 꺾었고,
易別光陰指一彈	떠나기 쉬운 세월은 한순간처럼 지나가네.
籬下不裁陶令菊	울타리 아래 도연명의 국화는 심지 않았지만,
窓前長對謝公山	창문 앞에서 길게 사령운의 산을 대하네.70)

지봉은 26세 때에 승정원(承政院) 부정자(副正字)로 벼슬을 시작한 뒤로 어머니 유 씨(柳氏)가 33세에 사망했을 때를 제외하고 43세까지는 계속 이어서 벼슬을 했다. 43세 때 외직인 안변부사를 맡게 된 것은 당시에 조정 신하들과 의견이 맞지 않아 스스로 외직을 청한 것이다.71) 또 이전에 1599년 지봉 나이 37세 때는 북인(北人)인 정인홍(鄭仁弘), 이이첨(李爾瞻) 등이 남인(南人)인 영의정 유성룡(柳成龍)을 내쫓고 좌의정이었던 이원익(李元翼)도 위기를 맞이한 시기가 있었다. 이러한 일로 인하여 정치 생활에 회의를 느끼던 시기에 질병이 생김으로 인하여 어렵게 휴식기를 맞이하게 된 것이다. 그동안의 관리 생활에 이가 시리게 되었을 정도로 힘들었음을 언급하면서, 환로 생활의 어려움을 말하고 있다. 그러다 보니 세월만 흘러가게 되었음을 깨닫게 되었다. 따라서 마지막 부분에서 도연명과 사령운의 삶을 갈망하고 있음을 나타내고 있다. 특히 일생절수(一生折首)한 사령운을 흠모하여 본받고자 하는 심정을 말하고 있다. 결국 안변부사를 지낸 후 병으로 2년의 휴직기를 갖게 되는데, 이 시는

---

70) 『芝峯集』, 55쪽. 「卽事」.
71) 상게서, 319쪽. 「行狀」 "公之在銓也, 進用士流三人者, 皆當路所不悅. 至被彈去, 而時相有姪子素無賴, 欲驟眞之通顯, 公執不可, 會廷臣請上尊號, 公意獨不肯. 以此積忤時議, 乞外得安邊府使."

바로 지봉의 나이 44세 4월에서 46세의 가을 사이에 지어진 시이다.

彭澤休官後　팽택령 벼슬 그만둔 후에,
田園俗事稀　전원에는 속세의 일이 드물었네.
雨飄垂柳帶　비가 나부끼어 버들들이 늘어졌고,
風剪老荷衣　바람은 노인의 옷을 찢네.
牧笛迎秋氣　목동의 피리는 가을 기운을 맞이하고,
樵歌送夕暉　나무꾼의 노래는 저녁 노을에 들리네.
尋常無客到　항상 이르는 객이 없으니,
十日一開扉　열흘에 한 번 사립문을 여네.[72]

　도연명이 강서성(江西省) 팽택현(彭澤縣)의 현령(縣令)을 그만두고 귀
거래사(歸去來辭)를 부르며 고향으로 돌아갔듯이 지봉도 전원에 돌아와
한가롭게 보내게 되었음을 노래하였다. 전원에서 지내니 속세의 복잡한
일은 없고 비바람과 가까이 접하게 되었으며, 가을날 저녁엔 목동의 피리
소리와 나무꾼의 노랫소리 들으며 세월을 보낸다. 자연히 찾아오는 손님
도 없으니 열흘에 한 번 문을 열게 될 정도이다. 시인은 도연명을 좋아했
고 그의 시를 높이 평가했다. 따라서 여러 시에서 그의 시나 문장 또는
인품(人品)에 대하여 인용하여 읊고 있다.

投老行藏十畝間　늙어서 행적을 밭이랑 사이에 감추니,
養病終歲臥鄕關　병 요양하는 말년에 고향에 와 누웠네.
愁看漢北烟中樹　근심스레 한북(漢北)을 보니 안개 중에 나무 보이고,
興入江南雪後山　흥(興)에 겨워 강남에 들어가니 눈 내린 후의 산이라.
野鶴生涯天地闊　야학 노인의 생애는 천지간에 활달하고,
海鷗心跡水雲閑　바다 갈매기의 마음은 수운(水雲)에 한가롭네.

---

72) 상게서, 40쪽. 「田園」.

蓬瀛舊有眞仙侶　봉래 영주 옛 진선과 짝하였는데,
應怪龍鍾久不還　늙고 병들었는데 오랫동안 돌아가지 못한 것 괴이
　　　　　　　하네.73)

　늙고 병든 시기에 전원에서 생활하는 한가로움을 노래하고 있다. 실제
로 시인은 말년에 수원의 전사(田舍)에 기거하며 문을 잠그고 외출을 하
지 않았으니, 집안사람들도 거의 그의 얼굴을 볼 수 없었으며, 무더운 시
기에도 문을 열지 아니하였다고 전한다. 그 뒤 여러 번 광해군이 벼슬에
나오길 독촉하였으나 병을 이유로 나가지 않았다.74) 이 시기가 시인에게
는 가장 긴 휴직기였다. 57세 3월에 순천부사 직책을 끝낸 후부터 61세
되던 3월까지 약 4년간이 관직에서 완전히 떠난 시기이다. 다음 시에서도
말년의 전원생활의 모습을 느낄 수 있다. 곧 이 시에서는 말년의 여유로
움을 잘 보여주고 있다. 그리고 전원에 살면서 전인들이 살았던 이상향
(理想鄕)을 꿈꾸는 의경(意景)을 함께 담고 있다.

野外收身返故居　들 밖에서 몸을 거두어 옛집으로 돌아오니,
九秋籬落夕煙初　구월 가을 울타리에 저녁 연기가 피어오르네.
偎墻竹懶疑因醉　대나무 담에 의지해 게으르게 술에 취하고,
當路苔頑不受鋤　길가에 이끼 자랐으나 호미도 대지 않네.
玉筋登盤諸葛菜　옥근(玉筋)이 쟁반에 오르니 제갈량의 채소이고,
銀鱗入網季鷹魚　은빛 비늘 그물에 들어가니 계응의 물고기이네.
閑軒强酌黃花酒　한가한 집에서 억지로 국화주를 마시니,
却對溪山一笑餘　문득 시내와 산을 대하고 한 번 웃는 여유이네.75)

73) 상게서. 65쪽. 「村居用前韻」.
74) 상게서, 320쪽. 「行狀」 “公之歸也, 屛居于水原田舍. 閉戶不出, 家人罕見其面.
　　前後授大司成, 分兵曹參判, 同知中樞, 詔使迎慰使. 皆不就, 光海以公不肯
　　仕, 下敎切責, 辭極峻厲, 公上疏自陳病憊不任狀.”
75) 상게서, 65쪽. 「水城寓舍卽事」.

옛집에 돌아와 자연과 함께 살아가는 모습을 보여주고 있다. 제갈량과 계응처럼 자연과 함께 조용히 살아가고 있는 여유로움을 느끼게 한다. 다음 시도 비슷한 의경(意景)을 느끼게 한다.

歸田眞晚計　전원에 돌아가는 계획이 진실로 늦어졌으니,
隨分且殘年　분수를 따라서 남은 해를 보내려 하네.
俗外羲皇日　세속 바깥은 복희 황제의 날이요,
閑中太古天　한가한 가운데 태고의 하늘이네.
山肴呈紫蕨　산 안주는 붉은 고사리가 오르고,
野飯進紅蓮　들 밥은 붉은 연으로 진상되네.
飮啄無餘事　마시고 먹는 것 외에 일이 없으니,
尋常任自然　늘 자연과 함께 있네.76)

전원에 돌아오는 시기는 비록 늦어졌지만, 분수에 따라서 자연과 함께 보내고자 하는 마음을 잘 형상화하였다. 수련에서 늦게나마 전원으로 돌아오게 되었음을 언급하며 남은 해라도 분수를 지키며 살겠다는 마음을 표하였다. 이어서 자신은 복희 황제의 태평성대의 백성처럼 살고 있으며, 마시고 먹는 것 외에 할 일이 없어 자연과 항상 함께 지낸다고 하였다. 얼마나 전원 속에서 풍요로운 삶을 즐기고 있는지를 독자로 하여금 느끼게 한다. 지봉은 일생을 통해서 행한 일이나, 사물을 접해 즉흥적으로 일어나는 심정을 읊은 「즉사(卽事)」란 시를 많이 남겼는데, 대부분 한가롭고 여유로운 삶의 모습을 보여주는 시들이다.

坐闌庭際午陰餘　뜰 사이 난간에 앉아, 오후에 그늘에서 여유롭게 보내며,
書葉迎風自卷舒　책을 읽는데, 책장은 바람에 절로 넘어가네.
人世喧煩休入耳　인간 세상 시끄럽고 번잡함은 귀에 들어오지 마라,

---

76) 상게서, 42쪽. 「歸田」.

北窓幽夢到華胥　　북창의 그윽한 꿈은 화서에 이르네.77)

난간에 앉아 독서하며 한가롭게 지냄을 말하고 있다. 책장을 넘기는 것
도 귀찮을 정도인데, 책장은 바람에 절로 넘겨진다. 전구에서 인간 세상의
소리는 듣지 않고 시원한 북창에 기대어 낮잠도 자곤 한다. 이 시에 나오
는 '화서지몽(華胥之夢)'은 황제(黃帝)가 낮잠을 자다가 꿈속에 화서 나
라에서 놀며 태평한 광경을 보았다는 고사에서 나왔으며 낮잠을 가리키기
도 한다. 다음 시들은 벼슬 중에 잠시 틈을 내어 전원을 즐기는 망중유한
(忙中有閑)의 심정을 읊은 작품들이다.

春泥汨汨野冥冥　　봄의 논에 물 흐르고 들판은 아득한데,
睡看轎中午未醒　　가마에서 졸다 보니 정오가 된 줄도 몰랐네.
忽覺新詩生兩眼　　문득 새로운 시가 두 눈에서 생겨나니,
晚雲開送好山靑　　저녁 구름이 푸른 아름다운 산을 지나가네.78)

지봉이 홍주목사(洪州牧使)로 근무하면서 농촌지역을 순찰할 때의 감
회를 읊은 시이다. 시골의 산과 구름이 새로운 시상을 불러일으키고 있다.
일상에서 항상 시를 짓는 것이 생활화되었던 그였다. 지방 관리로서 망중
유한(忙中有閑)을 보내고 있는 모습이다. 이어서 「사달정즉사(四達亭卽
事)」란 제목의 연작시(連作詩)가 있으니 살펴보기로 한다.

「其一」
彭澤春歸客未歸　　팽택에 봄이 왔건만 객은 오지 않고,
簿書叢裏宿心違　　문서 더미 속에 오랜 마음 어기었네.
公餘偶作江湖夢　　공무 여가에 우연히 일어난 강호의 꿈,

---

77) 상계서, 28쪽. 「卽事」.
78) 상계서, 117쪽. 「道中卽事」.

猶逐沙鷗上釣磯　태연히 갈매기 쫓아 낚시터에 오르네.

「其二」
吏散庭除坐嘯長　관리 흩어진 뜰에 앉아 휘파람 길게 부니,
幽軒近水易生凉　물 가까운 깊숙한 집은 쉬 서늘해지네.
三杯吸盡梨花月　이화월을 보고 석 잔을 다 마시고,
寫出新詩字字香　새로운 시를 지으니 글자마다 향기롭네.

「其三」
山墻日上未蜂街　산장에 해가 올랐어도 군사들은 드나들고,
柳下疎簾滴露華　버들 아래 성긴 발에서 영롱한 이슬 떨어지네.
休怪使君春早起　사군이 봄에 일찍 일어남 괴이히 여기지 마라,
愛憑危檻賞殘花　위태한 난간에서 잔화를 감상하길 좋아서네.

「其四」
重簾日午展緗波　겹친 발 오후에 담황색 물결 퍼지니,
曲渚陰陰柳影多　굽은 물가 그늘져서 버들 그림자가 많네.
欲識亭中奇絶處　정자 중에 승경을 알고자 하여,
也須乘雨看新荷　비를 타고 새로운 연꽃을 보려 하네.[79]

　사달정(四達亭)에서 즐기는 모습을 시로 형상화하였다. 「其一」에서는 꿈꾸던 귀전(歸田)은 이루지 못했지만 벼슬 생활 중에 강호를 즐기는 모습을 형상화하였다. 그리고 「其二」에서는 근무가 끝난 뒤에 달을 보며 시를 짓는다. 진(晉)나라 석숭(石崇)이 행했던 금곡주수(金谷酒數)의 일을 생각하며 세 잔의 벌주를 다 마시고 시를 지으니, 시가 잘 지어져서 향기를 발한다고 시작의 기쁨을 읊고 있다. 「其三」에서는 새벽에 일찍 일어나 잔화(殘花)를 즐기는 여유를 만끽하고 있다. 「其四」에서는 사달정(四達

---

79) 상게서, 118쪽. 「四達亭卽事」.

亭)의 승경을 마음껏 즐기고자 하는 시인의 모습을 형상화한 것이다. 바쁜 벼슬 생활 중에 망중유한(忙中有閑)을 즐기고 있다.

이상에서 시인의 귀전(歸田) 및 귀향(歸鄕)과 관련된 시를 살펴보았는데, 도연명과 사령운의 영향을 많이 받았음을 느낄 수 있었다. 전체적인 내용을 보면, 귀전하고자 하는 심경을 토로한 시 그리고 실제로 귀전(歸田)하여 자연을 벗 삼아 살아가는 모습을 노래한 작품도 있었지만 마치 귀전(歸田)한 것처럼 노래하여 이루지 못한 귀전을 시로 형상화하여 대리만족을 취하기도 하였다.

이 외에도 시인이 질병으로 속세와 떨어져 한가로이 지냄을 노래하며 자연과 벗 삼아 살아가는 모습을 읊기도 하였다. 그리고 자신의 일생을 뒤돌아보며, 일없이 허무하게 늙게 되었음을 한탄하기도 하였다. 말년의 청빈하고 욕심 없는 모습을 보여주는 작품에서는 "깨끗이 살면 일이 적고, 고요히 살면 벼슬하고 있는지 스스로도 못 느낀다."고 하면서, 지나친 욕심을 버리고 살아가길 바라는 심정을 형상화하기도 하였다.[80]

3. 일상생활(日常生活)의
사실적(事實的) 묘사(描寫)

인간은 항상 자연과 더불어 살아왔으며, 자연에서 기뻐하고 슬퍼하며 또한 삶의 지혜를 얻기도 한다. 여기서는 일상적 생활에서 겪은 일들을

---

80) 상게서, 125쪽. 「潦倒」 "潦倒洪陽牧, 沈冥簿領間. 水雲牽興遠, 湖雨入詩寒. 白雲今人耳, 紅塵舊客顔. 心淸仍少事, 身靜似無官."

꾸밈없이 사실적으로 묘사하고 있는 내용의 시를 담아 보았다. 먼저 자연
경물을 실사한 시에서는 맑고 깨끗한 마음을 소유한 시인의 모습을 느낄
수 있었다. 여성적 정감(情感)을 표현한 시에서는 섬세(纖細)하고 순수한
여인의 연정(戀情)을 잘 묘사하였다. 그리고 엄격하고 꼿꼿한 선비의 모
습에서도 멋있는 위트와 해학이 있음을 알 수 있었다. 이러한 정조(情調)
를 담고 있는 시를 여기서 감상한다.

1) 자연(自然) 경물(境物)의 실사(實寫)

지봉 시에서 특정 사물에 대해 노래한 영물시(詠物詩)와 자연의 모습
을 잘 묘사하고 있는 자연시(自然詩)의 세계를 조명하고자 한다. 인간과
자연은 항상 친밀한 관계를 유지하였듯이 지봉도 자연과 친화(親和)했으
며, 자연의 어떤 대상물을 소재로 한 작품인, 즉 풍영사물(諷詠事物)한
영물시(詠物詩)를 많이 남겼다. 그가 주로 읊은 소재는 눈·매화·소나
무·대나무 등이다.

> 暗竹蕭蕭響　　깊숙한 대숲에는 쓸쓸한 소리 들리고,
> 寒窓曉色迷　　차가운 창에는 새벽 빛이 희미하네.
> 簷間有宿雀　　처마 사이 잠자는 참새가 있으나,
> 日晏未移棲　　해가 중천인데 보금자리 옮기지 않네.[81]

시의 내용에서 제목에 해당되는 말은 쓰지 않는다는 사실을 잘 보여주
고 있는 시이다. 범제(犯題)하지 않기 위해 눈(＝雪)이란 글자를 전혀 쓰
지 않고도 눈이 내린 때의 모습을 잘 형상화하였다. 시골에서 누구나 경

---

81) 상게서, 17쪽. 「詠雪」.

험할 수 있는 일을 사실적(事實的)으로 그려내고 있다. 특별한 조탁(彫琢)이나 수식(修飾) 없이도 눈이 오기 전과 그 후의 한가로운 시골의 모습을 있는 그대로 보여주고 있다. 기구(起句)에서 눈이 내리기 전의 고요함을, 승구에서는 밤새 눈이 내리고 온통 백설의 세상이 밝아 옴을 그려내고 있다. 따라서 아침 일찍 일어나서 활동해야 할 처마 속의 참새는 추위와 눈 때문에 갈 곳이 없어서, 보금자리를 지키며 해가 중천에 떴는데도 움직이지 않고 있다. 눈 내리기 전후의 시골의 풍광(風光)을 자연스럽게 보여주고 있다. 암죽(暗竹)·한창(寒窓)·숙작(宿雀)에서 전형적인 시골의 모습을 느끼게 한다.

積雪被林巒	쌓인 눈은 산봉우리를 덮었고,
遙空白色漫	먼 하늘은 흰색으로 넘치네.
海連銀地濶	바다는 은빛 세상으로 이어져 광활하고,
山入玉天寒	산은 옥빛 하늘로 들어가 차갑네.
閉戶人猶臥	문을 닫고 사람은 아직 누워 있고,
乘舟興未闌	배를 타나 흥이 다하지 않네.
家僮莫須掃	아이야 쓸지 말아라.
留作畫圖看	머물게 하여 그림처럼 즐기리라.[82]

천진난만한 어린아이의 모습으로 돌아간 화자(話者)의 모습을 느끼게 한다. 온 산천이 눈으로 덮여 있으니 바다는 은빛 세상이고 산은 옥빛 세상이다. 하인에게도 그 눈을 치우지 말게 하여 그림 같은 백색의 세상을 마음껏 즐기고 싶은 심정이다. 맑고 깨끗한 세상을 탐미하고 있다.

이 작품 외에 시인은 눈의 색깔을 여러 가지로 비유하였는데 「설야우성(雪夜偶成)」에서 "누대벽월삼천계(樓臺璧月三千界) 천지이화경각춘(天地

---

82) 상게서, 42쪽. 「詠雪」.

梨花頃刻春)"이라고 하여 눈을 흰색의 배꽃에다 비유하기도 하였다. 그리고 눈이 내리는 모습을 "하늘이 옥수궁을 만들고, 구름 같은 칼과 달 모양 도끼로 무리의 장인을 시켜 어지러이 가루가 되어 떨어지게 하니 점점이 인간 세상을 한 가지 색으로 만드는구나."[83]라고 하여 동화 속의 이야기처럼 묘사하기도 하였다. 마치 동심의 세계에 살고 있는 듯한 착각을 일으키게 하는 자연스러운 표현이다. 독자로 하여금 편안한 마음으로 과거로 돌아가게 한다. 예나 지금이나 눈 내린 직후의 깨끗한 세계는 누구나 좋아해서 그 경치를 오래도록 즐기고 싶어 한다. 시인은 마지막 부분에서 눈 내린 아름다운 자연의 모습을 보존하여 그림처럼 즐기고자 하는 마음을 나타내고 있는데, 평범한 인간이면 누구나 가지고 있는 생각을 대변해 주고 있는 듯하다. 다음으로 그가 좋아하는 눈과 매화를 잘 조응시켜 지은 시들을 살펴보자.

昨夜千村雪 어젯밤 온 마을에 눈이 내렸고,
今朝萬樹梅 오늘 아침 매화가 모두 피었네.
兒童推戶出 아이가 문을 열고 나왔다가,
誤喜是春來 착각하여 봄이 온 줄 알고 기뻐하네.[84]

간밤에 내린 눈이 나뭇가지에 쌓이니 온통 매화가 핀 것처럼 보여서, 오늘 아침에 문을 열고 나온 아이가 바깥 장면을 보고서 매화 핀 봄이 찾아온 것으로 착각했다는 내용이다. 나뭇가지에 내린 눈이 매화꽃이 피어 있는 모습으로 보인다. 실제로 착각을 일으킨 아이의 모습을 눈앞에서 보고 있는 것처럼 선명하게 묘사했다. 매화와 눈이 서로 조응하고 흰 눈으로 덮인 자연과 해맑은 아이의 모습이 또한 조화를 이루어, 그야말로

---

83) 상게서, 125쪽. 「新雪」.
84) 상게서, 16쪽. 「雪後」.

깨끗하고 순수하다. 같은 제목으로 쓰인 다른 시를 보자.

斗屋朝寒重　　작은 집은 아침에 한기가 심하고,
披衾睡起遲　　이부자리 젖히고 늦게 일어나네.
開窓有新興　　창을 여니 새로운 흥이 있으니,
雪壓小梅枝　　눈이 작은 매화가지 눌렀네.[85)]

　눈 내리는 겨울날 추위 때문에 늦게 일어나게 되었음을 기구와 승구에
서 말하고 있다. 추위에 잠을 설치고 일어났지만, 창을 여는 순간 나타난
은빛 세계를 보고 화자(話者)는 커다란 흥을 느끼게 되었다. 누구든지 한
번쯤 경험할 수 있는 일을 시인은 특별한 언어의 조탁(彫琢)이 없이 자
연스럽게 그려내고 있다. 흔히들 말하는 '설압송(雪壓松)'이 아닌 '설압매
(雪壓梅)'의 모습을 밖에 나가지 않고도 방안에서 조용히 감상할 수 있
다. 두옥(斗屋)·소매(小梅)·설압(雪壓) 등의 시어를 씀으로써 소박한
시골의 모습을 잘 느끼게 해 준다. 이 작품과 흥취가 비슷하고, 익재(益
齋)의 대표적인 시로 알려진 「산중설야(山中雪夜)」[86)]와 비슷한 느낌을
준다. 산사의 깊은 자연 속에서 눈이 내린 풍경을 즐기는 모습을 표현한
것으로, 눈 내린 뒤의 자연 모습을 사실적으로 그려내고 있다. 사람들이
모르는 사이에 밤에 내린 눈의 모습을 아침에 대하게 되면 누구나 환희를
느끼게 될 것이다. 그리고 천지를 흰 빛깔로 물들인 눈은 우리들의 마음
을 더욱 감상적으로 만들 수 있는데, 이러한 풍경을 시로 형상화하였다.
예를 들면 백설곡(白雪曲)이란 시에서는 다음과 같은 내용으로 읊었다.
"밤사이 내린 눈이 온 세상을 백색으로 만들었는데, 잠에서 깨어나니 눈

---

85) 상게서, 17쪽. 「雪後」.
86) 「山中雪夜」 "紙皮生寒佛燈暗, 沙彌一夜不鳴鍾. 應嗔宿客開門早, 要看庵前
雪壓松."

은 그쳤고 둥근달만이 외로이 떠 있어 한층 감상적인 분위기가 무르익게 된다. 흰 빛깔로 인하여 사방이 밝아졌으니 달이 떴는지도 모를 정도여서, 땅에 비친 달의 그림자로 인하여 화자(話者)는 달이 떴음을 알게 된다. 그리고 봄소식을 가져오는 매화는 보이지 않지만, 매화의 향기로 그 나무를 분간할 수 있다."고 표현하기도 하였다.[87]

눈이 내림은 누군가가 은하수를 잡아당겨 가루로 만들었으니, 바로 선녀의 손에서 만들어졌고 잠시 만 마리의 학이 춤추는 걸 보았는데, 이미 나무 위에 천 개의 꽃이 피었음을 보았다고 하였다. 세상이 온통 흰 가루로 덮인 이 아름다움을 표현하기 위해서는, 이백의 재주를 빌리지 않고는 할 수 없다고 말하기도 하였다.[88]

눈은 겨울을 상징하고 매화는 이른 봄을 상징하는 사물이다. 계절의 변화를 일깨워 주는 두 사물의 조화로움을 잘 표현하고 있다. 여러 시에서 시인은 눈과 매화를 잘 조응시켜 독자로 하여금 시간의 변화를 감지하게 하고 있다. 눈과 매화로써 계절감을 잘 느끼게 하고 있으며, 깨끗함의 상징인 눈과 꿋꿋한 지조를 상징하는 매화를 그가 매우 좋아하였음을 알 수 있다.

凌寒梅蘂早迎新	추위 이긴 매화송이 일찍 새봄을 맞이했는데,
竹外園林未覺春	대나무 바깥 동산 숲에는 아직 봄이 오지 않았네.
標格可人元勝絶	높은 품격은 군자들이 으뜸으로 여기니,
一枝纔發便精神	한 가지 겨우 피었는데도 정신이 드네.[89]

---

87) 『芝峯集』, 17쪽. 「白雪曲」.
88) 상게서, 126쪽. 「雪」 "誰把銀河作屑來, 定從仙女手中裁. 纔看萬鶴庭前舞, 已覺千花樹上開. 塵界應時皆麪市, 玉京何地不瑤臺. 新晴景色尤堪翫, 摸寫須憑太白才."
89) 상게서, 27쪽. 『詠梅』.

추위를 이겨내고 눈 속에서도 꽃을 피운다는 매화의 꿋꿋한 모습을 시인은 매우 사랑하고 있음을 알 수 있다. 승구, 전구에서 언급했듯이 다른 것으로는 봄을 느낄 수 없었지만, 매화는 높은 품격을 지닌 존재임으로 한 가지만 피었는데도 정신이 번쩍 들며, 봄이 왔음을 확실히 느꼈는지도 모른다. 지조를 상징하는 매화가 봄을 알려주는 전령사(傳令士) 역할을 하고 있다. 매화가 봄의 전령사임을 시인(詩人)은 다른 시에서 "춘신도계매(春信到溪梅)"라고 표현하기도 하였다.[90] 매화의 기풍을 군자들이 으뜸으로 여긴다고 하여 매화의 기상을 높이 평가하고 있다. 사군자 중에서 지봉은 매화를 특히 좋아하여 이를 소재로 하여 쓴 작품들이 많다. 이어서 봄소식을 전하는 꽃으로 매화를 읊은 두 편을 본다.

① 雪掩千峰合　　눈은 온 봉우리를 덮어서 합쳤고,
　　氷埋萬木摧　　얼음은 모든 나무를 묻어 꺾었네.
　　不知梅蘂上　　매화 꽃송이를 알지 못하니,
　　何處得春來　　어느 곳에서 봄을 얻어 올꼬[91]

② 隔山村落凍雲癡　　산을 이웃한 촌락엔 서늘한 구름이 남아 있고,
　　正月江南暖尙遲　　정월인데도 강남에 따뜻함은 오히려 더디네.
　　老眼不知春信早　　노안은 봄 전령이 일찍 옴을 깨닫지 못하고,
　　却疑殘雪在梅枝　　도리어 남은 눈이 매화 가지에 남아 있는 걸로
　　　　　　　　　　　　의심했네.[92]

두 시 모두 추위를 극복하고 봄소식을 전하는 매화의 모습을 형상화하였다. ①에서는 아직 추위에 눌려서 피어나지 못하는 매화를 생각하며 봄을 기다리는 모습이며, ②는 시간이 좀 더 흘러서 이미 매화가 피어났는데

90) 상계서, 19쪽.「雪後」.
91) 상계서, 17쪽.「臘梅」.
92) 상계서, 170쪽.「詠新梅」.

도 깨닫지 못했음을 언급하면서, 새삼 봄이 가까이 왔음을 기뻐하고 있다.
그는 매화에서 항상 봄을 찾고 있다. 한편 그림 속의 매화를 보고 "눈 속
에 비친 한 떨기의 매화가 그윽한 향기로 꽃을 알리고 봄바람 몰고 오니,
작년에 파수교(灞水橋) 위에 있었는데 언제 흰 벽에 옮겨왔는가?"[93]라고
하여 매화는 봄을 가져오는 매개체 역할을 하고 있다. 또 매화에 대해 언
급하기를, 제일 먼저 봄을 알려 주는 관화(冠花)이며, 그 모습은 소녀(素
女)의 부끄러워하는 모습과 명비(明妃)의 담담(淡淡)한 자태를 지니고 있
어서, 그 품격(品格)이 송죽(松竹)과 함께 의논할 만하다고 하였다. 그리
고 고고한 모습은 다른 꽃보다 나중에 떨어짐을 부끄러워하니 도리어 절
개의 상징인 국화꽃을 비웃을 만한 꽃이라고 찬양하고 있다.[94] 시인이 매
화를 사랑했음은 다음 두 편의 시에서 더욱 잘 보여주고 있다. "정원은 깊
고 깊으며 낮의 햇빛은 천천히 움직이고, 몸이 한가하니 졸음이 옴이 마땅
하네. 시인은 늙어가니 점점 게을러져서, 고요히 매화를 대하나 시를 짓지
못하네."[95]라고 노래하여 매화만 떠올리면 절로 시가 쓰고 싶어졌던 시인
인데 늙어감에 게을러져서 시를 짓지 못함을 아쉬워했다. 아름다운 매화를
대하고도 그냥 눈으로 감상만 해야 하는 서글픈 심사를 읽을 수 있다. 이
어서 더 나아가 자신이 바로 매화와 같은 존재이고 시인의 진정한 시 작
품은 매화를 노래한 시임을 언급하고 있다. "길게 장시간 꽃을 대하고 홀

---

93) 상게서, 31쪽. 「詠畫梅」 "映雪新梅玉一叢, 暗香芳信又春風. 昔年灞水橋頭見,
   何日移來素壁中."
94) 상게서, 61쪽. 「次車五山詠早梅韻」 "第一先春冠衆芳, 嫩寒庭院暗生香. 霜前素
   女含羞態, 月下明妃倚淡粧. 唯與竹松論品格, 任敎桃杏競年光. 纔開易落君
   休恨, 留取枝頭子半黃."
   같은 쪽. 「再次」 "紅紫紛紛孰业芳, 一枝初發滿庭香. 天敎粉艷多生潔, 雪與
   瓊姿別樣粧. 明月有情睖夜色, 軟風何意妒春光. 孤標恥落羣花後, 却笑東籬
   菊蘂黃."
95) 상게서, 26쪽. 「看梅」 "庭院深深午景遲, 身閑正與睡相宜. 騷翁老去偏成懶, 靜
   對梅花不賦詩."

로 늦게까지 앉아 있으니, 고인(高人)들의 가슴은 담박함이 서로가 마땅하네. 맑은 창(窓)의 흰 달은 진정한 얼굴 모습인데, 모름지기 지봉 시의 본색을 알리라."96)라고 하여 맑은 창에 비치는 흰 달과 어울리는 매화가 진정한 매화의 모습이듯이 지봉 시의 본색(本色)은 바로 이 매화를 읊은 시임을 말하였다. 매화의 모습이 바로 자신의 모습이요, 매화처럼 살고자 하는 마음이 시인의 삶의 자세임을 보여주고 있다. 매화의 꿋꿋한 기상과 은은한 달빛이 조화를 이루고 있으며 매화처럼 맑고 깨끗한 기상을 닮고 싶은 시인의 모습을 느낄 수 있다. 여기서 우리는 매화처럼 세상을 살고 싶은 시인의 인생관(人生觀)을 엿볼 수 있다. 이어서 눈과 소나무와 관련지어 소나무의 꿋꿋한 기상을 느끼게 하는 시를 보자.

雲葉飄空雪脚重	눈이 공중에 나부끼니 다리는 무겁고,
窓前頃刻失南峯	창 앞의 남쪽 봉우리는 금방 사라졌네.
亂鋪地面堆塩虎	어지러이 땅에 내리니 염호(鹽虎)처럼 쌓였고,
低壓墻腰臥玉龍	나직하게 담 허리 눌러, 누운 옥룡(玉龍)처럼 누워 있네.
剩覺樓臺留月色	더군다나 누대에 월색이 남아 있음 생각하고,
旋敎草木假春容	도리어 초목이 봄의 모습을 빌리도록 시키네.
孤標未肯同埋沒	고고한 품격은 함께 묻히길 원치 않으니,
唯有靑靑嶺上松	오직 고개 위의 소나무만이 청청(靑靑)하게 남아 있네.97)

첫째 연(聯)에서 눈이 내리고 있는 모습을 말하고 있다. 금방 산이 없어질 정도로 많은 눈이 내리고 있음을 느끼게 한다. 이어서 눈이 쌓인 모습

96) 상게서, 26쪽. 「南窓諸公屬和 故再用其韻 以足前篇不賦詩之意」 "長對孤芳坐獨遲, 高人胸次澹相宜. 晴窓白月眞顔面, 須識芝峯本色詩."
97) 상게서, 137쪽. 「冬雪」.

을 묘사하고 있다. 염호(鹽虎)·옥룡(玉龍)의 시어가 그 모습을 잘 그려
내고 있으며, 미련(尾聯)에 와서는 고고한 품격을 지닌 고개 위의 큰 소나
무만이 꿋꿋이 자신의 모습을 유지하고 있음을 잘 형상화하고 있다. 차가
운 눈에도 굽힘이 없는 기상을 느낄 수 있다. 공자도 "세한연후(歲寒然後)
에 지송백지후조(知松柏之後凋)"라고 하였듯이, 추위에도 푸르름을 지키
는 소나무의 독야청청(獨也靑靑)한 기상을 느끼게 한다. 또한 소나무의
모습에 대해서 말하길, "푸른빛이 정정(亭亭)하여 눈 내린 뒤에 더욱 빼어
나고, 외딴곳에서도 동량(棟梁)의 모습을 지니고 있다."고 찬양하였다.[98]
이어서 대나무의 모습을 형상화한 작품을 감상하자.

「其一」
可憐孤竹子　　가련하다 외로운 대나무여!
風骨本來淸　　풍골은 본래 맑았도다.
勁直由天性　　경직함은 천성에서 나왔는데,
何曾異死生　　어찌하여 생사가 다른고

「其二」
靑靑臘月中　　지난달에도 푸르고 푸르렀고,
寂寞向春風　　고요히 춘풍을 기다렸네.
尙保氷霜操　　오히려 빙설에서 지조를 지켰으면서,
恥與桃李同　　도리(桃李)와 함께함을 부끄러워하였네.

　풍골(風骨)이 맑고 천성이 경직(勁直)한 대나무가 일찍 죽은 것에 대
해 슬픔을 나타내고 있다. 이어서 두 번째 시에서는 "추위를 잘 견디어낸
대나무가 화사한 도리(桃李)와 함께 사는 것을 부끄러워함 같다."고 함으
로써, 대나무의 지조를 높이 부각시키고 있다. 이 시의 발문에서 "소릉공

---

98) 상게서, 30쪽. 「斜川庄八詠」 "黛色亭亭雪後奇, 境偏能保棟梁姿."

(少陵公)이 분죽(盆竹)를 한 개 얻어서 완상(玩賞)하였다. 겨울이 다 가도록 색깔이 변하지 않았는데, 봄이 되어 갑자기 시들어 버렸다. 그래서 시(詩)를 써서 그것을 마음 아파하였다."[99]라고 하였으니 대나무의 갑작스런 죽음에 대한 아픈 마음을 시로 형상화하였음을 알 수 있다.

「其七」
世有鮑焦者   세상에 청렴한 선비가 있어,
河邊獨立枯   물가에 홀로 고고(枯槁)하게 서 있네.
枯來節愈固   마르니 절개가 더욱 굳고,
得似此君無   얼음에 네(대나무)가 없어지는 것과 같네.

「其八」
雪裏琅玕色   눈 속에 옥돌 같은 색깔이니,
移將彩筆端   옮기어 장차 채색(彩色)의 붓을 만드네.
掛之素壁上   그것을 흰 벽에 걸어두니,
炎署爲君寒   더위가 너로 인해 시원해지네.[100]

「其七」에서 말라서 죽은 대나무에서도 더욱더 굳은 절개를 느끼고 있다. 이 시(詩)에 나오는 "포초(鮑焦)는 주나라의 은사(隱士)이며 청렴한 선비로 벼슬에 나아가지도 않고, 스스로 밭 갈아서 먹고 우물 파서 마시고 처(妻)가 만든 옷이 아니면 입지 않아서 자공이 그를 비웃으며 나무라자, 나무를 안고 자살하였다."고 한다.[101] 결구(結句)에서 "말라 버린 대나무를 취하니 절개가 없어지는 것 같다."고 마음 아파하고 있다. 「其八」

99) 상게서, 154쪽. "少陵公得盆竹一個以爲翫, 經冬色不變. 至春忽枯損, 故詩以傷之."
100) 상게서, 154쪽. 「詠枯竹 八首」.
101) 『韓詩外傳』"鮑焦, 周之隱士. 古之廉士, 耕田而食, 穿井而飮, 非妻所織不服. 子貢譏之, 抱木而死."

에서는 말라 버린 대나무도 쓰임이 있음을 말함으로써 말라 버린 대나무
에 대한 위로의 마음을 나타내고 있다. 곧, 그 죽어버린 대나무를 가져와
채색하고 다듬어서 붓을 만들어 벽에 걸어두니 함께 지낼 수 있어 좋고,
더위도 잊게 해 줌을 말하며 그 대나무의 가치를 높이 평가하여 칭찬하고
있다. 일반적으로 시인들은 대나무가 살아 있을 당시의 푸름을 찬양하여
절개와 지조를 상징하는 대상으로 삼고 있다. 또한 사군자의 하나로 군자
(君子)들의 사랑을 받고 있는 나무로 자주 등장하고 있다. 그러나 여기서
는 비록 시들어 버린 대나무이지만, 그 나무에서도 꿋꿋한 기상을 느낄
수 있음을 나타내고 있다. 그리고 죽어서도 군자와 가까이 하며 유용하게
쓰이고 있음을 말하고 있다. 시인은 죽은 대나무에서도 지조를 보는 안목
을 가지고 있었다. 이 시에 이어진 첩운(疊韻)한 많은 작품이 시집에 실
려 있다. 다음은 달을 소재로 노래한 미학적으로 우수한 작품을 감상한다.

離家見月愁	집을 떠나 달을 보면 수심에 잠기고,
在家見月喜	집에서 달을 보면 기쁘네.
所見同一月	보이는 것은 동일한 달인데,
人情自殊視	사람의 마음에 따라 달리 보이네.
愁亦從何生	수심은 또한 어디에서 생기고,
喜亦從何起	기쁨은 또한 어디에서 일어나나?
達人本無心	달관한 사람은 본래 무심하니,
愁喜兩忘爾	수심과 기쁨 둘 다 잊네.
到處卽爲家	이르는 곳이 곧 집이 되니,
安知身萬里	몸이 어찌 만 리에 떨어져 있음을 느끼리오
見月輒成歡	달을 보면 문득 즐거워지고,
邀月時共醉	달을 맞이하며 때때로 함께 취하네.
月入我杯中	달이 내 잔 속에 들어오니,
倒下詩腸裏	시(詩)로 지어 창자 속에 붓네.
寫出萬斛珠	많은 구슬을 쏟아내니,

與月爭淸媚	달과 함께 자태를 다투네.
月固有虧盈	달은 기울고 참이 있으나,
此心無瑕累	이 마음은 허물도 얽매임도 없네.
炯然長似月	뜨거움은 길이 달과 같으니,
永壺湛秋水	빙호(氷壺)에 가을 물을 채우네.[102]

총 20구로 된 시인데, 기승전결(起承轉結)의 네 단락으로 나누어 볼 수 있다. 처음부터 4句까지는 기(起)에 해당하며, 동일한 사물도 장소와 시간에 따라서 또는 인정(人情)의 차이에 의해 다르게 보일 수 있음을 말했다. 달을 바라봄에 고향에서는 편안히 바라볼 수 있었는데 집 떠나 타향에서 볼 때는 수심에 잠겨서 쳐다보게 되는 인간의 본성(本性)을 말하였다. 이어서 5句에서 12句까지는 승(承)에 해당하니 인간의 본성도 달관의 경지에 이르게 되면, 집에 있건 타향에 있건 상관없이 그 달을 기쁜 마음으로 즐기며 탐닉할 수 있음을 깨우쳐 주고 있다. 일체유심조(一切唯心造)란 말이 있듯이, 모든 것은 인정(人情)에 달려 있다는 것이다. 13句에서 16句까지의 전(轉) 부분에서는, 달을 감상하니 절로 시상(詩想)이 떠올라 시를 짓게 되었음을 말하고 있다. 한편, 시인이 지은 작품과 달이 서로 아름다움을 다투는 경지에까지 이르게 된다. 17句에서 20句까지의 결(結) 부분에서는, 달은 차고 기움의 변화가 있지만 시인의 마음은 허물도 얽매임도 없이 깨끗하여 달보다 뛰어남을 자랑하고 있다. 따라서 "뜨거운 달을 빙호(氷壺)의 차고 깨끗한 물로 제압할 수 있다."고 결론짓고 있다. '빙호추월(氷壺秋月)'은 얼음을 담은 옥 항아리와 가을의 밝은 달을 말하는데, '청렴결백한 마음'을 대변하고 있다. 화자의 달관한 모습과 청렴한 마음을 읽을 수 있다. 50세 전후에 지은 작품으로 인생의 깊이를 느끼

---

102) 『芝峯集』, 143쪽. 「見月詞」.

게 하는 작품이다. 달을 노래하길 좋아한 이백의 모습을 본받은 듯하
다. 지봉은 당 이전의 시인으로는 도연명(陶淵明)과 사령운(謝靈運)103)
을 높이 받들어서 그들의 시에 차운(次韻)하기도 하였고 그들과 관련
된 내용을 시구(詩句)에 인용하기도 하였다. 그리고 당나라 시인으로
는 두보와 이백을 좋아했는데,『지봉유설』에 실린 시(詩)나 시인에 대
한 비평(批評)에서 두 사람의 인물됨과 작품에 대해 많이 언급하고
있다. 시인은 특히 두보를 매우 좋아했으며 두시(杜詩)의 내용에 감
동된 마음을 다음과 같이 표현하였다.

> "두시에 말하길 '문장(文章) 천고(千古)의 일이 잘되고 못된 것은 한 치
> 마음이 안다고 하였다. 또 말하길, 슬프다! 곡조가 같은 자 누가 있어서 서로
> 아낄 것인가? 글을 논평하는 것은 웃으며 스스로 안다.'라고 하였다. 이것으
> 로 고금의 글하는 사람들이 知己를 소중히 여김을 알겠다. 나는 만년에 더욱
> 이 글귀가 맛이 있다고 느껴져서 번번이 한 번 외고는 세 번씩 감탄한다. 일
> 찍이 소릉을 세대를 달리한 지음(知音)으로 생각하지 않은 때가 없었다."104)

지봉이 두보에게 얼마나 매료되었는지 알 수 있는 대목이다. 여기서 언
급된 소릉(少陵)이 두보이다. 한편 당시(唐詩)를 좋아했던 시인은 그 시
대를 대표하는 시인에 대해서 그의 장단점(長短點)을 평하는 훌륭한 안
목을 지닌 시인이기도 하다.『지봉유설』의 '문장부(文章部)'에는 비평과
관련된 많은 내용이 전하고 있다. 이상에서 영물시를 중심으로 자연을 실
사(實寫)한 시를 살펴보았다. 이 외에도 많은 영물시가 전하는데 제목만 소
개하면, 「영백련(詠白蓮)」, 「영홍련(詠紅蓮)」, 「영도리(詠桃李)」, 「영백두옹

---

103) 상게서, 152쪽. 「苦寒行. 次謝康樂」.
104) 이수광 저·남만성 역,『芝峯類說上』(乙酉文化社), 621쪽. "杜詩曰文章千古
事得失寸心知. 又曰同調嗟誰惜論文笑自知. 此古今詞人所以重知己也余於
晩年益覺此句. 爲有味每一唱三歎. 未嘗不以少陵爲異世知音也."

(詠白頭翁)」,「영안(詠鴈)」,「영이백(詠李白)」,「영은자(詠隱者)」 등이 있다. 다음으로 강촌과 어촌의 모습을 사실적으로 그려낸 작품을 살펴보자.

> 竹屋翛翛面水居　대나무 집 흔들리며 물가에 비치고,
> 倦來推枕午眠餘　게으름 피우다 베개 밀치고 일어나네.
> 偶隨黃鳥閑行去　우연히 꾀꼬리를 쫓아 한가로이 가니,
> 楊柳磯頭看打魚　버드나무 물가의 낚시터엔 그물로 고기 잡네.105)

위의 작품은 강촌(江村)의 모습을 형상화하여 강촌에서 볼 수 있는 여러 가지 모습을 그림을 그리듯이 표현하고 있다. 대나무로 만든 집은 녹음이 우거진 물가에 있고, 거기에 낮잠 즐긴 사람의 일어나는 모습, 짝지어 나는 꾀꼬리를 따라가는 시인의 모습, 그물로 고기 잡는 한가로운 사람들의 모습 등이 어우러진 강촌의 한낮의 모습을 있는 그대로 한 폭의 그림처럼 묘사하여 시중유화(詩中有畵), 화중유시(畵中有詩)의 세계를 보여주고 있다.

> 薄暮初收釣　저녁에 비로소 낚시 거두고,
> 烹魚酒滿甌　삶은 고기 안주에다 주발엔 술 채우네.
> 歸舟閑不繫　돌아가는 배 한가로워 얽매임 없으니,
> 漂去橘花洲　아득히 귤화주로 떠내려가네.106)

저물녘의 어촌 모습을 그려낸 작품이다. 석양 때 낚시 끝낸 뒤 잡은 고기를 삶아서 술안주로 한다. 술 마시면서 배를 타고 마을로 돌아가는 모습이 한가롭기만 하다. 마지막 구절에 돌아오는 어촌은 바로 도연명이 말했던 이상세계인 무릉도원(武陵桃源)과 같은 세계, 곧 귤화주인 것이다.

---

105) 『芝峯集』, 24쪽, 「江村」.
106) 상게서, 16쪽, 「漁村落照」.

여기서 귤화주는 '귤중지락(橘中之樂)'과 관련된 말—"옛날 파앙(巴卬)
에 사는 사람이 귤의 큰 열매를 쪼개 보니 두 노인이 바둑을 두고 있었
다는 고사."—이다. 정겨운 어촌 생활의 모습이 참으로 유토피아의 세계
처럼 평화로워 보인다.

이상에서 살펴본 시들은 시인이 자연물을 대상으로 읊은 시(詩)에 해당
하는 작품들이다. 자연의 모습을 섬세하게 꿰뚫어 보는 뛰어난 능력을 지
니고 있었던 것이다. 지봉이 읊은 많은 산수경물(山水景物)의 작품도 이
러한 내용과 통하는 일면이 있다. 이들 작품에서 부드럽고 맑으며 순수한
세계를 느낄 수 있다.

"자연 경물의 실사"에서 살펴본 바와 같이, 지봉은 많은 영물시를 남겼
고 그 작품들이 맑고 순수하였으며 특별한 전고(典故)를 인용하거나 기교
(技巧)를 부리지 않고 자연스럽게 썼음을 알 수 있다. 詩가 '심성(心性)
과 성정(性情)의 발로'라고 언급한 그의 시문학관을 잘 보여주고 있는 작
품들이다. '도연명'과 같이 성정이 바르고 원만한 사람이 훌륭한 작품을
쓸 수 있듯이, 시는 시인의 성정이 그대로 작품에 노출되는 것이다. 이는
시의 본질적인 면을 언급한 말이다. 아울러 전고(典故)나 용사(用事)에
얽매여 지나치게 모방하는 내용을 보여주는 작품은 훌륭한 시가 되지 못
함을 의미한다. 여기서 시인은 자연을 대상물로 하여 그들에 부딪혀 일어
나는 감흥을 진솔하게 표현하였다. 난초를 제외한 사군자(四君子)를 소재
로 삼았으며, 그 외 소나무·눈·달 등을 소재로 삼은 작품을 감상하였다.
어려서부터 큰 어려움 없이 지냈던 그는 항상 깨끗하고 순수한 마음을 지
닐 수 있었다. 자연히 매화와 눈의 깨끗함을 사랑하게 되었고, 소나무와
대나무의 꿋꿋함도 불의에 대해 용서하지 못하고 선비다운 태도를 지키고
자 노력했던 지봉의 정신세계와도 상통하고 있다. 그래서 당시 상촌은 그
의 인품에 대해서 염처지정(恬處之靜)과 염수지결(廉修之潔)을 갖춘 인

물로 평가하였다. 이러한 마음에서 사물을 관조하며 거기서 촉발하는 자
신의 동심(動心)을 시로 잘 형상화하였다.

2) 여성(女性) 정감(情感)의 형상(形象)

지봉은 여인의 입장이 되어 그들의 연정(戀情)을 시로 표현하였다. 마
치 섬세한 그들의 내면세계를 꿰뚫어 보고 있는 듯한 작품이 많다. 남녀
간의 사랑하는 정조(情調)를 읊은 시를 염시(艶詩)나 향렴시(香奩詩)[107]
라고 부르는데, 이러한 종류의 시에서 그는 특히 뛰어난 작품성을 보여주
어 현대의 어떤 애정시에도 뒤지지 않는 섬세한 정조(情調)를 나타내고
있다. 그는 향렴체의 대표적인 시로 "열다섯 월계(越溪)의 미녀가, 남이
부끄러워 말없이 이별하였네. 돌아와 안문을 닫고는, 배꽃에 비친 달을 향
하여 울고 있네."로 소개하고 있다.[108] 그리고 온정균(溫庭筠)이 시어(詩
語)가 아름답고 시정(詩情)이 풍부한 여성적인 시체(詩體)인 염체(艶體)
에 뛰어났다고 소개하기도 하였다.[109] 해당 작품을 감상한다.

---

107) 지봉의 詩나 지봉유설에서 艶體란 말이 나오는데 이 개념을 알아보기 위해
　　서는 먼저 艶詩와 香奩體의 의미를 알아보자.
　　艶詩, 文詞冶艶之詩也. 尤指男女言情之作. [許彦周詩話] 高彦寶云, 元氏艶
　　詩, 麗而有骨. 韓偓香奩集, 麗而無骨. [元稹, 敍詩寄白樂天書] 又有以干敎
　　化者, 近昵婦人, 暈澹眉目, 綰約頭鬢, 衣服廣修之度. 及匹配色澤, 尤據怪
　　艶, 因爲艶詩百餘首.(中文大辭典, 中華學術院印行, 8권, 1225쪽.)
　　香奩曰雜置香料以收藏珍物之匣子, 又婦女梳妝用的鏡匣. 香奩體, 宋沈括
　　夢溪筆談十六藝文: "和魯公凝有艶詞一編名香奩集. 凝後貴, 乃嫁其名爲韓
　　偓. 今世傳韓偓香奩集, 乃凝所爲也." 後因稱專以婦女身邊瑣事爲題材的詩
　　爲香奩體. 見宋嚴羽滄浪詩話詩體.(辭源, 北京商務印書館, 1887년, 1873쪽.)
108) 남만성 역, 『지봉유설』하, 150쪽. "十五越溪女, 羞人無語別. 歸來掩洞房, 泣
　　向梨花月."
109) 남만성 역, 「芝峯類說」上, 390쪽. "여기서 지봉은 소개하길, 李白은 游俠
　　詩(호협하게 노는 시)를 좋아하였고, 王建은 樂府詩를 좋아하였으며, 溫庭

樓外春寒雪欲飛　누각 밖 봄은 차고 눈은 날리려 하는데,
曉風吹冷入羅幃　새벽바람 부니 냉기가 비단 휘장으로 들어오네.
佳姬睡着無人喚　가인은 잠들고 싶으나 부르는 사람 없으니,
夢作巫山夜南歸　꿈에 무산이 되어 밤에 남으로 돌아가네.

　이른 봄에 눈이 내릴 듯한 기운은 아직 남아 있고, 새벽의 찬 기운은 비단 휘장 안을 뚫고 들어온다. 이 추위를 녹여 줄 대상이 필요하며, 그 사람에 대해서 가인(佳人)은 연정을 품고 있다. 그러나 아무리 자신을 곱게 단장하고 같이 잠자리를 할 사람을 기대하고 있으나, 여인의 마음을 알아주는 이가 없으니, 꿈속에서라도 임을 만나고 싶어 무산이 되어 남으로 가고 싶다고 말하고 있다. 여기에 나오는 무산은 바로 '무산지몽'에 해당하는 고사에서 따왔다. '巫山之夢'의 대상, 바로 초(楚) 양왕(襄王)과 같은 사람이 될 수 있겠다.110) 가인이 꿈에서라도 그러한 임을 찾아가고 싶은 심정임을 은근히 나타내고 있으니, 운우지정(雲雨之情)을 나눌 대상을 찾고 있는 염정(艶情)이 짙게 나타나 있다. 시인이 비록 여인은 아니지만 그들의 마음을 잘 읽고 있다. 전반부에서 차가운 분위기를 드러내어 더욱 따뜻한 온기가 필요함을 느끼게 만든다. 그리하여 여인의 애틋한 심정을 더욱 곡진하게 표현하는 효과를 내고 있다. 다음의 세 편도 위의 시에 이어진 연작시인데 그 내용을 살펴보자.

繡幕東風燕子歸　비단 장막 동풍 부니 제비는 돌아오고,
金爐火宿篆烟微　화로의 불 꺼지고 안개는 희미하네.

　　筠은 艶體를 좋아하였다고 말했다."
110) 楚 襄王이 高唐에 遊樂할 때 꿈에 무산 神女와 만나 枕席을 같이하며 즐겼는데, 신녀가 떠나면서 자기는 무산 남쪽 높은 언덕에 살며 아침에는 구름이 되고 저녁에는 비가 된다고 했는데 과연 그러하므로 이에 사당을 세워 그 靈을 위로하였다고 함.

重簾不隔佳人夢　　이중 발도 가인의 꿈을 없앨 수 없으니,
亂逐楊花到處飛　　어지러이 쫓는 버들 꽃 도처에 날고 있네.

　앞의 시와 시상 전개가 비슷하다. 따뜻한 봄이 되니 강남의 제비도 찾아왔고, 이제 그리운 임도 찾아올 것이라는 암시를 기구에서 언급하였다. 이어서 그 연정을 발전시켜 화로에 불 꺼지고 밤도 깊고 희미한 안개가 끼어 있는 어둡고 조용한 분위기는 둘만의 시간을 가지게 해 주는 충분한 여건이 된다. 곧 사랑을 할 분위기는 조성되었다. 전구에서는 아무리 깊숙한 규방이라도 임은 찾아올 수 있고, 또한 가인(佳人)의 연정에 대한 갈망은 없앨 수 없다고 강조하고 있다. 후반부에 와서는 결국 여인이 자고 있는 곳에 사랑을 나눌 대상을 상징하는 버들 꽃이 주위를 맴돈다고 하여, 염정(艶情)의 분위기를 한껏 드러내고 있다. 여인의 염정(艶情)은 이중으로 친 발로도 막을 수 없는 것이다. 여기서 ‘양화(楊花)’는 남자를 상징하며 여인을 쫓는 사람이다. 앞의 시에 이어서 시상을 펼쳐 나가고 있다. 아무리 가인에게 남성이 가까이 오지 못하게 막아도 버들강아지가 솜처럼 날아 방안으로 들어오듯이, 뭇 남성들이 가인(佳人)을 찾고 있으니 사랑이 이루어질 수 있을 것임을 확신하고 있다. 참으로 섬세한 여성의 마음을 잘 그려내고 있는 작품이다. 시간의 흐름에 따라 다음 시로 시상이 연결되고 있다.

金盤薇露洗鉛華　　금대야 깨끗한 물로 화장을 씻어 내고,
睡起閑窓日暎紗　　잠자리에서 일어나니 한가한 창에 해가 비치네.
寂寂閉門春又去　　쓸쓸히 문 닫으니 봄은 또 가고,
鉤簾怕見石南花　　발을 걷고 떨며 석남화를 보네.

　시간이 흘러 이젠 완연한 봄이 되었다. 이루지 못한 사랑에 대해 안타

까워하며 잠자리에서 일어났다. 밤새 임을 위해 곱게 화장한 얼굴을 씻어
내고 정신을 차리니, 벌써 아침 해가 비친다. 연정에 빠진 여인이 사랑을
나눌 봄이 왔지만, 외로운 규방은 또 쓸쓸하다. 임과의 사랑은 이루지 못
하고 또 화사한 봄날은 지나가고 마니, 마음은 더욱 조급하며 흘러가는
세월이 서글프다. 석남화를 보며 괴로워할 수밖에 없는 여인의 안타까운
마음을 잘 그려내고 있다. 석남화는 2월에 피는 꽃으로 옛날에 중국의 강
남지역에서는 항상 묘지에 심었다고 한다. 따라서 슬픔을 상징하는 꽃이
며, 봄의 종착을 알려 주고 계절이 바뀜을 상징하는 것이다. 자연스럽게
아름다운 계절에 사랑을 하지 못하는 규수의 아쉬운 마음을 끝 부분에서
형상화하였다.

> 迢遞相思隔錦城　멀고 먼 금성에 있는 임을 그리워하는데,
> 落花飛盡燕飛輕　낙화 날기 다하면 제비가 가벼이 나네.
> 窓前悔種芭蕉子　창 앞에 파초 씨 심음을 후회하나니,
> 雨打中宵葉葉聲　비가 떨어지니 한밤중에 잎새마다 소리내네.[111]

　임은 떨어져 있으며, 낙화와 제비가 날아다님은 바로 시간이 흘러감을
나타낸다. 임을 기다리며 심어 놓은 파초는 오히려 자신의 마음을 아프게
만드는 나쁜 존재가 되어 버렸다. 왜냐 하면, 파초 잎은 잎사귀가 크니까
빗소리도 더욱 분명하게 들려서 밤마다 임이 그리워 잠 못 이루는 여인의
마음을 더욱 아프게 만드는 것이다. 빗물이 떨어져 파초를 적시듯이 여인
의 눈에서는 눈물이 흘러내릴 것이다. 빗물이 파초에 떨어지는 소리가 시
름에 젖어 있는 여인의 가슴속을 울리는 슬픈 소리가 되어 마구 커진다.
여성스러운 섬세한 시각에서 잘 표현한 작품이라 할 수 있다. 위의 네 편
의 시는 사랑을 갈망하는 규수의 마음을 잘 형상화함으로써 궁극적으로

---

111) 『芝峯集』, 27쪽. 「艶體」.

이루지 못하고 기다림에 지쳐 있는 규수의 서글픈 심사를 그려낸 것이다. 임을 기다리고 있는 여인의 슬픈 정조(情調)를 보여주고 있다. 이어서 부끄러워 움츠렸던 마음을 은근한 행동으로, 좀 더 적극적인 프로포즈를 하고 있는 여인의 모습을 보여준 염사(艶詞)란 제목의 시를 보기로 한다.

對鏡羞孤影　　거울 대하니 외로운 그림자 부끄럽고,
開窓恨見春　　창을 열고 한스럽게 봄을 보네.
百花爭欲笑　　백화는 어찌 비웃으려 하나,
應爲獨眠人　　아마 홀로 자는 나 때문이네.

道上偶逢郎　　길가에서 우연히 도련님 만났는데,
含情不得語　　정을 품었으나 말을 할 수 없었네.
靑梅打馬蹄　　푸른 매화로 말발굽을 쳤으나,
何事忙歸去　　무슨 일로 급히 돌아가는고.[112]

　　앞의 시의 전반부에서는 혼자 거울을 대하고 있는 자신의 외로운 모습을 봄이 되어도 여전히 봐주는 사람이 없다. 그러니까 아무리 아름답게 꾸며도 부질없는 일이 되고 마니 스스로 부끄럽게 여기고 있다. 시 중의 화자(話者)는 자연 화창한 봄날이 원망스럽고 한스러울 수밖에 없다. 여성에 비유되는 다른 많은 꽃들이 비웃는 것처럼 느껴진다. 이 시의 주인공인 여성 이외에 다른 여자들은 봄날에 임과 함께 화사하게 웃으며 사랑을 나누겠지만, 자신은 사랑받지 못하는 신세이니 또 외로이 혼자 밤을 지새워야 됨을 서글퍼하는 모습이다. 바로 연정(戀情)을 품은 여인이 임과 사귀어 사랑을 나누지 못하는 안타까운 마음이 잘 나타나 있다. 두 번째 시는 앞의 내용에 이어지고 있다. 곧 자신의 외로움을 달래기 위해 임

---

112) 상게서, 20쪽. 「艶詞」.

에게 좀 더 적극적으로 구애하는 모습을 보여주고 있다. 우연히 만난 임을 보고도 처녀라는 신분 때문에 부끄러워 말을 건네지 못했음을 말하고 있다. 그러나 임이 떠남에 문득 정신이 들어서 임의 마음을 잡기 위해 급하게 달리는 말의 발굽을 매화 열매로 쳐보았지만, 눈치를 채지 못한 임은 무슨 바쁜 일이 있는지 여인의 마음을 알아차리지도 못하고 그냥 지나쳐 가 버리니 참으로 얄밉다. 순수하고 수줍어하는 여성의 모습이 눈에 보이듯이 선하다. 여기에 나오는 '청매(靑梅)'는 푸른 매화 열매로 여자 아이가 가지고 놀기 좋아했던 것이다. 또 여자가 사랑하고 사모하는 마음을 비유하는 물건으로 쓰이기도 하였는데, 靑梅를 우연히 만난 임에게 던짐으로써 구애(求愛)의 마음을 드러내곤 하였다.113) 다음은 임과 운우지정(雲雨之情)을 나누길 기대하였으며, 결국에는 사랑하는 임과 함께 밤을 지냄으로써 희망찬 새로운 날을 맞이한 기쁨을 형상화한 시를 감상한다.

① 重重繡幕遮　겹겹이 비단 장막에 가려 있고,
　　簷角燕雙斜　처마 끝에 제비는 쌍쌍이 나네.
　　最羨階前樹　가장 부러운 것은 계단 앞의 나무이니,
　　能開夜合花　능히 야합화114)를 피울 수 있기 때문이네.
② 梧葉響銀床　오동잎은 은빛 침상을 울리고,
　　珠樓護夜涼　발이 드리운 누각은 밤의 서늘함을 막아 주네.
　　曉聞鸚鵡喚　새벽에 앵무새 소리 들리더니,
　　瓦上有新霜　기와 위에 새 서리가 내렸네.115)

---

113) 李白, 「長干行」 "郞騎竹馬來. 遶牀弄靑梅."에서 놀이 도구로 표현되었고 "靑梅, 靑色之梅實. 小兒女所弄. 喩小兒女相悅慕之狀."에서 말했듯이 여자 아이의 사랑에 비유되었다.

114) 남만성, 『芝峯類說』下, 卷20 「卉木部」, 465쪽. "合歡木名本草曰, 合歡木似梧桐. 其葉至暮而合, 故一名合昏. 又名夜合."('合歡'은 나무의 이름이다. <본초>에 보면, 합환목은 오동나무와 같고 그 잎은 저녁이 되면 서로 합치기 때문에 合昏이라고도 한다. 또는 그 나무 이름을 夜合이라고도 한다.)

115) 『芝峯集』, 17쪽. 「窗體」.

①의 시는 기구(起句)에서 깊고 깊은 규방의 모습을 표현했다면, 승구(承句)는 짝지어 나는 제비에서 남녀 간의 다정한 사랑이 필요함을 비유적으로 말하고 있다. 한편, 이 시 중(詩中)의 화자는 "계단 앞의 나무가 부러우니, 그것은 밤에 사랑을 나눌 수 있기 때문이다."라고 말하고 있다. 자연스럽게 임과 사랑하고 싶은 간절한 마음을 나타내고 있는 것이다. 육체적 결합을 갈구하는 여성 본연의 정감을 형상화하였다. 봉건사회에서 여인이 겪는 보편적 질고(疾苦)지만, 인간의 본능적 욕구는 어쩔 수 없었나 보다.[116] ②의 시는 따뜻한 사랑을 나눈 뒤에 잠에서 깨어나 상서로운 서리를 맞이하는 기쁨을 말하고 있다. 가을의 오동잎이 지는 소리는 밤의 고요함을 나타내는 것으로써, 남녀의 교접을 위한 분위기를 고조시켜 주고 있다. 비록 밤은 서늘하지만 누각에 내려진 주렴이 밤의 추위를 막아서 따뜻하게 해 준다. 새벽에는 서로 암수가 다정한 새로 알려진 앵무가 이 시의 화자(話者)와 임이 함께 지냄을 기뻐해 주며, 기와 위에는 상서로운 새 서리가 내렸다. 지금까지 갈망하던 임과의 만남으로 희망의 세계가 펼쳐지게 되었음을 은근히 나타내고 있다. 다음은 남성의 입장에서 사랑하는 여성을 그리워하는 심정을 읊은 시이다.

嬋娟自絶群	아름다움은 절로 무리 중에 뛰어나고,
能舞鬱金裙	황금빛 치마 입고 능숙하게 춤을 추네.
玉指均眉月	옥가락지는 가는 눈썹과 나란히 하고,
瓊釵壓壓鬖雲	옥비녀는 구름 같은 머리 눌렀네.
春情花欲老	봄 정에 꽃은 시들려고 하는데,
舊約鏡初分	옛 약속은 거울로 비로소 나눠 가졌지.
鎖合仙宮夜	문 잠그고 선궁에서 화합하는 밤,
幽香詎可聞	깊숙한 향기를 어찌 가히 맡으랴?[117]

---

116) 남상철, 『芝峯 李睟光 詩 硏究』, 41쪽 참조.
117) 『芝峯集』, 33쪽. 「效香奩體」.

수련과 함련에서, 자태가 뛰어난 아름다운 여인의 춤추는 모습을 나타내었다. 경련에서는 봄날이 다 지나가는 시기에 임과 함께 거울을 반쪽씩 나눠 가졌던 그날을 회상하고 있다. 미련에서는 옛날 거울을 나눠 가졌던 임과 다시 화합하고 싶은 마음을 간절하게 나타내고 있다. 옛날의 그윽한 향기를 그리워하고 있다. 선비가 옛날에 기녀(妓女)를 처음 만나서 사랑하다 헤어짐에 거울을 나눠 가졌는데, 그녀를 그리워하고 있다. '향렴(香奩)'은 원래 향기가 나는 화장 상자로 여인네들이 사용하는 장신구나 화장품을 넣는 기구이다. 여인들의 사랑을 표현하는 좋은 제재가 될 수 있다. 이 시는 여성의 입장에서 남성을 그리워하는 것이 아니고 남성이 여성을 그리워하는 내용으로 되어 있다. 마지막 미련에서는 다시 만나 합궁하는 날을 사무치도록 기다리고 있다. 옛날의 그 여인의 향기가 생각남을 반어적으로 표현하여 더욱 강한 욕망을 나타내고 있다.

지봉은 지봉유설의 「문장부(文章部)」에서 한시를 내용으로 분류하면서 방류시(旁流詩)·규수시(閨秀詩)·기첩시(妓妾詩)·여정(麗情)·애사(哀詞) 등으로 분류하였는데 굳이 閨秀詩·妓妾詩·麗情으로 구분한 것은 '麗情'은 남성의 입장에서 미인인 규수나, 기생들의 아름다움에 매료되어 그들을 사모하는 정을 표현한 시(詩)임을 말하기 위함이다. 이 작품이 바로 '麗情'에 해당하는 시가 된다.

다음은 규방(閨房)의 정한(情恨)을 노래한 것들로, 이미 알려진 옛 시인의 시들을 모방하여 쓴 작품을 살펴본다. 따라서 제목도 「고의(古意)」, 「의고(擬古)」, 「규정(閨情)」 등으로 썼다. 먼저, 떠나는 임에 대한 아쉬움을 읊은 시를 본다.

昨雨君不行	어제 비로 그대 가지 않더니,
天晴君且去	하늘이 맑으니 그대는 장차 가려 하네.
將儂淚作霖	장차 내가 눈물로 장마를 만들어,

更欲留君住　다시 그대를 머물게 하고 싶네.

鴉啼茂苑風　까마귀 우니 무성한 동산에 바람 불고,
月落寒山鐘　달은 지고 쓸쓸한 산에 종이 울리네.
未曉別君去　날도 밝기 전에 임은 이별해 가버리니,
行雲無定蹤　가는 구름은 정해진 자취 없다네.[118]

　앞의 시에서는 비가 와서 머물던 임이, 비 그치자 떠나려 함에 자신의 눈물로 비를 만들어 임을 머물게 하고 싶다는 내용을 담고 있다. 임을 잡고 싶은 여인의 깊은 마음을 읽을 수 있는 작품이다. 다음 시에서는 기구, 승구에서 쓸쓸한 분위기를 보임으로써 뒤따라 이어질 이별의 슬픔을 배가시키고 있다. 전구, 결구에서는 정처 없이 떠나가 버리는 임의 모습을 표현하고 있다. 가버린 임을 아쉬워하며 한편으로 체념하고 있는 듯하다. 임은 구름처럼 정해진 곳에 머물고만 있지 않는 것이다. 구름에 달 가듯이 임은 정처 없이 떠나가 버렸다. 전체적으로 슬픈 정서(情緒)를 드러내고 있는 작품이다. 조선 사회에서는 여성의 입장에서 적극적으로 임을 잡을 수 있는 행동을 할 수 없다. 그러니 혼자 밤을 지새우며 마음 아파하고 그리움을 삭이는 여인의 고통을 느낄 수 있는 작품이다. 다음은 연정에 대한 남녀의 생각의 차이점을 느끼게 하는 시이다.

①　妾似雨中花　내가 비 가운데 꽃 같다면,
　　郎如風後絮　임은 바람 뒤의 버들개지와 같네.
　　花好亦易衰　꽃은 좋으나 또한 시들기 쉬운데,
　　絮飛歸何處　솜은 날라 어느 곳으로 가느냐.

②　楊柳有新絲　버드나무는 새 실이 있고,

絲絲千萬縷 실마다 천만 개의 실오라기 있네.
但解織春愁 다만 봄의 수심 짜는 것만 알았지,
何曾絆人住 어찌 일찍이 사람을 매어 머물게 못하는고.119)

①에서 여성의 순종적인 모습과 변화가 심한 남성인 임의 모습을 1, 2구에서 묘한 대우(對偶)로써 잘 표현하고 있다. 3, 4구에서는 주인공인 여인이 정처 없이 다니길 좋아하는 임에게 청춘은 한때라고 말하면서 머물러 주기를 바라는 마음으로 하소연하고 있다. 시기를 놓치지 말고 즐겁게 같이 지내고 싶음을 은근히 말하고 있다. 여기서 여성은 꽃과 같이 움직이지 못하고 남성의 사랑에 해당하는 빗물을 기다릴 수밖에 없는 데, 반면에 남자는 버들개지처럼 어디든지 마음껏 갈 수 있는 존재로 비유되었다. 이 버들개지는 어떤 꽃이든지 마음껏 찾아 날아갈 수 있는 것이다. 그러니 꽃은 자신이 아름답게 피었을 때 사랑해 주길 원하는데 버들개지 같은 남자는 다른 곳으로 날아가려 하니 꽃은 또 수심에 젖게 된다. ②는 화창한 봄날이 됨에 버드나무의 실이 봄날의 수심(愁心)을 일으키게 하는 것만 할 줄 알았지, 떠나려는 임을 버드나무의 솜털실로 묶어서 자신 가까이 머물게 해 주지 못하는가 하면서 원망하고 있다. 봄날을 맞이한 여인이 버드나무의 새 실오라기가 임을 떠나지 못하게 묶어서 자신과 함께 지낼 수 있도록 해 주었으면 하는 마음을 절묘하게 형상화하였다. 섬세한 여성의 심정을 잘 형상화한 것이다. 다음은 여인(女人)의 연정(戀情)을 나타내는 제목으로 많이 쓰이는 '규정(閨情)'을 노래한 시를 살펴본다.

明月解憐人 밝은 달은 가련한 여인을 이해하여,
流光夜夜照 흐르는 달빛 밤마다 비춰 주네.
低簾不上鉤 발을 낮추고 위로 올리지 않는 것은,

---

119) 상게서, 17쪽. 「古意」.

恐被姮娥笑   항아의 비웃음을 받을까 두려워서이네.[120]

밝은 달은 연인의 만남을 위하여 밝게 비춰 주지만, 정작 여인은 임을 기다리고 있는 자신의 모습이 달에게 보여질까봐 부끄러워서 차마 발을 올리지 못하고 있다. 순정을 지닌 여인의 모습을 잘 그려낸 것이다. 불사약을 먹고 신선이 되어 달로 갔다는 '항아'가 자신의 속마음을 읽고 비웃을까봐 부끄러워 발을 올리고 달을 쳐다볼 수가 없다. 바깥을 쳐다보고서 임을 찾고 싶지만 규방의 규수라 수줍어하고 있는 모습을 보는 듯하다.

燕入空簾花滿牀   제비는 빈 발에 들어오고 꽃은 평상에 가득한데,
十年春色夢漁陽   십 년의 봄 경치가 어양(漁陽)을 꿈꾸네.
庭前舊種相思樹   정원 앞에 옛날에 심은 상사(相思) 나무,
子落還生似妾長   열매가 떨어져 다시 사니, 내가 자라는 것 같네.[121]

봄날의 규수의 마음을 읊은 노래이다. 첫 구에서 완연히 봄이 돌아왔음을 언급하였고, 이어서 양귀비를 사랑하여 반란을 일으킨 안록산이 살았던 "어양(漁陽) 땅을 꿈꾼다."고 언급하여 십 년이란 긴 세월 동안 임을 기다리고 있는 여인의 심정을 형상화하였다. 백거이(白居易)의 「장한가(長恨歌)」에서 "漁陽 땅에서 안록산의 북소리 땅을 울리며 쳐들어오니, 선인(仙人)이 노래한 무곡(舞曲)도 놀라서 그만두네."[122]라고 노래하였다. 이 부분은 당 현종의 화려한 생활을 언급한 「長恨歌」의 전반부에 해당하는데, 현종이 행한 화려한 잔치가 현종(玄宗)의 귀비(貴妃)를 사랑한 안록산(安祿山)이 쳐들어옴으로써 흐지부지 끝나게 된 사건을 용사(用事)한 것이다. 목숨을 걸고 연인을 찾아온 안록산과 같은 대장부의 사랑을

120) 상게서, 19쪽. 「閨情」.
121) 상게서, 28쪽. 「春閨詠」.
122) 白居易, 「長恨歌」, "漁陽鼙鼓動地來, 驚破霓裳羽衣曲."

기대하고 있는 여자의 심정을 승구(承句)에서 적절한 전고(典故)를 사용하여 표현하였다. 전구(轉句)에서는 둘의 사랑을 위하여 옛날에 상사(相思) 나무를 심어 놓았음을 언급하였다. 여기에 나오는 '상사수(相思樹)'는 "사랑하는 부부의 무덤에서 두 나무가 서로 마주 보고 자라며 뿌리도 엉키게 되었고, 그 가지 위에는 원앙새가 아침부터 저녁까지 함께 지내고 있었다."는 고대 전설에 나오는 나무이다. 결구(結句)에서는 그 나무가 죽어서 안타까워하였는데, 다시 자라니 자신의 사랑도 다시 피어나게 될 것으로 기대하며 기뻐하고 있는 것이다. 봄날을 맞이하여 사랑을 갈구하는 여인의 심정을 잘 형상화하였다. 다음은 이별 후의 재회에서도 조심스레 대하는 여인의 모습을 볼 수 있는 작품이다.

綠悴紅銷暗斷魂	푸르름도 시들고 붉음도 사라지고 정신도 혼미한데,
相逢脉脉兩無言	서로 만나 맥이 뛰어 둘 다 말이 없네.
欲知別後情多少	이별 후의 정(情)의 얼마인지 알려 하면,
須向羅衣檢淚痕	모름지기 비단 옷의 눈물 흔적 살펴보세요.[123]

첫 구에서 임과의 이별의 시간이 꽤 흘렀음에도, 그 충격으로 정신이 혼미한 상태임을 말하였다. 그러다 옛날에 사귀었던 임을 오랜만에 다시 만나니 가슴만 뛰고 말을 못한다. 다만 옷에 묻은 눈물의 흔적으로 그동안의 이별의 아픔이 얼마나 컸는지를 알아볼 수 있다. 반가운 해우(邂逅)지만 마음껏 기뻐하기보다는 뭔가 자제하고 조심하는 여성의 모습을 느끼게 만든다. 말은 하지 않고 있지만, 여인은 자신이 이별 후 얼마나 당신이 그리웠는지 소매에 나타난 눈물의 흔적을 좀 보라고 원망하듯이 말하고 있는 것 같다. 「고이별(古離別)」이란 제목에서도 어느 정도 시상과 내용을 느낄 수 있다. 다음은 시인이 과거의 평양의 홍등가에서 지냈던 날

---

123) 『芝峯集』, 25쪽. 「古別離」.

을 회상하는 느낌을 주는 시를 감상한다.

佳麗名都景最饒	아름답고 이름난 도시, 경치가 좋으니,
滿城晴日綺羅嬌	갠 날 성에 가득 비단 옷이 아름답네.
遊人白馬長安市	한량들이 백마 타고 평양에 들어오고,
美女靑樓浿水橋	청루(靑樓)의 미인들은 대동강 다리 위에 있네.
花外轉笙鸚巧舌	꽃 밖에 피리 소리는 앵무새의 교묘한 혀 놀림 같고,
風前學舞柳輕腰	바람 앞에서 춤을 배우는 것은 가는 허리의 버들이네.
一春無賴繁華地	한 봄이 번화한 땅에 오래 의지하지 못하니,
病後書窓坐寂廖	병든 후에 서창(書窓)에 앉아서 고요히 지내네.124)

수련에서는 평양의 아름다운 모습과 화려한 여자들의 생활상을 보여주
고 있다. 이어서 함련에서는 평양 홍등가에 한량들이 기생을 찾아서 몰려
들고, 미인들이 대동강 다리 위에서 자태를 뽐내고 있음을 표현하고 있다.
그리고 한량들을 유혹하는 기녀의 모습을 '앵교설(鸚巧舌)', '유경요(柳輕
腰)'로 나타내어 뛰어난 대구를 이루었고, 어여쁘고 가냘픈 허리의 여인
모습을 잘 표현하고 있다. 미련에서는 청춘은 한때이고, 또한 오랫동안 홍
등가에 빠질 수 없는 것임을 말하며, 불편한 몸으로 노후를 보내고 있는
자신의 모습을 그려내고 있다. 미인이 많다는 평양의 모습을 그리워하는
느낌을 주는 시이다. 다음은 한 기생의 죽음을 애도하는 마음을 형상화한
작품이다.

落盡名花一夜風	명화(名花)가 하룻밤 바람에 다 떨어지니,
夢中春色錦屛空	꿈속의 봄빛은 비단 병풍에 사라졌네.
玉顔不是人間物	옥진(玉眞)의 얼굴은 인간의 모습이 아니니,
應逐姮娥向月宮	응당 항아를 쫓아서 월궁(月宮)에 갔으리라.

---

124) 상게서, 105쪽. 「卽事」.

雪肌花臉玉爲神　　하얀 피부 꽃 같은 뺨의 옥진(玉眞)은 신선 같고,
艷態分明後太眞　　요염한 자태는 분명히 양귀비의 후예이네.
一去蓬山消息杳　　한번 봉래산에 간 뒤 소식이 아득하니,
世間多少斷腸人　　얼마나 세간의 많은 사람들의 애간장을 태울꼬.125)

　기생 옥진(玉眞)이 유명했는데, 세상의 풍파를 만나 방년의 나이에 죽게 되었다. 일삼기를 좋아하는 선비들이 많이 글을 지어 그녀를 위로하였다. 두 시 중에 앞의 시는 기생의 죽음에 대해 신선이 되어 월궁에 가서 잘 지낼 것이라고 하여, 사자(死者)에 대한 위로의 마음을 표하고 있다. 뒤의 시는 자태가 뛰어난 기생의 죽음으로 세간의 많은 한량들이 안타까워하고 있음을 형상화하였다. 먼저 앞의 시부터 다시 살펴보자. 첫 구의 명화(名花)는 기생 玉眞을 비유하고 '봄빛이 병풍 뒤에 사라짐'은 젊어서 죽었음을 말한 것이다. 이어서 인간의 모습이 아닌 신선의 모습을 지닌 玉眞은 틀림없이 '항아(姮娥)'처럼 달나라에 가서 살 것이라고 위로해 주고 있다. 다음 시에서는 옥진의 요염한 자태를 양귀비의 후예로 비유하며, 그녀가 죽은 뒤 뭇 남성들이 애간장을 태우며 슬퍼할 것이라고 하여, 당시에 그녀가 명망 있는 기생이었음을 독자에게 알려 주고 있다. 많은 시인들이 기생의 죽음에 대하여 애도(哀悼)의 마음을 표하는 이러한 시를 지을 수 있게 되었음은, 당시의 사회 분위기가 성리학만 존중하는 것을 금과옥조(金科玉條)로 여기는 경향에서 어느 정도 변화가 일어났음을 감지할 수 있다. 그리고 당시(唐詩)를 좋아한 시인의 시작 태도도 영향을 미쳤다고 볼 수 있다.

禁苑春晴晝漏稀　　궁중 동산 봄이 되어 낮 시간 한가하니,
閑隨女伴鬪芳菲　　한가히 여자들은 오가며 꽃다움을 다투네.

---

125) 상게서, 181쪽. 「無題二首」.

落花也被東風誤　낙화는 동풍을 잘못 입어서,
飛入宮墻更不歸　날아서 궁궐에 들어간 뒤 다시 돌아오지 못하네.126)

　　기구에서 궁중에 봄이 되었고, 낮 시간은 평화롭고 한가함을 느끼게 한
다. 이어서 승구에서는 많은 궁녀들이 아름다움을 다투며 한가로이 시간
을 보냄을 표현하고 있다. '낙화'는 궁녀에 비유되겠는데, 바람의 잘못을
입었다는 것은 임금의 눈에 띄어 동료들과 어울리지 못하게 되고, 자연히
동료들에게 돌아오지 못하는 슬픈 신세가 됨을 말하고 있다. 이 시 제목
의 '원(怨)'은 슬퍼하고 한탄한다는 의미가 내포되어 있으니, 임금님에 간
택되어 궁중에서 높은 지위를 얻는다고 다 행복한 것은 아닐 것이다. 그
곳의 생활은 일반 백성보다 더 많은 어려움이 도사리고 있을 것이다. 이
시의 후반부에서는 궁중에서 임금에게 총애받지 못한 궁녀가 결국은 자기
집에도 돌아가지 못하는 슬픔을 형상화하였다.

金獸爐中燼水沈　금수의 화로가 불 꺼져 물에 잠기니,
踈螢暗度玉階陰　드문 반딧불이 가만히 옥계단을 지나가네.
秋來獨有姮娥月　가을이 되어 항아의 달이 있으니,
共此長門夜夜心　이 장문부(長門賦)와 같이 밤마다 쓸쓸한 마음이네.127)

　　가을 궁궐 안 궁녀의 쓸쓸한 마음을 읊었다. 전반부에서 깊어가고 있는
궁궐 안의 모습을 보여주고 있고, 이어서 가을 달이 밝은 밤중에 떠 있으
니 더욱 쓸쓸하고 애잔한 분위기이다. 이에 옛날 한 무제 때의 '장문궁(長
門宮)'의 고사를 끌어와 임금님의 총애를 호소하고 있다. '장문궁'은 진황
후(陳皇后)가 무제(武帝)의 총애를 받지 못하자 따로 별궁(別宮)인 장문

─────────────

126) 상게서, 24쪽. 「春宮怨」.
127) 상게서, 21쪽. 「秋宮怨」.

궁에서 살았는데, 슬프게 나날을 보내다가 '사마상여(司馬相如)'가 시에
뛰어나다는 소식을 듣고 황금(黃金) 백 근(百斤)을 주고서 근심을 해결
할 수 있는 글을 지어달라고 부탁하게 되었다. 이에 '사마상여'가 「장문부
(長門賦)」를 짓게 되었다. 그 글이 너무나 잘 지어져서 임금이 보고 슬
퍼하며 다시 황후(皇后)를 사랑하게 되었다고 한다. 후에 사람들이 진황
후의 원(怨)을 '장문원(長門怨)'이라고 부르게 되었다. 여기서는 이 「장문
부(長門賦)」를 적절히 인용하여 궁궐 여인의 원(怨)을 잘 보여주고 있다.
앞의 시는 봄날의 궁녀의 원(怨)을 노래했고, 여기서는 가을날의 원(怨)
을 읊고 있다. 궁중 여인의 연정에서는 또 다른 세계의 여인 모습을 형상
화하였다.

　이상에서 보았듯이 시인이 지은 '여인의 연정'을 표현한 시들은 쉬운 표
현을 쓰면서도 여성의 깊은 내면의 세계를 잘 표출해 내고 있다. 그리고
염체(艶體)를 중심으로 다양한 종류의 연정시(戀情詩)를 지었음을 알 수
있었다. 그리고 이러한 남녀의 정에 대한 긍정적인 인식은 조선 중기를
기점으로 일기 시작한 탈 주자학적 사상의 대두와 밀접한 관련을 가진 것
으로 보인다. 그리고 연정의 내용을 담은 한시는 그가 남녀의 정에 대하
여 상당한 인식의 변화를 드러냈고, 동시에 낭만적 시관에 입각하여 염체
를 긍정적으로 봄으로써 배태 및 형성될 수 있었던 것으로 보인다. 한편,
시인은 『지봉전(芝峯傳)』이란 연정 소설의 주인공의 한 사람이 되고 있
으니, 이 소설에서 비록 그는 학문과 덕망이 높은 인물로 나오지만 그만
큼 연정(戀情)에 대하여 성리학적 입장에서 터부시하기보다는 긍정적으로
이해하고 있었다는 반증이 된다.

3) 해학(諧謔)과 풍자(諷刺) 정신(精神)

『지봉집』에서 해학적(諧謔的)인 내용을 담고 있는 시가 많지는 않지만, 덕망(德望) 있는 학자(學者)의 은근한 골계미(滑稽美)를 느끼게 한다. 시인의 풍자(諷刺)와 해학(諧謔) 세계를 느끼게 하는 작품을 살펴보기로 한다.

嗟爾名晨禽	아! 너의 이름은 새벽 새이니,
風雨不輟音	비바람에도 소리를 그치지 아니하네.
所以舜與跖	순임금과 도척에게도,
孜孜同此心	부지런히 이 마음을 함께하네.
畜爾求爾鳴	너를 기름은 너의 우는 소리가 필요함이니,
庶幾警吾懶	응하여 나의 게으름을 경계하여 주네.
如何不能晨	그러나 어찌하여 새벽을 알지 못하여,
天明方一喚	하늘이 밝은 후 바야흐로 한 번 우네.
爾懶甚於我	너의 게으름 나보다 심하니,
我懶誰當砭	나의 게으름을 누가 경계해 주랴?
令我懶益懶	나를 더욱 게으르게 만들어,
頹眠日上簷	늘어져 자니 해가 처마까지 올랐네.

盥櫛旣已廢	세수하고 빗질함 이미 그만두고,
爲善將何從	선정을 위해 장차 어디로 갈까?
爾性本不爾	너의 본성 본래 그렇지 아니하니,
無乃學我慵	나의 게으름을 배우지 마라.
馬以一鳴斥	말은 한 번 울어서 버려지고,
鴈以不鳴烹	기러기는 울지 못해 삶겨지네.
此間固難審	이 사이를 살피기 어려우니,
宜爾愼爾聲	마땅히 너는 너의 소리를 삼가라.
欲作懶鷄詩	게으른 닭에 대한 시를 짓고자 하니,

還復懶爲辭　다시 게으르게 말을 하게 되네.
爾我同一懶　너와 나는 함께 한결같이 게으르니,
懶者竟是誰　게으른 자는 이 누구인가?[128]

지봉이 홍양에 있을 때 종루가 없어서 닭을 한 마리 키웠는데 닭이 새벽에 울지 않고 날이 이미 밝아진 후에 한 두번 울고 그치니, 그 닭을 비웃는 내용의 작품이다. 이 시는 크게 두 단락으로 나눌 수 있는데, 앞 단락에서는 46세 때 홍양목사로 부임했을 때 시간을 알려 주는 종루가 없어서 새벽에 일찍 일어나기가 어려웠다. 따라서 일찍 일어나 열심히 일하는 관리의 본분을 지키기 위해서 닭을 구하였는데, 이 닭이 시간에 맞춰 울지 않아 시인도 늦잠을 자게 되고 자연히 게으르게 되었음을 언급하였다. 당시에 실제로 있었던 일을 그대로 기록하고 있다. 뒤의 단락에서는 늦게 일어나게 된 시인이 정사를 위해 일할 시간이 없어 세수와 빗질도 그만두고 서두르나 무슨 일을 해야 할지 갈피를 잡지 못하는 모습을 소개하며, 자신의 임무를 다하지 못하였음을 말하고 있다. 따라서 말(馬)은 쓸데없이 아무 때나 울지 않아야 자신의 본분을 다하는 것이고, 기러기와 닭은 제때에 맞추어 울어 주는 것이 자신의 본분을 다하는 것임을 말하였다. 그리고 은근히 못난 닭을 닮은 자신이 닭을 핑계로 삼아 게으르게 생활하며 정사(政事)에 소홀한 관리가 되지 않을까 스스로를 경계하고 있다. 해학(諧謔)과 함께 자신의 게으름에 대한 경계(警戒)의 의미가 함축되어 있는 것이다. 이와 비슷한 내용을 그의 산문에서도 찾을 수 있다.

"내가 시골 농막에 있을 때, 근심되는 것은 쥐였고, 경계되는 것은 도둑이었는데 고양이는 모포 위에 누워서 쥐를 보고도 움직이지 않고, 개는 문곁에 있으면서 소리를 듣고도 짖지 아니하였다. 또 닭을 길러서 종루(鐘漏)

---

128) 상게서, 126쪽.「懶鷄詞.

를 대신하여 새벽 시간을 알고자 하였는데 마침내 새벽이 되어도 울지 아니
했다. 그러므로 내가 그들을 꾸짖어 기록하여 글을 지었다."129)고 말하며 다
음과 같은 세 작품을 이어서 기록하였다.

　너는 날카로운 발톱과 뾰족한 어금니를 지니고 있으면서, 큰 쥐가 들보에
뛰어 노는데 어찌 달게 잠만 자는가?

　네가 맡은 때는 어두울 때이고 네가 지키는 것은 문인데, 바야흐로 도둑
이 날뛰고 있어도 어찌 알리지 않는가?

　너는 오직 태양이고 너는 능히 길게 울 수 있으니, 비바람이 어둡게 할
수는 있으나 어찌 너의 울음을 다물게 하리요?130)

　여기서 睡猫(잠자는 고양이)·聾犬(벙어리 개)·啞雞(벙어리 닭)이란
글의 내용에서 제 역할을 하지 못하는 동물을 비웃으면서 인간의 삶에서
도 자신의 역할을 다하는 것이 중요함을 풍자하고 있다. 특히 아계(啞雞)
는 위의 시와 직접적인 관련이 되는 작품이다. 이어서 바람이 근심을 날
려 버리길 바라는 시를 보자.

　　東風無意緖　　동풍이 생각 없이 일어나,
　　似與人相忤　　사람과 서로 거슬리는 행동 하네.
　　掃盡枝上花　　가지 위의 꽃은 다 쓸었으나,
　　不掃愁痕去　　근심의 흔적은 제거하여 쓸어가지 못하네.131)

　추운 겨울이 지나고 봄바람이 불어와 인간의 근심도 봄바람이 얼음을

---

129) 상게서 200쪽, 「詰三禽文」, "余在村墅所患者鼠, 所戒者盜, 而猫臥毯上, 見
　　鼠不動, 犬居門傍, 聞聲不吠, 至於畜雞以代漏, 而竟曉不鳴. 余故詰之, 仍
　　錄其語爲文."

130) 상게서, 200쪽. 「睡猫」 "爾爪之銳, 爾牙之利. 碩鼠跳梁, 爾胡酣寐."·「聾犬」
　　"爾司者昏, 爾守者閽. 穿窬方肆, 爾胡莫聞."·「啞雞」 "爾惟火精, 爾能長
　　鳴. 風雨如晦, 胡喋爾聲."

131) 상게서, 105쪽. 「戲題」.

녹이듯이 없애 주길 원했지만, 동풍은 야속하게도 사람의 마음과는 반대로 인간들이 좋아하는 꽃만 다 떨어뜨리고 인간의 근심은 쓸어가지 못했다고 원망하고 있다. 봄바람을 희롱(戲弄)하여 지은 작품이다. 여기서 '의서(意緖)'는 의미(意味)·심정(心情)·사상맥락(思想脈絡)을 가리키는데, 결국 시인에게는 의미 없는 즉 도움이 되지 못하는 동풍이 된 것이다. 이어서 지봉 부자(父子)의 게으른 모습을 읊은 시를 감상한다.

不讀書來二十年　책을 읽지 아니함이 20년이 되니,
從人笑我腹便便　사람들이 내 배가 뚱뚱함을 비웃네.
如今更遣兒童懶　이제 다시 아이가 나태하게 보내니,
永日西窓事晝眠　긴긴 날 서창에서 낮잠만 자네.132)

　책읽기를 게을리 하고 낮잠만 자는 아들을 희롱(戲弄)하여 지은 작품이다. 기구(起句)에서 책읽기를 게을리 하게 된 자신의 모습을 말하면서, 이어서 '변소(邊詔)의 고사(故事)'133)를 빌려 와서 자신이 독서는 하지 않고 게으르게 놀기만 하니 배만 뚱뚱해져서 사람들의 비웃음을 받았는데, 이제 또 아이가 닮아서 시원한 서창에서 낮잠만 잔다고 희롱하고 있다. 그래서 제목도 「돈아주침희서(豚兒晝寢戲書)」라고 하였다. 하지만 열심히 글공부를 한 시인과 그의 아들 성구(聖求)·민구(敏求)는 한 시대를 풍미한 대학자였으며 모두 상당히 높은 지위의 벼슬까지 하였다. 그들이 낮잠만 잔 게으름뱅이는 아니었지만, 어린 자식이 편안히 낮잠 자는 모습을 보고 자신의 옛날의 모습을 회상하며 재미있게 시로 표현한 것이다. 이어서 만사를 빨리하기보다는, 느리더라도 끈기 있게 추진하는 것이 중

---

132) 상게서, 23쪽. 「豚兒晝寢戲書」.
133) 『後漢書』八十上,「邊詔傳」“詔口辯, 曾晝日假臥. 弟子私嘲之曰, 邊孝先, 腹便便, 懶讀書, 但欲眠. 孝先, 詔字.”

요하다는 교훈을 주는 시를 본다.

我馬如牛君馬駿	내 말은 소와 같이 느리고 그대 말은 빠르니,
君行何疾我何遲	그대는 얼마나 빠르고 나는 얼마나 느린가?
休將快鈍論優劣	장차 빠르고 느림으로 우열을 논하지 말지니,
畢竟須看致遠時	마침내 멀리 다다른 때를 볼 것이리라.134)

 손님이 지봉의 말이 느리고 둔함을 비웃자 그에 대한 대답의 시이다. 상대방 말은 빨라서 아주 훌륭하고 자신의 말은 느려서 좋지 않은 평가를 세상 사람들에 의해서 받고 있지만, 시인은 생각을 달리하여 빠르고 느림을 가지고 말의 우열을 논하지 말고, 어느 것이 멀리까지 갈 수 있는가 하는 것이 중요함을 말하고 있다. 자신의 느린 말이 결코 나쁜 말이 아님을 말하고, 오히려 칭찬하고 옹호하는 여유로움을 드러내고 있다. 권근(權近)은 기우자(騎牛子) 이행(李行)이 소를 타고 산수유람을 즐긴 것을 찬양하여 「기우설(騎牛說)」을 지었는데, 그 기우자(騎牛子) 이행(李行)과 같은 여유로움을 시인에게서 느끼게 한다.135)

爾胡爲板不爲琴	너는 어찌 판자가 되고 거문고가 되지 못했는가?
枉直非關較尺尋	곧고 굽음이 척심에 관계됨이 아니네.
賴有無絃眞樣在	줄 없음에 기대하는 진정한 모습이 있으니,
淵明千載是知心	천 년 전의 도연명이 이 마음을 알았다네.136)

 오동나무가 거문고를 만드는 귀한 악기의 재료가 되지 못하였다고 해서

---

134) 『芝峯集』, 23쪽. 「有客嘲我馬疲鈍」.
135) 權近, 「騎牛說」, 『陽村集』(『韓國文集叢刊』 7卷, 377쪽) 여기서 권근은 소를 타고 산수를 즐기는 周道 李行의 기이한 행동을 소개하며 그의 여유로움을 찬양하였다.
136) 『芝峯集』, 23쪽. 「題桐剪板次韻」.

실망할 일이 아님을 말하고 있다. 전반부에서 거문고가 되지 못하고 판자가 되어 버린 것이 '왕척직심(枉尺直尋)'[137]에 관계되지 않았음을 언급하였다. 한편, 맹자에 나오는 얘기로 "진대(陳代)가 큰 것을 바로잡기 위해서 조그만 것은 굽혀야 하듯이, 출세를 위해서 스스로 굽히어 정사(政事)에 나아감이 어떠한가에 대한 질문에 공자는 그러한 비굴한 방법으로 정치에 나아감은 옳지 않다는 것"을 예로 들어 함부로 굽히어 정치에 나아가지 않는 것이 옳음을 설명하였다. 여기서 거문고가 남들에게 대우받는 벼슬에 오른 자를 말한다면, 판자는 평범한 사람을 가리킨다고 볼 수 있다. 따라서 후반부에 와서는 도연명이 이것을 잘 알아서 '귀거래사(歸去來辭)'를 부르며 고향으로 돌아갔듯이, 진정한 삶의 모습은 거기에 있음을 언급한 것이다. 바로 오동나무의 진정한 가치는 거문고로 사용되는 것이 아니고 판자로 사용되는 것이다. 그러나 이 판자는 결국 도연명이 비록 음률을 알지 못했지만, 술에 취해 기분이 좋아지면 어루만지며 연주했다던 그 유명한 무현금(無弦琴)이 될 수 있다는 것이다.[138] 한편 문방도구를 노래하며 학문에 정진하기를 충고하는 시가 있으니 다음과 같다.

雨者雲之子	비는 구름의 아들이고,
雲孫爲雨子	구름 손자가 비의 아들이네.
本系出剡溪	근본 계통은 섬계(좋은 종이 생산지)에서 나왔으나,
何年始來此	어느 해에 비로소 여기에 왔는가?
肌膚若氷雪	살과 피부는 얼음과 눈과 같고,

---

137) 『漢文大系』, 「孟子定本」, 1~2쪽. "陳代曰, 不見諸侯, 宜若小然, 今一見之, 大則以王, 小則以覇. 且志曰, 枉尺而直尋, 宜若可爲也. 孟子曰, 昔齊景公田, 招虞人以旌不至, 將殺之, 志士不忘在溝壑. 勇士不忘喪其元. 孔子奚取焉, 取非其招不往也. 如不待其招而往何哉. 且夫枉尺而直尋者以利言也. 如以利, 則枉尋直尺而利亦可爲與."

138) 梁蕭統, 『昭明太子集』, 「陶淸節傳」 "淵明不解音律, 而畜無弦琴一張. 每酒適. 輒撫弄以寄其意.."

潔淨少塵滓	깨끗하고 맑아 티끌과 먼지도 없네.
赫蹏最下材	혁제는 최하의 재료이고,
側理眞賤類	측리(김으로 만든 종이)는 진실로 천한 종류이네.
韜晦幾多時	어둡고 침침함(학문을 감춤)이 얼마나 오래인가?
拂拭可人意	털고 훔침(총애받음)은 가히 사람의 뜻이네.
我今起送君	내가 지금 일어나 그대를 보내니,
惟君之所使	오직 그대가 쓸 바이네.
陳玄與毛穎	종이와 붓은,
知君姓名是	그대의 성명을 바로 알지라.
同氣好相求	동기(同氣)로 서로 구하길 좋아하고,
文房友足備	글방에 벗으로 족히 갖추어졌네,
唯須喚陶泓	오직 모름지기 벼루를 부르고
點染作文字	점을 그어 글을 짓네.
頃刻百千篇	경각에 백 천 편이니,
倏若龍蛇戲	빠르기가 용과 뱀이 노는 것 같네.
聞雲厭貧苦	구름은 가난의 고통을 싫어한다고 들었고,
趨勢性所喜	성세에 다다름을 기뻐한다네.
願君善遇之	원컨대 그대는 그들을 잘 대접하여,
勿使還逃避	도리어 도피하게 하지 마라.
從來龍鳳寺	옛날부터 용봉사는,
蔚興文章士	울연히 문장이 일으키는 선비가 탄생하는 절이네.
君乎尙勉旃	그대가 힘써 노력하면,
靑紫可立致	벼슬자리에 곧 오를 수 있네.
倘能命雲孫	혹시 능히 운손(종이)에게 명하여,
題詩一相寄	시를 지어서 함께 부치네.[139]

문방(文房)에 필요한 종이·붓·벼루를 읊고 있다. 지봉이 홍양에서 군

---

139) 『芝峯集』, 180쪽. 「余倅洪陽日 有龍寺讀書生陳頴 以詩索紙曰 孫叛我厭貧
苦 潛隱洪陽紙洞居 厭毋詩今今捉上 牧官垂恕命歸余 余以紙速歸之 仍戲
成云」

수로 있을 때, 용봉사(龍鳳寺)에서 과거 공부(科擧工夫)하던 서생(書生)
이 종이가 필요하여 시인에게 시를 지어서 종이를 구하거늘 시인이 종이
묶음과 함께 시를 지어 보냈다. 서생 진영(陳穎)에 대한 화답시(和答詩)
에 해당하는 것이다. 그는 구름을 종이에 비유하여 "과거에 합격하지 못
함을 종이가 자신을 배반하고 빈고(貧苦)를 싫어하여, 몰래 홍양에 있는
종이 만드는 곳으로 가 버렸다."고 하였다. 그래서 제대로 글을 쓰지 못했
는데, 이제 글을 짓게 되었으니 "목민관(牧民官)인 시인께서 그 홍양에
숨어 사는 종이를 용서해 주시고 그리고 자신에게 보내 달라."고 우화적
(寓話的)으로 말하고 있다. 이에 지봉이 종이와 함께 시를 부친 것이다.
실제로 용흥사에서 공부한 선비가 과거에 많이 합격하였다고 하니, 참으
로 영험한 절이기도 하다. 문방사우가 합쳐져서 훌륭한 시구가 지어져야
과거에 합격하여 입신출세(立身出世)할 수 있고 당사자 또한 그렇게 되
길 갈망하듯이, 무생물인 종이도 마치 생명체처럼 빈고(貧苦)를 싫어함을
언급하였다. 한편, 시인은 젊은 서생의 의미심장한 부탁을 재미있는 표현
으로 수용하고, 또한 원하는 종이를 보내 주며 열심히 학문에 정진할 것
을 부탁하는 말까지 잊지 않고 있다. 문방사우(文房四友)를 풍자하여 학
문에 정진하기를 바라는 교훈(敎訓)을 주고 있다.

이상에서 지봉의 해학과 풍자의 시세계를 살펴보았다. 시인의 해학과
풍자는 일상사에게 경험하고 느낀 것을 사실적으로 표현하고 있다. 어떤
내면세계를 통찰해 보아야 알 수 있는 고도의 풍자 세계도 아니고, 그냥
평범한 일을 꾸밈없이 기록하며 교훈을 주고 있다.

지금까지 지봉의 시세계를 살펴보았다. 그는 다양한 주제의 많은 작품
을 남겼다. 이 외에도 그는 '진퇴격(進退格)'의 시 두 편과 '육언시(六言
詩)' 한 편을 남기고 있다. 그리고 작품에 대한 이해를 돕기 위해 병서
(幷書)한 작품들이 많은데, 이들은 지봉 시의 한 특징적인 면이다. 지봉

이 주로 활동했던 16세기 후기(後期)에서 17세기 초기(初期)까지는 내우
외환(內憂外患)이 거듭된 시기였다. 그러나 학문적으로는 목릉성세(穆陵
盛世)의 시기로 많은 시인(詩人)·학자(學者)들이 활동했던 시기이기도
하다. 이러한 와중에도 지봉은 정치적으로 특정 당파에 휩쓸리지 않고 꿋
꿋이 자신의 소신과 지조를 지키면서 국가에 봉사하였으며, 틈틈이 자신
의 정서(情緒)를 표출한 다양한 주제의 많은 작품을 남긴 시인이었다.

七. 지봉(芝峯)
시(詩)의 풍격(風格)

사공도(司空圖)가 시의 각체(各體)를 24풍격으로 나눈 이래로 많은 시인이나 비평가들이 시를 평함에 이들 평어(評語)를 그대로 사용하거나 비슷한 의미를 지닌 評語를 사용함으로써, 한 시인의 작품에 대하여 함축적이고 압축적인 용어로 평하고 있다. 지금까지 나름대로 연구가 이루어지고는 있지만, 언어의 역사성이란 측면에서 보면 당시의 의미가 현재까지 그대로 전해져 변하지 않았다고 할 수 없으므로, 현대의 학자들이 그 의미를 정확히 파악해서 각 평어에 해당하는 시를 찾아내기란 쉬운 일이 아니다. 하지만 각 시인에 대한 평가(評價)는 동시대에 살았던 사람이 가장 정확히 볼 수 있으니 그들의 평을 받아들여 그 시의 특징을 알아보는 것은 중요한 작업이 아닐 수 없다. 따라서 지봉의 시에 대해서도 그와 함께 활동했던 당대인(當代人)과 조선 후기의 제가(諸家)의 평(評)을 근거로 하여 그의 작품의 풍격(風格)을 살피고자 한다. 풍격(風格)이란 용어는 '풍채품격(風采品格)' 또는 '풍신품격(風神品格)'의 약어(略語)로, 처음에는 사람의 풍채(風采)와 태도(態度)·품위(品位) 등을 나타내는 데 쓰였다. 그러던 것이 한대(漢代) 이래로 그 구분을 시도하면서 시(詩)·문(文)이나 서(書)·화(畵)를 비롯한 모든 예술 작품을 품평하는 데에 사용되었다. 그 후 육조시대(六朝時代)와 수(隋)·당(唐)을 거치면서 풍격을 설정하고 또한 그 성격을 구명(究明)하려는 비평가들의 노력으로, 풍격(風格)은 문학 또는 예술 작품을 감상하고 비평하는 기준으로 자리잡게 되었다. 중국에서는 양(梁)의 유협(劉勰)과 종영(鍾嶸)·당(唐)의 교연

(皎然)과 사공도(司空圖)·송(宋)의 엄우(嚴羽) 등이 풍격의 문제에 대해 매우 깊이 있는 논의를 전개하였다.[1] 풍격 용어에 있어서 사공도는 두 글자로 압축하여 사용하였다. 이 장(章)에서는 지봉 시에 대한 제가(諸家)의 평어(評語)를 인용하여 크게 한담온수(閑淡溫粹)·청고완려(淸高婉麗)·충담고아(沖澹高雅)로 나눠서 고찰한다.

1. 한담온수(閑淡溫粹): 환로기(宦路期)의 '망중여한(忙中餘閑)'

"한담온수(閑淡溫粹)"에서 '한담(閑淡)'은 한가로움을 의미하며, 여기서의 '한(閑)'은 한거(閑居)·한처(閑處)·한정(閑情)·한화(閑和)의 '閑字의 뜻에 해당하며, 도잠(陶潛)은 「閑情賦」에서 "시묘밀이한화(始妙密而閑和), 종료량이장최(終廖亮而藏摧)"라고 하였다. '淡'은 담수(淡水), 담박(淡泊)의 '담(淡)'이니 맑고 담박함을 나타낸다. 그리고 '온수(溫粹)'는 "온화순수(溫和純粹)"의 준말이며 '溫雅'라고도 하였다. '溫雅'는 "溫和高雅"의 준말이다.[2] '溫粹'한 아름다움을 '溫雅'라고 평했으니, 시 품평에서는 거의 같은 의미로 쓰였다. 이상을 정리하면, 한담온수는 한가롭고 담박하며 따뜻하고 순수함을 뜻한다. 사공도의 24품 중 '平淡'과 통하며 화려한 수식 없이 담박하게 쓴 詩이다. 이러한 평을 받고 있는 작품을 감상한다.

---

1) 鄭堯一·朴性奎, 『고전비평용어연구』, 태학사, 1998, 207쪽.
2) 朱熹, 「與魏元履書」 "論致知格物之道, 天顔溫粹, 酬酢如響."

萬里來從瘴癘鄉　만 리 따뜻한 고향에서 와서,
遠憑重譯謁君王　멀리서 통역에 의지하여 황제를 알현하네.
提封漢代新銅柱　한대에는 새로이 신동주로 봉해졌고,
貢獻周家舊越裳　주대에는 옛날에 월상국으로 조응했네.
山出異形饒象骨　산은 기이한 모양이고 코끼리 뼈 풍부하고,
地蒸靈氣産龍香　땅은 기운이 뜨겁고 용향(龍香)이 생산되네.
卽今中國逢神聖　이제 중국의 황제를 만나게 되니,
千載風恬海不揚　천 년 동안 바람은 고요하고 파도는 잠잠하리라.3)

멀리 남쪽 안남국에서 온 사신에게 주는 시로 상대방에게 편안함을 느끼게 해 주고 있다. 이 시를 받은 상대방에게 편안하며 따뜻한 인정(人情)을 심어 주고 있다. 수련에서는 안남국 사신이 명 황제인 신종(神宗)을 알현하게 된 과정을 사실적으로 언급하고 있다. 함련에서는 안남국이 신동주(新銅柱)·월상국(越裳國)으로 불렸고 중국에 공헌했으니 역사적으로도 중국과 가까웠음을 소개하였다. 이어서 경련에서는 자연의 모습과 특산물에 대하여 언급하고 있다. 『지봉집』뿐만 아니라 『지봉유설』에서도 시인이 35세 때 진위사(進慰使)로 북경에 갔을 때, 안남국 사신인 풍극관(馮克寬)을 만나게 되었으며, 그들과 만남으로 인하여 안남국의 풍물에 대해서 자세히 알게 되었음을 기록하고 있다. 미련(尾聯)에서는 중국 황제에게 함께 조공하는 대열에 참여하는 일로 알게 됨으로써 서로 친하게 교제하게 되었음을 말하고 있다. 이어서 미련의 대구(對句)에서는 안남국이 앞으로 태평한 시대가 길이 유지될 것임을 언급하며 찬양해 줌으로써 더욱 상대방에게 편안한 기쁨을 안겨 주고 있다. 이 시가 지어진 시기는 시인이 왕성하게 정치 활동을 했던 시기이다. 이 작품에서는 전체적으로 시를 받은 사신이나 이 시를 감상하는 독자에게 여유롭고 편안한 느낌을

---

3) 『芝峯集』, 85쪽. 「贈安南使臣二首」 中1.

심어 주고 있다. 그리고 특별히 '온수(溫粹)'한 느낌을 주는 부분도 있다. 예를 들면, 이 시에 사용된 용어 안남(安南)·장려향(瘴癘鄕)·상골(象骨)·증령기(蒸靈氣) 등에서 찾아볼 수 있다. 20대 초반에 벼슬을 시작한 시인은 계속해서 안정된 환로(宦路) 생활을 이어갔다. 이러한 한담온수(閑淡溫粹)의 풍격(風格)은 그의 인격(人格)·사상(思想)과도 무관하지 않으니, 그가 성경(誠敬)을 강조하고, 존심양성(存心養性)의 성정도야(性情陶冶)에 깊이 몰두한 그의 철학적 사유에서 나올 수 있었을 것이다. 왜냐하면, 그 작품의 풍격(風格)을 알아보기 위해서는 "시인의 시를 헤쳐서 시인의 성정에 도달하여 작품 속에 담긴 인격, 사상, 내지는 문학적 기교 등을 파악해야 하기 때문이다."[4] 젊은 시절에 성경(誠敬)을 강조하고, 존심양성(存心養性)에 힘썼던 그의 정신세계는 막중한 책무가 따르는 진위사의 업무를 훌륭하게 수행할 수 있었고 또 이국의 사신에 대해서도 여유롭고 따뜻한 마음을 보낼 수 있었다. 당시에 조선에 비해서 중국에서 대우를 받지 못했던 변방 국가의 출신인 안남국 사신이었지만 깍듯이 예의지국의 미덕을 보여주는 여유를 느끼게 한다.

시인이 『안남사신 창화록』을 남기게 된 배경이 지난날 임금님께 그들과 문답하고 수창한 얘기를 전하지 못했음을 안타까워하여서이고, 이번의 두 번째 북경 행에서는 그들과 만나서 대화도 나누고 시도 주고받았음을 『지봉집』에서 말하였다. 그리고 스스로 자신의 시가 조악(粗惡)하다고 겸손하게 말하면서 이러한 시집은 전대에 없었던 최초의 시집임을 말하였고, 마지막 부분에 박아군자(博雅君子)의 취할 바를 기다린다고 함은 나름대로 자신감을 나타내고 있는 것이다. 이 시를 받은 풍극관은 감동을 받아서 진군자(眞君子)의 시를 얻었다고 하였다.[5] 이어서 또 다른 한편의 시

---

4) 정재철, 「牧隱 詩의 風格 硏究」, 『韓國漢文學硏究』 19집, 1996, 68쪽.
5) 『芝峯集』, 85쪽. "唯君子識眞君子, 幸得詩中一表揚."

를 보자.

我居東國子南鄉	나는 동쪽 나라에 살고 그대는 남쪽에 사나,
文軌由來共百王	글과 수레의 사용은 모든 왕조와 같았네.
奉使喜觀周禮樂	사신을 받들어 기쁘게 주나라 예악(禮樂)을 보고,
趍班榮厠漢冠裳	줄을 따라 한나라 의복을 가까이하였네.
雲移殿陛迷仙仗	구름이 궁궐 계단에 옮겨가니 선장(仙仗)은 희미하고,
烟蠹宮爐識御香	연기가 궁궐 화로에 피어나니 어향(御香)을 알겠네.
同沐聖恩瞻盛事	함께 성은을 입고 성사(盛事)를 우러러보니,
强拈詩筆僭揄揚	힘써 시를 지어 외람되게 찬양하네.6)

수련에서는 중국과 우리나라 안남국이 모두 같은 문자와 수레를 사용하고 있음을 말하였고, 함련에서는 사신의 임무를 맡게 된 영광으로 주나라 예악(禮樂)을 듣고 한나라 의복을 가까이서 구경할 수 있었음을 말했다. 경련에서는 궁중 안의 호위병이 구름의 흐름에 따라 희미하게 보이고 향로가 피어나고 있는 궁중 안의 웅장하고 화려한 모습을 보여주고 있다. 미련에서는 앞으로 성은을 입어 안남국이 번영하기를 바라는 시를 지어줌을 말한 것이다. 시인이 머나먼 북경까지 옴에 고생도 많았고 어려움도 적지 않았을 것이다. 그러나 그 모든 것을 무사히 극복하고 주나라의 아름다운 음악, 한나라의 훌륭한 의상 등 중국의 화려한 선진 문물을 감상할 수 있는 즐거움을 갖게 되었다. 그리고 궁궐 안팎의 모습도 한가롭게 즐길 수 있는 여유도 생겼다. 긴 여정의 어려움을 잊고 잠시 풍물을 감상하고 풍류를 즐기는 망중여한(忙中餘閑)의 기쁨을 시로 형상화하였다. 주례악(周禮樂)·한관상(漢冠裳)의 옛 풍류와 선장(仙仗)·어향(御香) 등의 궁중 풍물을 소개하며 담담하게 표현하고 있다. 미련에서는 앞의 작품

---

6) 상게서, 85쪽. 「重贈安南使臣疊前韻」.

과 마찬가지로 상대방에게 겸손하면서도 예의를 갖추어 따뜻한 시인의 마
음을 전하고 있다. 지봉의 이러한 밝고 깨끗한 마음이 시로 표현되었음을
『매창집(梅窓集)』을 남긴 鄭士信(1558-1619)은 「안남국사신창화문답록
(安南國使臣唱和問答錄)」의 발문에서 다음과 같이 평하고 있다.

>   "이 지봉의 『안남사신창화집』은 궁상이 서로 펼쳐진 것을 보면, 밝고 깨
>   끗하고 한담(閑淡)하며 온수(溫粹)하여 우리 동방의 문헌을 드러냈고 만맥
>   (蠻貊)에 대아(大雅)를 떨쳤으니 아! 성하도다."7)

   이처럼 매창(梅窓) 정사신은 이 시집의 시를 "한담온수(閑淡溫粹)하
다."고 평하였다. 또한 南龍翼(1628-1692)은 『壺谷漫筆』 중 시화 부분
만 따로 실은 「壺谷詩話」에서 각각의 시에서 특정 부분의 연(聯)만 골라
서 "한담온수(閑淡溫雅)하다."고 소개하였다.

>   "이수광은 일생 동안 당시를 전공하였다. 그래서 그의 시는 한가하고 담박
>   하며 온아하여 뛰어난 구절이 많았는데 기력이 적은 것이 흠이다. '변방에 바
>   람이 이니 가을이 왔고, 눈빛을 받아 밤에 병사들은 삼하(三河)를 건너네. 창
>   밖에 가는 빗소리 들리니 날은 새기 어렵고, 성은 차가운 강을 베고 누웠으니
>   가을이 쉽게 오도다.'라고 하였으니 이러한 구절들은 대개 좋다고 하였다."8)

   위에 언급된 시는 남용익이 '閑淡하다.'고 생각되는 시의 연구(聯句)를
뽑아서 모아 놓은 것이다. 한 작품 전체가 아니고 각 작품에서 한담한 느
낌을 주는 연(聯)만 골라서 실은 것이다. 『지봉집』에 실린 이 시를 보자.

---

7) 상게서, 91쪽. "李芝峯安南使臣唱和集, 觀其宮商相, 閑淡溫粹, 章我東之文獻,
   振大雅於蠻貊, 猗歟盛哉."
8) 洪萬宗 著·許捲洙 譯, 『詩話叢林』下, 234쪽.

① 山海雄關控八瀛　　산해관의 웅장함은 팔영(八瀛)을 감싸 안고,
　　通衢冠盖走神京　　사신 행차는 큰 거리 통과하며 북경으로 달렸네.
　　風生九塞秋橫劍　　바람이 변방에서 일어나는 가을에 칼을 찼고,
　　雪照三河夜度兵　　눈은 三河를 비추는데 밤에 군사들이 건넸네.
　　薊樹歸雲鴻外斷　　계수(薊樹)로 구름은 돌아가고 기러기 소리는
　　　　　　　　　　　들리지 않고,
　　遼城落日鶴邊明　　요성(遼城)의 지는 해에 학(鶴)의 모습은 밝네.
　　蓬萊此去無多遠　　봉래산은 여기서 그리 멀지 않으니,
　　弱水東頭可濯纓　　약수(弱水) 동쪽에서 갓 끈을 씻겠네.[9]

② 水驛微茫大野頭　　물가 역참은 아득히 큰 들판에 있고,
　　百年懷抱倦登樓　　백 년의 회포에도 게을리 누각에 오르네.
　　窓聞小雨天難曉　　창가에 가는 빗소리 들리니 새벽은 오지 않고,
　　城枕寒江地易秋　　성에서 찬 강을 베고 누우니 가을이 쉬이 오네.
　　烟外亂山朝暮色　　안개 밖의 여러 산은 조석으로 색깔이 다르고,
　　寺前芳草古今愁　　절 앞의 꽃다운 풀은 고금을 근심하네.
　　客來欲問隋唐事　　객이 와서 수(隋)와 당(唐)의 일을 묻고 싶어 하나,
　　相對漁樵一笑休　　서로 어부와 초동을 대하고 한 번 웃고 마네.[10]

　①의 시에서는 자신이 자주 드나들었던 산해관의 주위 모습을 소개하고 사행(使行)의 힘든 과정에서도 자연 풍물의 아름다운 모습을 그려내고 있다. 그리고 곧 한양으로 돌아가 환로 생활에 임하는 마음의 준비도 하고 있다. 함련(頷聯)에서는 사신(使臣)과 호위병(護衛兵)들의 움직이는 모습을 계절과 풍물을 잘 호응시켜 표현하고 있다. 칼, 군사들의 단어가 위엄 있고 엄숙한 분위기를 자아내는 용어가 될 수 있는데도 오히려 당시의 자연 풍경과 어우러져 편안하고 한가한 느낌을 준다. 이것이 '한담온아(閑

---

9) 『芝峯集』, 130쪽. 「次山海關」.
10) 상게서, 104쪽. 「淸川感古」.

淡溫雅)'한 평을 한 이유가 될 것이다. ②의 시는 청천강에서 옛날을 회고하는 시이다. 앞부분에서 청천강에 있는 역참(驛站) 주위의 모습과 누각에 오르게 되었음을 말하였고, 뒷부분에서는 청천강에서 중국과 우리나라의 전쟁을 회고하고 있다. 수당(隋唐)과의 수많은 격돌이 이 강에서 벌어졌었다. 이 시의 함련(頷聯)은 보슬비 내리는 날씨라 날은 새지 않고, 강가에 성(城)이 있으니 쉬이 서늘해짐을 말하고 있다. 자연의 변화와 시인의 마음을 조탁(彫琢)을 가하지 않고 자연스럽게 표현하여 독자로 하여금 한가하고 담박한 느낌을 가지게 한다.

　지금까지 '한담온수(閑淡溫粹)'한 풍격에 대해서 살펴보았다. 지봉은 젊은 시절에 성리학의 '성경(誠敬)'과 '존심양성(存心養成)'의 덕목(德目)에 치중하여 박아군자(博雅君子)의 모습을 지닐 수 있었다. 그의 너그러운 인품과 훌륭한 학문은 선조(宣祖)의 눈에 띄게 되었고, 조정에서 외교문서의 적성이나 중국사신의 업무를 수행하는 주요한 업무를 맡게 되었다. 그의 너그럽고 아량이 넘치는 정서(情緖)를 시로 잘 드러낸 작품이 주로 안남국 사신과 화답한 시에서 볼 수 있었다. 내용 면에서 상대방의 마음을 편안하게 해 주며 따뜻한 마음을 드러냈으며, 망중여한(忙中餘閑)의 모습을 표현하고 있다. 작품에서 이러한 점이 노정(露呈)되어 당대와 후대의 시인·학자들에게 '한담온수(閑淡溫粹)'한 평가를 받게 되었으며, 실제 작품을 통해서 어느 정도 살필 수 있었다.

2. 청고완려(淸高婉麗): 노년기(老年期)의
'선세류속(蟬蛻流俗)'

'淸高'는 "地高氣淸"의 준말로 '땅이 높은 곳에 기운이 맑다'라는 의미이기도 하며, '淸廉'이라고도 하였다.[11] '婉麗'는 '자태가 아름답고 좋은 모양'을 뜻한다. 여기서 婉은 "順也 美也"라고 하였으니, 순함·아름다움을 의미한다. 麗도 비슷한 의미를 지니고 있다. 이상을 정리하면, '淸高婉麗'는 대체적으로 청렴하며 격이 높고, 고상하며 아름다운 것을 의미한다. 그리고 시의 풍격(風格)으로 '淸高'는 사공도의 24품 중에 나오는 청기(淸奇)와 고고(高古)의 의미를 합친 것이라고 볼 수 있다. 또 '완려(婉麗)'는 사공도의 24품 중의 기려(綺麗)와 통한다고 할 수 있다.

相逢萍水帝城中	부평초처럼 황제의 뜰에서 서로 만났고,
目擊從知意自通	눈으로 마주하니 뜻이 절로 통하네.
金闕瑞雲朝佩響	궁궐에는 상서로운 구름 일고 아침에 패옥 소리 들리며,
玉河明月夜尊空	은하수에는 밝은 달 뜨고 밤에 술동이를 비우네.
休言海外乾坤別	해외의 하늘과 땅이 다르다고 말하지 마라,
却喜天心雨露同	천심의 비와 이슬은 같음을 문득 기뻐하네.
聞道南州梅信早	남쪽 고을에 매화 소식이 빠르다고 들었으니,
肯將春色寄來鴻	기쁜 춘색(春色)을 오는 기러기에 보내주렴.
御命來從海外天	어명으로 와서 해외의 천자를 따르니,
驛程行盡幾山川	역정의 길이 몇 산천을 거쳤던고

---

11) 「盧仝茶歌」, "山上羣仙司下土, 地位淸高隔風雨." · 「楚辭, 離騷序」, "凡百君子, 莫不慕其淸高, 嘉其文采, 哀其不遇, 而愍其志焉."

皇家一統車書日　황가(皇家)는 한결같이 문화로 통하는 날이고,
使節同觀禮樂年　사절은 함께 예악을 보는 해이네.
燕地風霜春筆下　연경의 풍상은 봄에 시로 써지며,
浙江煙雨暮帆前　절강의 연우는 저물녘의 배 앞에 펼쳐졌네.
遙知別後襟期在　멀리 이별한 뒤 마음에 기약이 있으니,
夜夜分明片月懸　밤마다 분명히 조각달이 걸려 있으리라.12)

　앞의 시의 수련에서는 시인과 유구사신(琉球使臣)이 인연이 되어 서로 만났으며, 이심전심(以心傳心)으로 대화를 할 수 있었음을 말하였다. 이어서 다 같이 사신의 임무를 띠고 온 처지니 서로의 심정을 이해하며, 밤에는 함께 대화하며 술도 마시게 되었다. 둘 사이에 끈끈한 우정이 이루어졌음을 나타내고 있다. 경련에서는 두 나라가 함께 중국 황제의 은총을 입을 것임을 언급하였고, 마지막에 가서는 따뜻한 남쪽의 빠른 봄소식을 기러기 편으로 보내 달라고 부탁하고 있다. 둘째 시도 비슷한 뜻을 담았다. 먼저 사신의 긴 여정을 말하였고, 중국의 문화와 예악을 즐길 기회를 가졌음을 기뻐하였고, 경련에서는 연경의 자연의 아름다움이 시의 소재가 되었음을 말하였다. 따라서 절강(浙江)의 그림같이 아름다운 모습에 푹 빠졌음을 노래하였다. 마지막 미련에서는 각각 고국으로 돌아간 뒤에도 서로를 기억하고 생각하는 마음을 달을 통해 전달하자고 표현하고 있다. 서로가 수만 리 먼 거리에 떨어져 있어 만날 수 없을지라도, 중국이라는 이국땅에서 만나 달밤에 정(情)을 나누었던 때를 잊지 말고, 하늘에 떠 있는 달을 매개체로 얼마든지 서로의 마음을 전할 수 있음을 표현하였다. 전체적인 분위기가 속됨이 없고 고상한 느낌을 주고 있다. 어떠한 목적이나 바람이 없이 시인의 청아(淸雅)한 마음을 그대로 표현하고 있다. 마치 헤어진 고향 친구에게 편지를 쓰듯이 쓴 시이다. 이러한 시를 '청고완려

---

12) 『芝峯集』, 93쪽. 「贈琉球使臣近體14首」 中1, 5.

(淸高婉麗)'한 시라고 볼 수 있는데, 이것은 '청고(淸高)'한 아름다움을 지닌 작품이라고 말할 수 있다. '청고(淸高)'와 '완려(婉麗)'를 구절에 따라서 나누어 구분이 될 수도 있으니, 앞의 작품이 전반적으로 '淸高'에 치중되었다면, 뒤의 작품은 '淸高婉麗'한 느낌을 함께 느끼게 하며, 특히 4·5句는 더욱더 '완려(婉麗)'한 풍격을 보여주고 있다. 임숙영은 이 시가 수록된 시집인 「속조천록(續朝天錄)」의 발문에서 다음과 같이 소개하였다.

> "무릇 많으면 정(精)하기 어려운 것이 작자의 일반적인 모습이다. 이제 공이 말을 함이 많을수록 뜻을 씀이 더욱 정(精)해졌다. 옥이 박(璞)에서 나옴 같고, 금이 모래에서 나옴 같다. 발(發)한 것은 모두 정(精)하였다. 아! 공이 이런 기술에서 그 종요로움을 다했고 그 묘함을 다했도다. 유구 14율시에 이르러 더욱 청고(淸高)하고 완려(婉麗)하니 당시 사람이 한 자 한 구절도 짓지 못했으니, 해도(유구국－필자 주)의 상자에 넣어 잘 잠가 보관하면 蒙袂輯屨(유구사람의 모습－필자 주)의 기아를 구할 것이니 양육(粱肉)이 너무 사치스럽지 않으리요? 상투 하고 풀 옷 입은 백성이 어찌 성률(聲律)의 아름다움에 함께할 수 있으리요"13)

시인의 작품이 '청고완려(淸高婉麗)'하며, 또한 당시의 사람들이 한 자 한 구도 짓지 못할 정도로 훌륭하니 유구국의 학문의 굶주림을 해결해 줄 수 있으니, 잘 보관해야 한다고 말하였다. 그리고 야만인이 가지기에는 너무나 사치스러워 보이는 詩라고 극찬하고 있다. 그리고 시인이 이러한 청고완려한 작품에 뛰어난 소질을 보였음은 그의 '염퇴지수(恬退之守)'하고 '염수지결(廉修之潔)'한 성격에서 기인한다고 볼 수 있다. 이어서 그의

---

13) 상게서, 163쪽. "夫多則難精, 作者之常也. 今公立言愈多而用意愈精, 如玉之剖於璞也, 如金之脫於沙也, 無發而非精也. 嗚呼. 公之於此術, 可謂窮其要而極其妙者矣. 乞琉球十四律, 尤淸高婉麗, 不作時人一字一句. 而局鐍於海島之篋, 救蒙袂輯屨之餓, 粱肉不已侈乎. 魋結卉服之民, 何與於聲律之美."

‘염퇴지수(恬退之守)’와 ‘선세류속(蟬蛻流俗)’이 시에 반영되었음을 언급
한 내용이 있으니 다음과 같다.

> "공의 행위는 빼어나서 맑음은 외물의 명리(名利)에 꺾이지 아니하고 세
> 상 사람들 모두가 공격하여 지조를 빼앗아도 결국은 공의 염퇴지수(恬退之
> 守)를 이기지 못한다. 시속을 벗어남을 고인의 마음에서 볼 수 있으니 이는
> 중국인이 능히 알 수 있는 바가 아니고 오랑캐가 깨달을 수 있는 바가 아니
> 다. 그 작품은 오히려 성당의 모습에 젖어들어 거의 만력의 개원 · 천보의
> 시대에 들어가니, 처음에 공의 덕이 고인(古人)과 같음을 들었고, 이제 공의
> 재주가 또 고인(古人)과 같음을 보게 되었다. 명월의 구슬과 야광의 옥은
> 집에 쌓아 두지 않아도 빛나 번득이니, 가령 위국(魏國)의 어리석은 사람도
> 한밤에 본다면 반드시 감히 들판에 던져버리지 못할 것이다."14)

위의 내용에서 살피건대 ‘청(淸)’하여 명리(名利)에 매이지 않은 것이
‘염퇴지수(恬退之守)’요 시속(時俗)을 벗어난 탈속(脫俗)의 경지가 ‘선세
류속(蟬蛻流俗)’이 되겠다. 선세는 매미의 허물이며, 세속을 초탈함을 말
한다. 이러한 의경(意景)을 담고 있는 시가 바로 "청고완려(淸高婉麗)"
한 시가 될 수 있다. 이러한 시인의 작품은 주로 노년기의 시(詩)에서 많
이 나타난다.

暮年身世宰炎鄕　　말년에 신세는 남쪽 지방 원님이 되었고,
治郡無能坐嘯長　　고을 다스리는 능력은 없고 앉아서 시만 길게 읊네.
春燕不來閑院落　　봄 제비는 한가한 집에 찾아오지 않고,

---

14) 상계서, 163쪽. "公行峻潔, 淸而不撓攪於外物名利, 擊一世人而奪之操, 卒
不勝, 公恬退之守. 蟬蛻於流俗, 獨古人心見, 此則華人之所不能知, 而蠻貊
之所不能識也. 其塵垢糠粃, 猶浸遙乎盛唐之態, 庶幾萬曆年於開元 · 天寶之
際, 始者聞公德古人也, 今者觀公才又古人也, 明月之珠, 夜光之璧, 不蓄於
室, 而凡案之間, 光輝陸離, 假令魏國之愚夫中夜而見之, 必不敢擲之於野也."

晴波欲滿小池塘　　비 갠 뒤 물결은 작은 연못에 가득차려 하네.

紅梅影下文書靜　　붉은 매화 비치는 아래 글방은 고요하고,

綠橘陰邊几席香　　푸른 귤 그늘가의 책상은 향기 나네.

衙罷閉門人跡少　　관아의 일 끝내고 문을 닫으니 인적이 드물고,

隔窓啼鳥又斜陽　　창 너머 새는 울고 또 해가 기우네.

檻外池光染綠苔　　난간 밖 연못 빛은 푸른 이끼로 물들었고,

一簾微雨欲黃梅　　발 친 집에 가는 비가 황매(黃梅)를 만들고자 하네.

衙居寂寞門長掩　　관아에 거처함이 적막하니 문은 오랫동안 닫혀 있고,

公退尋常印不開　　공이 물러간 지 얼마 되지 않았으니 봉인도 열지
　　　　　　　　　않았네.

盧橘香邊山鹿睡　　금귤 향기 나는 옆에 산 사슴은 졸고 있고,

石榴花下怪禽來　　석류 꽃 아래에 기이한 새가 찾아왔네.

軒窓盡日淸如水　　난간 창에 해가 다하니 맑기가 물과 같고,

輪與騷翁晝夢回　　좌천된 시인은 낮에 꿈에서 깨어나네.[15]

　시인이 말년에 순천부사(54세-57세)로 좌천되어 갔을 때 지어진 시(詩)이다. 당시(當時)의 일에 대해 상촌은 "지봉과 내가 40년을 같이 놀았는데 아름다운 지조가 속세에서 뛰어났으며 세상이 변해도 일찍이 젊은 기개가 꺾이지 않았는데, 시인은 당시에 조정의 어려운 기미를 알아차렸다. 그래서 스스로 순천부사가 되길 자청해서 외직(外職)으로 나오니, 간교한 함정을 면할 수 있었다."고 하였다. 병진년(1616년) 상촌이 벼슬에서 물러나 김포(金浦)에 있을 때, 지봉은 그를 찾아가 더욱 우의를 돈독히 하였다. 둘은 아프면 서로 위로하고 건강을 걱정했으며 간담상조(肝膽相照)하는 친구였다. 누구보다도 지봉에 대해 잘 알고 있었던 상촌(象村)은, 지봉의 성격이 간사한 무리에 굴하지 않고 조용히 자신의 일을 다하는 모

---

15) 『象村集』, 권52, 347쪽. 「七言近體」 2首.

습을 보고 "금옥군자(金玉君子)"라고 칭하였다.16) 지방관으로 나가서 생활하는 모습이 자연과 어우러져 속세를 벗어난 맑고도 고상한 삶을 살았다. 위의 두 시는 계절적으로 앞의 시는 초봄을, 뒤의 시는 늦봄의 모습을 보여주고 있으며, 시간의 흐름을 쫓아가며 일상의 모습을 형상화하였다. 둘째 시의 "헌창진일청여수(軒窓盡日淸如水)"에서 "해가 질 무렵의 모습을 청(淸)하여 물과 같다."고 한 것은 '청고(淸高)'한 느낌을 단적으로 드러낸 부분이라고 할 수 있다. 상촌도 이 시를 평하여 "격고청려(格高淸麗)하다."고 하였다. 홍매(紅梅)·녹귤(綠橘)·노귤(盧橘)·석류(石榴)·산록(山鹿)·괴금(怪禽) 등의 시어가 더욱 청초(淸楚)한 분위기를 나타내고 있다. 한편 이 시는 『지봉집』의 「승평록(昇平錄)」에 「즉사(卽事)」라는 제목으로 실려 있는데, 앞의 시만 실려 있고 뒤의 시는 실려 있지 않다. 이것에 의해 추측하건대, 「승평록(昇平錄)」발문에서 상촌은 지봉의 시가 122首라고 하였으나 실제로 실린 작품이 107首밖에 되지 않으니, 당시 상촌이 122首를 보았다는 것이 사실이고, 15首가 『지봉집』에 실리지 못했음을 알 수 있는 근거가 된다. 실제로 『지봉집』에 없는 지봉의 작품이 『상촌집』에 실려 있다.

시인의 이러한 '청고(淸高)'한 모습은 노년의 불교(佛敎)·도교(道敎) 사상(思想)의 영향에도 있다. 앞의 장(章)에서 이미 살펴보았지만, 그는 불교와 관련된 시에서 '청고(淸高)'한 삶을 추구하는 모습을 보여주고 있었다. 그러한 종류의 시에서도 '청고완려(淸高婉麗)'한 풍격을 느낄 수 있다. 다시 한 편의 시를 보자.

天公不阻興   하늘은 흥을 막지 않으니,

---

16) 『象村集』, 권52, 347쪽. "李公睟光字潤卿. 號芝峯. 與余遊今四十年. 雅操出塵. 歷盡世變. 未嘗少挫. 亦能見幾而作. 免於機窖. 眞所爲金玉君子. 今以卿秩求補外. 出守順天府. 丙辰辭朝時. 訪余於金浦田舍."

欲雨晩還晴	비 오려다 저녁에 다시 맑아지네.
淡月詩中色	맑은 달은 시 가운데 색이고,
寒泉夢裡聲	차가운 샘은 꿈속의 소리이네.
林花春後發	숲의 꽃은 봄 뒤에 피고,
禪榻夜深淸	참선 자리는 깊은 밤에 맑네.
坐與山僧語	앉아서 산승과 함께 대화하니,
超然衆外情	초연히 세속 밖의 정(情)이네.17)

　석왕사에서 하루를 묵으며 참선하는 스님과 대화를 나누다 보니, 속세를 떠난 청아(淸雅)한 마음을 지니게 되었음을 말하고 있다. 전반부 수련, 함련에서는 석왕사 시인이 찾았을 때의 날씨와 주위 배경을 실사하고 있다. 낮에 흐렸던 날씨는 맑아졌고 밤이 되어 밝은 달이 뜨고 흘러가는 물소리만 적막한 산사에서 들리고 있다. 경련에서는 꽃이 봄 늦게 핀다는 말로 깊은 산속에 산사가 존재함을 알 수 있고, 따라서 참선의 자리는 더욱 청아(淸雅)하다. 마지막 연에서 시인이 선문답(禪問答)을 나누면서 속세 바깥의 초연한 세계에 젖게 되었음을 형상화하였다. 속세를 벗어난 '선세류속(蟬蛻流俗)'의 경지를 보여주는 작품이다. 이러한 청고한 아름다움을 느끼게 하는 '청고완려(淸高婉麗)'한 작품을 여러 곳에서 찾을 수 있다. 그러나 시인 자신은 이러한 시를 병들고 힘이 없는 노년기에 쓰여 기력이 없고 잠꼬대와 같은 보잘것없는 작품이라고 겸손하게 말하기도 하였다.

　'청고완려'한 작품은 감상하는 자의 입장에 따라서 자연히 기력이 약하게 느껴질 수 있다. 그러나 그 속에는 맑고 성숙한 인간미를 느낄 수 있다. '淸'이란 속세의 범상함을 벗어나 탁하거나 막히지 않고 '流麗'함을 뜻하고 이 계열에 속하는 풍격 용어는 '淸新'과 '淸奇'가 있으며 '淸淨非凡'함을 뜻한다.18)

---

17) 『芝峯集』, 107쪽. 「釋王寺宿夜」.

　이상에서 '淸高婉麗'한 작품을 살펴보았는데, 시인의 이러한 작품은 말년의 벼슬 생활에서 탈속의 느낌을 시로 형상화하거나 불교와 도교의 사유에 관련된 작품에서 많이 볼 수 있다. 그는 오랜 벼슬 생활을 하는 사이에 인생의 황혼기에 접어들게 되었다. 자연히 세상을 되돌아보고 천성(天性)의 맑은 마음으로 돌아가고픈 생각이 들게 되었다. 이러한 사유가 '염퇴지수(恬退之守)'·'염수지결(廉修之潔)'과 '선세류속(蟬蛻流俗)'의 경지로 젖어들게 만들었다. 그리고 그 정서(情緒)가 시로 형상화되어 드러난 것이 '청고완려(淸高婉麗)'한 작품이 되었다.

　이 외에 지봉의 시가 전반적으로 "충담(沖澹)하다."고 평한 월사(月沙) 이정구(李廷龜: 1564 - 1635)는 지봉집 서문(序文)에서 다음과 같이 말했다.

　　"공이 물러나 문을 닫고 공무를 사양함에 경서와 사기를 공부하며 혹 황주군에서 살기도 하고 혹은 교외의 집으로 자취를 감추니 한 집이 숙연하여 시 읊기를 게을리 하지 않았다. 무릇 근심이나 곤란함 불평이나 무료함을 만나도 한결같이 시(詩)로써 보냈다. 비록 여러 번 화를 당할 뻔하였지만 처음부터 끝까지 스스로 삼가서 이름과 총명함을 완전히 보존했다. 규범을 벗어남을 근심하고 교제함에 이르러 창성함을 기약하여 지위가 크게 드러나게 되었으나 총애를 입음을 놀라움으로 여겨서 영광으로 여기지 않았다. 간단함이 번거로움을 누르고 고요함이 움직임을 누르며 근본이 맑고 깨끗하며 가는 물결도 일어나지 않는다. 그러므로 시에 나타낸 것이 한결같이 맛이 충담하여 번음(繁音)과 촉절(促節)이 없고 그 소리가 금옥(金玉) 같고 평평하며 그 기운이 아름답고 밝다. 매번 읽으면 마치 그 사람을 보는 것 같다.……중략……공이 살아 있을 때, 이미 공의 시가 천하에 퍼져서 안남과 유구의 사신이 또한 공의 이름을 들었다. 이미 죽음에 공의 책이 더욱 국중(國中)에 크게 유행하여 집집마다 전해졌을 뿐만 아니라 또한 읽혀졌으니

---

320) 하정승,『고려조 한시의 품격 연구』, 다운샘, 2002, 36쪽·170쪽.

공과 같은 이는 능히 지금에도 화(化)하고 후에도 전해질 사람이라 일컬을 수 있다."19)

위에서 알 수 있듯이 월사는 지봉이 시를 즐겨 지었음을 말하면서 그 "시의 맛이 충담(沖澹)하고 소리가 금옥(金玉)과 같다."고 하였다. 그리고 창석(蒼石) 이준(李埈: 1560~1635)은 "고아(高雅)하다."고 평했다. '충담고아(沖澹高雅)'한 평가는 그의 인품과 전체적인 시를 함께 평한 것이다. 여기서 '고아(高雅)'는 '淸高婉麗'와도 어느 정도 통한다. 이 부분은 추후에 다시 논하고자 한다.

---

19) 『芝峯集』, 3~5쪽. "公退杜門謝事, 沈潛書史, 或栖遑州郡, 或斂迹郊扉, 一室蕭然, 吟濃不倦. 凡遇憂愁困厄不平無聊, 一以詩遣. 雖屢遭禍機, 終始自靖, 完名保哲, 超然於文罔之外, 逮際昌期, 位望隆顯. 而居寵若警, 不以爲榮. 而簡制煩, 以靜制動, 本源澄澈, 微瀾不起. 以故發之於詩者, 一味沖澹, 無繁音無促節其聲鏗而平, 其氣婉而章. 每一讀之, 宛然想見其人.……中略……公之在世也, 公之詩已播於天下, 安南流球之使, 亦聞公名. 旣沒而公之籍益大行於國中, 不啻家傳而戶誦, 若公可謂能化今而能傳後者也."

八. 지봉(芝峯) 시(詩)의
문학적(文學的) 위상(位相)

이 章에서는 제가들이 내린 지봉의 시와 인품에 대한 평을 살펴보고, 이어서 지금까지의 연구를 바탕으로 하여 지봉의 시가 우리나라 시문학상에서 차지하는 위상을 정리한다.

먼저 당시의 학자들은 지봉의 인물됨과 작품에 대한 評을 어떻게 내리고 있는지를 알아보고 그의 작품에 대한 객관적인 평가(評價)를 내리도록 한다. 『지봉집』에 실린 서문(序文)·발문(跋文)·행장(行狀) 등에는 지봉에 대한 여러 학자·시인들의 견해가 나온다. 이들을 고찰하여 그의 시(詩)와 인품(人品)에 대하여 밝히고자 한다. 우선 오성(鰲城) 이항복(李恒福: 1556-1628)은 「발문(跋文)」에서 다음과 같이 평했다.

> "지봉의 시는 면류관을 쓰고 옥을 찼으며, 풍극관이 화답한 것이 또한 글을 잘못 씀이 없어 왕왕 사람을 일으키는 것이 많다. 공부방에서 향을 태우고 소리 내어 읊조리니 족히 상쾌하게 만든다."1)

이항복은 지봉의 시가 관면패옥(冠冕佩玉)과 같이 우수하며 읽음에 상쾌하게 만들 정도로 뛰어났음을 칭찬하였다. 그리고 함께 벼슬함에 지봉의 인품이 절개가 깊고 불의한 행동이 없음을 높이 평가하였다. 지봉과 가장 친한 벗으로 알려진 현옹(玄翁) 신흠(申欽: 1566-1628)은 「학성록(鶴城錄)」의 '발문'에서 다음과 같이 말했다.

---

1) 상게서, 89쪽. "芝峯之詩, 固冠冕佩玉, 馮老所和, 亦非魯魚之混, 而往往起人者多矣. 雪屋晴窓, 燒香朗詠, 足爲一快."

"공중(空中)의 소리인가? 물상(物相)의 색인가? 그 풍(風)에 근원하는가? 아(雅)에 근원하는가? 등주(登州)의 작품은 바로 원용릉(元舂陵) 일편과 함께 나란히 천년 위를 달린다. 지봉 노인의 기치를 세움의 높음은 진실로 둘도 없는 문중(門中)에 정법(正法)의 눈이 감춰져 있음이니, 어찌 야호소품(野狐小品)이 동등하게 비교되리요? 몇 번이나 탄식했는지 깨닫지 못하고 글을 쓴다."2)

여기서 상촌(象村)은 지봉의 시에 대해 풍아(風雅)에 근원하는 시로 야호선(野狐禪)과 같은 사람들의 작품과는 비교가 되지 않으며 용릉(舂陵) 땅 훌륭한 목민관이었던 원결(元結)과 같은 인물에 견주고 있다. 또한 상촌은 「승평록(昇平錄)」의 '발문(跋文)'에서 다음과 같이 말했다.

"행함에 장차 건안(建安)을 조(祖)로 삼고 경룡(景龍)을 종(宗)으로 하며 개원(開元)을 나란히 하고 대력(大曆)을 위로하니 저 살피건대 고인의 이름을 많이 인용하거나 고어(古語)나 고자(古字)를 많이 늘어놓는 일에 공교로운 자가 어찌 능히 공의 울타리를 바라보겠는가?……염처지정(恬處之靜)을 가지고 있는 것 같고 염수지결(廉修之潔)을 취하고 있는 것 같아 기미를 알아 지조를 굳게 하고 나아감을 어렵게 여기고 물러남을 쉽게 여기니, 마땅히 옛 현인 중에서 구하더라도 세상에 공 같은 사람이 있으리요? 나는 아직 보지 못했다."3)

지봉의 시가 "建安과 景龍(唐: 707 - 710)을 조종(朝宗)으로 하며 개원(開元)을 나란히 하고 대력(大曆: 766 - 780)시대의 시를 능가한다."고

---

2) 상게서 115쪽. "空中之音耶, 相中之色耶, 其源乎風耶, 其源乎雅耶, 登州之作, 直與舂陵一篇, 幷駕於千古之上. 吾於是始知芝峯老立幟之高也. 眞所爲不二門中正法眼藏, 豈野狐小品可等論也. 不覺三歎而題之."

3) 상게서, 176쪽. "行且祖建安宗景龍, 鴈行開元大曆而上之, 彼按故點簿, 釘餖爲工者, 安能望公藩籬哉. 余托契於公,……公持之恬處之靜, 取之廉修之潔, 知幾介石, 難進易退, 則當於古賢中求之, 世其有如公者乎. 吾未之見也."

찬양하고 지봉의 작품이 결국은 자신을 능가하는 경지에 이르게 되었다고
말하고 있다. 한편 지봉의 인물됨이 恬處之靜(조용이 처세함)과 廉修之
潔(청렴결백함)이 있어서 세상에서 보기 드문 인격을 지녔음을 말하고 있
다. 이어서 오산(五山) 차천로(車天輅: 1556－1615)는 「홍양록(洪陽錄)」
에 실린 작품을 읽고 쓴 「발지봉선생권후(跋芝峯先生卷後)」에서 다음과
같이 높이 평하고 있다.

　　"근래에는 지봉 선생이 최고로 시에 뛰어났다. 성당을 배워서 행했고, 마
　음으로 궁구하여 특히 기묘하며 조어가 극히 정치하다. 깊이 옛 시인의 모
　습을 얻었으니 스스로 일가를 이룸이 있다. 선생은 시에 있어 스스로 그 문
　지방 안에 도달했다고 아니할 수 없다.……선생은 마땅히 후진의 우두머리
　가 되니 시는 단지 그 여사(餘事)이다.……당시 사단(詞壇)의 맹주로 우리
　나라에 살면서 문형을 잡은 자 공이 아니고 누구이겠는가?"[4]

　오산(五山)은 또한 「안남국사신창화문답록(安南國使臣唱和問答錄)」의
발문(跋文)에서 다음과 같이 언급했다.

　　"선생의 이 문집은 가히 옥회(玉會)의 빠짐을 채웠으며 양자운의 집참을
　갖추어서 썼다. 글의 우아함으로 세상에 알렸고 그 미천한 작품도 심휴문
　(沈休文)과 사씨(謝氏)에 나란히 견준다."[5]

---

4) 상게서, 129쪽. "近者有芝峯李先生, 最有得於詩. 先生之詩, 學盛唐而爲也,
　　匠心獨妙, 造語極精, 深得古詩人鑪錘, 有若自成一家者然. 先生之於詩, 不可
　　謂不自臻其閫奧矣.……先生當爲後進領袖, 詩特其餘事也,……當此時, 主盟詞
　　壇, 居東壁而秉文衡者, 微公而誰."
5) 상게서, 90쪽. "先生此集可以補玉會之闕, 而備子雲執槧而書之也. 先生蚤以
　　文雅鳴於世, 其塵垢秕糠將以陶鑄沈謝今其膺簡掄之命."

여기서 오산은 "지봉이 성당(盛唐)을 배웠으며 시가 묘(妙)하며 시어 (詩語)가 정치(精緻)하며 연묘(硏妙)하다."고 하였다. 그리고 당시 "사단 (詞壇)의 우두머리가 된 사람이 지봉이었다."고 극찬하고 있다. 또 "덕망 (德望)이 높아서 그의 인품에 비하면 지위는 오히려 낮았다."고 말하고 있다. 한편 청빈한 생활을 실천한 인물이었음을 말하고 굳이 "궁해야 훌 륭한 시가 나온다."는 말을 언급할 필요조차 없다고 하며, 그의 시에 대해 높이 평가하고 있다. 계곡(谿谷) 장유(張維: 1587－1638)도 「지봉집」 서 문을 썼는데, 다음과 같이 언급하였다.

"내가 비로소 철이 들 무렵부터 매번 선배인 여러 공들이 당시에 제 일 류인을 의론함에 반드시 지봉 이수광을 일컬어 "항상 그 字를 들어 아무개 는 금옥 같은 그 사람이다."라고 함을 들었다.……중략……항상 속세의 경 망하고 조급한 풍속을 꺼리고 반드시 여러 명가를 법으로 삼았기 때문에 그 성조(聲調)가 화합(化合)하고 윤기가 맑고 빛나서 금석 같은 운(韻)이 있고 규장(圭璋) 같은 바탕(근본)이 있다."6)

장유는 "어려서부터 당대의 일류인(一流人)은 지봉임을 여러 사람에게 서 들었다."고 했고, 지봉이 "당나라 명가(名家)의 글을 본받아서 시의 성 조(聲調)는 해협(諧協)하고 색택(色澤)은 낭윤(郞潤)하다."고 했으며 "문 (文)은 아순(雅順)하다."고 하였다. 또한 "상촌은 신이화지(神而化之)라 고 했고, 오산과 남창은 격고어묘(格高語妙)하며 구원의활(句圓意活)하 다."고 했음을 이 글에서 소개하였다. 한편 장유(張維)는 지봉에 대한 행 장(行狀)에서 다음과 같이 언급했다.

---

6) 상게서, 6~7쪽. "自維始省事, 每聞前輩諸公論當世第一流人, 必稱芝峯李公. 恒擧其字曰, 某甫金玉其人也.……中略……常疾世俗佻儇噪之習, 必以唐諸名 家爲法則, 故其聲調諧協, 色澤朗潤, 有金石之韻圭璋之質焉."

"공의 타고난 성품과 재능이 매우 높고 청명하고 온수하며, 젊고 외로울 때 스스로 능히 책을 보며 학문에 힘써서 보지 아니한 것이 없었다. 가정생활이 청검(淸儉)하여 취함에 구차함이 없고, 가산의 있고 없음을 묻지 않았다. 성색(聲色)의 어지러움과 화려함에 욕심이 없어 좋아하는 바가 없고 향도 피우지 않고, 촛불도 태우지 않으며, 연회도 하지 않고, 음악도 듣지 않았다. 음식은 반찬이 없고, 자리도 온전한 것이 없었으며, 한 벌의 갖옷은 15년 동안 입었다.……중략……공의 글은 근본 경전에서 나왔고, 전아(典雅)한 체(體)가 있고, 제가의 험벽한 말을 숭상하지 않았다. 또 말하길 '한담온아(閑淡溫雅)하여 정인군자(正人君子)의 기상이 있으니, 돈독함을 의론하는 선비는 반드시 여기에서 취할 것이 있을 것이다.'라고 하였다."7)

여기서는 지봉이 산문에서 '전아(典雅)'한 체를 썼고, 시평에 있어서는 "한담온아(閑淡溫雅)"란 평이 추가되었고 "지봉의 생활은 청검(淸儉)하였고 정인군자(正人君子)의 기상이 있다."고 하였다. 택당(澤堂) 이식(李植: 1584‐1647)은 다음과 같이 평했다.

"선생이 학문을 쌓아 이미 풍부하고 문체가 다 갖추어져서 뛰어나 대가(大家)가 되어 그 시의 간고청절(簡古淸絶)함이 삼당을 출입하였다. 비록 누운첩편(累韻疊篇)하였으나 마침내 격조(格調)를 잃지 않았으니 아마도 편안하고 고요히 궁구한 효과가 아니겠는가?"8)

---

7) 상게서, 321~322쪽. "公天分甚高, 淸明溫粹, 少孤, 能自力學於書無所不觀.(321쪽 하)……家世淸儉取與無所苟, 不問産業有亡, 於聲色紛華, 泊然無所好, 不薰香不然蠟, 不設宴會, 不聽音樂, 食無兼味坐無完席, 一裘十五年不改.(321쪽 상)……公爲文, 本諸經傳, 典雅有體, 不尙諸家險僻語. 又曰, 閑淡溫雅, 有正人君子氣象, 篤論之士, 必有取爾也.(322쪽 하)"
8) 상게서, 9쪽. "今先生績學旣富, 文體咸備, 蔚然爲一代大家. 而乃其詩簡古淸絶, 出入三唐, 雖累韻疊篇而終不失調格, 此誠古人之所稀有者, 倘非恬靜研究之效歟."

여기서 택당은 일반적으로 문(文)이 뛰어난 사람은 시(詩)도 비슷하게 잘할 수 있으나 지봉처럼 시(詩)가 뛰어난 자가 문(文)도 잘하는 사람은 간혹 있을 수 있는 일임을 언급하며 지봉이 중체(衆體)를 갖춘 대가임을 말하였다. 시의 평어로는 "간고청절(簡古淸絶)하다."고 했다. 아울러 그는 지봉의 시(詩)가 누운첩편(累韻疊篇)한 것이 단점이라고 평하였다. 蒼石 李埈(1560−1635)은 「지봉집」의 서문에서 다음과 같이 논하였다.

> "묘신의 한가한 때에 공의 한옥(閑屋)에서 책을 얻어서 촛불을 태우면서 읽으니, 그 시가 고아(高雅)하고 그 문은 깊다. 책략을 바치면 말의 뜻이 간절하고 슬퍼서 임금께 아뢰는 체를 어기지 않았으니, 논리는 뜻이 자세하고 깊어서 선유(先儒)들이 나타내지 못한 바가 많다. 한숨 쉬며 탄식하고 숙연하게 경건함을 표함을 알지 못하는데 손님들이 문하생의 대표로 집례하길 바랐다. 아! 지봉이 이미 죽었으니 유학이 없어졌도다. 어찌 문장과 학문에서 이와 같은 사람을 얻으리오?"9)

창석(蒼石)은 "지봉의 시가 고아(高雅)하다."고 평하였다. 아울러 지봉의 죽음을 애도하며 "유학(儒學)이 없어졌다."고 말할 정도로 그의 문장과 학문을 높이 평가하였다. 그리고 도본문말(道本文末)을 언급하면서 지봉의 훌륭한 문장은 그의 고매한 덕행에서 비롯됨을 언급하여 그의 덕이 높음을 찬양하였다. 소암(疎庵) 임숙영(任叔英)은 「속조천록(續朝天錄)」의 '발문'에서 다음과 같이 말했다. 즉 "시가 정(精)하며 청고완려(淸高婉麗)하여

---

9) 상게서, 10쪽. "卯申之暇, 得公閑屋著記, 焚瓊蓻而讀之, 其詩高雅, 其文淵深, 獻規則詞意懇惻, 不違告君之體, 論理則旨趣精深, 多先儒之所未發. 不覺喟然而歎, 肅然而敬, 賓賓然有執禮門下之願. 嗚呼. 芝峯已矣, 斯文喪矣. 安得文章學問之復有如斯人者哉. 旣而又自慰之曰, 芝峯雖沒, 而其文之在世者如日星于天, 則其所不亡者固自若也. 文者德之善行之表也, 玉藴於山, 土木晶瑩, 世豈有外德行而能文章者哉. 芝峯嘗曰, 士之所貴者德, 而文者乃其末也. 囘其言而讀其文, 則可知公學力之至, 自得者深, 其發之而爲文者, 亦無非仁義之言也."

당시의 시인이 한 자(字) 한 구(句)도 짓지 못할 정도로 우수하다.”고 했고
“문장은 간결하고 법칙이 있다.”고 평했다. 한편 “그의 성품은 명리(名利)
에 흔들리지 않으며 염퇴지수(恬退之守)를 지니고 있다.”고 하였다.

상촌 신흠(申欽)의 아들인 낙전당(樂全堂) 신익성(申翊聖: 1588－1644)
은 다음과 같이 언급했다.

> “‘고문으로 쓴 것은 전혀 답습하여 모방한 말이 없으니 그 근본이 도리
> 를 다해서 정련(精練)되고 아순(雅馴)한 일가의 말을 이루었으니, 요컨대
> 세상을 경륜하고 훗날을 드리울 사람이다.’고 한 것이 내 아버지의 말이다.
> 나의 아버지와 선생은 성인이 되어 사귀어서 뜻이 합치하고 방향이 같았다.
> 훈호(塤箎＝피리)도 족히 그 화함에 비유될 수 없고, 그친 물도 족히 그 담
> 박함에 비유될 수 없으니, 나아감과 물러감 폄과 굽힘이 늙어서도 다함이
> 없었다. 명예와 지위에 이르러서도 처음부터 끝까지 또한 대략 같다.”[10]

낙전당(樂全堂)은 자신이 학문과 능력도 모자라는데, 이 서문을 쓰게
되었으니 영광스러운 일이라고 언급하며 “지봉의 고문(古文)은 정련아순
(精練雅馴)하다.”고 평하였다. 아울러 자신의 부친과 지봉이 절친한 관계
였음을 소개하였다. 청음(淸陰) 김상헌(金尙憲: 1570－1652)은 지봉의
묘지명에서 다음과 같이 논했다.

> “김상헌은 ‘당시에 이율곡이 문(文)에 있어 등성마루(으뜸)이었는데, 공의
> 시문을 보고 관수(冠首＝최고)’라고 하였다. 또 신도비명에는 ‘당시 율곡이
> 문병을 잡았는데, 공이 지은 시를 보고 칭찬하고 장원급제로 인정하였다.’

---

10) 상게서, 12쪽. “其爲古文詞, 絶無踏襲馳騖之語, 根極理道, 精練雅馴, 成一
　　家言. 要之經世而垂後者, 此吾先子之言也. 吾先子與先生束髮定交, 合志同
　　方, 塤箎不足以喩其和, 止水不足以喩其淡, 而進退信絀白首無窮, 至於名位
　　始卒, 亦略相符.”

이어서 언급하길, '공은 일생 동안 침잠했으며 한묵을 스스로 즐겼다. 문은 육경에서 나왔으며 시는 성당을 배웠으니 충담(沖澹)하고 아려(雅麗)하여 스스로 일가의 말을 이루었으며 문로(門路)가 이미 바르고 깊어 작자의 기풍을 얻었고, 10년의 한가로운 시기에 저술이 매우 많았다.'"11)

청음(淸陰)과 율곡(栗谷)은 지봉의 시문을 "관수(冠首)"라고 평했고, 시는 "충담아려(沖澹雅麗)하고 한가로운 10년 동안 저술이 많았고 일생을 조용히 살며 한묵(翰墨)을 즐겼다.'고 언급했다. 또한 「安南國使臣唱和問答錄」의 발문에서 『梅窓集』을 남긴 鄭士信(1558~1619)은 다음과 같이 평하고 있다.

이 지봉의 『안남사신창화집』은 궁상(음률)이 서로 펼쳐진 것을 보면 금석(金石)이 화합하고 금옥 소리 내어 밝고 깨끗하며 한담(閑淡)하고 온수(溫粹)하여 우리 동방의 문헌을 드러냈고, 만맥(蠻貊=오랑캐)에 대아(大雅=매우 우아함)를 떨쳤으니 아! 융성하도다.12)

매창(梅窓) 정사신은 "한담온수(閑淡溫粹)하다.'고 평하였다. 이 외에 스스로 평한 자평의 글도 있으니, 먼저 『속조천록』 발문에서 다음과 같이 말했다.

"내가 시에 있어서 감히 짓고자 하는 뜻이 있음이 아니라 한가하게 거처하며 일이 없을 때 경(境)을 보고 마음에서 느낌이 있으면 혹 음영하지 않

---

11) 상게서, 323쪽. "時李文成公珥柄文脊許可, 見公詩文, 稱爲冠首." 그리고 327쪽에는, "時栗谷主文柄見公製, 獎詡不已, 許以狀頭." 또 329쪽에는 "公一生沈潛, 翰墨自娛, 文出六經, 詩學盛唐, 沖澹雅麗, 自成一家言. 門路旣正, 深得作者之風, 十年閑廢, 著述甚富."라고 하였다.
12) 상게서, 91쪽. "李芝峯安南使臣唱和集, 觀其宮商相宣, 金石諧和, 鏘鳴皎潔, 閑淡溫粹, 章我東之文獻振大雅於蠻貊, 猗歟盛哉."

을 수 없었다. 그러므로 말이 반드시 공(工)할 필요는 없고 숫자도 많지 않
다. 신해년에 동지겸주청부사로 제수되어 북경에 감에……중략……무릇 산
천 인물이 아름답고 성하며 고금의 사적이 가히 슬퍼하기도 기뻐하기도 할
만하니 눈에 접해서 마음으로 느낀 것은 왕왕 물리칠 수가 없었다. 혹 입으
로 불렀고, 혹은 시로 주고받았다."13)

중국에 갔을 때에 스스로 새로운 풍물을 보고 느낀 바가 있어서 마음에
서 우러나는 것이 있으면 시를 쓰게 되었다고 하였고, 한편 『승평록』에서
쓴 작품은 노인의 잠꼬대와 같다고 자신의 작품에 대하여 겸손하게 언급하
고 있다. 한편 조선 후기의 임경(任璟)은 「현호쇄담(玄湖瑣淡)」에서 김석
주가 일찍이 신라·고려·조선 시대에 이르기까지의 우리나라 시인들에 대
하여 품제(品題)한 것을 소개하고 있는데, 그 시평이 다음과 같다. "신흠
의 문장은 이수광과 백중한 사이인데, 유독 여기에서 빠진 것은 김석주가
그의 외가의 선조이기 때문에 감히 평하지 못하였다."고 하면서, "지봉 이
수광은 오얏꽃 흐드러지게 핀 하얀 달밤과 빨간 복사꽃이 찬란한 낮이다
."14)라고 했다. 한편 남용익(南龍翼=1628-1692)은 『호곡만필(壺谷漫
筆)』에서 "이수광은 일생 동안 당시를 전공하였다. 그래서 그의 시는 한가
하고 담박하며 온아하여 뛰어난 구절이 많았는데 기력이 적은 것이 흠이
다."라고 하였다.

지금까지 지봉에 대한 제가의 평을 정리하면 다음과 같다. 그의 작품과
인물에 대한 평(評)에서는, 크게 세 가지로 나누어 요약될 수 있다. 먼저
그의 시에 대한 평가를 보면 관면패옥(冠冕佩玉)과 같고 풍아(風雅)에

13) 상게서, 162쪽. "余於詩, 非敢有作爲之意, 居閑無事時, 見境有觸於中, 而或不
能不發於吟詠. 故辭不必工, 而數亦無多矣. 歲辛亥, 充冬至兼奏請副价赴京
師.……中略……凡山川人物之美盛, 城池宮闕之壯麗. 古今事迹之可悲可喜,
接乎目而感於心者, 往往不能排遣, 或爲之口號, 或相與唱酬."
14) 洪萬宗著·許捲洙, 尹浩鎭譯, 『詩話叢林』下, 까치동양학19, 1993년, 339~342
쪽. 참조.

근원하며 연묘(硏妙)하여 중당(中唐)을 능가하며 성당(盛唐)에 어깨를 나란히 겨룰 정도이며, 읽는 자로 하여금 마음을 상쾌하게 만든다는 평이다. 그리고 그의 시를 품평한 용어로는 풍격용어(風格用語)로 충담(沖澹)·고아(高雅)·충담아려(沖澹雅麗)·간고청절(簡古淸絶)·한담온수(閑淡溫粹)라고 언급되었고, 시체(詩體)와 내용(內容)을 함께 평하여 신이화지(神而化之)·격고어묘(格高語妙)·구원의활(句圓意活)이라고 하였으며, 성조(聲調)가 해협(諧協)하고, 색택(色澤)이 낭윤(朗潤)하며 소리가 금옥(金玉) 같아서 사단(詞壇)의 우두머리가 된다고 평가되었다. 반면에 이식은 지봉 시의 부족한 점을 언급하여, "시가 누운첩편(累韻疊篇)이 단점이다."라고 하였고, 남용익은 『호곡만필』에서 "기력(氣力)이 약한 것이 흠이다."라고 하였다. 후대의 김태준도 남용익의 평을 따랐다.

둘째로, 산문에 대한 평(評)은 장유(張維)가 "아순(雅馴)하며 전아(典雅)한 체(體)를 갖추었다."고 했으며, 이식은 "지봉의 古文이 정련아순(精練雅馴)하며 중체(衆體)를 고루 잘했다."고 하였고, 이이는 "시문(詩文)이 함께 당시에 관수(冠首)가 된다."고 칭찬하였다.

마지막으로 지봉에 대한 인물평은 절개(節介)가 깊고 불의한 행동을 하지 않았고, 청빈(淸貧)한 생활을 몸소 실천하였으며 염처지정(恬處之靜)·염수지결(廉修之潔)한 인물이었다고 평가되었다. 그의 학문과 덕망은 당대의 일류인(一流人)으로 인정받았으나, 평시에 스스로는 조용히 한묵(翰墨)을 즐기며 생활하였다. 그의 후배이자 영향을 받았던 택당 이식은 그의 죽음을 애도하여 훌륭한 문장과 고매한 덕행을 지닌 그가 죽음에 "유학이 없어지게 되었다."라고까지 하였다.

지봉은 조선 중기의 개혁주의자에 해당하는 인물로 주자학적 통치 이념이 당시 조선조의 사회·경제적 현실과 상당한 거리감이 있었다는 것을 인식하고 외래 사상을 수용하려는 입장을 지니고 있었다. 따라서 조선조

사상사의 흐름에서 중요한 역할을 담당했던 인물로 평가되었다.15) 그가 사상가이며 정치가로 조선 역사에서 중요한 인물이었음이 이미 여러 연구에서 입증되었다. 그리고 비평문학의 측면에서 지봉은 조선 중기에 독특한 시화집을 찬집해 내었다. 일화 중심의 시화가 시론 중심의 시화로 전환하는 단계에서 시론에 더욱 큰 비중을 두었으며 기존의 산만한 형식을 탈피하여 각 기사를 체계적으로 분류하였다. 기사를 내용에 따라 세부적으로 유별(類別)한 휘집류(彙集類) 시화집은 우리나라에서 『지봉유설』의 「문장부」가 처음이었다. 이 「문장부(文章部)」의 비평 양상을 살펴보면, 이수광은 문학성 판단을 위해 우선적으로 시문(詩文)에 대한 석의(釋義)뿐만 아니라 작품의 원류를 변증해 내고 글귀나 내용의 오류를 치밀히 밝혔다16)고 평가되었다. 고전시론사상(古典詩論史上) 지봉시론(芝峯詩論)의 위상(位相)을 『지봉유설』을 통해서 살펴볼 때에 거론된 시대의 범위와 작가의 숫자는 지봉 당대까지 통시적(通時的) 시인사(詩人史)라 볼 수 있고, 다양한 작가층을 비평 대상으로 삼고 있으며, 작품의 양적인 측면에서도 지봉 당대까지의 통시적(通時的) 시사(詩史)라고 평가받았다.17) 지금까지 많은 연구자에 의한 연구의 결과가 축적되어 이러한 결론에 이르게 되었다. 이제 여기에 더하여 뛰어난 시인으로서의 그에 대한 평가가 추가될 수 있다. 조선 중기의 시인인 그가 시문학에 끼친 영향과 역할을 정리하면 다음과 같다. 첫째, 조선 초기까지 송시풍이 지배적이었는데, 이를 이어 받은 강서시파(江西詩派)를 배운 인물로 정사룡(鄭士龍)·노수신(盧守愼)·황정욱(黃廷彧) 등이 있었다. 이들의 강서시파에 대한 반발로 당시복귀(唐詩復歸) 운동이 펼쳐졌으니 대표적 인물이 삼당시인(三唐詩人)

---

15) 李洪柱, 「芝峯 李睟光의 實學思想에 관한 硏究」, 동국대 박사학위논문, 1998. 213~214쪽.
16) 朴守川, 지봉유설 문장부 연구, 서울대 박사학위논문, 1994, 161쪽·167~8쪽.
17) 文姬順, 芝峯 李睟光의 詩論 硏究, 충남대 박사학위논문, 2000, 193~194쪽.

이다. 지봉은 이 삼당시인 중 이달(李達)의 영향을 가장 많이 받았으며 그들의 사조(思潮)를 이어받아 조선 중기에 당시(唐詩)를 꽃피운 대표적 인물이다. 둘째, 이른바 침류대시단(枕流臺詩壇)으로 불리는 당대의 지식인 단체에서 주도적 역할을 하였으며, 이 모임의 구성원은 성리학 이외에 다양한 학문에 관심을 가지기 시작한 사람들이었기 때문에 시작(詩作)에 있어서도 내용의 폭이 한층 넓어졌다. 셋째, 유희경(劉希慶) 등의 여항 문인들과도 교유하였으며 그의 詩가 여항 문인의 시에도 영향이 미쳤다. 넷째, 당시 어떠한 시인보다도 다양한 종류의 한시를 쓰고 있으며, 그의 시는 당대나 후대의 시인들에게 많은 영향을 미쳤다. 특히 상촌 신흠과 교류가 많았다. 당대에 짓기 어려운 주제의 애정시(愛情詩)에서도 상당히 개방적인 사고를 가지고 형상화하였다. 그 외 몽시(夢詩)와 유선시(遊仙詩)를 많이 남긴 시인이었다. 여러 가지 면에서 지봉은 조선 중기에 당시(唐詩)를 꽃피운 대표적 시인이라고 평가받을 수 있다.

九. 결론(結論)

본고는 지봉집을 중심으로 그의 사상과 문학 세계를 탐구하였다. 특히 지금까지 제대로 연구되지 못한 그의 시문학 세계를 중심으로 고찰하였다.

조선 중기에 백성들은 많은 전란의 소용돌이 속에서 어려움을 겪었으며, 외적의 침입을 몸소 체험하면서 위정자들의 비굴한 모습을 직접 목격하게 되었다. 그로 인하여 그들은 새로운 자각과 각성으로 조정에 반대하는 풍조도 생기게 되었다. 사상적(思想的)·정치적(政治的)으로도 많은 변화를 잉태하고 있는 시기였다. 이러한 시기에 활동한 지봉 이수광은 비교적 유복한 가정에서 태어나 평탄한 삶을 살았지만, 여러 번의 환란을 체험하면서 나라와 백성을 위한 노력을 아끼지 아니한 정치가요 문인이었다. 오랫동안 정계에 몸담았던 그는 임진왜란(壬辰倭亂)·정묘호란(丁卯胡亂)에 직접 간여하였고, 내적으로는 인조반정(仁祖反正)과 이괄(李适)의 난(亂)의 어려움을 체험하였다. 이러한 국내외적인 체험은 그에게 무실(務實)의 실학사상(實學思想)을 낳게 하였으며, 나아가 많은 저술 활동으로 그의 학문과 사상을 드러낼 수 있는 바탕을 제공하였다. 그의 대표적인 저술은 『지봉집』과 『지봉유설』인데, 본고에서는 『지봉집』을 중심으로 그의 작품 세계를 살펴보았다. 우선 지봉의 시문학을 좀 더 심도 있게 살펴보기 위하여, 『지봉집』의 체재와 내용을 살펴보았고, 다음으로 그의 사유세계와 문학관을 고찰하였으며, 그의 시문학 작품을 주제별(主題別)로 나누어 연구하였다. 이어서 시의 풍격(風格)을 제가의 평을 바탕으로 살펴보았으며, 마지막으로 조선 시사(詩史)에서 차지하는 그의 작품의 위상(位相)도 정립

하였다. 지금까지 논의된 것을 정리함으로써 결론으로 삼고자 한다.

Ⅰ장은, 서론으로 연구의 목적과 기존연구 검토 · 방법 · 범위를 정하였으며 주 텍스트는『지봉집』과『지봉유설』로 정하였다. 이미 원문이 완전번역된『지봉유설』에 대한 연구가 활발하게 이루어진 방면에『지봉집』에 대한 연구는 제대로 이루어지지 아니하였기 때문에 저자는 이 분야에 대한 고찰이 필요함을 느끼게 되었다. 따라서 본고에서는『지봉집』을 기본 텍스트로 삼았다. 이 책에는 시인의 많은 작품이 그대로 실려 있어 그의 학문세계를 알 수 있는 가장 귀중한 자료이다. 여기서는 그의 문학을 중점적으로 고찰하였다.

Ⅱ장의 「芝峯의 生涯 및 交友」에서는 그의 일생의 삶을 연도순으로 살펴보았고, 그와 절친한 우정(友情)을 나누었던 당대의 시인과 학자와의 교류를 작품과 함께 알아보았다. 이는 지봉의 문학을 연구하는 바탕이 되기도 한다.

Ⅲ장의 「지봉집의 體裁 및 內容」에서는『지봉집』에 실린 시(詩)와 산문(散文)을 개괄적으로 정리하였다. 따로 이름이 붙여진 13권의 시집에 대하여 소개하였고, 그들의 작품이 이루어진 시기 · 작품 수 · 작품의 배경 · 특징도 함께 살폈다. 지봉은 사신으로 갔을 때나 지방관으로 제수(除授)되어 갔을 때 그곳의 풍물을 배경으로 많은 시를 지었으며, 특히 시간적 순서에 의해서 지어진 작품이 질서정연하게 배열되어 있음을 알 수 있었다. 그리고 이 부분의 시집에서는 타인의 작품도 소수(小數) 실려 있고, 그 시들에 대하여 화답하는 그의 작품도 함께 나오고 있었다.『지봉집』에 실린 지봉의 시 작품의 총수는 현재까지 확인하기로는 1573首가 되는데, 「승평록」 발문에서 상촌이 언급한 작품 수와 실제 작품에서 15首가 차이가 나니, 후대의 편집과정에서 누락되었음을『상촌집』을 통해서 확인할 수 있었다. 「승평록」에 실린 작품을 상촌은 122首라고 하였는데, 실제로

실린 작품은 107首밖에 되지 않는다. 15수의 차이가 있다. 『芝峯集』의 체재(體裁)는 아직까지 정리가 되지 않은 관계로 표를 통해 산문과 함께 한눈에 볼 수 있도록 하였다. 그리고 산문 분야는 차자(箚子) 작품이외에는 담고 있는 주 내용만 간단히 소개하였고, 좀 더 깊이 있는 연구가 이루어져야 한다고 생각된다.

Ⅳ장에서는 『지봉집』에 실린 산문을 중심으로 고찰하여 그의 사유세계를 살펴보았다. 왕족의 후손으로 철저한 성리학 사상을 바탕으로 살아온 그였지만, 후대에 와서 불교와 도교 양명학 등에도 상당한 관심을 보였고, 북경을 다녀온 것이 계기가 되어 서양의 천주교에 관련된 책도 접한 그였다. 이러한 다양한 사상의 섭취는 후에 실학의 단초를 여는 토양이 되었다. 그가 활동했던 당대의 상황에서 성리학 이외의 제 사상(諸思想)을 받아들이는 것은 여러 면에서 어려움이 많았지만, 성리학의 폐단도 적지 않아서 당시에 사회적으로도 새로운 사상이 움트는 여건이 마련되었기 때문에 가능한 것이었다. 이러한 그의 사유는 작품에도 그대로 반영되어 있음을 알 수 있었다. 관련된 시는 다음 장의 「芝峯 詩의 世界」에서 소개하였다.

Ⅴ장에서는 지봉의 시문학관을 살펴보았다. '性情의 發露'임을 주장하여 기존의 '재도지기(載道之器)'에 대하여 변화를 일으켰고, 시의 순수한 표현론에 중점을 두는 이론을 제기하였다. 그리고 삼당시인(三唐詩人)에서부터 제기되어 온 당시(唐詩)의 중요성을 확고하게 주장하여, 三唐詩人의 이론을 계승 발전시키는 중요한 역할을 하였고, 특히 이달의 시를 좋아하였다. 그러나 송시(宋詩)에 대해서는 비판적인 입장을 취하였다. 하지만 절대적인 배척은 아니고, 宋詩라도 좋은 시는 인정하여 소동파와 같은 대가(大家)의 시는 어느 정도 수용하는 자세를 견지하였다. 특히 그가 비판한 부분은 험벽(險僻)한 용어를 쓰거나 지나친 전고(典故)를 사용한

송시(宋詩)였다.

Ⅵ장에서는 지봉의 시를 주제별로 크게 세 부분으로 나누어 고찰하였다. 가능한 많은 시를 포괄해서 살펴보려고 노력하였다. 「哲學的 思惟의 형상화」에서는 셋으로 나누었다. 먼저 '유자적(儒者的) 삶을 담고 있는 작품'에서 그의 성리학적인 사유의 깊이를 알 수 있었다. '선적(禪的) 추향(趣向)을 보여주는 작품'에서는 지봉이 불교에도 관심이 있었으며, 스님과의 교유관계를 알 수 있었다. '신선(神仙) 세계(世界)의 동경(憧憬)'을 형상화한 작품에서는 꿈의 세계와 도교의 신선 세계를 갈망하는 모습을 볼 수 있었다. 「宦路 生活과 歸田 意識」에서는 우선 사신(使臣)으로 많은 활동을 하면서 중국의 모습을 읊거나 이국에서의 회포를 형상화한 시를 감상하였고, 내용에서 그의 관리로서의 성실한 모습을 알 수 있었다. '우국충정과 민생을 고발한 시'에서는, 먼저 '우국시' 부분에서는 환로(宦路) 생활(生活)을 한 그가 국가와 임금을 위해 충성을 다하여 봉사하였음을 느낄 수 있었고, 특히 세 차례 북경을 왕래하면서 더욱 나라사랑에 대한 마음을 다지게 되었음을 알 수 있었다. 이어서 민생의 고통을 눈으로 목격한 그는 위정자가 백성의 마음을 읽는 것이 얼마나 중요한가를 시로 절실히 형상화하기도 하였다. '사향(思鄕)과 귀전(歸田) 의식(意識)'을 노래한 작품에서는 누구나 가질 수 있는 귀향에 대한 갈망을 곡진(曲盡)하게 표현하였다. 이 부분에 언급된 시는 도연명과 사령운의 영향을 많이 받았음을 알 수 있었다. 「日常生活의 事實的 描寫」에서는 그는 '영물시(詠物詩)' 중 매화를 가장 좋아하여서 매화를 대상으로 많은 작품을 남겼으며, 그 외 눈, 대나무, 소나무 등을 소재로 삼았음을 알았다. 청초하고 깨끗한 분위기를 느끼게 하는 훌륭한 작품이 많았으며, 난초를 제외한 사군자(四君子)를 대상으로 읊는 작품에서 그의 꿋꿋한 선비정신과 굳은 지조(志操)를 보여 주었다. '여인의 연정(戀情)을 표현한 시'에서는 문예

미학적으로 뛰어난 시들이 많음을 알 수 있었다. 그리고 적은 수의 작품이지만 '해학(諧謔)과 풍자(諷刺) 세계(世界)'도 함께 살펴보았다. 이상에서 살펴보았듯이 그는 꿈의 세계를 형상화한 가장 많은 작품을 남긴 시인의 한 사람이며, 도가(道家)에도 관심이 있었던 관계로 많은 '유선시(遊仙詩)'도 남겼다. 이 외에 당시에 교제했던 시인들과 화답한 그의 작품을 통해서 그의 폭넓은 교우관계를 알 수 있었고, 죽은 사람에 대해 위로하는 애만(哀挽)을 노래한 '만시(挽詩)'에서는 슬픈 마음을 완곡하게 표하고 사자(死者)를 위로하였다. 한편, 지봉 시의 특징적인 한 모습을 보여주는 작품으로 '진퇴격(進退格)' 한시(漢詩) 네 편과 '육언시(六言詩)' 한 편이 전한다. 그가 다양한 시체(詩體)로 창작활동을 하려 했던 모습을 읽을 수 있었다. 따라서 그는 다양한 주제를 담고 있는 여러 종류의 시를 남겼으며, 시(詩)의 이론(理論)에도 밝았음을 알 수 있다. 그가 시 비평에서 일가견이 있었음은 이미 기존의 여러 학자들에 의해서 많이 연구되었고 그로 인한 충분한 성과도 얻었다.

한편, 그는 유희경과 '침류대(枕流臺)' 사단(詞壇)을 형성하여 주된 역할을 담당하였다. 신분을 초월하여 당시의 많은 시인·학자들과 폭넓은 교제를 하였으며, 이것은 그가 후대의 중인문학(中人文學)에도 어떤 영향을 미쳤음을 추측할 수 있게 한다.

Ⅶ장에서는 그의 시의 풍격(風格)을 '한담온수(閑淡溫粹)'·'청고완려(淸高婉麗)'·'충담고아(沖澹高雅)'로 나누어서 살펴보았다. 당시의 제가의 평을 바탕으로 그 대략을 알 수 있었다. 한담온수(閑淡溫粹)한 풍격은 그가 청·장년기의 환로 생활(宦路 生活)에서 망중여한(忙中餘閑)하는 모습을 드러낸 시에서 볼 수 있었고, 청고완려(淸高婉麗)는 노년기의 고매(高邁)하고 선세류속(蟬蛻流俗)하는 모습을 형상화한 시에서 찾을 수 있었다.

Ⅷ장에서는 지봉 시의 위상(位相)과 제가의 평(評)을 살펴보았다. 지금까지 지봉은 문장가, 정치가로 또는 훌륭한 시평론가(詩評論家)로 많은 연구자에 의해 높이 평가되었지만, 이제 더 나아가 뛰어난 시인(詩人)으로 다시 평가되어야 할 시점이다. 여기서는 이미 정치가·평론가로서 밝혀진 그의 면모를 기존의 연구를 참고하여 소개하였고, 시인이 삼당시인의 당시복귀(唐詩復歸) 운동의 영향을 받아 조선 중기에 당시(唐詩)를 꽃피운 대표적 시인임을 밝혔다. 그는 조선 중기의 학자로 당시(唐詩)가 송시(宋詩)에 비해 우수함은 다각도로 주장하였고, 스스로 당시(唐詩)를 즐겨 썼으며 지어진 작품이 문학성이 뛰어난 작품이 많았다. 이어서 그의 시와 그의 인품에 대해 당대와 후대 학자들의 평을 살펴보았다. 이는 현재 우리들이 그에 대해 알아볼 수 있는 중요한 자료가 된다. 먼저 그의 시(詩) 작품(作品)에 대한 평은 풍아(風雅)에 근원하며 연묘(硏妙)하여 중당(中唐)을 능가하고 성당(盛唐)에 가깝다는 평을 받았다. 그리고 그의 인품은 절개(節介)가 깊고 청빈(淸貧)하였으며 염처지정(恬處之靜)·염수지결(廉修之潔)한 인물이었고, 학문(學問)과 덕망(德望)에 있어서 당대의 일류인(一流人)으로 평가되었다.

참고문헌

I. <資　料>

1. 國內資料

『芝峯集』, 韓國文集叢刊 66, 民族文化推進會.

『芝峯集』, 文淵閣, 影印本.

『芝峯集』, 成均館大學校, 大東文化硏究院, 1964.

『芝峯類說』, 景仁文化史, 影印本.

『芝峯類說』, 南晩星譯, 乙酉文化史, 1978.

『象村集』, 韓國文集叢刊 71·72, 民族文化推進會.

『月沙集』, 韓國文集叢刊 69·70, 民族文化推進會.

『疎菴集』, 韓國文集叢刊 66, 民族文化推進會.

『惺所覆瓿藁』, 民族文化推進會(민문고 발행).

『東文選』, 民族文化推進會(민문고 발행).

2. 國外資料

『周易』

『書經』

『漢文大系』, 四書說

朱熹, 『朱子大全』

Ⅱ. <論 著>

1. 國內論著

姜周鎭, 「芝峯의 政治思想」, 『한국학』 20집, 중앙대 한국학연구소, 1979.

金慶洙, 『李奎報 詩文學硏究』, 亞細亞文化社, 1986.

_____ 「李穡의 文學思想」, 『漢文學論集』 9집, 檀國漢文學會, 1991.

김규형, 「지봉유설에 나타난 이수광의 문학인식」, 경북대 교육대 석사학위논문, 1995.

金根洙, 「지봉의 인간과 학문」, 『한국학』 20집, 중앙대 한국학연구소, 1979.

金彤怜, 「지봉전 연구」, 홍익대 교육대 석사학위논문, 1995.

金都鍊, 「古文의 性格과 展開樣相」, 『韓國文學硏究入門』, 知識産業社, 1982.

金相洪, 『茶山丁若鏞文學硏究』, 檀國大出版社, 1985.

_____ 『韓國漢詩論과 實學派文學』, 啓明文化社, 1989.

_____ 『茶山學 硏究』, 啓明文化社, 1990.

金王奎, 「漢文學의 人物形象에 관한 硏究」, 고려대 博士學位論文, 1996.

金周伯, 「象村 申欽의 詩文學 硏究」, 檀國大 博士學位論文, 1997.

김주한, 「지봉 평론 연구」, 『영남어문학』 2집, 영남어문학회, 1975.

南相哲, 「芝峯 李睟光 詩 硏究」, 성균관대학교 대학원 석사학위논문, 1990.

南潤秀, 「韓國의 和陶詩 硏究」, 고려대 博士學位 論文, 1989.

文貞子, 『玉洞과 원교의 동국진체 탐구』, 다운샘, 2001.

문희순, 「지봉 이수광의 시론 연구」, 충남대 대학원 박사학위논문, 2000.

朴性奎, 『李奎報文學硏究』, 啓明大出版部, 1982.

_____ 「陶隱 李崇仁論」, 『東洋學』 21輯, 檀國大東洋學研究所, 1991.

閔丙秀, 「朝鮮前期의 漢詩研究」, 『漢文敎育硏究』 1輯, 1986.

박수천, 「지봉유설의 문장부 연구」, 서울대학교 대학원 박사학위논문, 1994.

朴天圭, 「三隱과 麗末漢文學」, 『東洋學』 9輯, 檀國大東洋學硏究所, 1979.

_____ 「村隱 劉希慶의 詩世界」, 『漢文學論集』 6輯, 檀國漢文學會, 1995.

_____ 「權近의 應製詩와 對明外交」, 『韓國의 漢文學』, 民音社, 1991.

朴賢玉, 「車天輅의 文學硏究」, 『한문학논집』 13집, 단국한문학회, 1995.

반윤홍, 「지봉 이수광의 정치·경제사상」, 『사학연구』 25집, 1975.

백태남, 「지봉유설 연구」, 단국대 교육대 석사논문, 1982.

卜鍾鉉, 『高麗朝漢詩研究』, 太學社, 1994.

宋載邵, 「實學派의 詩와 閭巷人의 詩」, 『韓國文學硏究入門』, 知識産業社, 1982.

宋寯鎬, 「朝鮮後期 漢詩의 特色」, 『제22회 東洋學學術會議講演鈔』, 1992.

신용호, 『이규보의 의식세계와 문학론 연구』, 국학자료원, 1990.

신현윤, 「이수광의 문학평론에 관한 연구」, 수도여사대 대학원 석사학위논문, 1977.

沈慶昊, 「崔岦의 <文章之文>論과 古文詞」, 『震檀學報』 65, 1988.

安炳鶴, 「삼당파시세계 연구」, 고려대 박사학위논문, 1990.

安炳國, 『唐詩槪論』, 청년사, 1989.

安載澈, 「三國史記에 나타난 時間介詞 研究」, 『漢文學論集』 第10輯, 檀國漢文學會, 1992.

禹應順, 「朝鮮中期 四大家의 文學論硏究」, 고려대 博士學位論文, 1990.

尹在敏, 「朝鮮後期 中人層 漢文學의 硏究」, 고려대 博士學位論文, 1990.

유상준, 「지봉 이수광의 실학사상 연구」, 연세대 교육대 석사학위논문, 1979.

柳洪烈, 「李睟光의 生涯와 그 後孫들의 天主敎 信奉」, 『역사교육』 13집, 1970.

_____ 「實學의 開拓者 芝峯 李睟光」, 『한국학』 20집, 중앙대 한국학연구소, 1979.

윤광봉, 「이수광론 – 이수광의문학관과 시세계」, 『조선조 한시작가론』, 소석 이종찬 선생 회갑기념논총, 동악한문학회, 1993.

尹絲淳, 「李睟光의 務實思想」 『실학의 철학』, 예문서원, 1996.

윤채근, 「企齋 申光漢 漢詩 硏究」, 『어문논집』 석사학위논문, 1988. 36집, 안암어문학회, 1997.

윤경희, 「지봉시론연구-그 유설을 중심으로」, 고려대 대학원 석사학위논문, 1979.

윤광봉, 「이수광론-이수광의 문학관과 시세계」, 『조선조한시작가론』, 소석 이종찬 선생 회갑기념논총, 동악한문학회, 1993.

이만열, 「지봉 이수광연구-그의 행적과 해외인식을 중심으로」, 『숙대사론』 6집, 1972.

李炳赫, 『性理學受容期의 漢詩 研究』, 태학사, 1989.

_____ 「지봉 이수광연구-그의 사회사상을 중심으로」, 『숙대논집』 15집, 1975.

李東歡, 「退溪의 詩世界의 한 局面」, 退溪學報 25, 퇴계학회, 1980.

李敏弘, 『士林派文學의 研究』, 형설출판사, 1985.

李炳燦, 「韓國의 詩經論 研究」, 檀國大 博士學位論文, 2001.

李丙疇 외 5人, 『韓國漢文學史』, 半島出版社, 1995.

李炳赫, 『性理學受容期의 漢詩 研究』, 태학사, 1989.

李相勳, 「王畿와 王艮의 良知學」, 『한문학논집』 17輯, 근역한문학회, 1999.

李信馥, 「黃眞伊論」, 『韓國文學作家論』, 螢雪出版社, 1977.

_____ 「李奎報의 文學思想」, 『漢文學論文集』 第15輯, 檀國大學校, 1981.

_____ 「李梅窓의 漢詩文」, 『石田 李丙疇博士 古稀紀念論叢』, 1990.

_____ 「閨房漢詩考」, 『漢文學論集』 第9輯, 檀國漢文學會, 1991.

李在元, 「俛仰亭 宋純의 漢詩研究」, 檀國大 碩士學位論文, 1996.

_____ 「지봉한시연구-시집체재와 교유세계를 중심으로」, 『漢文學論集』 16輯, 槿域漢文學會, 2001.

_____ 「芝峯 李睟光의 漢詩 世界」, 『漢文學論集』 17輯, 槿域漢文學會, 1999.

_____ 「松江의 文學 一考」, 『漢文學論集』 16輯, 槿域漢文學會, 1998.

李鍾默, 『海東江西詩派研究』, 太學社, 1995.

李佑成, 「高麗末·李朝初의 漁父歌」, 成大論文集 9집, 1964.

이춘희, 「지봉유설해제」, 『한국학』 13집, 중앙대 한국학연구소, 1977.

李香培, 「韓國詩論에 끼친 性理學 影響」, 檀國大 博士學位論文, 2000.

李洪柱, 「芝峯 李睟光의 實學思想에 관한 研究」, 동국대 대학원, 박사학위 논문, 1998.

_____ 「芝峯 李睟光의 實學思想과 政治實踐에 關한 研究」, 고려대학교

교육대학원 석사학위논문, 1988.

林熒澤, 『韓國文學史의 視覺』, 創作과 批評社, 1984.

장도규, 「조선 오현의 도학시 연구」, 檀國大 博士學位論文, 1999.

장흥재, 「지봉유설의 비평론 고찰」, 『신구전문대논문집』, 1994.

전영란, 「지봉유설을 통해본 이수광의 두보시론 연구」, 『동방시화논총』, 학산 조종업 선생 정년퇴임기념논총간행위원회, 태학사, 1996.

정원구, 「지봉 이수광의 문학관 탐구 – 지봉유설을 중심으로」, 부산대 교육대 석사학위논문, 1989.

조병호, 「지봉 이수광의 애정한시 연구」, 『문화전통논집』 창간호, 경성대 향토문화연구소, 1993.

鄭大林, 『韓國古典文學批評의 理解』, 太學社, 1991.

鄭都尙, 「象村 申欽의 詩評」, 『漢文學論集』 19輯, 槿域漢文學會 編, 2001.

鄭良婉, 『朝鮮朝後期漢詩研究』, 誠信女大出版部, 1983.

鄭　珉, 『朝鮮後期 古文論 研究』, 亞細亞文化社, 1989.

鄭堯一, 「韓國 古典文學理論으로서의 道德論 研究」, 서울대 博士論文, 1984.

鄭載喆, 「牧隱 李穡詩의 研究」, 高麗大 博士學位論文, 1996.

_____ 「행촌 李嵒 詩의 研究」, 『漢文學論集』 18집, 근역한문학회, 2000.

_____ 「陶隱 詩의 思想的 志向과 風格 研究」, 『泰東古典研究』 제15집, 泰東古典研究所, 1998.

趙鍾業, 『韓國古代詩論史』, 太學社, 1984.

車相轅, 『中國文學史, 文理社』, 1974.

崔　雄, 「申欽의 文學觀에 대하여」, 『韓國古典散文研究』, 同和文化社, 1981.

최은숙, 「지봉유설의 서지학적 연구」, 이화여대 대학원 석사학위논문, 1991.

崔台鎬, 「崔孤雲傳 研究」, 『漢文學論集』 18輯, 槿域漢文學會, 2000.

洪萬宗 著 · 許捲洙, 尹浩鎭 譯, 『詩話叢林』, 까치東洋學 19, 1993.

韓國道敎思想研究會 編, 『道敎의 韓國的 變容』, 亞細亞文化史, 1996.

韓永愚, 「이수광의 학문과 사상」, 『한국문화』 13집, 서울대 한국문화연구소, 1992.

_____ 「지봉유설해제」, 『한국을 움직인 고전백선』, 동아일보사, 1985.

許米子, 『許蘭雪軒研究』, 誠信女大出版部, 1984.

洪順錫, 『虛白堂 成俔의 文學에 대한 研究』, 성균관대 博士學位論文, 1991.

황의렬, 「이수광의 문학론 ― 주신론의 전개」, 성균관대 대학원 석사학위논문, 1986.

黃浿江 外, 『古典文學을 찾아서』, 文學과 知性社, 1981.

2. 國外論著

郭紹虞, 『中國詩的·格調及性靈』, 臺灣 華正書局, 1981.

陶秋英 編選, 『宋金元文論選』, 中國 人民文學出版社, 1999.

杜甫 著·楊倫 箋注, 『杜詩鏡銓』, 臺灣 華正書局有限公司, 1978.

孫德彪, 暴剛, 『試談許筠, 李睟光詩論中的實學情神』, 延邊大學出版社, 1997.

李介一, 『蘇軾選集』, 中國 浙江人民美術出版社, 1999.

劉若愚 著·李章佑 譯, 『中國詩學』, 同和出版公社, 1984.

陳大中 외 5人, 『歷代詩帖選』, 中國 浙江人民美術出版社, 1999.

(日文摘要)

芝峯 李睟光の 文學 世界

本稿は 芝峯 李睟光の 文學と 思想を 探求し，特に 彼の 詩文學 世界を
　　中心に 考察したもので ある。
朝鮮中期に 國民達は 多くの戰亂の 渦の中で 苦しみながら、爲政者達の
　　卑屈な 姿を目擊するように なった。そうして、彼らは 新しい 自覺
　　と覺醒を するようになり、朝廷に 反對する風潮も 生じるように
　　なった。 思想的、政治的に 多くの 變化を 孕胎して いる 時期だっ
　　たので ある。このような 時期に 活動した 芝峯 李睟光は、何度も
　　の 兵亂を 體驗しながら 國と百姓の 爲の努力を 惜しまない 政治家
　　で あり 文人で あった。長い間、政界に 携わって いた 彼は、壬辰
　　倭戰、丁卯胡戰に 直接 關與し、內的には 仁祖反正と 李适の 戰を
　　苦しんで きた。このような 內外的 體驗は、彼に 務實の 實學思想
　　を 生み出すように なった。彼が 殘した 代表的 著述は、「芝峯集」
　　と 「芝峯類說」があるが、本稿では 「芝類集」を 中心に 彼の 作品世
　　界を 調べて みた。研究結果、明かされた 內容を 要約すると 次の
　　ようで ある。
Ⅰ，Ⅱ章では、研究の 目的と 方法に ついて 觸れ、研究の 方向を 提示し
　　た。續いて
Ⅲ章では、「芝峯集」の 體栽と 內容を 紹介した。彼の 文集に 載ってる 詩
　　は、形式的 種類で 分類した 詩が 前にあり、續いて 特定時期に書
　　いた 詩を 集めた 13卷が 出てくる。これらの 文集に 載せられた
　　作品が 書かれた 時期、作品數、作品の 背景、特徵なども 一緒に
　　調べてみた。その 結果、芝峯は 使臣として 行ったときや、地方官
　　に 除授されて 行った 時、その 場所の 風物を 背景に 多くの 詩を

書き、特に 時間的 順序に よって 書かれた 作品が 秩序整然と 配列されて いるという 事が 分かった。そして、これらの 詩集には 他人の 作品も 少々 載って おり、それに 和答する 芝峯の 作品が 續いて 載せられて いる。「芝峯集」に 載って いる 詩の 總數は、現在 確認されて いる限りでは 1573首あり、「昇平錄」跋文で 象村が 言及した 作品數と 實際の 作品で 15首の差が ある。その 理由は「象村集」を 通して、後代の 編集過程で 漏れが あったと いうのを確認する 事が できる。「昇平錄」に 載せられた 作品を 象村は 122首と 言うが 實際 載せられた 作品は 107首で ある。

Ⅳ章では、彼の 散文を 中心に 考察し、彼の 思惟世界に ついて 調べて みた。王族の 後孫として 徹底した 性理學を 土臺に 暮してきた 彼で あったが、後代に 至り 佛敎、道敎、陽明學などにも 相當の 關心を みせ、北京に 行って 來たの がきっかけと なり、西洋の 天主敎と 關連した 本にも 接した 彼で あった。このような 多樣な 思想の 攝取は、後に 實學の 端初を 開いて いく きっかけと なった。彼が 活動して いた 當代の 狀況で、性理學 以外の 諸思想を 受け入れるのは いろいろな 面で 大變で あったが、性理學の 弊害も 少なくは なかったので、社會的にも 新しい 思想が 芽生える 與件が 設けられて いた 故、可能だったので あった。このような 彼の 思惟は、作品にも そのまま 反映されて ある。

Ⅴ章では、芝峯の 詩文學觀を 調べて みた。'詩は 心聲と 性情の 發露である'を 主張して、既存の '載道之器'に 變化を もたらし、詩の 純粹な 表現論に 重點を 置く 理論を 提起した。そして、三唐詩人から 提起されて きた 唐詩の 重要性に ついて 確固たる 主張をして、三唐詩人の 理論を 繼承、發展させる 重要な 役割をし、特に 李達の 詩を 好んだ。そうして宋詩に 對しては 批判的な 態度をとった。しかし 絶對的な 背景では なく、宋詩の 中でも 良い 詩は 認定して、蘇軾の ような 大家の 詩は やや 受容する 姿を 見せた。彼が 特に 宋詩の 中で 嫌いだった ところは、險僻な 用語を 使ったり 典故を 度を 越して 使うと いう 事だったと 言う。故に、內容面で 議論を 事とし、意興がないと 主張した。

Ⅵ章では、芝峯の 詩世界を 考察した。まず、「哲學的 思惟を 見せて くれる作品」で 儒佛仙の 思想を 含んで いる 作品を 鑑賞して、彼が 諸思想を 受容した 幅廣い 詩人で あったというのを 知る 事が できた。そして「宦路 生活と 歸田 意識」では、長い 管理生活で 經た 現實を 形象化した 作品を 考察し、特に 使行で 感じた 心を 表出した 詩が 多かったと いう 事を 知る ことが できた。まず、'憂國と 愛民 情神'を 形象化した 詩で 國家と 民族の 愛を 如實に 表し、'歸田と 思鄉'を 歌った 詩では、宦路 生活に 嫌氣が さし 歸鄉したい 思いを心から 表現して いた。最後に「日常的 生活を 事實的 描寫した 作品」では、まず 自然 物境の 實寫から 詩人は 詠物詩を 取り上げた。彼は 特に 梅花を 好み、梅花を 對象に した たくさんの 作品を 殘し、それ以外に 雪、竹、松などを 素材に した 作品も 多く 殘した。清楚で きれいな 雰圍氣を 感じさせる 作品が 多く あった。蘭を 拔かした 四君子を 對象に 誦した 作品では、彼の 屈しない 士人精神と 固い 志操を 見せて くれた。'女性の 戀情'を 表現した 作品では 文學的 作品性が 優れた詩が 多かった。數少ない 作品では あるが、彼の '諧謔と 諷刺 世界の 詩'からは 彼の 餘裕と 洒落が 感じられる。この ように、詩人は 多様な 主題を 含んでいる いろいろな 種類の 詩を 殘した。一方、詩人としての 活動は、劉希慶と 共に 枕流臺 詞壇を 形成し 中心的 役割を 擔當する 事に より、當時の 詩壇の 領袖に なった。當時の 代表的 詩人と 共に 交友して、彼の 學問を 發展させ 身分を 超越して 多くの 詩人、學者達と幅廣い 交際を した。これは、彼が 後代の 中人文學に どんな 影響を 及ぼしたのかを 推測できるので あった。

Ⅶ章では、彼の 詩の 風格を 調べて みた。彼の 詩の 風格は 閑淡溫粹, 清高婉麗, 沖澹高雅 などに 分ける ことが できる。當時の 諸家の 評を もとに その あらましを 知る 事が できる。閑淡溫粹な 風格は、彼が 青・長年期の 宦路 生活の 忙中餘閑する 姿を 表した 詩から みる ことが でき、清高婉麗は、老年期に 高邁して 蟬蛻流俗する 姿を 形象化した 詩から 探し出す 事ができた。そして 沖澹高雅な 風格は、彼の 全體的 作品と 人物評を 統合する ものであった。

Ⅷ章では、芝峯詩の 位相を 調べて みた。今まで 芝峯は 政治家、文章家
または 立派な 詩評論家と して 多くの 研究者に よって 高く 評價
されて 來たが、もっと 前進し 立派な 詩人と して もう 一度 評價
されなくては ならないと 筆者は 考える。詩人が 三唐詩人の 唐詩
復歸運動の 影響を受け、朝鮮中期に 唐詩を 花咲かせた 代表的 詩
人だった。彼は 朝鮮中期に 唐詩が 宋詩に 比べて 優秀で ある 事
を いろんな 部分で 主張し、自ら 唐詩を 樂しみ、書かれた 作品が
文學性が ある 優れた 作品だった。また、詩と 人品に 對した 當代
と 後代學者達の 評を 調べて みた。まず、彼の 詩の作品に 對した
評は、風雅に 根元して 研妙で 中唐凌いで 盛唐に 近いと いう 評
價を 受けた。そして 彼の 人品は 節介が 深く 清貧で あり、恬處
之靜，廉修之潔に 行動して、金玉君子と 正人君子の ような 姿を
持った 人物で あり、學問と 德望にあたって 當代の 一流人と 評價され
たる。

◆ 저자 소개 ◆

　이름: 이재원(李在元)

　호(號): 동윤(同允), 월성(月城)

　경북 경주시 강동면 단구 2리 갈산 출생

　경주 문화고, 단국대학교 한문학과 졸업(부전공 국어),

　방송통신대 일본학과 졸업

　단국대 대학원 한문학과 詩文學 전공, 문학박사

　단국대, 경원대강사 역임

　현재 대원고등학교 교사

◆ 연구 논문 ◆

　「면앙정 宋純의 한시연구」

　「松江의 문학 一考」

　―原集과 續集의 한시를 중심으로―

　「松江의 한시 世界」

　「芝峯 한시 一考」

　「芝峯集의 체재와 芝峯의 교유세계」

　「芝峯 李晬光의 한시 세계」

　「芝峯 李晬光의 箚子 연구」

지봉 이수광의 문학세계

• 초판 인쇄	2008년 1월 5일
• 초판 발행	2008년 1월 5일
• 지 은 이	이재원
• 펴 낸 이	채종준
• 펴 낸 곳	한국학술정보㈜
	경기도 파주시 교하읍 문발리 513-5
	파주출판문화정보산업단지
	전화 031) 908-3181(대표)·팩스 031) 908-3189
	홈페이지 http://www.kstudy.com
	e-mail(출판사업부) publish@kstudy.com
• 등 록	제일산-115호(2000. 6. 19)
• 가 격	32,000원

ISBN   978-89-534-8021-6 93810 (Paper Book)
        978-89-534-8022-3 98810 (e-Book)